Le dernier combat

Du même auteur
aux Éditions J'ai lu

Les SBC Fighters :

1 - RAVAGES
N° 9108

2 - CORPS À CORPS
N° 9138

LORI
FOSTER

LES SBC FIGHTERS - 3

Le dernier combat

ROMAN

Traduit de l'américain
par Agathe Nabet

J'AI LU

Titre original
HARD TO HANDLE

Éditeur original
A Berkley book, published by The Berkley Publishing Group,
published by The Penguin Group (USA) Inc.

À Frank Trigg, www.taggradio.com
Merci pour l'entretien téléphonique. Vous avez bien voulu partager avec moi votre expérience de la vie d'un *freefighter* et votre point de vue sur le combat extrême. Votre générosité fut hautement appréciée.

Un remerciement tout particulier au magazine *Fight!* www.fightmagazine.com
J'ai vraiment adoré la soirée qui m'a permis de prendre des photos incroyables !

1

Un voile de sueur couvrait son corps et à chaque inspiration, l'essence épicée du sexe de sa partenaire emplissait ses narines. Avec un grognement, Harley Handleman s'écarta d'elle et se laissa retomber sur le dos, les yeux brûlants et le cœur battant.

Ouh ! Cette fille lui avait tiré toute son énergie. Il était repu.

Pourtant, sa satisfaction n'était pas totale.

Plusieurs minutes s'écoulèrent avant que son pouls retrouve son rythme habituel et que l'air sèche la sueur qui emperlait son torse. La fille ne bougea pas d'un pouce.

Tant mieux. Le bavardage après l'amour l'ennuyait. Sans parler du reste.

Harley savait que c'était dégueulasse de sa part, mais il prévenait franchement ses partenaires de ce qu'il voulait et ne voulait pas. Gloria – il ignorait son nom de famille – avait grimpé sur ce lit un sourire impatient aux lèvres, après qu'il eut douché ses illusions…

Le regard tourné vers le plafond, Harley replia son bras sous sa tête et, par pur instinct mâle, palpa le postérieur rebondi de Gloria. Sa peau soyeuse invitait aux caresses, mais le geste d'Harley était complètement détaché.

Son esprit s'était déjà désintéressé de ce qu'ils venaient de faire ensemble, pour considérer des sujets plus pertinents.

La vie.

La famille.

Son prochain combat.

Son cerveau cliquetait comme une bombe à retardement.

Bien des hommes enviaient ses victoires dans les combats d'arts martiaux mixtes au sein du SBC – le Supreme Battle Challenge – et son immense succès auprès des femmes.

Mais ces hommes-là ne savaient pas tout.

Ils ne vivaient pas comme lui avec le besoin constant, dévorant même, non seulement de réussir dans les arts martiaux mixtes, mais de décrocher carrément le titre de champion.

Le simple fait d'y penser dissipa son hébétude post-coïtale, et tous ses muscles se contractèrent.

Harley avait tant de fois anéanti ceux qui barraient sa route pour participer à un championnat. Combien d'autres chances le SBC lui accorderait-il encore ? Cette inquiétude le hantait depuis trop longtemps. Certaines choses échappaient à son contrôle, d'autres pas. Il était grand temps d'évoluer.

Mais par où commencer ?

Un vent glacé projetait de la neige fondue contre les carreaux. Le clair de lune et la lumière des réverbères formaient des ombres au plafond. Harley sentit son inquiétude croître de seconde en seconde, jusqu'à ce que l'immobilité lui devienne insupportable.

Il se redressa et posa les pieds par terre.

Il devait partir.

Il jeta un coup d'œil à la fille, toujours allongée à plat ventre sur le matelas. Sa respiration calme et régulière indiquait qu'elle dormait profondément.

Harley ne passait jamais la nuit avec une femme.

Il ne pouvait pas.

Du regard, il caressa son corps depuis la plante de ses pieds cambrés jusqu'à la pointe des ongles manucurés de ses mains, en passant par le galbe prodigieux des fesses et la courbe délicate de la colonne vertébrale... sans que cela produisît le moindre effet sur lui. Il n'avait absolument pas envie de se serrer contre elle.

Pressé de partir, il tendit la main vers l'écharpe de soie qui entravait ses poignets au montant du lit. La fille avait manifesté tant d'enthousiasme que le nœud s'était resserré et il eut du mal à le défaire, mais elle dormait si paisiblement que ses membres restèrent détendus malgré ses tâtonnements.

Harley enviait la qualité de son sommeil.

Il écarta ses cheveux blonds de son visage et contempla son expression sereine, ses lèvres entrouvertes. Quelques cheveux s'emmêlaient encore à ses longs cils.

Désireux d'obtenir un signe d'elle, Harley fit courir un doigt le long de sa colonne vertébrale, de la nuque au coccyx.

Elle frémit légèrement, soupira et sourit.

Il plissa les yeux ; ce sourire lui suffisait.

Il ne contrôlait pas grand-chose dans sa vie en ce moment, mais il avait obtenu d'elle tout ce qu'il avait voulu. C'était lui qui avait contrôlé le rythme de leurs ébats et savamment dosé leurs orgasmes respectifs.

Spontanément, parce qu'il appréciait tout particulièrement cette partie de l'anatomie féminine, il se pencha et déposa un baiser sur une de ses fesses.

Elle se recroquevilla sur elle-même et laissa échapper un petit soupir. En vrai gentleman, Harley remonta le couvre-lit et la borda avant de partir. Le froid était si pénétrant à l'extérieur qu'il parvenait à s'insinuer dans les maisons les mieux chauffées.

Il ramassa ses chaussures et ses vêtements, puis passa dans le salon pour se rhabiller. Après quoi, serrant ses clefs de voiture dans son poing pour éviter de les faire tinter, il enfila son manteau et sortit dans le froid. La fille voudrait certainement qu'il la rappelle, et il le ferait peut-être.

Mais il était plus probable qu'il n'en ferait rien.

Après la tiédeur du lit, le froid lui parut mordant. La lune jouait à cache-cache avec de gros nuages, éclairant son chemin et le plongeant tour à tour dans la plus complète obscurité.

Quel que soit le temps, Harley ne dormait jamais avec une femme et n'en invitait jamais chez lui, que son domicile fût permanent ou provisoire.

Pour l'instant, il s'était installé à trois heures de route au sud d'Harmony, Kentucky, dans un petit chalet de montagne à deux pas d'Echo Lake. Après s'être déboîté le coude juste avant un championnat, il avait ressenti le besoin de s'isoler pour réfléchir à sa carrière.

Pour faire ce qu'il avait envie de faire aussi. Sans que quiconque surveille ses faits et gestes, se fasse du souci pour lui ou conjecture sur son état d'esprit.

Le moteur de la jeep ronronna et projeta un courant d'air chaud sur le bas de son jean. Frottant ses mains l'une contre l'autre et voûtant les épaules pour résister au froid, il observa la lune à travers le pare-brise. L'aube se lèverait quand il arriverait au bout de la route en lacets qui conduisait à son chalet.

Et alors ?

Il n'avait pas d'horaires fixes et n'en avait jamais eu. Lorsqu'il venait dans ces montagnes afin de se préparer à un combat, il organisait son emploi du temps comme bon lui semblait. Le temps lui appartenait et il le faisait ployer à sa guise.

L'isolement total. C'était la condition indispensable.

En parallèle à la rééducation de son coude, il venait de passer plusieurs semaines à courir, seul, s'efforçant de repousser ses limites ou adoptant un rythme plus détendu quand il en avait envie – l'essentiel étant de s'entraîner en altitude. Délivré de la tentation des fast-foods, il s'était concocté des repas diététiques qui l'aidaient à conserver souplesse et muscles. Se lever à l'aube ou veiller jusqu'aux aurores lui permettait de développer sa résistance cardiaque et son endurance.

Il n'avait jamais été dans une forme physique aussi éblouissante et allait bientôt retourner au gymnase de Dean pour perfectionner sa technique. Sublime avait déjà mis son titre en jeu une fois.

La prochaine fois, si tout se passait comme il l'espérait, ce serait contre Harley qu'il le défendrait.

Mais en admettant que le SBC l'organise, qui pouvait garantir qu'Harley irait jusqu'au championnat ? Chaque fois que les choses s'étaient engagées de façon positive, un événement imprévu était venu bouleverser ses projets.

Ces contretemps étaient irritants au possible.

Il n'en pouvait plus. Il…

Oh, ça suffit !

Il passa la marche arrière et recula dans l'allée jusqu'à ce que ses pneus atteignent la route couverte de neige. Ruminer sur les injustices du sort ne servait à rien.

Mieux valait penser à ce qu'il allait faire aujourd'hui.

C'était la troisième année consécutive qu'il louait ce chalet. Les touristes, parmi lesquels figurait la charmante jeune femme qu'il venait de quitter, appréciaient la région et venaient plus nombreux chaque année. Harley ne s'en plaignait pas. Jusqu'ici, le seul visage féminin qui lui fût familier quand il allait en ville était celui d'Anastasia Bradley, la propriétaire de son chalet.

Anastasia le lui réservait implicitement certains mois de l'année. Un accord tacite, mais solide, qui les arrangeait aussi bien l'un que l'autre.

Anastasia était pratiquement sûre d'avoir un locataire. Harley était certain de retrouver un endroit qui correspondait parfaitement à ses attentes.

Ses pensées ricochant d'une idée à l'autre, Harley parcourut la route en lacets à la lueur des phares de sa jeep et lorsqu'il aperçut le chalet d'Anastasia, l'aube commençait à poindre derrière un rideau de neige fondue. Le chalet d'Anastasia était situé à un kilomètre en contrebas du sien.

À sa grande surprise, il découvrit qu'elle était déjà dehors, emmitouflée de la tête aux pieds, et qu'elle coupait du bois. Qu'elle en avait l'intention, du moins.

Quelle mouche l'avait piquée ? Il faisait un froid de canard, les coqs dormaient encore et la hache qu'elle essayait de soulever était probablement plus lourde qu'elle.

Fronçant les sourcils, il remonta l'allée. Le vieux lecteur de CD qui diffusait du hard rock à plein volume étouffa le bruit du moteur de la jeep.

C'était dangereux. Leurs chalets étaient à l'écart de la ville, complètement isolés au milieu des bois. Si cet éloignement garantissait à Harley que les touristes femelles avec lesquelles il s'amusait ne s'aviseraient pas de devenir trop collantes, des touristes mâles pouvaient fort bien venir se promener dans le secteur. Des étrangers qui pouvaient s'avérer charmants... ou pas.

Vivre loin de tout est dangereux pour n'importe quelle femme, mais l'est plus encore quand elles sont imprudentes.

Harley coupa le moteur, descendit de sa jeep, et observa Anastasia. Cette femme le fascinait à plus d'un titre.

Elle ne recherchait pas sa compagnie, n'essayait pas de l'impressionner et s'adressait à lui comme l'aurait fait un homme – dans un langage toutefois moins fleuri.

Des qualités qu'Harley appréciait. Son apparente indifférence l'intriguait. Non qu'il fût vaniteux. Mais... au fil du temps, il s'était habitué à ce que les femmes lui courent après.

Son bonnet et la capuche de son sweat-shirt dissimulaient ses longs cheveux bruns. Elle avait enfilé pardessus une grosse veste de bûcheron et s'était chaussée de bottes matelassées. Mais quand il la vit s'efforcer une fois de plus de soulever sa hache, elle le fit avec une telle maladresse qu'il décida d'intervenir ; elle allait se blesser s'il ne le faisait pas.

— Anastasia !

Le vent et la musique se liguèrent pour recouvrir sa voix. Harley regarda autour de lui et repéra un caillou. Il le lança en direction du minuscule tas de bois qu'elle était miraculeusement parvenue à couper, et attendit.

Anastasia interrompit son geste, regarda le caillou, puis, sans se presser, regarda derrière elle. Au-dessus de son nez rougi, ses yeux sombres s'éclairèrent.

— Harley.

Elle posa sa hache, se dirigea vers le portail pour éteindre la musique, puis, plaçant ses mains couvertes de mitaines en coupe devant sa bouche pour souffler sur le bout de ses doigts gelés, se dirigea vers lui.

— Déjà levé ?

Pas encore couché eût été plus exact, mais Harley préféra s'abstenir de rectifier.

— Vous avez l'intention de faire du feu ? demanda-t-il en désignant le tas de bois.

— J'espère que je n'en aurai pas besoin, mais avec ce temps, il pourrait bien y avoir une coupure d'électricité. Ne vous inquiétez pas, il y en a tout plein près de votre chalet, je m'en étais occupée l'été dernier. Mais mes réserves sont presque à sec.

Ainsi, c'était elle qui avait coupé le bois qui s'entassait devant son porche ? Harley en doutait. Mais il avait beau s'être livré à un véritable marathon sexuel la moitié de la nuit, il ne pouvait pas la laisser se débrouiller seule.

— Rentrez au chaud, dit-il. Je vais terminer.

— Certainement pas !

Anastasia ne lui arrivait même pas aux épaules, mais cela ne l'empêcha pas de venir se planter devant lui d'un air farouche et de frapper le sol d'une de ses grosses bottes matelassées.

— Vous êtes mon hôte payant, Harley Handleman, pas mon homme de peine. Il est absolument hors de question que je vous laisse…

Harley, qui n'avait aucun goût et aucun talent pour le bavardage, se contenta d'avancer pour échapper à ses objections. Il posa une bûche sur le billot, souleva la hache et jeta un coup d'œil vers elle.

— Écartez-vous, si vous ne voulez pas que je vous blesse.

— Harley, je suis sérieuse. N'essayez pas de…

D'un seul coup de hache, il fendit la bûche.

— Oh, souffla Anastasia, stupéfaite. À vous voir faire, ça a l'air enfantin, ajouta-t-elle avec un soupir dépité.

Harley haussa les épaules.

Elle voulut ramasser le bois qu'il venait de fendre, mais il l'avait déjà devancée.

— Vous êtes doué à ce jeu-là, déclara-t-elle en croisant les bras. Bien plus que moi, en tout cas.

La bonne blague. Comme il n'avait jamais approché Anastasia qu'en hiver, Harley ne savait pas à quoi ressemblait sa silhouette sous ses gros pulls, mais quelle que soit l'épaisseur de ses vêtements, elle n'était guère robuste. Son cou gracile, ses attaches délicates et ses doigts de poupée le lui disaient assez.

— Je suis un homme, répondit-il comme si cela expliquait tout.

— Un chauvin mâle, clarifia Anastasia d'un ton amusé. Et en pleine forme, à ce que je vois. Bon, je crois que vous permettre de tailler quelques bûches ne portera pas à conséquence…

Elle laissa sa phrase en suspens, indécise, débattant surtout avec elle-même, car Harley s'était déjà remis au travail.

— Je vais préparer du café.

Il ne répondit pas. Un café lui ferait peut-être du bien une fois qu'il aurait terminé et au moins, pendant ce temps-là, Anastasia serait au chaud.

Du coin de l'œil, il la vit s'arrêter sur le porche pour retirer ses bottes avant d'entrer. Une fois qu'elle eut disparu, il se consacra exclusivement à sa tâche et découvrit qu'il prenait un certain plaisir à manier la hache et à regarder grossir le tas de bûches.

Il fut bientôt en nage et retira son manteau. Quand il eut terminé, environ une heure plus tard, son maillot de corps et sa chemise de flanelle étaient imprégnés d'un mélange de sueur et de neige fondue. Il s'essuya le front d'un revers de manche et réalisa subitement qu'il n'avait pas accordé une seule pensée au SBC pendant qu'il travaillait.

Couper du bois était peut-être le remède qu'il cherchait.

À moins qu'il n'ait été trop occupé à penser à Anastasia pour considérer autre chose.

De gros flocons de neige commençaient à tomber et une couche de givre recouvrait le sol. Lorsque Anastasia passa la tête par l'entrebâillement de la porte du chalet, elle découvrit Harley, les bras ballants, perdu dans la contemplation de la neige qui s'amoncelait sur les branches, les pierres et le tas de bûches.

— Harley ? l'appela-t-elle. Entrez donc boire un café, ça vous réchauffera.

— Je suis déjà réchauffé, répondit-il.

Mais il ne ressentait aucune fatigue et n'était pas pressé de rentrer se coucher. Il ramassa donc son manteau et se dirigea vers la porte qu'elle maintenait ouverte à son intention.

Il balaya d'un bref coup d'œil la pièce où ronflait un poêle à bois. Le chalet d'Anastasia était différent de celui qu'elle lui louait. Moins rustique. Plus élégant. Le design des meubles en chêne délavé, presque blanc, était très européen. Des coussins apportaient une note chaleureuse aux fauteuils et aux canapés, capitonnés de tissus soyeux. Deux tapis de couleurs vives recouvraient presque entièrement le plancher, mais, exception faite d'un petit bouquet de fleurs en tissu sur la table, il n'y avait pas le moindre bibelot en vue. D'après ce qu'Harley connaissait d'Anastasia, ce style à la fois net et féminin reflétait bien sa personnalité.

— Mes boots sont trempées, déclara-t-il, inquiet à l'idée de salir ses tapis.

— Retirez-les.

Il leva les yeux vers elle... et demeura un instant saisi. Elle avait retiré ses vêtements chauds. Des leggings blancs moulaient ses jambes fuselées, un grand sweat-shirt rose pâle lui arrivait tout juste au ras des fesses et des socquettes à rayures blanches et roses recouvraient ses pieds minuscules.

Quand elle se pencha pour sortir quelque chose du four, ses longs cheveux bruns dissimulèrent son visage, mais ce mouvement mit en valeur une autre partie de son anatomie. Harley contempla sans vergogne ses adorables petites fesses en forme de cœur. Pour une femme aussi menue, Anastasia présentait des courbes généreuses.

— Le fond de mon jean est mouillé aussi, annonça-t-il sans détacher les yeux de son postérieur.

Les mains protégées par des moufles matelassées, elle déposa une fournée de cookies sur la cuisinière.

— Enlevez-le aussi, si vous voulez, proposa-t-elle d'un ton parfaitement naturel. Je peux le mettre dans le sèche-linge.

Pensait-elle qu'il n'oserait pas ?

Harley l'étudia brièvement et constata qu'elle n'avait pas suggéré cela comme un défi. Elle semblait parfaitement à l'aise. Pourquoi pas, après tout ?

Il sortit son portefeuille, ses clés et son portable de ses poches, les fourra dans celles de son manteau et l'accrocha près de la porte. Les lacets mouillés de ses boots lui donnèrent du fil à retordre, mais il finit par en venir à bout et alla les ranger sur le porche, à côté des bottes d'Anastasia.

Après avoir refermé la porte, il retira sa chemise de flanelle, déboutonna son jean, baissa la fermeture… et le fit glisser sur ses jambes.

Sans même jeter un coup d'œil à son caleçon moulant, Anastasia s'approcha et ramassa ses vêtements.

— Je vous suis très reconnaissante d'avoir coupé tout ce bois, Harley. Vous êtes allé bien au-delà de ce que je comptais faire. Grâce à vous, me voilà parée pour l'hiver.

Tout comme son chalet, celui d'Anastasia se composait d'une pièce principale qui tenait lieu à la fois de salon, de salle à manger et de cuisine. Seules la salle de bains et les deux chambres étaient séparées, mais leurs portes étaient grandes ouvertes, sans doute pour permettre à la chaleur de se répandre. Harley aperçut son lit impeccablement fait, une sorte de bureau dans l'autre chambre et une salle de bains d'une blancheur immaculée.

Anastasia alla mettre ses vêtements mouillés dans le sèche-linge.

— Asseyez-vous, Harley, l'invita-t-elle tandis qu'elle programmait le cycle. Mettez-vous à l'aise, je vous apporte le café tout de suite.

— Merci.

Si elle était prête à prendre le café avec un homme en sous-vêtements – un homme avec lequel elle n'avait pas passé la nuit – et à faire comme si c'était parfaitement normal, il n'y avait pas de raison qu'il n'en fasse pas autant. Il s'assit donc, en T-shirt blanc, caleçon noir et chaussettes de laine écrues, sur une chaise à l'assise rembourrée près d'une table ronde. Dehors, le vent continuait à souffler alors qu'à l'intérieur, le parfum du feu de bois et des cookies tout juste sortis du four l'enveloppait d'une sensation de confort à laquelle il n'était pas habitué.

— Vous avez un autre moyen de chauffage en dehors de ce poêle ?

— J'ai des radiateurs électriques, répondit-elle, comme ceux de votre chalet. Mais je préfère l'odeur du feu de bois. Le problème, c'est que le poêle ne chauffe pas assez les chambres, alors quand il fait trop froid, je dors sur le canapé.

Harley tourna la tête vers le petit canapé et imagina son corps doux et tiède, pelotonné là…

— Je ne tiendrais jamais là-dessus, dit-il machinalement.

— Ce n'était pas une invitation, fit-elle remarquer. Mais vous avez raison, un homme de votre taille ne pourrait pas s'y allonger complètement.

Plutôt que de déposer une chope de café devant lui, Anastasia avait pris la peine de garnir un joli plateau d'une cafetière, de tasses, de soucoupes, de crème, de sucre, de cookies, de petites cuillers et de serviettes en papier. Ce décorum surprit Harley, mais il sentit que c'était pour elle parfaitement naturel.

— Crème et sucre ?

— Je le prends noir.

Il attendit qu'elle fasse le service en parfaite maîtresse de maison, puis sirota son café.

— Délicieux. Bien fort, juste comme je l'aime.

— Moi aussi.

Elle souleva l'assiette de cookies, mais hésita avant de la tendre vers lui.

— Je suis désolée, je n'ai pas réfléchi. Vous pouvez manger des cookies quand vous vous entraînez ?

— Comment savez-vous que je m'entraîne ?

— C'est un secret ? demanda-t-elle, surprise.

— Non.

— Tout le monde le sait ici, Harley. Vous êtes une célébrité.

— N'exagérons rien.

— Allons, ne faites pas le modeste. Tout le monde connaît votre nom.

— Les fans de sport, peut-être. Mais ils ne sont pas légion.

— Si vous le dites, murmura-t-elle avec un léger haussement d'épaules. Mais vous ne m'avez pas répondu : un cookie bouleversera-t-il votre régime ?

Harley entretenait rigoureusement sa forme, mais il n'était pas stupide.

— Je ne peux quand même pas refuser des cookies tout juste sortis du four.

Anastasia eut un sourire ravi qui fit briller des paillettes dorées dans ses grands yeux sombres.

— Bon. Dans ce cas, je vous en donne trois.

Ils burent le café et savourèrent les cookies dans un agréable silence. Ce simple fait était étrange en soi, car en dehors de sa famille et de ses amis, Harley ne s'autorisait aucune relation platonique. Mis à part ses relations sexuelles, donc – rarement silencieuses –, il n'avait jamais partagé d'agréable silence avec une femme. Pourtant, avec Anastasia, cela semblait… normal.

Sans doute parce qu'elle se comportait avec lui comme les femmes de sa famille : de façon sexuellement désintéressée.

Le soleil perça les nuages et se réverbéra sur la neige, illuminant soudain la pièce.

— Puisqu'on parle de votre entraînement…

— Ah bon ?

Il prit un autre cookie. Ils étaient délicieux.

— … c'est la première fois que je vous vois debout aussi tôt.

— Je n'ai pas d'horaires fixes. Mais ce matin, ajouta-t-il à voix basse en la regardant droit dans les yeux, je ne me suis pas entraîné.

— Oh, je croyais que…

Elle comprit soudain ce qu'il venait de sous-entendre et baissa la tête pour dissimuler un sourire.

— Dans ce cas, je n'ai rien dit.

Harley l'observa. Elle était très fraîche et séduisante dans ce petit sweat-shirt rose, et même s'il avait horreur qu'on s'immisce dans sa vie privée, il fut incapable de retenir la question qui brûlait ses lèvres.

— Qu'est-ce qui vous amuse ?

— Rien… Je me disais simplement que j'aurais dû m'en douter.

Elle paraissait intimidée. Comme si elle était sur le point de rougir.

— Vous douter de quoi ?

— Echo Lake est une petite ville, presque un village, en fait, répliqua-t-elle avec un grand sourire avant de poser son menton sur son poing fermé. Tout se sait, ici, et quelqu'un comme vous ne passe pas inaperçu. Tous les regards sont braqués sur vous et… disons que vous vous êtes taillé une… certaine réputation dans le coin.

Sa façon de le taquiner lui plut, mais il aurait mis sa main à couper qu'elle ne disposait d'aucune information précise sur son compte.

— Une réputation, hein ? Laquelle ?

— D'homme à femmes, évidemment.

Il avait vu juste : de simples rumeurs.

— Seriez-vous du genre à prêter l'oreille aux ragots, Anastasia ? demanda-t-il en portant sa tasse à ses lèvres.

— Aux ragots ? Aux vantardises, vous voulez dire, gloussa-t-elle. Mais absolument, mon cher ! Et à l'épicerie encore, si vous voulez tout savoir !

La curiosité l'emporta. Harley reposa sa tasse, croisa les bras sur la table et scruta Anastasia de toute l'intensité de son regard.

— Racontez-moi un peu ça.

— Oh, non, rétorqua-t-elle, incapable cette fois de s'empêcher de rougir. Je ne peux pas vous répéter ce que j'ai entendu, c'était bien trop explicite.

— Explicite ? À quel point ?

— Tout ce que je peux vous dire, c'est qu'une des femmes voulait savoir si quelqu'un connaissait votre adresse.

— Qui cela ?

— Je ne les avais jamais vues. Des touristes qui viennent ici pour skier, j'imagine.

Il redressa lentement le dos.

— Vous la lui avez donnée ?

— Bien sûr que non. Je respecte votre vie privée. Vous n'avez pas à vous tracasser, Harley, elles n'avaient pas l'air de savoir grand-chose sur vous.

Que diable avait-elle bien pu entendre, et qui était cette femme qui le recherchait ? Harley précisait toujours très clairement ses intentions et ne faisait jamais de fausses promesses.

— Oubliez ça, Harley. Je vous promets qu'en dehors de cette question, tout ce qu'elles ont dit était flatteur.

— J'en suis infiniment soulagé.

— Je n'en crois pas un mot, s'esclaffa-t-elle. Je suis certaine que vous n'attachez aucune importance à ce que les gens disent de vous.

Harley constata que même sous la vive lumière du soleil, sa peau semblait douce et lisse, totalement dépourvue de maquillage. Ses dents étaient très blanches, ses lèvres pleines et elle avait une façon de plisser le nez tout à fait adorable quand elle riait.

Comment se faisait-il qu'il n'ait encore jamais remarqué tout cela ?

En fait, ce qui le surprenait vraiment, ce n'était pas la soudaine attention qu'il portait à son visage, mais le fait qu'elle ait deviné juste.

— Ah bon, vous croyez cela ? répondit-il, dubitatif.

— Absolument. Je suis très douée pour juger du caractère des gens, précisa-t-elle d'un ton plein d'assurance.

— Vraiment ? sourit-il en se calant au dossier de sa chaise. Et qui a décrété cela ?

— Des tas de clients infiniment satisfaits.

— Des clients ? demanda-t-il en relevant le sourcil droit.

Elle hocha la tête et fronça le nez.

— Vous ne pensez pas que mes revenus proviennent uniquement de la location du chalet, j'espère ? Je m'ennuierais à mourir si je ne travaillais pas. De toute façon, même si cette location me rapporte pas mal d'argent, ce n'est pas suffisant pour mener la vie qui me plaît.

— Non ?

— Non. Quand vous n'êtes pas là, ajouta-t-elle, redevenant timide, je ne viens pratiquement jamais ici.

Cette révélation lui fit hausser les sourcils. Confession ? Suggestion ? Il n'aurait su le dire au juste, mais l'idée de regagner son chalet séance tenante, en caleçon s'il le fallait, lui passa par la tête. Anastasia surprit son expression et éclata de rire.

— Détendez-vous ! Je ne disais pas cela dans ce sens.

— Dans quel sens ?

— Je ne vous drague pas, Harley.

Non, elle ne l'avait jamais fait. Il soupira. Des tas de questions lui traversaient l'esprit, mais il savait d'expérience que le silence fournit plus de réponses que les questions directes. Au bout de trente secondes, Anastasia reprit effectivement la parole.

— Ce n'est pas spécifiquement pour vous que je viens. Il se trouve simplement que nous apprécions la solitude autant l'un que l'autre. Quand je viens ici, je loue l'autre chalet et comme je le retiens toujours pour vous à cette période de l'année, vous êtes là en même temps que moi.

— Et le reste du temps ?

— Une agence s'en occupe. En tant que coach de vie, je suis souvent amenée à voyager, alors je ne m'en prive pas.

Il la connaissait depuis trois ans, mais il ignorait tout d'elle, réalisa-t-il avec surprise.

— Coach de vie, hein ? C'est... original.

— Je suppose, oui. Vous savez en quoi cela consiste ? demanda-t-elle en se rapprochant de lui.

— Pas bien, non.

— Désirez-vous l'apprendre ? s'enquit-elle, visiblement ravie à l'idée de lui fournir des explications.

— Je suis tout oreilles.

— Vous êtes tout quelque chose, Harley Handleman, mais cela n'a rien à voir avec vos oreilles.

Dans la bouche d'une autre femme, cette réflexion lui aurait fait l'effet d'une provocation. Mais le ton sur lequel elle avait dit cela n'avait rien de provocant. C'était une simple plaisanterie dépourvue d'arrière-pensée. Son attitude lui plaisait et l'agaçait à la fois.

— En gros, poursuivit-elle sans se soucier de son dilemme émotionnel, un coach de vie aide son client à déterminer ses compétences, à définir son chemin de vie et à atteindre les objectifs qu'il s'est fixés tout en gérant son stress. Sans me vanter, je suis très demandée et on sollicite mes services aux quatre coins des États-Unis. Quand le prix proposé me convient, je vais chez mon client pour vivre et travailler avec lui dans son atmosphère.

— Vous travaillez surtout pour des hommes ? demanda Harley. Vous dites *mon client,* explicita-t-il comme elle le regardait d'un air confus.

— Oh. Non, c'était une formule générique. J'ai aussi travaillé pour des femmes. Mais c'est vrai, enchaîna-t-elle après un instant de réflexion, plus souvent pour des hommes que pour des femmes. J'ai toujours le choix et je suppose que je suis plus attirée par les univers masculins.

Harley se cala confortablement dans sa chaise et croisa les bras. Il avait complètement oublié qu'il était en sous-vêtements.

— Dites-m'en un peu plus.

Elle pinça les lèvres, puis secoua la tête comme pour se débarrasser d'un souvenir déplaisant.

— Sans importance, murmura-t-elle.

— Quoi donc ?

— En fait, il arrive souvent que les gens, les hommes comme les femmes, s'encroûtent dans la routine et se retrouvent incapables de déterminer objectivement ce qu'ils veulent, ce qui leur manque et comment l'obtenir. Je travaille avec eux pour les amener à rester concentrés sur leur créativité positive et à équilibrer leur vie de façon à atteindre leurs objectifs.

— Vous leur dites ce qu'ils doivent et ne doivent pas faire ?

— On peut dire ça comme ça, mais je m'efforce de le faire d'une façon neutre et impartiale, sans jamais perdre de vue l'objectif qu'ils souhaitent atteindre – c'est essentiel. Ce qui prime, ce sont les désirs et les besoins de mon client, pas ce que j'en pense.

— Votre morale, votre éthique, n'entrent jamais en ligne de compte ?

— C'est mon métier, Harley. Mes préférences personnelles ne peuvent pas figurer dans l'équation.

Harley n'avait jamais rien entendu d'aussi étrange. Il doutait que quiconque puisse être assez professionnel pour ne pas investir sa personnalité dans son métier.

— Et les gens vous paient pour ça ?

— Absolument. Mes honoraires sont élevés et tous mes frais sont à la charge du client. Mais mon taux de réussite justifie amplement l'argent que je gagne.

Pendant une fraction de seconde, Harley se demanda le genre de conseils qu'elle serait en mesure de lui donner, mais il s'empressa de chasser cette idée saugrenue. Les conseils qu'il se donnait à lui-même suffisaient amplement, et il n'aurait guère apprécié qu'une fouineuse, aussi séduisante fût-elle, s'avise de farfouiller dans sa tête.

— Votre prochain voyage est prévu pour quand ?

— En général, je reprends le travail à l'arrivée du printemps. Mais j'ai eu un pépin dernièrement, précisa-t-elle en lissant sa serviette du plat de la main, et je crois que cette année je vais prolonger mes vacances.

Harley attendit, mais Anastasia ne s'étendit pas sur son « pépin ». Elle se frotta les mains et leva les yeux vers lui.

— Et vous ?

— Quoi, moi ?

— Un objectif ? Une idée fixe ? Un rêve inassouvi ?

Harley n'hésita pas. Il était extrêmement motivé et ne manquait pas d'objectifs. Leur importance variait selon les jours, parfois même selon les heures, au gré des caprices de son existence. Mais son principal objectif, lui, restait toujours le même.

— Je vais remporter le titre de champion du SBC.

— Waouh ! J'ai suivi quelques compétitions, et rafler la ceinture du champion est un sacré défi. Les combattants sont très impressionnants. Ça ne doit pas être facile de décrocher un combat contre le tenant du titre.

— Ça se mérite.

— J'imagine que vous avez mis au point un plan de bataille structuré pour atteindre cet objectif ?

— Affirmatif.

Avait-elle vu les compétitions auxquelles il avait participé ? Savait-elle qu'il avait plusieurs fois laissé passer l'occasion de participer au championnat ?

— Bravo. Votre attitude est positive, Harley, et vous êtes visiblement en mesure d'y arriver. Maintenant, imaginons que vous rencontriez des déceptions en cours de route, dit-elle en se rapprochant de lui. Ce serait à ce moment-là que j'interviendrais pour vous donner des conseils.

Elle n'attendit pas qu'il éclate de rire pour enchaîner:

— Et je ne parle pas de votre entraînement. Ce n'est absolument pas mon domaine. Mais tant de choses peuvent nous influencer: la famille, les amis, les collègues...

Une leçon qu'Harley avait douloureusement apprise.

— Tout à fait, acquiesça-t-il.

— Ces influences extérieures peuvent nous perturber et nous inciter à commettre des erreurs, si nous les laissons faire.

— Certaines choses sont indépendantes de notre volonté, s'entendit-il lui répondre.

À peine ces mots eurent-ils franchi sa bouche qu'il eut envie de les ravaler. Il ne se laissait jamais aller aux confidences nostalgiques. Il ne se plaignait jamais à voix haute. Et surtout, il n'admettait *jamais* la moindre perte de contrôle.

Anastasia parut soupeser ce qu'il venait de dire.

— Je suis d'accord. Mais dans ces cas-là, c'est la façon de s'adapter aux circonstances qui fait la différence entre la réussite et l'échec. Un point de vue extérieur permet parfois de distinguer des choses qu'on n'arrive pas à voir seul.

— Peut-être.

Dégoûté de lui-même, Harley finit son café d'un trait et se leva. Il n'aurait jamais dû accepter l'invitation d'Anastasia. Qu'est-ce qui lui avait pris de bavarder avec cette femme ? Il mettait pourtant un point d'honneur à ne pas s'aventurer sur ce terrain.

— Il se fait tard, Anastasia, déclara-t-il abruptement. Vous croyez que mon pantalon est sec ?

2

Anastasia l'observait, et Harley eut la désagréable impression qu'elle le décortiquait, analysait une à une toutes les pièces qui le constituaient et en tirait des conclusions dans un temps record.

— Quoi ? demanda-t-il avec plus d'humeur qu'il n'en avait l'intention.

Un sourire apparut au coin de ses lèvres.

— Rien.

— Quoi ? insista-t-il.

Elle secoua la tête.

— Vos yeux m'ont captivée, l'espace d'une seconde. Vous avez un regard vraiment… intense.

— Mes *yeux* ? répéta-t-il, interloqué.

— Pff, fit-elle en agitant la main, ne faites pas comme si on ne vous l'avait jamais dit, Harley. Avec des yeux comme ça, vous devez crouler sous les compliments depuis l'enfance.

— Peut-être. Mais en général, ce sont les femmes qui partagent mon lit qui se permettent ce genre de commentaire, ne put-il s'empêcher de répliquer, histoire d'avoir le dernier mot.

Elle laissa échapper un rire surpris.

— J'imagine !

Son expression passa en un clin d'œil de l'amusement à l'horreur, et elle joignit les mains.

— En fait, non ! Je ne veux surtout pas imaginer ! s'empressa-t-elle de rectifier.

Harley saisit ses poignets et l'attira doucement vers lui. Ses attaches étaient d'une extrême délicatesse, sa peau était tiède. Anastasia écarquilla les yeux comme une biche surprise par les phares d'une voiture, et son embarras permit à Harley d'investir à nouveau le rôle auquel il était habitué : celui du mâle dominant.

— Pourquoi pas ? murmura-t-il.

— Pourquoi pas quoi ? s'enquit-elle, le regard rivé à ses lèvres.

Harley sourit. Pourquoi s'était-il imaginé qu'Anastasia était différente des autres femmes ? Elle fondait aussi facilement sous son regard de séducteur. Il en fut à la fois soulagé et déçu.

— Pourquoi refusez-vous de m'imaginer au lit avec une femme ?

Elle leva vivement les yeux, laissa échapper un bref ricanement et s'écarta de lui.

— Je suis trop jeune pour imaginer des choses de ce genre, répondit-elle.

Elle tourna les talons et se dirigea vers le sèche-linge. En une fraction de seconde, la tension sexuelle avait disparu comme si elle n'avait jamais été là.

— Vous savez, Harley, peu de gens considèrent qu'il se fait tard quand l'aube vient de se lever, mais je pense que vos vêtements sont secs.

Il avait réussi à la mettre mal à l'aise : un point pour lui. Mais elle avait retrouvé son attitude détendue et n'attachait aucune importance au fait qu'il soit pratiquement nu : en quoi cela le perturbait-il, puisqu'il n'avait pas envie qu'elle s'intéresse à lui ?

Il l'avait machinalement suivie et, tout aussi machinalement, contemplait ses hanches qui ondulaient, la souplesse de sa démarche.

— Secs et chauds, annonça-t-elle en se retournant, manquant lui rentrer dedans. Ouf ! s'exclama-t-elle, surprise. Vous êtes un vrai Ninja ! Je ne vous ai pas entendu approcher.

Harley la regarda, mais ne répondit rien. Et ne recula pas. Anastasia éclata de rire, leva les yeux au ciel et lui tendit ses vêtements.

— Vous êtes dangereux, Harley, mais je vous remercie sincèrement d'avoir coupé tout ce bois. Sans vous, j'y aurais passé la journée.

Elle y aurait plutôt passé la semaine, mais Harley préféra s'abstenir d'en faire la remarque. Il enfila son pantalon.

— Dangereux ? s'étonna-t-il cependant.

— Oui. Vous le savez très bien, alors ce n'est pas la peine de prétendre le contraire.

— C'est drôle, Anastasia, parce que vous n'avez pas l'air effrayée.

— Je crois que je suis blindée.

— Blindée ? Comment cela ?

— Ça vous énerverait si je vous le disais.

Sa réponse l'énervait, cela ne faisait aucun doute.

— Si vous me disiez quoi ?

Elle soupira comme s'il abusait de sa patience.

— Vous avez vraiment envie de jouer à ça ?

Oui. Il avait très envie de… Halte là. Du calme, se dit-il en remontant la fermeture de son jean.

— De jouer à quoi ?

— À cet échange de répliques, répondit-elle en agitant la main. Qui nous amènera inévitablement à approfondir les raisons pour lesquelles nous ne souhaitons ni l'un ni l'autre nous impliquer dans une histoire. À déballer nos sentiments les plus intimes… conclut-elle en plissant le nez.

— Non, pas du tout !

Anastasia Bradley avait réussi ce qu'aucun combattant aguerri n'était jamais parvenu à faire. Elle avait réussi à l'effrayer.

Elle posa une main sur son épaule, la caressa, puis la tapota comme un maître-chien apaise un molosse qui montre les dents.

— C'est bien ce que je pensais.

Sans qu'il comprît comment ni pourquoi, chaque seconde qui passait rendait Anastasia de plus en plus irritante et attirante. Harley enfila sa chemise et s'empressa de changer de sujet.

— Merci pour les cookies, dit-il en se dirigeant vers la porte.

— C'était la moindre des choses, répliqua-t-elle en le suivant. J'espère que nous échapperons aux coupures d'électricité en cas de tempête.

— Ouais, répondit-il en rangeant son portefeuille et son portable dans les poches de son jean.

— Bon, eh bien, au cas où je ne vous reverrais pas d'ici là, je vous souhaite bonne chance pour votre prochain combat.

— Je reste ici jusqu'à la fin du mois, précisa-t-il en lui jetant un bref coup d'œil.

— Encore deux semaines, je sais. Mais ici, il m'arrive de ne pas croiser âme qui vive pendant des périodes plus longues.

— Par choix ?

— En grande partie, oui, admit-elle en souriant. Vous n'êtes qu'à un kilomètre, mais je ne vous vois pratiquement jamais. À partir d'aujourd'hui, les probabilités pour qu'on se croise sont donc pratiquement retombées à zéro. Je tenais à vous souhaiter bonne chance avant votre départ.

Elle avait utilisé beaucoup de mots pour dire une chose toute simple.

— Vous pensez que j'ai l'intention de vous éviter ?

— Arrêtez de me prendre pour une idiote, Harley, dit-elle d'un ton de reproche. Je suis plus intuitive que vous ne le pensez et, oui, je sais que vous m'éviterez.

C'était effectivement ce qu'il avait eu l'intention de faire. Avant.

— Je vous manquerai quand je serai parti ?

Cette question à brûle-pourpoint la déstabilisa une fraction de seconde.

— Je vous verrai sur la chaîne payante.

Elle suivait donc bel et bien ses combats. Harley ne put s'empêcher d'éprouver une pointe de satisfaction. Elle s'intéressait à lui.

— En souhaitant que je sois plus près de vous ?

Elle éclata de rire.

— Vous êtes incorrigible !

Il l'était. Ce n'était peut-être pas du tout à cause de lui qu'elle regardait les combats, mais simplement parce qu'elle était fan de ce sport. Autant en avoir le cœur net.

— Vous suivez régulièrement les compétitions d'arts martiaux mixtes ?

— Pas vraiment. Je ne me suis jamais vraiment intéressée à un sport plutôt qu'à un autre, et surtout pas aux sports violents. Je n'ai jamais regardé que les combats auxquels vous participiez et franchement, je ne comprends pas encore toutes les règles.

— Mais vous regardez quand même, dit-il en s'adossant au mur. Quand je participe.

— Oui, répondit-elle en haussant les épaules. Le fait de connaître quelqu'un donne plus d'attrait au spectacle.

Harley s'apprêtait à lui déclarer qu'il savait donner de l'attrait à bien d'autres choses encore, lorsque la sonnerie de son portable retentit.

— Désolé. J'en ai pour une minute.

— Je vous en prie, répliqua Anastasia en se dirigeant vers la table pour débarrasser.

— Allô ?

— Salut, frangin. Alors, ça gaze ?

— Barber. Déjà debout ou pas encore couché ? demanda-t-il en jetant un coup d'œil à sa montre.

— Je sors à peine d'un lit douillet, si tu veux tout savoir. Et ce n'était pas le mien…

— Frimeur, rétorqua Harley avec un grand sourire. Tu as fait des folies de ton corps et tu as décidé de m'appeler rien que pour m'embêter, c'est ça ?

Barber – qui n'était pas son frère – avait le physique et le potentiel d'un vrai combattant, mais son talent naturel pour la musique l'avait incité à embrasser une carrière de musicien. Il avait surtout un merveilleux sens de l'humour. Harley et lui s'étaient entendus au premier regard.

— Ben ouais. Pourquoi pas ?

— Gros malin, va. Et si j'avais été au lit ?

— Parce que tu n'y es pas ? Oh, alors là, je suis déçu. Tu baisses cruellement dans mon estime.

Harley jeta un coup d'œil à Anastasia qui lui tournait le dos.

— Figure-toi que je viens moi aussi de quitter un lit douillet, murmura-t-il. Et puis j'ai vu la propriétaire du chalet qui coupait du bois, alors je lui ai donné un coup de main.

— *La* propriétaire, hmm ? Tu ne perds pas de temps. Intéressante ?

— Non.

Pas vraiment.

— Et toi ? enchaîna-t-il. Quoi de neuf ? Toujours à te vautrer dans la gloire ?

Le groupe de Barber avait signé un contrat avec les dirigeants du SBC pour animer les principaux événements.

— Tu me connais, j'adore me vautrer, plaisanta Barber. On a bossé comme des malades, mais là, j'ai mis un frein et je fais un retour aux sources. Le mois qui vient, on ne va pas bouger d'Harmony avec le groupe. On va jouer au Roger's Rodeo. Alors voilà, je suis là et toi tu n'es pas là, comme dit la chanson. Dean m'a dit que tu pansais tes plaies. Je me suis demandé ce que ça voulait dire, mais il a refusé de m'en révéler plus. Qu'est-ce que tu branles ?

— Dean ne dit que des conneries, tu le lui diras de ma part.

Tous deux avaient un profond respect pour Dean, aussi Barber interpréta-t-il ce commentaire comme le trait d'humour irrévérencieux qu'il était censé être.

— C'est mon coude que je rééduque, pas mon poignet, tu le sais très bien, Barber.

— Encore ? Mais ça fait des siècles que tu t'es déboîté ce putain de coude !

— Six semaines.

Six longues semaines d'agonie, et un championnat qui venait une fois de plus de lui passer sous le nez.

— Dis-moi où tu es, j'arrive et tu partages ton harem avec moi !

Harley reporta une fois de plus son regard sur Anastasia. Dans ce petit espace, elle entendait forcément tout ce qu'il disait.

— Désolé, pas de harem dans le secteur.

Il la vit sourire, et en fut ennuyé.

— Je ne te crois pas, rétorqua Barber. Si c'était vrai, tu ne traînerais pas aussi longtemps.

— Qui sait ? répondit-il sans quitter des yeux le postérieur d'Anastasia.

Elle avait fini de débarrasser la table et regardait par la fenêtre. Harley dessina des yeux le contour de sa silhouette, s'en rendit compte et décida qu'il n'y aurait jamais rien de possible entre eux.

— Tu sais quoi ? enchaîna-t-il. J'ai hâte de reprendre l'entraînement et je crois que je vais rentrer d'ici une semaine.

— N'abrège pas ta convalescence à cause de moi. Je ne vais pas bouger d'ici avant au moins un mois.

Anastasia s'était retournée pour le regarder. L'annonce de son départ anticipé l'avait sans doute surprise… mais elle ne le manifesta pas. Elle se contenta de l'analyser… et de tirer ses conclusions personnelles.

— Je n'abrège rien, assura-t-il à Barber.

Plus tôt il s'éloignerait d'elle, mieux cela serait. Il avait toujours fui comme la peste les femmes dans son genre. Elles lui donnaient l'impression de se faire disséquer vivant.

— Je serai de retour à la fin de la semaine. Tu as intérêt à être en forme !

Il éteignit son portable et s'avança vers Anastasia.

— Désolé, dit-il.

— Aucun problème, répondit-elle en s'écartant de la fenêtre.

— Il y a du nouveau, je vais rentrer plus tôt que prévu.

— J'ai entendu.

Harley attendit qu'elle le questionne, mais elle n'en fit rien, se contentant de lui sourire. Il déclara forfait avant elle.

— Je sais que j'étais censé rester jusqu'à…

— Aucun souci. Je vous rembourserai la dernière semaine de location.

Ah, non. C'était lui qui rompait le contrat, pas l'inverse.

— Inutile.

— Comme vous voudrez, céda-t-elle en haussant les épaules.

Il la maudit intérieurement et surprit une lueur amusée dans son regard. Depuis quand autorisait-il qui que ce soit à lui taper sur les nerfs ? A fortiori une femme.

Une femme qui abondait dans son sens, par-dessus le marché.

— Vous aimez être imprévisible, n'est-ce pas, Anastasia ?

— Absolument.

Cet aveu fut pire que tout.

— Vous ne me poserez pas une seule question parce que n'importe quelle autre femme à votre place le ferait, c'est ça ?

— Il me semble que nous avons déjà conclu que je ne suis pas n'importe quelle femme, non ? Pas en ce qui vous concerne, en tout cas, déclara-t-elle en lui tapotant le torse. Et si je suis imprévisible, alors vous êtes impénétrable.

Elle avait fait sonner ce mot comme une insulte.

— J'appelle ça « réservé ».

— Appelez ça comme vous voudrez, il n'empêche que vous vous cachez derrière une armure.

Elle s'approcha de la porte et l'entrouvrit.

— Il fait un froid polaire, mais la neige s'est arrêtée, annonça-t-elle en se tournant vers lui. Vous feriez mieux d'y aller avant qu'il y ait du verglas. Remonter jusqu'au chalet serait difficile, même avec une jeep.

— Vous vous faites du souci pour moi ? demanda-t-il en enfilant son manteau.

— Je ne vois pas pourquoi je m'en ferais. Vous êtes un grand garçon, non ?

— Je pensais que vous n'aviez pas remarqué, répliqua-t-il à voix basse.

Le piège fonctionna. Le regard d'Anastasia se porta aussitôt sur son entrejambe. Harley faillit rire lorsqu'il la vit rougir, mais se retint à temps. Anastasia se ressaisit rapidement et lui décocha un petit sourire narquois.

— Vous êtes incorrigible.

— Simplement honnête. À moins que vous n'ayez vraiment pas remarqué ? ajouta-t-il sans la quitter des yeux.

Ignorant ostensiblement la question, elle lui tendit la main.

— À l'année prochaine, Harley.

Il contempla sa main et prit subitement une décision. Sans prendre le temps de réfléchir, il se pencha vers elle dans l'intention de l'embrasser, mais Anastasia détourna la tête et ses lèvres ne rencontrèrent que sa joue.

Ils restèrent aussi figés l'un que l'autre pendant environ trois secondes.

Un laps de temps qu'Harley mit à profit pour prendre note du grain soyeux de sa peau, de la douceur de ses cheveux et du merveilleux parfum qui émanait d'elle. Son odeur intime. Puis il s'écarta et l'observa.

Perplexe, Anastasia secoua la tête.

— Je suis désolée, Harley, mais je trouve cela déplaisant.

— Déplaisant ? répéta-t-il, son ego masculin piqué au vif.

— Vous sortez du lit d'une femme, dit-elle d'un ton qui n'avait rien d'accusateur. Je ne sais pas où vous avez mis votre bouche, mais je ne tiens pas à ce que vous la posiez sur la mienne.

Aïe. La réprimande donna l'impression à Harley de retomber en enfance. Il était encore en train de chercher ses mots pour répliquer quand elle reprit la parole :

— La prochaine fois que vous aurez envie de m'embrasser, assurez-vous de me placer en haut de la liste si vous souhaitez une réponse plus agréable de ma part.

La prochaine fois ? C'était peu probable. Il ne savait même pas pourquoi il venait de faire cette tentative.

— D'accord, Anastasia. J'en prends bonne note.

D'un seul regard, Anastasia éventa cette déclaration d'intention.

— Vous oublierez que nous avons eu cette conversation dès que vous serez parti d'ici, Harley, s'esclaffa-t-elle. Moi aussi, d'ailleurs. Allons, dépêchez-vous de partir avant que tout ceci ne se grave dans nos esprits.

D'abord elle l'insultait, et maintenant elle le mettait à la porte. Harley regretta une fois de plus d'être entré chez elle. Mais il n'avait plus d'autre solution que de faire bonne figure. Il la salua et sortit.

Anastasia Bradley se comportait avec lui comme aucune autre femme ne l'avait jamais fait. Une spécificité qui la rendait d'autant plus inaccessible. Harley n'avait pas besoin de se compliquer la vie.

Cette fois, rien ne le détournerait de son objectif.

Non, non, non et non.

Courbé en deux pour résister au vent, il regagna sa jeep. Un sourire flottait sur ses lèvres quand il se mit au volant. Elle avait vu juste. Il ferait désormais en sorte de l'éviter. De toute façon, il allait bientôt partir et il y avait peu de chances qu'il la revoie. Il laisserait sa clef dans sa boîte postale au bureau de poste, puis il rentrerait à Harmony.

Attacher à un lit une femme aussi vive d'esprit et indépendante ne lui aurait cependant pas déplu.

Encore eût-il fallu pour cela qu'elle soit d'accord. Et il en doutait fortement.

La perspective de caresser cette idée demeurait néanmoins possible, et il savait d'ores et déjà qu'il ne s'en priverait pas.

Des heures durant.

Peut-être même des jours durant.

Harley passa devant chez elle pour regagner son chalet à petites foulées et Anastasia s'écarta de la fenêtre. À cette époque de l'année, la nuit tombait de bonne heure et avec la lumière allumée, elle eût été facilement repérable.

S'il avait regardé dans sa direction.

Ce qu'il ne fit pas.

Il courait deux fois par jour. Une fois le matin et une autre en début de soirée. Quel que soit le temps, dès que les chasse-neige avaient déblayé la route, il sortait courir et mettait son endurance à l'épreuve. Entre deux joggings, il s'entraînait dans son chalet avec un assortiment d'haltères et d'accessoires transportables. De temps en temps, il se rendait en ville pour y faire… Dieu savait quoi.

Mais le jour de son départ approchait, et Stasia guettait de plus en plus avidement son passage devant sa fenêtre. Ils ne s'étaient pas reparlé depuis trois jours, et elle se bottait mentalement les fesses depuis le matin de sa visite.

Qu'est-ce qui lui avait pris ? La part rationnelle de son esprit avait beau lui souffler qu'elle avait bien fait, et sa fierté se rengorger d'avoir refusé de n'être qu'un trophée de plus sur son tableau de chasse, Stasia regrettait amèrement son comportement.

Harley Handleman avait voulu l'embrasser.

Une occasion pareille ne se représenterait jamais.

Mais elle l'avait repoussé.

Elle ne s'était pas contentée de lui dire non, elle avait dit qu'il était déplaisant.

Ce simple souvenir lui donnait des aigreurs d'estomac. Elle n'avait pas cherché à flirter, mais quelque chose en lui avait fait ressortir son côté aguicheur.

Ses yeux, peut-être. Son regard était d'un bleu si vif et si perçant qu'elle s'était sentie toute nue, et avait dû lutter contre une irrépressible envie de se cacher.

Ou alors son physique impressionnant. Il s'était baladé devant elle en sous-vêtements comme s'il faisait cela tous les jours devant n'importe qui, et ne pas regarder avait exigé toute sa volonté.

Il avait la blondeur d'un surfeur, un corps d'athlète, un regard d'ange et un charisme à faire fondre les pierres.

Mais son petit doigt lui soufflait que c'était son âme blessée qui l'avait touchée. Il lui avait suffi de regarder au-delà de sa carapace pour percevoir la laideur de son passé, les blessures qui n'avaient jamais cicatrisé, les souvenirs qui le hanteraient éternellement.

C'était l'homme le plus puissant qu'elle ait rencontré mais, bien qu'il s'efforce de le dissimuler, le plus vulnérable aussi. Par bien des côtés, elle l'appréciait et l'admirait. Il était fort, indépendant, beau et en pleine forme. Détendu et chaleureux.

Bref, il avait tout pour plaire.

Bon, c'était aussi un homme à femmes. Mais le modèle charmant et honnête. Le côté analytique d'Anastasia décelait un mécanisme de défense derrière cette attitude. Si elle en avait eu le temps et la possibilité, elle aurait creusé sa personnalité pour découvrir ce qui l'avait poussé à adopter un comportement aussi défensif.

En tant que coach de vie, elle aurait sans doute pu l'aider. Mais Harley gardait ses pensées pour lui. Somme toute, il constituait une belle et grande énigme.

Elle ne connaissait de ses exploits sexuels que l'écho qu'en avaient donné les femmes de l'épicerie. Mais elle avait également entendu dire qu'il traitait les femmes avec respect, qu'il ne les voyait pas comme des objets sexuels et n'en avait jamais déçu aucune.

Un gentleman, en quelque sorte. Réservé, mais respectueux. Et prévenant.

Ne s'était-il pas arrêté le jour de son anniversaire pour lui couper du bois pendant plus d'une heure ? Certes, il ne savait pas que c'était son anniversaire, mais cela rendait son geste d'autant plus généreux.

C'était peut-être parce que c'était son anniversaire qu'elle s'était comportée ainsi avec lui. Lorsqu'elle s'était réveillée au beau milieu de la nuit précédant leur rencontre, une vague de mélancolie l'avait submergée et elle avait longuement ruminé sur les erreurs qu'une femme de vingt-sept ans n'a plus le droit de commettre.

Harley étant désormais hors de vue, elle alla s'allonger sur son lit, renversa la tête en arrière et ferma les yeux.

L'avait-elle incité à se faire des idées ? Lui avait-elle donné l'impression qu'elle avait envie qu'il l'embrasse ? Les souvenirs qui assaillaient son esprit la mirent mal à l'aise.

Son dernier client l'avait traitée de toutes sortes de noms, dont le moins méchant était « allumeuse ». Il l'avait accusée d'avoir brisé son mariage et démoli sa vie. Sa femme, que Stasia n'avait jamais rencontrée, la tenait également pour responsable. La pauvre avait même fait une tentative de suicide.

Stasia plissa les paupières pour refouler cet affreux souvenir.

Quelle opinion Harley avait-il d'elle ? Pensait-il seulement à elle ?

Déterminée à cesser de se torturer, elle se leva et entreprit de préparer le dîner, même si elle n'avait pas faim. Faire la cuisine pour elle toute seule ne prenait jamais longtemps, mais quand elle eut achevé sa dînette, la température avait nettement chuté et une véritable tempête s'était levée. D'énormes flocons de neige faisaient disparaître les routes.

Elle jeta un coup d'œil au porte-bûches, à côté de la cheminée, et se résigna à sortir. Mieux valait y aller tout de suite plutôt qu'après avoir pris sa douche et enfilé son pyjama, se dit-elle.

Chaudement emmitouflée, Stasia brava la tempête de neige jusqu'au tas de bois. Une pile de bûches sur les bras, des flocons de neige s'accrochant à son nez et à ses cils, elle retournait vers le chalet lorsque des phares trouèrent soudain l'obscurité.

Personne d'autre qu'Harley ne vivait au-dessus de son chalet, aussi sut-elle immédiatement de qui il s'agissait. Elle leva les yeux et vit la jeep approcher. Il ralentit, s'arrêta près d'elle et baissa sa vitre.

Stasia interpréta sa façon de froncer les sourcils comme un avertissement.

— Ne pensez même pas à descendre de cette jeep, Harley, déclara-t-elle en rééquilibrant les bûches sur ses avant-bras. Je m'en sors très bien toute seule.

— Vous ressemblez à un igloo sur pattes.

— Ce froid est très vivifiant, mentit-elle en réprimant un frisson.

Il sourit, et Stasia s'émerveilla à l'idée qu'un aussi bel homme puisse s'adonner à un sport aussi violent que le freefight. Il avait bien quelques petites cicatrices et le nez cassé, mais ces légers défauts lui donnaient un charme supplémentaire.

Ses cheveux blonds bouclaient sous le bord roulé de son bonnet, et malgré l'éclairage un peu chiche du perron, ses yeux bleu électrique, encadrés de longs cils brun foncé, brillaient de tout leur feu. Plus d'une femme n'aurait pas hésité à tuer pour posséder de tels yeux, mais sur Harley, ils ne semblaient pas tant féminins qu'imposants.

— Je pars ce soir, lui annonça-t-il tout à trac. Après une dernière partie de cartes avec les copains.

Elle sentit son cœur se serrer, ce qui était parfaitement absurde. Il n'existait entre eux qu'un lien de propriétaire à locataire. Ce qu'il faisait, où, quand et comment, ne la regardait absolument pas.

Le canal d'un désir secret venait cependant de se révéler.

Anastasia leva les yeux au ciel pour dissimuler sa réaction.

— Eh bien, je vous souhaite bonne chance. J'ai l'impression que si vous tardez trop, vous ne pourrez plus partir.

— Les routes seront meilleures en ville et la jeep supporte bien le mauvais temps. Et puis, j'ai promis aux copains de leur donner une dernière chance de regagner ce que je leur ai pris depuis mon arrivée. J'ai raflé la mise tous les soirs, ajouta-t-il avec un sourire carnassier.

— Alors comme ça, vous êtes heureux au jeu, hmm ? Y a-t-il un seul domaine où vous soyez mauvais ?

— Oui, répliqua-t-il, la mine sombre. Des tas, en fait.

— Ah bon ? s'étonna Stasia, intriguée par le ton de sincérité qu'il venait d'employer. Lesquels ?

— On en parlera une autre fois, répondit-il en secouant la tête.

— Il ne me reste plus qu'à me contenter de cette promesse, alors. Bon, enchaîna-t-elle brusquement, eh bien, à l'année prochaine, Harley.

Il hésita et la dévisagea, l'emprisonnant dans les rets de son incroyable regard bleu jusqu'à ce qu'elle sente les bûches glisser sur ses bras. Alors, il se redressa sur son siège.

— À l'année prochaine, Anastasia.

Pourquoi entendit-elle ces mots résonner comme une promesse ?

— Dépêchez-vous de rentrer avant de geler sur pied, conclut-il avec un grand sourire.

Il fit remonter sa vitre et démarra.

Résistant à l'envie de regarder ses feux arrière s'éloigner, Stasia se dirigea vers le porche. Son départ enveloppait les lieux d'une immobilité et d'un silence excessifs, leur conférant subitement l'apparence inquiétante de terres gelées à l'abandon.

Troublée, Anastasia regarda autour d'elle et remarqua les ombres de la lune, quelques bruits étouffés d'animaux… et quelque chose d'autre encore…

Un léger craquement.

Un crissement de pas sur la glace.

Elle écarquilla les yeux pour tâcher de voir au-delà du halo de lumière du porche. Un vent glacial agitait le sommet des grands sapins ; elle se sentit subitement gelée jusqu'à la moelle et frissonna.

Probablement un cerf, se dit-elle. Ou un renard. Écartant toute idée de danger, elle se dépêcha de rentrer, déposa les bûches près de la cheminée et verrouilla la porte.

Son chalet était confortable, tiède et bien éclairé.

Pour chasser son humeur mélancolique, elle mit un CD de rock et étudia le profil de clients potentiels. Ces derniers temps, elle faisait des recherches approfondies sur les personnes souhaitant s'attacher ses services. Elle n'avait pas envie de se retrouver dans une situation aussi explosive que la dernière fois.

Quelques heures plus tard, alors qu'elle s'était longuement douchée et s'apprêtait à enfiler son pyjama, le téléphone sonna. Brutalement tirée de ses pensées, elle sursauta, puis passa la tête par l'entrebâillement de la salle de bains pour regarder l'heure. Qui pouvait bien l'appeler aussi tard ? Un drap de bain enroulé autour d'elle, elle fila jusqu'à la table ronde et ramassa son portable.

— Allô ?

— Anastasia Bradley ?

Cette voix rocailleuse ne lui était pas familière, et le malaise qu'elle avait ressenti un peu plus tôt ressurgit. Elle s'assit sur une chaise. Un frisson la saisit après la chaleur moite de la salle de bains et elle recroquevilla les orteils.

— Qui est à l'appareil ?

— Satch Handleman, répliqua la voix d'un ton impatient. L'oncle d'Harley.

L'oncle d'Harley ! Pourquoi l'appelait-il ?

— Bonsoir, monsieur Handleman.

— Je n'arrive pas à joindre Harley. Je sais qu'il loue un chalet à une certaine Anastasia Bradley, et si vous êtes bien cette personne, j'aimerais solliciter votre aide.

— Excusez-moi. Oui, dit-elle en redressant le dos sur sa chaise, je suis bien Anastasia Bradley, la propriétaire du chalet.

— Le téléphone du chalet ne répond pas.

— C'est normal, Harley n'y est pas.

— Oui, j'avais déjà compris ça tout seul. J'ai essayé son portable, mais il ne répond pas non plus.

— Il n'y a pas beaucoup de réseau par ici. Et la tempête qui est en train de se lever n'arrange pas les choses.

— C'est embêtant.

— J'espère qu'il n'y a rien de grave, avança Stasia d'un ton prudent.

— Personne n'est mort, si c'est ce que vous voulez dire.

Soulagée, elle se cala contre le dossier de la chaise.

— J'aimerais pouvoir vous aider, monsieur Handleman, mais je crains qu'Harley ne soit déjà parti.

— Parti ? Où ça ?

Stasia se raidit.

— Ce n'est pas à moi de vous le dire, monsieur, mais un ami l'a appelé il y a quelques jours, et il a décidé de partir plus tôt que prévu.

— Pour rentrer chez lui ?

— Je n'en suis pas certaine, répondit-elle, peu désireuse de s'immiscer dans la vie privée d'Harley. J'étais à côté de lui quand il a reçu cet appel, mais je n'ai pas entendu les détails.

— Quand a-t-il quitté le chalet ?

— Il y a quelques heures. Vers sept ou huit heures. Mais il devait jouer aux cartes en ville avant de prendre la route.

— Comment le savez-vous ?

L'oncle d'Harley semblait particulièrement suspicieux.

— Il s'est arrêté devant mon chalet pour me dire au revoir et me l'a dit.

Le lourd silence qui suivit mit Stasia mal à l'aise.
— Monsieur Handleman ? Vous êtes toujours là ?
— Intéressant, marmonna-t-il.
— Qu'Harley joue aux cartes ?
— Non, qu'il prenne la peine de vous dire au revoir.
— Oh.
Quel intérêt cela avait-il ? Était-il nécessaire qu'elle précise qu'il ne l'aurait sans doute pas fait si elle ne s'était pas justement trouvée dehors ?
— Vous avez couché ensemble ?
— *Non !*
Elle n'avait pas eu l'intention de répondre d'un ton aussi horrifié à cette question déplacée, mais elle avait pratiquement hurlé. Stasia prit une profonde inspiration avant de poursuivre plus calmement :
— Bien sûr que non. Harley loue mon chalet et j'étais sortie chercher du bois quand il est passé. Il s'est arrêté en coup de vent pour me dire au revoir, c'est tout.
— Hmm.
Stasia se dit que l'oncle était aussi énigmatique que le neveu.
— Je ne voudrais pas être indiscrète, monsieur, mais...
— Appelez-moi oncle Satch.
Elle cligna des yeux.
— Je... euh, merci, fit-elle avant de s'éclaircir la gorge. Si c'est vraiment important, je peux essayer d'aller voir en ville s'il y est encore.
Oncle Satch n'hésita qu'un bref instant avant de répondre.
— Vous disiez qu'une tempête se lève. Ce n'est pas dangereux de sortir par ce temps ?
Son neveu avait décidément de qui tenir.
— Non. Ma voiture est équipée de quatre roues motrices et je roulerai lentement.
— Si vous êtes certaine de ne prendre aucun risque, alors oui, c'est vraiment important. Merci. Quand vous le verrez, dites-lui de m'appeler immédiatement.
— Entendu... oncle Satch, fit Stasia en se sentant idiote. Je partirai dans cinq minutes et la ville est à un quart d'heure de route. Si Harley n'est plus là, y a-t-il

un numéro auquel je peux vous rappeler ? demanda-t-elle en attrapant de quoi écrire.

— Vous pouvez me rappeler sur mon portable.

Anastasia nota son numéro et le glissa dans son sac. Dès qu'elle eut éteint le téléphone, elle fonça dans la salle de bains, se coiffa et se brossa les dents avant d'enfiler ses vêtements.

Elle avait proposé cela parce qu'elle aimait bien rendre service, se dit-elle en enfilant ses bottes. Aller en ville au beau milieu de la nuit en plein blizzard n'avait rien d'extraordinaire. Elle l'aurait proposé à n'importe qui. Ce n'était pas parce qu'elle avait envie de voir Harley une dernière fois.

Pas du tout.

Bon, enfin si, un peu quand même…

Mais elle aimait vraiment rendre service, et elle l'aurait fait pour n'importe qui.

Stasia s'emmitoufla de la tête aux pieds en un clin d'œil. À la seconde où elle posa le pied dehors, cette irritante sensation de trouble la ressaisit. Sans doute la tempête, songea-t-elle. Une épaisse couche de neige recouvrait tout, faisant ployer les branches d'arbres et craquer la glace.

Comme elle approchait de sa grosse voiture garée sous l'auvent, Stasia remarqua que la neige récemment accumulée avait presque entièrement recouvert des traces récentes autour du chalet. Elle se pencha afin de les étudier, mais la lumière du porche n'était pas assez puissante pour qu'elle distingue autre chose que des creux. Il y avait tellement d'animaux dans la région qu'il pouvait s'agir de n'importe lequel d'entre eux. Probablement le cerf qu'elle avait entendu un peu plus tôt. Les empreintes avaient l'air un peu grandes pour des pattes de cerf, mais les rafales de vent les avaient sans doute étirées.

Il suffisait de voir la neige qui recouvrait la voiture malgré l'auvent pour comprendre que le vent avait soufflé fort. Déjà presque réfrigérée, elle écarta de sa main gantée la neige de la portière pour trouver la poignée. Elle s'installa au volant en prenant soin de ne pas faire entrer de neige à l'intérieur, alluma le moteur, le dégivreur et le chauffage au maximum, puis retourna essuyer les vitres à l'extérieur.

Elle y consacra plusieurs minutes, et quand elle eut terminé, son nez était rouge vif et elle avait les doigts et les orteils gelés malgré ses gants et ses grosses chaussettes.

Harley méritait-il qu'elle se décarcasse ainsi ? Si elle n'avait pas promis à oncle Satch… Mais le mal était fait, autant en finir au plus vite. Elle remonta en voiture et démarra prudemment. La neige craqua sous ses pneus et, après quelques tâtonnements, elle finit par s'engager sur la route qui avait presque entièrement disparu.

3

L'obscurité et le froid l'incitèrent à se montrer extrêmement prudente sur cette route de montagne. Peu après avoir quitté le chalet, elle fut surprise de voir apparaître les phares d'une voiture derrière elle. Le véhicule se rapprocha et heurta son pare-chocs arrière. Le reflet des phares dans son rétroviseur était aveuglant. Elle ne parvint pas à distinguer clairement le véhicule, mais estima, d'après la hauteur des phares, qu'il s'agissait d'un camion.

Son ventre se noua d'anxiété. En dehors de son chalet et de celui d'Harley, il n'y avait pas grand-chose sur cette route. Elle continuait sur quelques kilomètres avant de rejoindre la route principale. Quiconque allant n'importe où ailleurs que chez elle ou au chalet de location avait tout intérêt à rester sur la route principale. Que faisait là ce camion au beau milieu d'une tempête de neige ?

Peut-être que les empreintes qu'elle avait vues autour du chalet n'étaient pas celles d'un animal, finalement…

Elle décida de laisser son imagination en veilleuse et tâcha d'encourager l'autre conducteur à lever le pied en ralentissant davantage, roulant pratiquement au pas sur la route gelée. Elle venait de dépasser la station-service, pratiquement invisible avec ses lumières éteintes, lorsque le véhicule derrière elle fit rugir son moteur.

Quelques secondes plus tard, un camion massif la dépassa à vive allure.

Il la frôla de si près qu'elle donna un coup de volant pour l'éviter et faillit quitter la route. Les mains agrippées au volant, elle s'interdit d'enfoncer la pédale de frein. Ce genre de réflexe aurait inévitablement amené sa voiture à tourner sur elle-même et l'aurait probablement envoyée dans le décor.

Elle bloqua son souffle dans ses poumons, slaloma un moment sur le verglas et sentit ses pneus mordre enfin la route.

Si elle n'avait pas roulé aussi lentement et si elle n'avait pas eu l'habitude de conduire en hiver, si sa voiture n'avait pas été aussi robuste et ses pneus en excellent état...

Cela faisait beaucoup de « si ». Et l'autre véhicule n'avait même pas ralenti.

Stasia regarda avec soulagement ses feux arrière disparaître au loin. Il fallut plusieurs minutes avant que son cœur cesse de cogner dans sa poitrine et qu'elle arrive à se détendre. Mais elle finit par rire de son imagination débordante. Il y avait fort à parier que les passagers du camion aient été des vacanciers qui avaient un peu trop bu et s'étaient égarés.

C'était bien plus logique que d'imaginer une personne mal intentionnée cherchant à lui nuire.

Maintenant son allure d'escargot, Stasia se laissa tranquillement couler jusqu'en bas de la route et vit apparaître les lumières du centre-ville. Cette vision lui procura un intense soulagement. Elle allait transmettre son message à Harley – en espérant qu'il n'ait pas quitté la ville – et regagner son petit chalet douillet en un rien de temps.

Pour éviter de rouler trop vite en abordant la fin de la descente, elle appuya légèrement sur la pédale de frein.

Rien ne se produisit.

La voiture continua de glisser et les pneus de tourner à la même allure. Elle enfonça un peu plus la pédale.

Seule différence notable : la voiture roulait de plus en plus vite.

— Oh, non ! Ce n'est pas possible !

Arc-boutée sur le volant, les muscles contractés, elle essaya de réfléchir. Ses roues rencontrèrent un nid-de-poule et la voiture fit une embardée.

Horrifiée, Stasia pompa la pédale de frein de toutes ses forces, mais n'obtint aucune réponse. Cédant à la panique, elle raidit sa jambe et pressa la pédale jusqu'au plancher.

Rien.

— Non, non, non.

Son cœur s'était logé dans sa gorge. Ce n'était pas possible, elle ne pouvait pas être en train de vivre ça !

La ville, comme l'appelaient les gens du coin, n'était composée que de quelques bâtiments : l'épicerie, la banque, le bureau de poste, une quincaillerie, un restaurant, un cinéma et un bar avec de vagues prétentions de discothèque.

Dépourvue de freins, sa voiture rugissait et bondissait à une allure dangereuse. Stasia aperçut des voitures garées sur le carrefour au pied de la colline et quelques rares fêtards qui rentraient chez eux.

Elle devait faire quelque chose. Vite.

Elle serra les dents et braqua à droite pour amener sa voiture au bord de la route, dans l'espoir que la friction des roues sur le bas-côté la ralentirait.

Au lieu de cela, sa voiture rencontra une plaque de verglas et se mit à glisser. La portière côté passager cogna contre la colline couverte de neige. La voiture rebondit, se retrouva projetée hors de la route et se mit à tourner follement sur elle-même.

Elle hurla et, quelques secondes plus tard, la voiture heurta un obstacle. Le choc l'immobilisa après une violente secousse.

Sa ceinture de sécurité la retint brutalement et lui tira un grognement de douleur. Sa tête bascula d'avant en arrière.

Plusieurs secondes s'écoulèrent avant qu'elle recouvre suffisamment ses esprits pour ouvrir les yeux. Désorientée, elle mit une minute à comprendre qu'elle était à présent tournée dans la direction opposée, et du mauvais côté de la route. Un tas de neige empilée par les chasse-neige dans la matinée bloquait le flanc du véhicule, côté conducteur.

Les doigts tremblants, elle coupa le moteur, puis resta assise le temps de retrouver son souffle, inventoriant mentalement son état et celui de sa voiture.

Son cœur battait tellement fort que c'était douloureux, et son souffle précipité se répercutait étrangement dans l'habitacle silencieux.

Elle était choquée. Très choquée, même. Mais en dehors de cela, elle n'avait aucune blessure.

Comme l'impact s'était produit sur le côté du véhicule, les airbags ne s'étaient pas déployés. Elle porta la main à son front et ferma les yeux, soulagée. Sa ceinture de sécurité lui avait sauvé la vie. Elle était miraculeusement indemne.

Sachant qu'elle ne pouvait rester là indéfiniment, Stasia prit plusieurs inspirations puis, les mains toujours tremblantes, défit sa ceinture de sécurité, rampa sur le siège du passager et sortit voir comment se présentaient les choses à l'extérieur. Il faisait si sombre qu'elle ne distinguait pratiquement rien au-delà du pinceau lumineux des phares, mais il était clair que les deux pneus avant et l'un des pneus arrière s'étaient enfoncés dans des trous remplis de neige. Seule une dépanneuse pourrait la tirer de là.

De toute façon, sans freins, elle ne pouvait aller nulle part. Une violente bourrasque manqua lui faire perdre l'équilibre. Elle enfonça son bonnet, recouvrit son nez et sa bouche de sa main gantée et observa le pied de la colline, à trois ou quatre cents mètres en contrebas. Quelques personnes regardaient dans sa direction, mais il n'y avait aucun éclairage autour d'elle et elle doutait fort qu'ils l'aperçoivent. Le bruit les avait certainement intrigués et ils se demandaient ce qui s'était passé.

Heureusement, sa voiture était en dehors de la route et ne provoquerait pas d'accrochage.

Toujours tremblante d'avoir frôlé la mort de si près, elle grimpa dans la voiture pour éteindre les phares, mais laissa les feux de détresse allumés. Après avoir ramassé le contenu de son sac qui s'était répandu sur le plancher, elle verrouilla les portières du véhicule, passa la bandoulière de son sac sur son épaule, croisa les bras et entreprit de descendre la colline. Ses pieds s'enfonçaient si profondément dans la neige craquante que celle-ci rentrait dans ses bottes et ralentissait considérablement sa marche.

Stasia s'interdit de penser à l'accident, aux raisons pour lesquelles ses freins n'avaient pas répondu, ou aux bruits qu'elle avait entendus bien avant de quitter le chalet.

Elle pensait uniquement à rejoindre Harley. Pourvu qu'il soit encore là ! S'il était parti, elle ne savait vraiment pas ce qu'elle ferait.

Concentré sur son jeu, Harley haussa l'épaule pour inciter la femme à retirer sa main. Au lieu de permettre aux habitués de regagner une part de leurs pertes comme il l'avait souhaité, il n'avait pas cessé de gagner. Il ne pouvait décemment partir après les avoir plumés et avait donc accepté une dernière partie.

La main se reposa sur son épaule et il l'écarta à nouveau. Après qu'une première femme se fut approchée de lui, il s'était montré distant, presque grossier, avec celles qui s'étaient intéressées à lui. Il avait déjà couché avec celle qui le harcelait et n'avait pas envie de renouveler l'expérience. C'était la troisième fois qu'elle revenait à la charge, et il commençait à la trouver fatigante.

Sans plus se soucier d'elle, Harley plaça sa mise. Rien ne se produisit. Personne ne réagit.

Désarçonné, il leva les yeux vers Ned, assis en face de lui. Ned, comme tous les autres joueurs à la table, avait les yeux rivés derrière lui.

Harley jeta un coup d'œil par-dessus son épaule et demeura un instant figé de surprise. Ce n'était pas la blonde qui le relançait, mais une visiteuse imprévue.

— Anastasia ?

Il recula vivement sa chaise et se leva. Elle avait une allure pitoyable avec ses cils gelés et ses joues rougies de froid.

— Qu'est-ce qui se passe ? Tout va bien ?

— Oui, murmura-t-elle en claquant des dents.

Elle se laissa alors aller contre lui et enfouit son nez dans son cou. Il était aussi froid qu'un glaçon. Harley sursauta. Elle s'agrippait à lui comme à une bouée de sauvetage et tremblait de tous ses membres.

Quand il la prit dans ses bras, les trois femmes qu'il avait ignorées le fusillèrent du regard, mais il ne leur prêta aucune attention.

— J'abandonne la partie, les mecs.

— Alors tu as perdu, coassa Ned.

— D'accord.

— Non, déclara Anastasia en s'écartant de lui, tremblant toujours comme une feuille. Finissez votre partie, Harley, j'attendrai.

Son stoïcisme faillit le faire bondir. Cela faisait des jours et des jours qu'il pensait à elle, qu'il la *désirait* au point d'envoyer promener des femmes qui correspondaient pourtant plus qu'elle à ses goûts.

— Tu peux ramasser le pot, Ned.

Anastasia ouvrit la bouche pour parler, mais il la gratifia d'un froncement de sourcils si furieux qu'elle la referma. Il ramassa ses affaires en vitesse et l'entraîna vers le bar.

— Un café, s'il te plaît, Sheila. Avec beaucoup de sucre et beaucoup de crème.

Lorsqu'elle découvrit l'état d'Anastasia, la propriétaire du bar, qui faisait ce soir-là office de serveuse, s'empressa de préparer la commande.

— Harley ?

— Oui ?

— J'ai l'impression que vous êtes suivi.

Il regarda derrière lui et constata que les trois femmes s'étaient rapprochées. Elles le couvaient d'un regard à la fois irrité, avide et jaloux.

— Ne faites pas attention à elles, répondit-il.

— Comme vous voudrez.

Il la dépouilla de son manteau, de son bonnet et de ses gants trempés.

— Qu'est-ce que vous avez fabriqué ? Vous vous êtes amusée à faire un bonhomme de neige ou quoi ?

Il alla accrocher son manteau en se disant qu'il mettrait une éternité à sécher. Anastasia enserra de ses mains la tasse que lui tendait Sheila.

— Je vous ai posé une question, Anastasia.

Elle soupira, ferma les yeux, et prit une gorgée de café.

— Votre oncle a appelé.

— Oncle Satch ?

Elle rouvrit les yeux et s'accorda une autre gorgée.

— Pourquoi ? Vous en avez beaucoup d'autres ?

— Qu'est-ce qu'il voulait ? demanda-t-il.

— Que vous l'appeliez.

— Pourquoi ?

— Je ne sais pas. C'est important, mais il a dit que personne n'était mort.

Elle tremblait si fort qu'elle faillit renverser son café.

— Vous êtes venue jusqu'ici à pied pour me dire ça ?

— Je ne suis pas folle.

Son bonnet avait aplati ses cheveux, son nez était rouge comme une cerise, elle était transie de froid et… adorable.

— Vous êtes sûre que vous n'êtes pas venue à pied ?

— Vous savez que votre portable ne marche pas ?

— Je n'ai pas de réception.

— Votre oncle ne pouvait pas vous joindre.

— Vous auriez pu lui donner le numéro du bar, fit-il remarquer après l'avoir dévisagée.

L'espace d'un instant, Anastasia ressembla à une biche aux abois.

— Je n'y ai pas pensé.

À moins qu'elle n'ait vu là un prétexte pour le revoir. Aussi absurde fût-elle, cette idée réjouit Harley.

— Si vous êtes venue ici en voiture, vous avez dû rouler vitres baissées, mais je ne comprends pas pourquoi.

Elle avala sa salive, secoua la tête et leva finalement ses grands yeux sombres vers lui.

— Je ne voudrais pas vous paraître effrontée, Harley, mais est-ce que je pourrais emprunter un peu de votre chaleur corporelle pendant que vous appelez votre oncle ? Après, je vous expliquerai tout, mais je vous jure que je n'ai jamais été aussi gelée de ma vie.

— Venez, répondit-il, étrangement troublé par cette requête.

Passant un bras autour de ses épaules, il la conduisit vers l'arrière-salle et, sans tenir compte du regard brûlant des femmes et des œillades entendues des hommes, déboutonna sa chemise de flanelle chemin faisant. Le recoin dans lequel était situé le téléphone leur garantissait une relative intimité. Il s'adossa au mur, l'attira contre lui, l'enveloppa de ses bras et cala son menton sur sa tête.

Anastasia se laissa aller contre lui avec un gémissement de gratitude.

Le maillot en maille thermique d'Harley et le sweat-shirt d'Anastasia séparaient leurs épidermes, mais c'était sans importance. La tenir ainsi dans ses bras, blottie contre lui comme un petit animal sans défense, était l'expérience la plus intime qu'Harley ait connue depuis des années. Des tremblements parcouraient encore son dos glacé.

— Appelez votre oncle, marmonna-t-elle contre son torse.

— Tout à l'heure.

— Harley, dit-elle d'un ton de reproche entre deux frissons, j'ai failli mourir de froid pour vous transmettre ce message. Appelez-le.

Autoritaire. Mais mignonne.

— D'accord.

D'une main, il alla pêcher des pièces de monnaie dans sa poche en prenant soin de ne pas la déloger, et elle tourna la tête de façon à plaquer sa joue contre lui.

Oncle Satch répondit à la première sonnerie.

— Où est-ce que tu es ?

— En ville, répliqua Harley, depuis longtemps habitué aux façons frustes de son oncle. Pourquoi ?

— Ça fait des heures que j'essaye de te joindre !

— C'est ce qu'on m'a dit, oui. Qu'est-ce qui se passe ?

— Elle est avec toi ?

— Qui ça ? s'enquit Harley.

— Anastasia Bradley.

Sa main se crispa sur le dos d'Anastasia, puis se mit à caresser doucement sa colonne vertébrale.

— Oui, elle est près de moi.

Aussi près qu'une femme tout habillée peut l'être d'un homme.

— Elle me plaît.

— Tu ne la connais même pas, oncle Satch !

— J'en sais bien plus que tu ne le penses.

Harley laissa échapper un long soupir.

— C'est pour me parler de femmes que tu cherchais à me joindre ?

— Je ne parle pas de femmes, je parle d'*une* femme.

— Satch…

— Mais ce n'est pas pour ça que je t'appelais.

— Pour quoi, alors ?

Son oncle ne l'aurait pas traqué ainsi sans raison.

— Pour toutes les autres raisons possibles, répondit Satch d'un ton faussement détendu.

— À savoir ?

— Des interviews pour des magazines, des séances photos, un nouveau sponsor et tiens-toi bien… un spot publicitaire !

Harley se figea.

— Tu déconnes.

Anastasia s'étira contre lui et il affermit sa prise. Il tenait à ce qu'elle reste là… au moins jusqu'à ce qu'elle soit réchauffée.

— Je t'ai dit que j'allais m'occuper de toi. Eh bien, mon garçon, c'est fait. Le SBC s'est penché sur les raisons qui t'ont empêché de participer aux précédents championnats…

Une vive inquiétude saisit Harley. Non. Il ne voulait surtout pas que sa vie privée se retrouve étalée au grand jour.

— Attends un peu, oncle Satch. Tu sais très bien ce que je pense de ça. Je ne veux pas…

— Ton combat contre l'adversité tirerait des larmes à une pierre, mon garçon, tu es un vrai héros ! Tu incarnes le véritable esprit des arts martiaux. Tu es un vrai battant, que ce soit dans ta vie privée ou dans ta carrière. Le SBC est convaincu de l'excellence de ton image.

— Je ne suis pas un produit, Satch, rétorqua-t-il entre ses dents serrées.

— Après le combat que tu as mené aux côtés de Candace...

La colère lui fit serrer le combiné si fort qu'il se sentit capable de le briser.

— Écoute-moi bien, oncle Satch. Ne t'avise jamais de parler de ma mère.

— Ta mère était aussi ma sœur et je peux parler d'elle autant qu'il me plaît.

— Satch...

— Quant à cette sale petite égoïste de Sandy...

— Sandy ne t'est rien, grogna-t-il furieusement. Tu n'as pas le droit de parler d'elle. Pas même de prononcer son nom.

Anastasia s'écarta et leva vers lui un regard à la fois curieux et chaleureux. Et voilà ! L'invasion de sa vie privée commençait déjà. Harley sentit son contrôle baisser d'un cran.

Non. Il ne permettrait pas cela.

Une fois lancé, oncle Satch était un vrai bulldozer et n'écoutait plus personne, mais Harley était bien décidé à se faire entendre.

— Oncle Satch...

— Ce qui a vraiment retenu l'attention des dirigeants, c'est que tu n'aies pas pu participer au dernier championnat parce que tu as porté secours à la femme de Sublime. C'est de l'info, ça, mon garçon...

— *Non.*

— ... ou je ne m'y connais pas. Tu es un héros sans même chercher à l'être, et maintenant que ça commence à se savoir, ton prochain combat est très attendu. Toi et moi, nous savons que tu es invincible et que c'est uniquement à cause des circonstances extérieures qu'on t'a toujours donné perdant...

— Ce que disent les gens ne m'intéresse pas.

— Moi si. Et aujourd'hui, tout le monde veut que tu gagnes.

Pas mon adversaire, songea Harley.

— Est-ce qu'on sait seulement contre qui je vais me battre ? s'enquit-il. Sublime a-t-il l'intention de me donner une nouvelle chance ?

— Il va falloir être patient, Harley. Tu auras ton combat pour le titre. Mais vu la tournure des événements, le SBC veut d'abord booster ton image et capitaliser sur ta popularité pour drainer les foules. Tout le monde s'intéresse à toi d'un seul coup, et il faut nourrir les attentes du public avant d'annoncer le grand combat.

Harley grogna. Nourrir les attentes du public ne l'intéressait pas. Ce qu'il voulait, c'était la ceinture de champion. Tout de suite.

— C'est du délire sur Internet, tu fais le buzz sur tous les forums et de nouveaux sites exclusivement consacrés à tes exploits apparaissent chaque jour. Ton site officiel est en construction, je m'en suis occupé, mais en attendant, les fans font du super boulot et relayent des vidéos géniales. Bref, avec tout ça, j'ai vraiment besoin de toi ici.

Mon Dieu. Il ne lui restait plus qu'à prier pour que son oncle ne transforme pas tout cela en cirque.

— Je m'apprêtais à rentrer, de toute façon.

— Parfait. Il faut qu'on peaufine ce truc.

— Ce truc ?

— L'écho médiatique, la vague d'intérêt que tu soulèves.

— Écoute, oncle Satch, tu sais très bien que je m'en tape. Tout ce que je veux, c'est remporter ce combat.

— Peut-être, mon garçon, mais ce n'est pas ta grandeur d'âme qui paye les factures.

— Épargne-moi tes sarcasmes. L'argent n'est pas un problème et tu le sais très bien.

— Écoute, Harley, tu as un physique exceptionnel. Si on y ajoute ton passé attachant…

Attachant ?

— … le SBC pense à toi comme figure emblématique.

De pire en pire.

— Je croyais que c'était Sublime, la figure emblématique du SBC.

— Justement. Sublime a attiré un immense public féminin. Les statistiques sont passées de quinze à vingt-cinq pour cent de femmes, grâce à lui. Les dirigeants veulent surfer sur cette croissance et selon eux, après Sublime, tu es le plus sexy des combattants.

Sexy ? Harley fronça les sourcils, dégoûté.

— Laisse cette réputation à Sublime. Personnellement, je n'y tiens vraiment pas.

— Oublie un peu Sublime, tu veux bien ? C'est de toi qu'il s'agit, Harley.

Oublier Sublime ? Plutôt mourir. Harley appréciait Sublime, mais cela n'avait rien à voir avec le sport ni avec la ceinture de champion. Sublime était celui qui lui barrait la route pour remporter le titre, point.

— Qu'est-ce qui se passe, oncle Satch ? Sublime jette l'éponge ?

— Écoute, Harley…

— Réponds-moi !

— Il vient de battre coup sur coup deux prétendants au titre.

— Deux ?

— Ouais, deux. Il a battu O'Brian à ta place et quatre semaines après, il a envoyé Houston au tapis au premier round. Tout le monde se l'arrache, depuis les sponsors jusqu'aux chaînes de télé. Il peut faire vendre n'importe quoi et le moindre mot qui tombe de sa bouche vaut de l'or. Mais il est fou amoureux de sa femme. Que veux-tu, Harley, Simon Evans a perpétuellement besoin de nouveaux défis.

— Qu'est-ce que tu essayes de me dire, exactement ?

Sublime avait-il décidé qu'Harley ne représentait plus un défi digne de lui ?

Satch poussa un long soupir.

— Il a envie de passer à autre chose. On lui a fait une proposition en or pour présenter les combats au lieu d'y participer. C'est en cours de négociation. Si ça marche, il arrêtera sa carrière.

Harley écarta le téléphone de son oreille et s'efforça de juguler sa déception. Il avait besoin d'air. Un combat lui aurait fait du bien.

Ou une séance d'érotisme torride.

Il baissa les yeux vers Anastasia. Elle frissonnait contre lui, douce, tendre et… frigorifiée. Mais ce n'était pas un rapport sexuel dont il avait envie. Ça, il pouvait l'obtenir quand il voulait. Ce qu'il voulait, c'était cette femme. Anastasia.

Il rapprocha le téléphone de son oreille.

— En gros, pour le moment, je ferais mieux de faire une croix dessus.

— Je le crains, mais c'est plutôt une bonne chose.

— Ce n'est pas pour autant que je ferai n'importe quoi.

— Ce n'est pas non plus ce que je te demande. Contente-toi de faire ce que tu as toujours fait.

— C'est-à-dire ?

— Séduire les femmes et stupéfier les hommes... Mais au bon moment, quand le public a les yeux braqués sur toi.

— Tu plaisantes, j'espère ?

Son oncle lui suggérait de jouer un rôle. Mais Harley n'était pas un acteur et n'avait pas l'intention de se pavaner devant les journalistes.

— Inutile de faire ta tête de cochon, Harley. Regarde plutôt les choses comme elles sont : cette étape n'est qu'une marche qui te rapproche du titre.

— Je ne vois pas en quoi.

— Parce que tout est lié. Ce sont les favoris qui décrochent les combats intéressants.

— Tu me bourres le mou, Satch ! Les fans ont leurs préférences, d'accord. Mais on ne gagne pas sa place de cette façon, il faut la mériter.

— Tu as laissé passer ta chance plus d'une fois... soupira son oncle.

— Pas de ça, Satch, gronda-t-il en bandant ses muscles.

— Ne te leurre pas, Harley. Le SBC est là pour faire du fric, et ce sont les favoris des fans qui rapportent le plus. Plus vite tu mettras le public dans ta poche, plus vite tu obtiendras ce combat.

Il n'avait pas tort, mais Harley n'avait pas envie de le reconnaître à voix haute.

— Tu dois aller en championnat et tu dois gagner haut la main, Harley. Pas par décision de l'arbitre. Il nous faut une victoire par knock-out ou par forfait. Une fois qu'on aura ça, on pourra capitaliser sur toi et tu te retrouveras à la place de Sublime avant de t'en rendre compte. À ce moment-là, tu pourras faire comme bon te semblera, mais on n'y est pas encore.

— Tu ne dis pas ça pour me mettre la pression, évidemment, riposta-t-il d'un ton sarcastique en passant machinalement la main dans les cheveux d'Anastasia.

Cette caresse eut un effet prodigieusement apaisant sur lui.

— Tu es un roc, Harley. La pression ne t'a jamais dérangé.

— C'est vrai, soupira-t-il en levant les yeux au ciel.

Discuter avec son oncle ne servait à rien. Il avait toujours le dernier mot, et Harley savait qu'il ferait exactement ce qu'il voulait. D'autre part, Anastasia avait besoin de lui.

— Écoute, oncle Satch, je vais raccompagner Anastasia chez elle et tout de suite après, je me mets en route. On parlera de tout ça de vive voix, d'accord ?

— Ce soir ?

— Je risque d'arriver tard. Plutôt demain matin.

— OK. Je t'attends demain matin à huit heures pétantes. On a du pain sur la planche.

— Huit heures, ça marche. Mais attention, Satch, ne prends aucun engagement avant de m'en parler, ou bien je me fâcherai.

— Appelle-moi dès que tu arrives. Et sois prudent sur la route. Ce n'est pas le moment d'avoir un accident.

— Détends-toi. Tout va bien se passer. Je le sens.

— Dieu t'entende, mon garçon.

Harley raccrocha et plaça les mains au creux des reins d'Anastasia. S'occuper d'elle était plus facile que de se préoccuper de ses problèmes à venir.

— Vous allez mieux ?

— Oui, merci.

Elle ne s'écarta pas, et Harley ne l'incita pas à le faire. Il aimait bien la tenir dans ses bras. Même si cela s'apparentait à une véritable torture.

— Qui est Sublime ?

— Un combattant. En fait, il s'appelle Simon Evans. Il a hérité de ce pseudonyme parce qu'il plaît beaucoup aux femmes.

— Est-ce qu'il a le crâne rasé ?

— Oui.

— Alors, je le connais. C'est vrai qu'il est beau, commenta-t-elle en penchant la tête sur le côté. Mais pas plus que vous.

Étant donné les nouvelles qu'il venait de recevoir, Harley ne prit pas cette remarque pour un compliment. Il gagnerait la faveur du public et le titre de champion parce qu'il était le meilleur, pas parce qu'il plaisait aux femmes.

— Je vous écoute, Anastasia, dit-il en posant l'index sur le bout de son nez gelé. Comment se fait-il que vous ayez réussi à vous transformer en glaçon alors que vous êtes venue en voiture ?

4

— Je ne sais pas vraiment.

Sa voix ensommeillée inquiéta Harley. Il posa la main sur son front, mais il n'était ni glacé ni brûlant.

— Bon. Que pensez-vous qu'il se soit passé, alors ?

— Mes freins ont lâché, marmonna-t-elle.

— Vos freins ont lâché ?

— En descendant la colline pour arriver en ville, expliqua-t-elle avec un frisson rétrospectif. Il y avait du verglas et assez de vent pour renverser un poids lourd. Je roulais lentement, très lentement même. J'ai appuyé sur la pédale de frein et il ne s'est rien passé.

— Vous êtes sûre que vous n'avez pas simplement perdu le contrôle et glissé sur la route ?

Le regard qu'elle leva vers lui l'incita à revenir sur ses paroles.

— Je ne mets pas en doute votre intelligence, Anastasia. Mais les routes sont exécrables ce soir, et le plus expérimenté des conducteurs peut très bien perdre le contrôle de son véhicule.

— J'en sais quelque chose. J'ai d'abord cherché à ralentir en roulant sur le bas-côté, mais la voiture s'est mise à tourner sur elle-même et je me suis retrouvée du mauvais côté de la route. Heureusement, j'ai percuté un tas de neige.

Une vision d'Anastasia prisonnière de sa voiture en train de tournoyer comme une toupie sur la glace lui traversa l'esprit.

— Comment ça, heureusement ? Mais c'est épouvantable !

— Moins épouvantable que d'emboutir une maison ou un piéton, rétorqua-t-elle en se pelotonnant contre lui. J'avais le pied au plancher, Harley, je ne pouvais rien faire.

— Étant donné que vous êtes toujours en vie et que vous n'avez tué personne, je reconnais que vous vous en êtes bien sortie, déclara-t-il en répondant à son étreinte.

— Merci. Seulement, après ça, j'ai dû marcher au moins trois cents mètres pour arriver jusqu'ici. Ça n'a l'air de rien, mais par ce temps, c'était cauchemardesque. Le vent souffle en rafales et il neige si fort que je ne voyais même pas où je mettais les pieds. J'avais de la neige jusqu'aux genoux, et plus haut que ça encore chaque fois que je quittais la route.

Mon Dieu. Harley l'imagina luttant contre les éléments déchaînés et cela le rendit furieux. Elle aurait pu faire une mauvaise chute. Comme elle vivait seule, personne n'aurait donné l'alarme et elle serait morte de froid… par sa faute.

— Vous auriez dû me le dire, au lieu de me laisser bavarder avec mon oncle.

Elle haussa les épaules.

— Vous n'avez rien de cassé ? s'enquit-il.

— Non, miraculeusement, je n'ai pas une égratignure.

— Vous êtes sûre ? Après ce genre d'accident, on ne s'en rend compte qu'une fois passé l'état de choc.

— Harley, j'ai froid, je suis en colère et j'ai un peu peur. Mais je ne suis pas en état de choc.

Chaque fois qu'il avait eu affaire à elle, Harley avait perçu Anastasia comme une femme farouchement indépendante et solide. Cet accident l'avait sans doute déstabilisée, mais il lui en fallait plus pour laisser transparaître sa vulnérabilité. Pourtant, elle s'était accrochée à lui comme à une bouée de sauvetage…

— Je comprends que vous ayez peur, vous venez de frôler la mort, mais pourquoi êtes-vous en colère ?

Anastasia leva vers lui des yeux brillants d'émotion. Une émotion assez voisine de la fureur.

— Un camion m'a suivie, juste avant l'accident. Il était carrément collé à mon pare-chocs… comme s'il avait voulu me faire quitter la route.

Harley attrapa ses bras au-dessus des coudes et les caressa avec ses pouces.

— Qui était-ce ?

— Il faisait trop sombre pour que je distingue quoi que ce soit. Mais par une nuit pareille, même un imbécile ne conduirait pas de façon aussi imprudente.

— Un imbécile peut-être pas, mais un ivrogne ?

— C'est possible. Mais vous savez ce que je pense ? ajouta-t-elle en plissant les yeux.

— Quoi donc ? demanda-t-il, soudain inquiet.

— Je pense que celui qui me suivait est aussi celui qui a saboté mes freins.

Harley était grand et fort, et son corps était merveilleusement tiède. Se blottir contre lui était tout simplement délicieux, mais Stasia savait qu'elle ne devait pas abuser de la situation. Ce qui venait de lui arriver ne le concernait pas. Harley devait rentrer. Il avait d'autres priorités et elle n'avait pas besoin de lui pour régler ses problèmes. Elle plaqua les mains sur son torse et chercha à s'écarter de lui.

— Mais je vais bien, maintenant.

Harley ne bougea pas d'un pouce.

— Non. On va aller jeter un coup d'œil à votre voiture.

— Vous n'avez pas le temps, vous devez rentrer chez vous.

— C'est ce que je ferai. Après.

— Écoutez, Harley, je suis désolée. Je n'aurais pas dû déverser tout ça sur vous. C'est juste que… j'avais besoin de le dire à voix haute, c'est tout. Mais vous n'avez pas à…

— Si. C'est moi qui décide. Taisez-vous et laissez-moi faire.

— Je me tairai si je veux !

— Bon, céda-t-il. Parlez, si vous avez envie de parler.

Elle comprit qu'il ne l'écouterait pas. Il était déjà en train de faire des projets – des projets qui l'incluaient – et il n'avait pas l'intention d'en discuter avec elle.

— Il fait trop sombre pour aller inspecter ma voiture, Harley.

— J'y verrai très bien.

— Elle sera couverte de neige, ajouta-t-elle, décidée à le faire changer d'idée. De toute façon, je préfère m'adresser à la police.

— Ah oui ? Il y a des représentants de la loi dans ce trou perdu ?

— J'imagine que oui. On m'a toujours dit qu'il y avait un shérif dans chaque ville.

— Je ne sais pas pourquoi, déclara-t-il en s'écartant d'elle, mais il y a un truc qui ne colle pas.

Stasia n'avait pas besoin de son aide, mais elle tenait à avoir sa confiance.

— Vous ne me croyez pas ?

Harley fronça les sourcils, appuya son poing contre le mur, juste à côté de sa tête, et rapprocha son visage du sien.

— Évidemment que je vous crois, répliqua-t-il quand son nez toucha presque le sien. Vous n'êtes pas une hystérique qui invente des salades pour se rendre intéressante.

— C'est gentil de votre part de le penser, mais vous ne me connaissez pas.

— Détrompez-vous, dit-il en portant un instant son regard sur ses lèvres. Avant même que vous mentionniez ce camion, je savais qu'il y avait quelque chose de louche.

— Vraiment ?

— Oui, assura-t-il en hochant la tête. Vous vous êtes collée à moi comme un T-shirt mouillé alors que d'habitude, vous ménagez toujours une distance émotionnelle.

— Si je me suis *collée* à vous, comme vous dites, il s'agissait d'un rapprochement physique, pas émotionnel.

— Peut-être, fit-il avec un petit sourire, mais ce soir, c'était les deux. Non que je m'en plaigne, d'ailleurs, ajouta-t-il en prenant son visage dans ses mains. Pas le moins du monde.

Cette fois, Stasia ne chercha pas à débattre.

— Bien observé, soupira-t-elle. Et merci.

Harley recula d'un pas et la contempla. Malgré l'épaisseur de ses vêtements, son regard s'attarda sur des emplacements stratégiques, et l'intensité de son regard incita Stasia à regretter qu'il soit obligé de rentrer.

— Vous savez quoi, Harley ? murmura-t-elle. Vous allez me manquer.

Ses yeux étaient d'un bleu si clair que son regard aurait dû être glacial, mais il irradiait d'une chaleur aussi intense que le centre d'une flamme.

— J'ai un million de questions à vous poser, mais vos vêtements sont plus mouillés que secs, dit-il d'une voix un peu rauque qui ne manquait pas de charme. Il faudrait penser à les enlever.

Anastasia se raidit, puis émit un petit rire forcé.

— Quand je pense que certaines personnes prétendent que vous êtes délicat.

— Tu as très bien compris ce que je voulais dire, rétorqua-t-il en souriant du regard.

Il la tutoyait, maintenant ? Parce qu'elle avait le nez rouge et qu'elle tremblait de tous ses membres ?

— Tu ? releva-t-elle.

Harley passa un bras autour de ses épaules et l'entraîna vers le bar.

— Oui. Ça te choque ? Je te rassure tout de suite, ce n'est pas une manœuvre de séduction. Pas après ce que tu viens d'endurer ce soir.

Comme s'il avait besoin de tutoyer une femme pour l'attirer dans son lit, songea Stasia, vaguement dégoûtée.

— Non, ça ne me choque pas, marmonna-t-elle. Disons que je ne m'y attendais pas. Je dois avoir le cerveau encore un peu gelé.

Harley la força à relever la tête vers lui en soulevant son menton et déposa un baiser sur son front.

— Tu as un surnom ? lui demanda-t-il.

Un simple baiser sur le front n'aurait pas dû la mettre dans cet état, mais il lui fallut au moins deux secondes pour décoller la langue de son palais.

— Pourquoi ?

— Tu dois bien en avoir un. C'est très joli, Anastasia, mais c'est un peu long.

— J'ai toujours pensé que c'était criminel de donner un prénom de plus de deux syllabes à ses enfants, acquiesça-t-elle. Tu peux m'appeler Stasia, si tu veux.

Harley sourit et plaça la main aux creux de ses reins quand ils se retrouvèrent à côté du portemanteau. De l'autre, il tâta son manteau et fronça les sourcils.

— Ton manteau est trempé. Tu vas mettre le mien, décréta-t-il en le décrochant.

— Pas question ! riposta-t-elle.

— Il n'y a pas matière à débat, Stasia.

— Absolument. Je ne le mettrai pas, un point c'est tout. Et avant que tu t'énerves, je...

— Je ne m'énerve jamais.

— ... je te rappelle que tu n'as pas d'ordres à me donner.

Il contempla le plafond l'espace de deux battements de cœur, puis replongea les yeux au fond des siens.

— Ce n'est pas un ordre, Stasia. C'est de la galanterie.

— Peut-être, mais ça ne change rien. Je ne veux pas que tu te sacrifies pour moi.

— Je ne me sacrifie pas. Contrairement à toi, je ne suis pas transi jusqu'à l'os et j'ai deux couches de vêtements.

— Non, merci, s'obstina-t-elle en secouant la tête.

— Tu vas le mettre, Stasia. Je ne veux pas que tu gèles, ajouta-t-il pour adoucir sa déclaration.

— Moi non plus, je ne veux pas que tu gèles.

— Tu m'as vu en sous-vêtements.

Quelques personnes levèrent la tête, et Stasia sentit qu'elle attirait les regards.

— Oui, et alors ?

— Comme tu as pu le constater, j'ai pas mal de chair sur les os, surtout comparé à toi.

— J'ai vu, oui.

— Alors tu peux me croire quand je te dis que je n'aurai pas froid.

— C'est ridicule ! Je ne vois vraiment pas...

Tout à coup, les lumières s'éteignirent. Le bar se retrouva plongé dans l'obscurité et le silence se fit. Dehors aussi, tout était noir.

Harley attira Stasia contre lui et elle sentit qu'il était extrêmement tendu. Il la fit reculer, et son dos heurta le mur. D'instinct, il l'avait protégée en se mettant devant elle.

— Sheila ? lança-t-il. Tu as une torche électrique ou de quoi éclairer ?

— Je suis en train de chercher.

Un bruit de verre brisé retentit. Sheila proféra un juron et, quelques secondes plus tard, une lampe à pétrole éclaira le comptoir.

— C'est une coupure d'électricité, annonça-t-elle.

Tous les regards convergèrent vers les fenêtres, mais l'obscurité totale régnait à l'extérieur.

Stasia retint un gémissement. Elle s'était imaginé que dès qu'elle aurait regagné son chalet, elle prendrait une douche brûlante et se roulerait en boule sous sa couette. Si elle ne rentrait pas très vite, son poêle à bois allait s'éteindre et son petit ballon d'eau chaude ne lui garantirait qu'une douche ultrarapide. L'idée d'une douche froide lui tira un grognement.

— Quelque chose ne va pas ? demanda Harley.

— Non, non.

— Je viens de t'entendre grogner.

— C'était un grognement de frustration anticipée, Harley, rien de plus. Mon chalet sera glacial à mon retour.

Stasia entendit pratiquement ses neurones cliqueter. Il réfléchissait au moyen de l'aider.

— Arrête, Harley. Je suis une grande fille et je te rappelle que tu as promis à ton oncle de prendre la route ce soir.

— Après t'avoir raccompagnée.

— Je n'accepterai rien de plus. Tu me raccompagnes et ensuite, je me débrouillerai seule.

Il tourna la tête vers elle et Stasia vit ses yeux briller dans l'obscurité.

— Tu as des ennemis ? s'enquit-il.

Elle éclata de rire, mais Harley ne lui fit pas écho.

— Des ennemis qui priveraient toute une ville d'électricité ? Non, Harley, je ne connais personne qui m'en veuille à ce point-là. C'est une simple coupure d'électricité.

— Oublie le black-out et concentre-toi sur cette histoire de freins. Il est possible que tes freins aient lâché sans qu'on les ait sabotés. Est-ce que tu avais remarqué un frottement, ces derniers jours ?

— Non, je les aurais fait vérifier si j'avais remarqué quelque chose. J'entretiens régulièrement ma voiture, Harley. Je la vidange tous les cinq mille kilomètres et j'en profite pour la faire entièrement réviser.

— J'aurais dû parier que tu me répondrais ça. Mais alors, Stasia, qui donc s'est amusé à saboter ta voiture ?

— Je ne sais pas. Il doit y avoir des gens qui ne m'aiment pas, dit-elle en pensant à un couple en particulier. Mais quand même pas au point de me tuer.

— Regarde les choses en face, Stasia. Quelqu'un a essayé de te tuer, il y a une tempête de neige et on est en plein black-out.

Elle fit la grimace.

— Tu t'imagines que je vais te laisser toute seule dans ces conditions ?

Stasia n'avait pas envie qu'il fasse faux bond à son oncle à cause d'elle.

— Regarde autour de toi, Harley. Je ne suis pas toute seule.

Harley ne répondit pas, mais elle sentit qu'elle ne l'avait pas convaincu. Et le pire de tout, c'était qu'à cause de lui, elle commençait à avoir peur de se retrouver seule dans son chalet.

— J'ai une idée, déclara-t-elle.

— Je t'écoute.

— Si ça ne te dérange pas, je pourrais repasser chez moi prendre quelques affaires et tu me déposerais dans un motel. Le choix ne manque pas le long de l'autoroute.

En guise de réponse, il lui passa la main dans les cheveux.

— Dans le pire des cas, ça ne te retardera pas plus d'une heure, insista-t-elle.

— Ce n'est pas le problème. Je ne suis pas pressé.

— Cesse de te comporter en preux chevalier, Harley. Je peux très bien gérer mes problèmes toute seule. Demain matin, une fois que les routes seront dégagées et que l'électricité sera revenue, je demanderai à quelqu'un de me déposer au chalet et je réglerai la situation.

Les clients du bar remuaient, ne sachant que faire. Les quelques bougies et la lampe à pétrole du comptoir n'éclairaient pas assez pour jouer aux cartes. Un soudain remue-ménage s'éleva du côté de la table de poker. Quelqu'un avait dû essayer de faire main basse sur le pot.

Des insultes fusèrent et des échanges de coups retentirent. Quelques personnes sortirent et de nouveaux venus entrèrent. Il avait suffi d'une seconde pour que le chaos s'installe.

— Il est temps d'y aller, décréta Harley en cherchant à lui faire enfiler son manteau.

Cette fois, Stasia ne lui opposa aucune résistance.

— D'accord. Je te remercie, mais je sais m'habiller seule, maugréa-t-elle cependant.

Harley ajusta le col autour de son cou.

— Je serais incapable d'expliquer pourquoi, mais quelque chose ne tourne pas rond, ce soir. Je le sens. Plus tôt on quittera cet endroit, mieux ce sera.

Il lui prit la main et se retourna dans l'intention de partir, mais Ned leur bloquait le passage.

La flamme du briquet qu'il tenait à la main projetait une lueur vacillante sur son visage et lui donnait une allure inquiétante.

— J'ai un service à te demander, Harley.

Celui-ci avait fait passer Stasia derrière lui dès qu'il avait cogné Ned, et il la retenait contre lui comme s'il craignait qu'on l'enlève.

— Je n'ai pas le temps, Ned.

— Et tu es avec Anastasia, je sais. Je suis désolé de vous déranger, mais…

— Qu'est-ce que tu veux ?

Le briquet de Ned s'éteignit. Il grommela dans sa barbe et dut l'actionner plusieurs fois avant de parvenir à le rallumer.

— Désolé. Mon problème, c'est que le pote qui devait me raccompagner est complètement saoul.

— Ton pote ?

— Oui, Gene et moi, on a traîné ensemble toute la journée avant d'atterrir ici. C'était lui qui conduisait.

— Et qu'est-ce que tu attends de moi ? demanda Harley en se passant la main sur le visage.

— Je n'habite pas très loin, mais avec ce froid, je ne peux pas rentrer à pied.

— Et puis il fait trop sombre, renchérit Stasia.

— Tu veux bien me déposer ? s'enquit Ned.

Harley ne répondit pas tout de suite, et Stasia lui donna un coup de coude.

— Ce n'est vraiment pas loin, promit Ned.

— Tu ne peux pas demander à quelqu'un d'autre ? J'ai hâte de raccompagner Stasia chez elle.

— J'ai eu un accident en venant ici, s'empressa-t-elle d'expliquer, au cas où Ned percevrait un sous-entendu sexuel dans cette déclaration.

— Tu es blessée ?

— Non, mais j'ai hâte de rentrer au chaud.

— Moi aussi. Il n'y a que toi qui puisses me raccompagner, Harley, ajouta Ned après s'être éclairci la gorge.

— Ned habite en haut de la colline, c'est sur la route vers chez moi, intervint Stasia.

Elle sentit sans le voir qu'Harley lui jetait un regard noir.

— C'est une petite ville, ici, Harley, se justifia-t-elle. Tout le monde se connaît.

Harley persista dans son silence. Agacée, elle se plaça à côté de lui. Sheila alluma de nouvelles bougies et Ned éteignit son briquet.

— On va te raccompagner, Ned, assura Stasia.

— J'ai peut-être mon mot à dire, non ? murmura Harley près de son oreille en passant un bras autour de ses épaules.

— Tu es quelqu'un de raisonnable. Je sais que tu vas le faire.

Ned les observa tour à tour.

— C'est sympa, merci.

— Dans ce cas, allons-y, céda Harley en tirant sur le bonnet de Stasia pour couvrir ses oreilles.

À peine mirent-ils le pied dehors qu'une violente bourrasque faillit renverser Stasia. Harley la serra contre lui et l'abrita de son corps le temps d'atteindre la jeep, mais il mit une bonne minute à ouvrir la portière gelée.

Il lança le moteur et alluma le chauffage. Pendant que Stasia se pelotonnait sur son siège, Ned et Harley nettoyèrent les vitres. Elle n'avait même pas proposé de les aider car elle savait qu'Harley aurait refusé.

Quand il s'assit au volant, elle l'observa. Il ne frissonnait pas et son nez n'avait même pas rougi, mais il approcha cependant ses mains de la soufflerie du chauffage.

— Comment te sens-tu ? s'enquit-il. Pas trop froid ?

C'était elle qui aurait dû lui poser cette question.

— Ça va. Je crois qu'il fait plus chaud dans ta jeep que dans le bar.

— C'est possible, admit-il en jetant un coup d'œil à Ned dans le rétroviseur. Ta ceinture, mec.

— Oh, pardon, répondit celui-ci en tirant sur la sangle.

Harley passa la première et quitta le parking.

— J'aime bien ta voiture, dit Stasia.

— Les jeeps ne sont pas des voitures comme les autres.

Ils roulèrent très lentement et atteignirent la maison de Ned sans avoir croisé une seule voiture. Lorsqu'il se gara devant son allée, Ned défit sa ceinture et se pencha en avant.

— C'est vraiment sympa, mec. Merci beaucoup.

— Il n'y a pas de quoi, répliqua Harley. C'est Stasia qui a insisté, ne put-il s'empêcher d'ajouter.

— Tu veux que je te laisse mon manteau ? proposa Ned.

— Non, c'est bon.

— Tu es sûr ?

— Sûr et certain. Dépêche-toi de rentrer chez toi. On va attendre que tu sois devant ta porte.

Ned renouvela ses remerciements, leur dit au revoir et quitta la chaleur de l'habitacle. Il remonta l'allée à grands pas, bondissant presque à cause de la neige, et, une fois qu'il eut atteint sa porte, agita la main à leur intention.

— Tu aurais dû accepter son manteau, dit Stasia.

— Merci bien, il empestait la sueur rance.

— Tu dis des bêtises. Ned est très propre. C'est juste l'odeur de son garage qui imprègne ses vêtements.

— Il est employé, ou c'est son garage ?

— C'est son garage. On va bientôt passer devant. Il est légèrement en retrait de la route derrière un bosquet d'arbres ; je te montrerai.

Ils roulèrent en silence jusqu'à la station-service.

— C'est là, dit-elle. Ned a l'air un peu bêta, comme ça, mais il travaille bien et il a une clientèle régulière.

Harley ne répondit pas et Stasia tourna la tête vers lui. Il fixait le rétroviseur.

— Qu'est-ce qu'il y a ?

— J'ai eu l'impression de voir des phares.

Stasia pivota d'un bloc et observa la route, mais ils venaient de franchir un virage.

— Tu crois que c'est le camion ? demanda-t-elle à voix basse.

— Ne t'inquiète pas, Anastasia. Je ne laisserai personne t'approcher.

Son arrogance était sans fond.

— Dis donc, Tarzan, je ne t'ai pas embauché comme garde du corps !

— Je le suis quand même, rétorqua-t-il. Et tu devrais t'en réjouir, parce qu'il arrive.

— Mon Dieu !

Elle se retourna sur son siège. Assez loin derrière eux, des phares trouaient la nuit.

— Tu crois que c'est le camion qui a essayé de me faire quitter la route ?

— On le saura bientôt, dit-il en se calant sur son siège et en agrippant fermement le volant.

Les phares se rapprochaient.

— Il roule plus vite que nous, en tout cas.

— Il nous rattrape, acquiesça-t-il.

Stasia ferma les yeux.

— Je n'y crois pas…

— Tu ferais mieux d'y croire, répondit-il en jetant un coup d'œil vers elle. Tu n'as rien à me dire au sujet de tes ennemis avant qu'il ne soit trop tard ?

— J'ai bien une idée, mais je la trouve un peu tirée par les cheveux.

— Je t'écoute.

Stasia regarda derrière elle. Le camion se rapprochait. Avec cette tempête, ils étaient encore à dix bonnes minutes du chalet.

— Bon, c'est une longue histoire, mais je vais faire court. Un client s'est mépris sur l'intérêt que je lui portais. Il a cru que je m'intéressais à lui personnellement, et il a annoncé à sa femme qu'il voulait divorcer pour m'épouser.

Harley émit un long sifflement.

— Je te jure qu'il n'y a rien eu d'intime entre nous. Je l'encourageais dans sa vie professionnelle, et je parlais avec lui de ses problèmes de famille comme je le fais avec tous mes clients, mais…

— Inutile de te justifier, Stasia.

Heureusement, parce qu'elle en aurait été incapable.

Les phares se rapprochaient de plus en plus. Le cœur battant, Stasia se dépêcha de raconter la fin de l'histoire.

— Quand il m'a fait part de ses intentions, je lui ai clairement expliqué qu'il ne m'intéressait pas.

— J'imagine qu'il a pris ça très bien, ricana Harley.

— Il a refusé de me croire et m'a harcelée pendant des mois, d'abord pour me faire la cour, puis pour m'insulter. C'était l'horreur. Finalement, il a cherché à se remettre avec sa femme, mais elle n'a pas voulu en entendre parler. Elle est en dépression, conclut-elle à voix basse.

— Et ce type te tient pour responsable de ses malheurs, je parie ?

Stasia s'en voulait énormément. Elle aurait dû s'apercevoir de la méprise de son client.

— Je n'ai plus entendu parler de lui depuis un bon mois.

— C'est à cause de cette histoire que tu as pris un congé sabbatique ?

— Oui.

Les phares se reflétaient dans le rétroviseur.

— Il va nous rentrer dedans, Harley !

— Pas si je lui rentre dedans le premier.

5

Stasia n'en crut pas ses oreilles.

— Qu'est-ce que tu viens de dire ?

— Accroche-toi.

Il enfonça brutalement la pédale de frein. Derrière eux, le camion zigzagua follement pour éviter de leur rentrer dedans, mais n'y parvint pas tout à fait.

Le pare-chocs avant du camion heurta l'arrière de la jeep. Harley laissa échapper un chapelet de jurons, mais parvint à garder le contrôle de son véhicule et s'arrêta au bord de la route.

Le camion ne s'en sortit pas aussi bien. Il zigzagua encore un moment, puis glissa sur une plaque de verglas et fit un tête-à-queue. Le conducteur réussit finalement à redresser le véhicule et s'arrêta derrière eux, au beau milieu de la route.

— Non, mais ça va pas ? Tu es complètement malade ! s'écria Stasia, horrifiée.

— Ils allaient nous rentrer dedans, ma belle. Au moins, comme ça, j'ai gardé le contrôle de la situation.

Le contrôle ? Il appelait ça le contrôle, lui ?

Harley recula lentement et fit pivoter l'avant de la jeep jusqu'à ce que ses phares éclairent la cabine du camion.

— Ils ne sont que deux.

— *Que* deux ?

— Écoute-moi bien, Anastasia. Dès que je serai descendu, tu te glisseras au volant et tu verrouilleras les portes. Tu laisseras tourner le moteur et tu resteras à l'intérieur quoi qu'il arrive. Si nécessaire, contourne le camion et retourne en ville.

Elle ouvrit la bouche, mais aucun son n'en sortit. Harley défit sa ceinture.

— Ah, non ! s'exclama-t-elle alors en se jetant sur lui pour l'empêcher d'ouvrir la portière.

Sa ceinture de sécurité entrava son mouvement et elle agrippa seulement sa chemise.

— Je reviens tout de suite, annonça-t-il tranquillement.

Les mains cramponnées à sa chemise, elle essaya de le retenir. Son expression avait quelque chose d'effrayant. Il semblait à la fois distant et enragé.

— Tu ne sortiras pas d'ici, Harley Handleman ! explosa-t-elle.

— Je n'ai pas le temps d'assister à une crise d'hystérie, dit-il en écartant ses doigts de sa chemise. Ils sont là, ils ne bougent pas, et si on essaye de partir, ils nous suivront jusqu'au chalet. Autant régler cette histoire tout de suite.

— On n'a qu'à retourner en ville, proposa-t-elle, de plus en plus paniquée. Quelqu'un pourra nous aider.

— Je doute qu'ils nous laissent passer, rétorqua-t-il très calmement, à moins que je ne les y contraigne.

— Ils sont peut-être armés, Harley !

— S'ils pointent un flingue sur moi, je le leur ferai manger, assura-t-il en plissant les yeux.

— Tu es complètement fou, marmonna-t-elle en se laissant aller contre son siège. Bon pour l'asile.

— Fais ce que je t'ai dit et tout se passera bien.

Il ouvrit la portière et descendit de la jeep.

— Tout se passera bien, le singea-t-elle en se glissant au volant, sans refermer la portière de façon qu'Harley l'entende. Tout va tellement bien se passer que je roulerai sur ton corps une fois qu'ils l'auront écrasé dans la neige !

Harley ne prêta aucune attention à ce qu'elle disait, mais il n'avait pas fait deux pas que Stasia se souvint qu'elle portait son manteau. Si ces brutes ne le tuaient pas, il mourrait de froid.

Pourtant… il ne donnait pas l'impression d'avoir froid.

Ni peur.

Son corps formait un bloc de rage pure, déterminé à pulvériser tous les obstacles.

Un abruti. Un malade. Voilà ce qu'il était. Les phares de la jeep éclairaient la scène. Stasia ferma la portière et la verrouilla.

S'il avait envie de mourir, tant pis pour lui.

Elle écarquilla les yeux, le cœur au bord de l'explosion, un voile de sueur froide couvrant sa nuque et les muscles douloureusement contractés.

Avant qu'Harley ait atteint le camion, les deux hommes en sortirent.

Ils ne sont que deux, avait-il dit. Oui, mais deux brutes massives, emmitouflées de la tête aux pieds sous d'épaisses couches de vêtements.

L'un d'eux était armé d'un démonte-pneu.

Stasia mit la jeep en prise. S'il le fallait, elle écraserait quelqu'un pour lui porter secours. Elle n'hésiterait pas à…

À ce moment-là, les événements s'enchaînèrent si vite et dans un mouvement si fluide qu'elle comprit à peine ce qu'elle vit.

Celui qui n'était pas armé envoya son poing vers Harley et reçut un coup de pied au visage pour sa peine. Apparemment, le froid n'avait pas raidi les muscles d'Harley. Ses gestes étaient souples et incroyablement rapides.

La tête de son agresseur bascula en arrière. Comme au ralenti, ses membres devinrent mous et le sang gicla sur la neige. L'homme heurta brutalement le sol gelé, demeura un instant immobile, puis se recroquevilla sur lui-même sous l'effet d'une vive douleur.

L'autre se rua sur Harley en rugissant, chacun de ses pas soulevant des plaques de neige. Il fit tournoyer le démonte-pneu au-dessus de sa tête comme une batte de base-ball, le rabattit en arrière et le projeta violemment devant lui.

Immobile, Harley l'attendait ; à la dernière seconde, il baissa la tête. L'homme avait pris un tel élan qu'il aurait dû tomber à plat ventre dans la neige, mais Harley le cueillit d'un crochet au menton, suivi d'un coup de poing à l'estomac et d'un autre à l'aine.

Le visage de Stasia se crispa au rythme des coups.

Projeté en arrière, l'homme lâcha le démonte-pneu qui disparut dans la neige, et Harley lui projeta son poing en pleine figure. L'homme vacilla, puis s'écroula tout à fait sous l'effet d'un dernier coup à la tempe. Il s'immobilisa, bras et jambes écartés, telle une étoile de mer échouée sur le rivage.

Stasia en resta bouche bée. Harley venait d'anéantir ses assaillants avec une aisance stupéfiante. Le spectacle auquel elle venait d'assister était tout bonnement hallucinant.

Harley souleva à demi l'homme pour fouiller dans ses poches. Stasia ne savait pas ce qu'il cherchait, mais il parut le trouver, car il se raidit avant de se tourner vers elle. Malgré la distance qui les séparait, elle vit le bleu électrique de ses yeux luire de rage dans la lumière des phares. Un halo de colère vibrait autour de lui, mais il demeurait concentré, prêt au combat.

Du coin de l'œil, Stasia aperçut l'autre homme qui se dirigeait vers Harley. Il tenait un objet sombre et compact à la main, à peine visible dans l'obscurité, jusqu'à ce qu'il pénètre dans la zone éclairée.

Un revolver.

Hurler n'aurait servi à rien, et sa gorge était si serrée qu'elle en aurait été incapable.

Sans réfléchir, Stasia lui fonça dessus. La jeep chargea à tombeau ouvert sur la neige et le verglas. L'homme bondit hors de sa trajectoire, escalada le flanc du camion et s'agrippa à la portière. Elle l'avait manqué d'un cheveu.

Pied au frein, Stasia passa la marche arrière et regarda par-dessus son épaule.

Harley la contemplait d'un air parfaitement éberlué.

Les deux hommes en profitèrent pour s'engouffrer dans la cabine du camion, visiblement pressés de s'enfuir. Mais Stasia n'avait pas oublié le revolver. Ils risquaient d'ouvrir le feu. La cabine du camion les protégeait alors qu'Harley était à découvert.

Elle appuya à fond sur la pédale. Les roues de la jeep patinèrent avant que les gros pneus crantés se décident à mordre la glace, et elle fonça droit sur le camion.

En cas de collision, le choc laisserait le temps à Harley de les désarmer. Mais, à sa grande déception, le camion s'ébranla et s'élança sur la route. L'arrière du véhicule glissa latéralement, puis il prit de la vitesse et disparut dans la nuit.

Les nerfs en pelote, Stasia regarda les feux arrière décroître au loin avant de penser à freiner. Les roues de la jeep tournèrent un instant dans le vide, puis ondulèrent avant de s'arrêter brutalement à moins de cinquante centimètres d'Harley.

Il n'avait pas bougé d'un pouce.

Stasia ouvrit sa portière et lança un cri d'explication :

— *Flingue !*

Harley porta calmement les mains à ses hanches et ferma les yeux, comme s'il comptait dans sa tête. Quand il les rouvrit, ce fut pour s'exprimer d'une voix posée.

— Tu veux bien m'expliquer ce que tu fabriques ?

Stasia le regarda sans comprendre. La poussée d'adrénaline qu'elle venait de subir la faisait claquer des dents et l'angoisse lui nouait la gorge. Elle déglutit.

— Il avait un flingue.

Harley attendit.

Elle tendit la main vers lui et agrippa sa chemise.

— Je ne voulais pas qu'il te tire dessus.

Harley baissa la tête et prit une profonde inspiration. Puis une autre, son souffle formant un panache de vapeur entre les deux.

— J'aurais préféré que tu n'interviennes pas.

— *Quoi ?* s'indigna Stasia, prête à le gifler. Je viens de te sauver la vie ! Ils sont partis, ajouta-t-elle en désignant la direction que venait de prendre le camion.

— Tu crois ? Peut-être qu'ils se sont simplement éloignés et qu'ils vont revenir, dit-il en soulevant le revolver noir et argent qu'il tenait à la main. Je te remercie de ton intervention, mais j'en avais déjà désarmé un et l'autre a laissé tomber son arme quand tu as voulu lui rouler dessus. J'avais toutes les chances de savoir qui ils étaient et ce qu'ils voulaient.

Stasia sentit poindre la consternation. Elle venait de commettre une bourde monumentale.

— Tu avais l'intention de leur taper dessus jusqu'à ce qu'ils te le disent, j'imagine ?

— Si cela s'était avéré nécessaire. J'aurais au moins pu les attacher et les ramener en ville pour les remettre aux autorités.

— Je vois, fit-elle en se sentant très bête.

Harley effleura ses cheveux.

— Ce n'était vraiment pas la peine de faire quitter la route à ma jeep.

Un goût acide remonta dans sa gorge.

— De lui faire quitter la route ? répéta-t-elle stupidement.

— La jeep est géniale par mauvais temps, dit-il en posant une main sur le capot, mais je crois qu'elle ne nous sera plus d'aucune utilité ce soir.

Il désigna la roue arrière. Stasia passa la tête par la portière et regarda. La roue arrière était passée par-dessus une butée gelée sur le bas-côté de la route. Ils étaient bel et bien coincés.

— Qu'est-ce qu'on va faire ? demanda-t-elle d'une voix sourde.

— Je vais trouver une solution. Reste assise, déclara-t-il avant de s'éloigner.

Stasia n'avait d'autre choix que de lui obéir. Elle le regarda avancer pesamment jusqu'au milieu de la route. Il scruta le sol un moment, écarta du pied la neige fraîchement remuée, puis se pencha et se redressa, un autre revolver à la main.

Une vague de culpabilité submergea Stasia lorsqu'il leva le revolver pour le lui montrer. De gros flocons couvraient ses cheveux blonds et ses épaules. Son visage était rouge de froid. Les jambes de son jean étaient couvertes de neige jusqu'aux genoux. Et à cause d'elle, ils étaient coincés là.

— Pousse-toi, dit-il en arrivant près de la jeep.

Elle se glissa sur le siège du passager.

— Je suis vraiment désolée, Harley.

— Ne t'inquiète pas.

C'était galant de sa part, mais comment voulait-il qu'elle ne s'inquiète pas ? Elle retira un gant et posa la main sur son menton. Un début de barbe commençait à pousser et sa peau était glacée.

— Ça va ?

— Oui, répliqua-t-il en portant machinalement sa main à ses lèvres pour l'embrasser, visiblement préoccupé.

Stupéfaite, Stasia le regarda inspecter les deux revolvers avant de les déposer sur le support de tasse, puis tendre le bras devant elle pour atteindre la boîte à gants.

— Je peux te demander de prendre quelques trucs ?

Avant qu'elle ait eu le temps de répondre, il posa une petite lampe de poche et les papiers de la jeep sur ses genoux.

— Bien sûr, dit-elle en s'efforçant de paraître aussi calme que lui. Pourquoi tiens-tu à emporter ça ?

— Si quelqu'un s'avise de fracturer la jeep, autant éviter de laisser des traces permettant de m'identifier.

— Où allons-nous ?

— On est trop loin de ton chalet pour envisager d'y aller à pied, et si ces types ont l'intention de revenir, c'est là qu'ils iront.

— On ne peut pas non plus retourner en ville à pied. Pas moi, en tout cas, précisa-t-elle. À te voir, on dirait que le froid ne t'atteint pas.

Harley coupa le contact de la jeep et passa les revolvers sous la ceinture de son jean comme s'il n'avait pas entendu ce qu'elle venait de dire.

— La station-service n'est pas très loin d'ici. Elle était plongée dans l'obscurité et ces types ne l'ont peut-être même pas remarquée. Si tu ne m'avais pas dit que c'était le garage de Ned, je n'y aurais pas fait attention. Mets ça dans tes poches, on y va, décréta-t-il en empochant les clés de la jeep.

— Tu n'as pas de manteau.

— Je sais.

Stasia remit son gant et le suivit à l'extérieur de la jeep. Ses valises et son équipement de musculation se trouvaient dans le coffre. Il prit deux sweats à capuche, en fit passer un par-dessus sa tête et lui tendit l'autre.

— Prends ça. Tu seras contente de l'avoir, plus tard.

Il écarta ses valises, tira une petite caisse vers lui et en souleva le couvercle. Stupéfaite, Stasia le regarda fourrer dans une sacoche un rouleau de gros scotch, un kit de premiers secours, un tournevis multitête, des fusées éclairantes et une couverture de survie.

— Tu voyages équipé, dis donc.

— Toujours, fit-il en refermant le coffre.

Il l'attira contre lui et les recouvrit de la couverture de survie.

— On va partager notre chaleur corporelle. Il va falloir marcher vite. Je veux arriver à la station-service avant que ces tordus reviennent.

— La station-service sera fermée.

— Ne t'inquiète pas. Ce n'est pas un problème.

Elle aurait dû se douter qu'il répondrait cela. Rien ne posait problème à Harley Handleman, héros professionnel. Elle se résigna à trottiner près de lui sans demander comment il comptait faire. Elle savait qu'il y arriverait.

Quand ils aperçurent la masse sombre du garage, Harley la serra contre lui.

— On y est presque.

Elle avait trop froid pour répondre. Le vent était aussi coupant que la lame d'un couteau, et il espérait qu'elle tiendrait le coup jusqu'à ce qu'il ait ouvert la porte. Il envisagea un instant de la porter, mais un coup d'œil à son expression résolue lui suffit à deviner qu'elle ne serait pas d'accord. Elle avançait un pied devant l'autre comme un brave petit soldat, s'efforçant d'adopter le même rythme que lui malgré ses jambes nettement moins longues et sa masse musculaire évidemment inférieure.

Harley ne put s'empêcher de l'admirer.

La façon dont elle s'était mise en pilote automatique pour lui porter secours malgré sa frayeur, l'aurait fait sourire s'il n'avait pas eu les lèvres complètement gercées. Peu importait que son intervention ait été inutile. Elle n'avait pas eu une seconde d'hésitation.

Une fois qu'ils eurent franchi le bosquet d'arbres, Anastasia s'apprêta à foncer vers la porte, mais Harley la retint.

— Attends-moi là, dit-il en resserrant la couverture autour d'elle. Je vais m'assurer que la voie est libre.

Elle émit un gémissement.

— Je suis désolé. Je préfère ne pas prendre de risque, ajouta-t-il en plaçant un des deux revolvers dans sa main. Tu sais t'en servir ?

Elle secoua la tête.

— Dégage le cran de sûreté, dit-il en lui montrant comment faire. Après, il ne te reste plus qu'à viser et à tirer. En général, ça suffit, que tu aies atteint ta cible ou non. Assure-toi simplement que je ne suis pas dans la ligne de mire avant de presser la détente.

— Je n'en peux plus, Harley.

— Je sais. Il n'y en a plus pour longtemps, je te le promets. Ouvre l'œil, d'accord ?

Elle hocha la tête. Harley déposa un baiser sur son front, sur l'arête de son nez et, parce qu'il fut incapable de s'arrêter, sur ses lèvres.

Le contact fut extrêmement bref, et ses lèvres étaient si engourdies par le froid qu'il fut presque imperceptible. Mais elle écarquilla légèrement les yeux pour le rassurer.

Il s'éloigna à regret. Il ne se souvenait pas d'avoir jamais eu aussi froid. Il contourna le bâtiment et ne repéra aucune trace de pas, mais dans cette obscurité et avec la neige qui tombait sans discontinuer, cela ne voulait pas dire grand-chose.

La porte avait l'air solide, ainsi que les deux grandes fenêtres et la porte basculante du garage. Harley approcha l'oreille de la fenêtre et écouta. Il ne perçut aucun bruit. Les vitres étaient couvertes de givre et on ne pouvait pas distinguer l'intérieur.

Il repassa devant le bâtiment et inspecta les accès en façade. Tout semblait parfaitement normal. Il sortit le tournevis qu'il avait apporté et s'en servit comme d'un levier pour ouvrir la porte. Le mince rayon de sa torche électrique balaya les fauteuils en skaï craquelés de la salle d'attente, un bureau, deux distributeurs automatiques, une porte de communication et une autre porte basculante.

Tenant le revolver d'une main, il effectua une rapide opération de reconnaissance.

Rien à signaler.

La chaudière s'était éteinte au moment de la coupure d'électricité, mais la station-service les abriterait des rafales de vent.

Harley découvrit Anastasia prostrée sur le sol, les genoux relevés sous le menton, les bras encerclant ses jambes. Elle regardait droit devant elle, le revolver à la main.

— Anastasia ? souffla-t-il doucement pour ne pas l'effrayer.

Elle bondit aussitôt sur ses pieds, mais ne lui tira pas dessus, s'empressant plutôt de lui rendre le revolver.

— La voie est libre ?

— Oui, répondit-il en l'attirant vers lui.

Elle le dépassa et courut se réfugier à l'intérieur du garage. Harley la suivit. Il était fatigué et il avait froid, mais il devait rester prudent. Après avoir refermé la porte, il cala de gros pneus devant.

— Qu'est-ce que tu fais ? demanda Stasia derrière lui.

— Je bloque les issues. Comme ça, si quelqu'un essaye d'entrer, on sera prévenus.

— Je peux t'aider ?

Harley lui jeta un regard surpris. Sa voix était aussi grelottante que son corps, mais elle semblait décidée à lui donner un coup de main. L'admiration d'Harley grimpa encore d'un cran.

— Les portes du garage sont verrouillées de l'intérieur et elles ne présentent aucun risque, mais tu peux mettre des vieilles canettes ou quelque chose qui fait du bruit en tombant devant les fenêtres et la petite porte de derrière.

— D'accord.

— Tiens, dit-il en lui tendant la lampe torche. Prends ça avec toi. Je vais tâcher d'en dégoter une autre.

— Comment veux-tu en trouver une autre si c'est moi qui ai la lampe ? rétorqua-t-elle après lui avoir brièvement envoyé la lumière dans les yeux.

— J'ai une excellente vision nocturne.

— Je suis convaincue que tout est excellent chez toi. C'est presque dégoûtant d'atteindre un tel niveau d'excellence.

Sur cette remarque, elle tourna les talons et Harley suivit sa progression d'après les mouvements de sa lampe. Il ne tarda guère à dénicher une grosse lampe de chantier sur une étagère au-dessus du bureau. Il trouva aussi des allumettes, mais pas de bougies.

Ned avait aménagé une petite salle de repos avec une cafetière électrique, une table ronde et des chaises en plastique. Le fauteuil en cuir, qui n'était plus de première jeunesse, était assez large pour qu'ils y tiennent tous les deux.

Au cas où Anastasia accepterait de s'allonger à côté de lui, évidemment.

Cette pièce présentait le double avantage d'être à côté d'un cabinet de toilette et d'être dépourvue de fenêtres. Confort et sécurité.

Il posa sur la table ronde tout ce qu'il avait apporté et les pièces de monnaie qu'il avait dans ses poches. Sa sacoche contenait des objets de première nécessité : brosse à dents, rasoir, savon, chaussettes et slip de rechange.

Il retira son sweat à capuche et le mit à sécher sur une chaise en plastique. Il alla ranger les affaires de toilette dans la petite salle de bains, rajusta les revolvers dans la ceinture de son jean, puis alla voir ce que fabriquait Stasia. Il la découvrit en train de placer de vieux bidons d'huile devant une fenêtre. La torche électrique qu'elle avait calée entre ses dents tremblait.

— Bon boulot.

Elle tourna la tête vers lui et retira la torche de sa bouche.

— J'ai mis une chaise et des bidons derrière la porte.

Physiquement, elle était exténuée, mais émotionnellement, la force qu'il avait décelée chez elle était intacte.

— Viens, lui dit-il. J'ai trouvé un coin où on pourra s'installer pour la nuit. Il y a même une machine à café : comme ça, si l'électricité revient, on pourra boire quelque chose de chaud.

— Elle ne sera pas rétablie avant demain.

— Il y a aussi des distributeurs automatiques remplis de chips et de bonbons, précisa-t-il en la guidant jusqu'à la salle de repos. Regarde ça, ils sont tellement vieux qu'ils ne marchent pas à l'électricité.

— Le distributeur de Coca est électrique.

— Si tu veux un Coca, je peux t'en avoir un.

— De la même façon que tu as ouvert la porte ?

Elle avait dit cela d'un ton plus curieux qu'accusateur.

— J'ai appris quelques petits trucs utiles, à l'adolescence, répliqua-t-il avec un grand sourire.

— J'imagine.

— Je n'ai jamais rien volé, mais je traînais avec des mecs qui m'ont transmis leur savoir-faire. Ma mère me reprochait sans arrêt d'avoir de mauvaises fréquentations.

— J'imagine aussi.

— Il y a une petite salle de bains à côté. Il n'y a que de l'eau froide, mais si on laisse goutter le robinet toute la nuit, ça évitera aux tuyaux de geler.

— Toute la nuit ?

— Je ne crois pas qu'on pourra aller ailleurs avant demain matin.

— Non, en effet, admit-elle en balayant la pièce d'un regard consterné.

— Stasia, déclara-t-il en la faisant pivoter vers lui avant d'ôter son bonnet et d'ébouriffer ses cheveux. Il faut que tu retires tous ces vêtements mouillés.

Elle se mordit la lèvre, baissa la tête et acquiesça.

— Je sais. Si je ne les enlève pas, je vais continuer à geler. J'imagine que tu n'as pas trouvé de vêtements secs ou de couvertures ? demanda-t-elle en relevant la tête.

— Dans un garage ? Non. Mais j'ai des chaussettes propres et un sweat à capuche. Avec la couverture de survie, tu pourras te réchauffer. Tu veux que je t'aide à te déshabiller ? proposa-t-il.

— Non, je peux le faire toute seule. Excuse-moi, Harley, mais je ne suis pas tellement à l'aise. J'ai l'impression que tu essayes de me séduire ou quelque chose dans ce genre-là.

Il se rembrunit.

— Je n'ai pas du tout l'intention de…

— Je sais. Tu n'es pas le genre de type à abuser d'une pauvre fille frigorifiée et traumatisée par une agression à main armée.

— Tu ne donnes pas l'impression d'être traumatisée.

— Juste un peu, mais c'est sans importance. C'est toi qui me mets mal à l'aise, Harley. La façon que tu as de me regarder, de me parler. Je sais que tu fais ça pour me réconforter, mais quand je te regarde, j'ai l'impression… d'être toute nue.

Réprimant un éclat de rire, il posa les mains sur ses hanches.

— Je suis désolé, Stasia. Je ne me rendais pas compte. Je n'ai pas délibérément…

— … cherché à me séduire. Je sais. C'est la façon dont tu te comportes. Tu es comme ça, c'est tout.

— Anastasia, dit-il en laissant retomber ses bras le long de son corps. Tu crois que tu serais capable de me laisser finir une phrase ? Arriver à se faire entendre, c'est agréable, de temps en temps.

Elle agita la main pour l'inciter à poursuivre.

— J'allais dire que je ne t'ai pas délibérément montré ce que je ressens. Me retrouver seul avec une femme séduisante auprès de qui je peux jouer les héros au grand cœur ne me laisse pas indifférent. J'espérais que ça ne se voyait pas, c'est tout.

— Ah, bon ? répliqua-t-elle, vivement intéressée. Le rôle d'homme des cavernes t'excite ?

Un sourire apparut au coin de ses lèvres.

— Tu n'as pas idée. Je crois qu'il suffirait que tu te mettes à pleurer pour que je bande, dit-il en lui caressant la joue. Tous les mecs aiment jouer à ça. C'est un truc instinctif.

— Hmm, fit-elle en plissant les yeux. Le problème, c'est que j'ai l'impression que c'est un peu plus qu'un jeu en ce qui te concerne.

Il haussa les épaules. Ce rôle lui collait à la peau depuis toujours.

— Trêve de bavardages, miss Glaçon. À poil !

— Excellente idée. Je vais me déshabiller dans la salle de bains.

— Comme tu voudras, répondit-il en lui tendant les chaussettes et le sweat. Pendant ce temps, je me charge du ravitaillement.

— Tu ne te déshabilles pas ? s'étonna-t-elle.

— Je vais me gêner ! Quand tu sortiras d'ici, je serai en caleçon, rétorqua-t-il en lui ouvrant la porte de la salle de bains. Je t'autorise à utiliser les sanitaires, mais attention, ce sont ceux de mes appartements privés. Je ne veux pas voir la moindre trace de cambouis !

— Merci.

Harley referma la porte et s'éloigna. La paroi était si mince qu'il perçut le froissement de ses vêtements et le bruit de la chasse d'eau.

Il approcha la table du fauteuil et y déposa les deux revolvers. Avec ses pièces de monnaie, il acheta toutes sortes de friandises au distributeur automatique et parvint sans trop d'efforts à barboter deux canettes de Coca.

Satisfait du produit de sa chasse, il regarda autour de lui et se dit que cette petite pièce leur offrirait un excellent abri pour la nuit.

Si toutefois Anastasia voulait bien se décider à sortir de la salle de bains.

6

Elle n'aurait pas dû insister pour s'asseoir sur cette chaise. Elle savait que son attitude irritait Harley et ne pouvait pas lui en vouloir. Il faisait trop froid pour jouer les prudes, et la situation était trop dangereuse pour afficher son indépendance. En dehors du vent qui soufflait à l'extérieur, le plus grand silence régnait dans le garage.

Deux hommes armés l'avaient cependant poursuivie dans l'intention de lui faire peur. Peut-être même de la tuer.

Elle ne parvenait pas à penser à quoi que ce soit d'autre et guettait le moindre bruit suspect.

Résister à l'envie de se blottir dans les bras d'Harley lui avait demandé beaucoup de volonté, mais son sweat-shirt ne lui arrivait qu'aux genoux et ses chaussettes ne couvraient que ses pieds et ses chevilles. On ne voyait pas grand-chose de ses jambes, mais elle ne portait pas de pantalon et Harley n'en portait pas non plus. En fait, c'était ça, le pire de tout.

Quand elle était sortie de la minuscule salle de bains maculée de cambouis, il ne portait plus que son caleçon, des chaussettes semblables à celles qu'il lui avait prêtées et son tricot de corps en maille thermique. Elle avait eu l'impression de se retrouver en présence d'une publicité pour sous-vêtements masculins… en chair et en os.

Autour du rai de lumière de la lampe torche, la pièce baignait dans l'ombre. L'atmosphère était intime, en dépit des circonstances. Ou peut-être à cause d'elles, justement.

Ils avaient grignoté les friandises du distributeur en silence, Anastasia enveloppée dans la couverture de survie sur une chaise en plastique, Harley en sous-vêtements sur le vieux fauteuil râpé. Le regard dont il la couvait l'avait presque autant déstabilisée que la présence des deux revolvers, l'un sur la table devant elle, l'autre tout près de la main droite d'Harley.

Il avait finalement suggéré qu'il était temps de se reposer, et Anastasia avait insisté pour qu'ils dorment séparément. Cela devait faire à peu près une heure. Anastasia n'avait pas de montre et la pendule murale était dans l'ombre. Harley n'avait pratiquement pas desserré les lèvres depuis qu'elle avait refusé de dormir avec lui. La tête appuyée sur ses bras croisés, elle ne parvenait pas à trouver le sommeil.

Elle se sentait complètement idiote.

— Tu n'avais jamais vu aucun de ces deux types ? demanda-t-il subitement.

Le son de sa voix, au terme d'un aussi long silence, lui vrilla les nerfs.

— Non.

Dehors, le vent soufflait. La glace craquait. Les branches d'arbres grinçaient.

— J'imagine que tu n'as pas relevé le numéro de leur plaque d'immatriculation ?

— Non. Et toi ?

— Non plus. C'était un vieux modèle Ford avec une cabine surélevée.

— Ah bon ?

— Oui. Il était équipé d'un arceau avec des phares antibrouillard à l'avant. Marron ou noir. Difficile à dire dans la nuit.

— Je n'en reviens pas que tu aies remarqué tout ça !

— Moi, ce qui m'hallucine, c'est de ne pas avoir eu la présence d'esprit de relever leur immatriculation. C'était la seule chose à remarquer.

Le silence retomba. Anastasia aurait préféré qu'il continue à parler. Ça lui évitait de broyer du noir.

— C'est sinistre ici, tu ne trouves pas ? lança-t-elle.

— C'est sec et abrité.

— Oui, mais... c'est quand même sinistre. Je te jure que j'entends ramper les cafards.

— Stasia.

— Quoi ?

— Ne sois pas têtue. Tu entends peut-être ramper les cafards, mais moi je t'entends claquer des dents. Viens là.

Elle ne sut quoi lui répondre. Elle avait tellement froid qu'elle ne pouvait pas s'empêcher de claquer des dents.

— Écoute, dit-il en se tournant vers elle. Si ça peut te rassurer, tu n'es pas du tout mon genre.

— Vraiment ?

Pourquoi l'insultait-il, à présent ?

— De toute façon, poursuivit-il, même si tu étais mon genre, on ne pourrait pas faire ce que je voudrais. Ce que j'aurais envie de faire. Avec toi.

Anastasia redressa la tête. Les yeux écarquillés, elle scruta l'endroit où se trouvait Harley. Son corps formait une masse sombre dépourvue de détails.

— Tu veux bien m'expliquer en quoi ça consisterait ? s'enquit-elle d'une voix flûtée.

Il observa un instant de silence.

— Viens près de moi et je t'expliquerai, dit-il finalement.

Il lui offrait un moyen de sortir facilement de son entêtement. Elle avait besoin de son réconfort, envie de se sentir au chaud, en sécurité, et d'oublier cette soirée épouvantable.

— D'accord.

Elle s'approcha de lui à tâtons et s'arrêta lorsqu'elle sentit sous ses doigts le rebord du fauteuil en cuir rembourré qu'il avait complètement incliné. Harley écarta les sweats dont il s'était couvert et tira sur la couverture qui enveloppait Stasia.

— Grimpe à côté de moi et installe-toi confortablement.

Cette fois, elle ne se fit pas prier. Elle s'étendit contre lui, plaça la tête sur son épaule et passa son bras autour de sa taille. La chaleur qui émanait de lui était presque aussi réconfortante que son odeur. C'était si agréable qu'elle laissa échapper un gémissement de satisfaction.

Harley se tassa pour lui faire le plus de place possible et recouvrit leurs corps de la couverture. Sa bouche effleurait son oreille.

— Ça va mieux ?

— C'est le paradis, admit-elle dans un bâillement. Désolée, Harley, mais je suis épuisée.

— Je sais. Dors.

— Pas tant que tu ne m'auras pas expliqué ce que tu as envie de me faire.

La main dont il caressait ses cheveux s'immobilisa.

— Tu es sûre de vouloir parler de ça ?

— Ma curiosité augmente de seconde en seconde.

La main d'Harley reprit ses caresses.

— D'accord, dit-il en déposant un baiser sur son front. Si j'en avais la possibilité, je te ferais allonger entièrement nue sur un lit, je t'attacherais les poignets et je te demanderais d'écarter les cuisses pour te posséder comme je voudrais sans que tu puisses m'en empêcher.

Attachée ? Stasia se figea, en proie à toutes sortes d'émotions.

La peur ne figurait pas parmi elles. Harley était un professionnel des sports de combat, mais il ne brutalisait pas les femmes.

Ainsi, il aimait entraver ses partenaires ? Intéressant.

Imaginer la scène qu'il venait d'évoquer n'était pas déplaisant. Loin de là. Stasia sentit même une onde de chaleur se répandre dans son bas-ventre et se blottit contre lui, délicieusement choquée par la réaction de son corps.

D'un autre côté, sa nature farouchement indépendante se rebellait à l'idée de se retrouver dans une situation d'impuissance. Elle secoua la tête en signe de refus – autant vis-à-vis de lui que d'elle-même.

— Autant oublier tout de suite ce projet, Harley. Ça n'arrivera jamais.

Dans ses cheveux, ses doigts continuaient d'exercer leur magie.

— Me mettrais-tu au défi ? Ce serait une très mauvaise idée, ma belle.

Stasia se mordit la lèvre.

— Je sais que tu ne me…

— … que je ne te violerai pas ? Tu as raison, ce n'est pas ce qui m'intéresse.

— Non, j'allais dire que tu ne me forceras pas à faire quelque chose qui ne me plaît pas.

— Non plus. Comme tu l'as déjà dit, profiter d'une femme quand elle est dans une situation critique n'est vraiment pas mon genre. Je crois qu'on peut dire que ta situation est bel et bien critique, non ?

Elle redressa la tête pour le regarder.

— Tu n'en profiteras pas ?

— Tu as de bonnes raisons d'être terrorisée, répondit-il, et ça ne m'excite pas du tout. Tu n'es pas dans ton élément et ta peur est parfaitement normale. Mais je ne laisserai personne te faire du mal.

— Quelle mâle assurance !

— Figure-toi que l'idée de faire l'amour avec toi me trotte dans la tête depuis un moment. J'ai essayé de la chasser, mais je n'ai pas réussi. Maintenant, s'il s'agissait de relever un défi, tu ne pourrais pas prétendre que je t'ai contrainte à quoi que ce soit…

Titillée, Stasia fronça les sourcils.

— Tu l'as déjà fait ? s'enquit-elle d'un ton suspicieux.

— Quoi donc ?

— Attacher une femme ?

— Oui.

Incroyable. Et étrangement excitant.

— Je te choque ? demanda-t-il.

Elle ne pouvait pas le voir, mais son sourire était parfaitement audible.

— Un petit peu. Surtout parce que tu en parles aussi ouvertement.

— N'essaye surtout pas d'analyser pourquoi ça me plaît. C'est tellement simple que je peux te l'expliquer sans problème.

Il n'y avait que lui pour prétendre quelque chose d'aussi ridicule.

— Je t'écoute.

— Dans ma vie, il y a beaucoup de choses que je ne peux absolument pas contrôler. Les occasions ratées de participer au championnat en font partie, par exemple. Mais je préfère ne pas m'étendre sur ce point.

— Être confronté à des événements imprévus, ça arrive à tout le monde, tu sais, Harley.

— C'est possible. Mais j'ai horreur de ça, répliqua-t-il en lui embrassant le lobe de l'oreille. C'est pour ça qu'en ce qui concerne les relations sexuelles, j'adore exercer un contrôle total. Pas seulement sur moi, mais aussi sur ma partenaire.

— Serais-tu en train d'essayer de me convaincre ?

— Non, juste de prévenir d'éventuelles questions.

— Eh bien, ça ne marche pas.

— Quand une femme me fait savoir qu'elle est intéressée, poursuivit-il sans se démonter, je lui explique clairement ce que je veux.

Non, mais quel toupet !

— Comme tu le fais en ce moment avec moi ?

— Exactement.

— Et il y a des femmes qui acceptent ?

— Elles me supplient de recommencer, lui murmura-t-il à l'oreille.

Stasia chercha à se dégager de son étreinte, mais il pressa le poids de son corps juste ce qu'il fallait contre elle pour l'en empêcher.

— Ne te sauve pas, dit-il d'une voix caressante et vaguement amusée. Tes frissons viennent tout juste de s'arrêter.

— Mais tu viens de dire que les femmes…

— … aiment être dominées, acheva-t-il à sa place, ses doigts effleurant sa joue, son épaule. Surtout quand je leur donne de bonnes raisons d'aimer ça.

— J'en reste… sans voix.

Un peu excitée aussi, admit-elle secrètement, à sa grande honte. Elle repensa à ce que ces touristes avaient dit, à l'épicerie. Elles avaient fait l'éloge des performances d'Harley, avaient vanté son côté dominateur… Sur le moment, Stasia n'avait pas compris à quoi elles faisaient allusion, mais maintenant… Mon Dieu.

Harley faisait-il vraiment cela pour équilibrer sa vie, ou aimait-il simplement dominer les femmes ? Elle n'avait jamais imaginé qu'il puisse exiger une telle soumission de ses partenaires. Elle l'avait plutôt envisagé comme quelqu'un qui apprécie le plaisir partagé.

Harley interrompit le cours de ses pensées d'un murmure suggestif.

— Tu n'imagines pas ce que je pourrais te faire, Stasia. Tu adorerais ça, assura-t-il d'une voix un peu plus rauque.

Elle le croyait sur parole. Les mots qu'il venait de susurrer avaient suffi à faire courir un délicieux frisson le long de ses bras.

La tentation opérait…

Mais certains tabous ne se dissipent pas en un clin d'œil. Elle inspira à fond.

— Tu as raison, Harley. Je ne suis pas du tout ton genre.

— Ce n'est plus très important, maintenant. Peut-être parce que je pense que tu ne te connais pas assez toi-même pour en décider. Ou peut-être parce que je m'en fiche, d'un seul coup.

Elle leva la tête vers lui et essaya de distinguer ses traits dans l'obscurité.

— Tu veux dire que si je m'intéressais à toi, mais pas aux… rapports de domination, tu ne me repousserais pas ?

Ses bras l'encerclèrent et le bout de son nez effleura le sien.

— Difficile à dire, ma belle. Je ne crois pas trop aux demi-mesures.

— Ça veut dire oui ou ça veut dire non ?

Sa bouche rencontra la sienne, ébaucha un baiser et s'écarta. Légèrement.

— Fais-moi une proposition, et tu verras bien.

Stasia réfléchit. C'était assez incroyable, mais… une nuit comme celle-là ne se reproduirait jamais. Dans quelques heures, les secours arriveraient et Harley quitterait la ville.

Cette nuit, piégée avec lui dans cette station-service, l'excuse du froid et de la peur aidant… elle *pouvait* dire oui.

Qui le saurait ? Qui l'en blâmerait ?

Avant qu'elle ait eu le temps de prendre une décision, Harley cueillit doucement son visage entre ses mains.

— Que les choses soient claires, Anastasia. Je parle de cette nuit, rien de plus.

— Je sais.

Elle ne se faisait pas d'illusions. Harley n'était pas prêt pour une vraie relation. Pourquoi aurait-il envisagé de se caser lorsqu'il avait toutes les femmes à ses pieds ? Enfin… *presque* toutes.

— Demain, je partirai et les choses en resteront là.

— Je sais.

Il avait sa carrière et voulait devenir champion. Ses priorités empêchaient tout projet de relation amoureuse.

— Je n'ai pas du tout l'intention de m'engager dans une histoire. Avec aucune femme.

— Tu me l'as dit, oui.

L'esprit d'Anastasia évaluait les risques. Il faisait noir, froid, et tout était parfaitement silencieux. Le lendemain matin serait entièrement consacré au dépannage de leurs voitures et aux explications auprès des autorités de l'agression dont ils avaient été victimes. Elle n'aurait pas le temps de se sentir gênée.

— Anastasia ?

— Je réfléchis.

Il laissa échapper un son de frustration et de désir mêlés.

— Je prends ça pour une réponse, déclara-t-il en se tournant vers elle, bloquant ses jambes sous sa cuisse massive.

La position était plus confortable que Stasia ne l'avait imaginé quand elle était sur sa chaise en plastique.

— J'ai dit que je réfléchissais.

— Oui, et cet encouragement me suffit. Ma réponse à moi, c'est que je serais intéressé, même sans entraves, mais pour une seule nuit. C'est-à-dire tout de suite.

— Ce n'est pas la peine d'enfoncer le clou, Harley. J'ai compris.

Sa décision prise, elle passa les bras autour de son cou et sentit son érection contre son ventre.

— Très impressionnant, dit-elle sans s'en rendre compte.

— Ah bon ? On ne me l'a encore jamais dit.

Le mensonge était si énorme qu'elle éclata de rire, et son anxiété disparut.

— Mon œil !

— Je te taquinais pour te détendre. Tu es tellement crispée que je m'attends à ce que tu t'enfuies en hurlant d'une seconde à l'autre.

— Il n'y aura ni fuite ni hurlements, je te le promets.

Mieux valait s'abstenir de promettre quoi que ce soit au sujet d'éventuels gémissements.

— Réfléchis bien avant de dire oui. Je ne veux pas que tu prennes une décision sur un coup de tête et que tu la regrettes par la suite.

— Je ne regretterai rien. Je n'aurais pas accepté si tu n'avais pas stipulé qu'il s'agissait d'une offre valable une seule nuit. C'est tout l'attrait de la chose pour moi, en fait. Je vais faire un truc qui ne me ressemble pas du tout, mais personne n'en saura jamais rien.

Il tenait toujours son visage entre ses mains, ses pouces effleurant ses pommettes.

— Si tu concrétises un fantasme, personne ne le saura jamais non plus, dit-il en faisant glisser une main sur son épaule pour la faire s'allonger sur le dos.

Son cœur s'emballa ; elle se mordit la lèvre, mais ne lui opposa aucune résistance.

Les doigts écartés, il palpa son corps dans l'obscurité, puis plaqua ses mains puissantes sur ses cuisses et l'incita à les écarter. Ses doigts s'attardèrent à l'intérieur et derrière ses genoux, avant de remonter… mais pas tout à fait autant que Stasia l'eût souhaité.

— Tu es très belle, Anastasia, murmura-t-il.

Un frisson la parcourut. Elle voulut le remercier, mais découvrit qu'elle était subitement incapable de parler.

— Laisse-moi t'installer confortablement.

Oh, mon Dieu. Elle ferma les yeux et sentit qu'Harley soulevait ses bras pour les étirer au-dessus de sa tête.

— Je ne t'attache pas, chuchota-t-il, mais je veux que tu restes dans cette position, que tu fasses semblant d'être attachée pour me faire plaisir, d'accord ?

— Oui, souffla-t-elle, bouleversée.

— Maintenant, on a juste un tout petit problème...

Elle rouvrit les yeux et tenta de le distinguer dans la pénombre.

— Lequel ?

Il effleura doucement ses lèvres.

— Je n'ai pas de préservatif.

Harley détesta lui mentir, mais il avait décidé de résister au besoin urgent de la posséder. S'il cédait au violent désir qu'elle lui inspirait, il craignait d'avoir envie de recommencer.

Comme il le lui avait répété avec insistance, cet intermède n'était valable qu'une seule nuit.

Il pouvait en revanche lui donner du plaisir. Ce serait pour lui une véritable torture, mais une torture d'un genre délicieux qui valait bien l'inconfort qu'il endurerait jusqu'au matin.

Stasia fit mine de baisser les bras, mais il saisit ses poignets de son poing gauche, sans brutalité.

— Laisse tes bras comme ça, ordonna-t-il.

— Mais tu viens de dire que...

— ... que je n'ai pas de préservatif, je sais.

Il effleura à nouveau ses lèvres. Elles étaient d'une douceur exquise. Il aurait pu les savourer pendant des heures sans se lasser.

— Ne t'inquiète pas, ajouta-t-il tendrement.

— Je suis désolée, Harley, mais il est hors de question que je m'expose à ce genre de risque.

— Moi non plus, lui assura-t-il.

L'odeur de sa peau était aussi enivrante que la douceur de ses lèvres. Elle avait un parfum suave et tiède, extrêmement séduisant. Il sentit son sexe palpiter, mais refusa de se laisser fléchir. Il la désirait follement, si follement qu'il était à deux doigts de perdre le contrôle.

— Ne dis plus rien et laisse-moi te montrer tout ce qu'on peut faire sans prendre aucun risque.

— Mais…

Sa protestation resta bloquée dans sa gorge lorsqu'il posa la main sur son sein. Il s'ajusta parfaitement à sa paume.

— C'est vraiment dommage que je ne puisse pas te voir.

— Je crois que je n'aurais pas osé faire ça en plein jour.

Harley soupira.

— Alors, je suis content qu'il fasse noir.

Il invoqua pourtant mentalement la lumière du soleil. S'il avait pu la posséder comme il le désirait, cette scène aurait eu lieu en plein air, sous un ciel d'été, et les rayons du soleil auraient illuminé son corps nu.

Cette image l'excita vivement, et il serra son sein dans sa main. Son mamelon durcit sous le sweat-shirt et Harley s'empressa de le mordiller à travers l'étoffe. Instinctivement, Stasia chercha à baisser les bras, mais il l'en empêcha. Elle se détendit en laissant échapper un gémissement.

— Tu as trop de vêtements, dit-il en se redressant à demi. Ne bouge pas.

Sa respiration se fit haletante, mais elle lui obéit. Avec un sourire de satisfaction et de convoitise, Harley souleva son sweat-shirt, révélant sa poitrine. Il lâcha ses poignets, plaça les mains sur ses seins, les pressa doucement et les caressa en prenant tout son temps…

— Il faut que tu enlèves ta culotte, décida-t-il en faisant descendre ses mains sur ses hanches. Lève les fesses, ma jolie.

Elle n'hésita pas plus d'une seconde.

Harley fit glisser le sous-vêtement de soie sur ses jambes et le laissa tomber par terre.

— Écarte les jambes.

Elle s'exécuta, et Harley pressa aussitôt la paume de sa main sur le triangle bien dessiné de sa toison. Son entrejambe était chaud et moite.

Ils s'immobilisèrent.

Le cœur battant, Harley se concentra pour laisser à Stasia le temps de savourer cette sensation. Il se pencha vers elle et prit possession de ses lèvres d'un ardent baiser.

Il avait l'intention de l'amener au bord du plaisir sans brûler aucune étape, mais Stasia fit voler son projet en éclats.

Elle répondit à son baiser avec une telle fougue, pressa les hanches contre lui en se tortillant avec une telle indécence et manifesta si ouvertement sa soif de plaisir, qu'il en oublia ses belles résolutions.

Sans qu'il comprît comment, ses mains se retrouvèrent partout sur le corps de Stasia pendant que sa bouche en faisait autant. Ses mamelons durcirent quand il les lécha et les suça avidement. Elle creusa le ventre quand il déposa des baisers humides le long de ses côtes.

Son instinct lui soufflait de la dévorer – ce qui ne lui ressemblait absolument pas. Harley aimait jouer avec les femmes. Il se délectait des préliminaires et s'appliquait à intensifier progressivement leur désir, jusqu'à ce qu'elles se tordent et le supplient de les posséder.

Cette fois, cependant, c'était lui qui n'en pouvait plus.

Les événements de la soirée l'avaient peut-être affecté plus qu'il ne le pensait. Et puis, si elle refusait de se laisser attacher, Stasia n'hésitait pas à lui communiquer l'ardeur de son désir, et ce simple aveu suffisait à l'affoler.

Jamais encore il n'avait ressenti une telle excitation. Il avait envie de la posséder brutalement, sans se soucier des conséquences. Puisqu'il partait le lendemain, l'éloignement suffirait à juguler son besoin de la revoir.

Cela, il ne pourrait se le permettre. Il le savait. Il avait douloureusement appris à quoi conduisaient les relations amoureuses et ne commettrait plus jamais la bêtise de se risquer sur ce terrain dangereux. Pas lorsqu'il était sur le point d'aborder une phase d'entraînement intensif en vue du championnat.

Il ouvrit la bouche contre sa peau, juste en dessous du nombril, la mordit tendrement, la marqua d'un suçon et fit glisser la pointe de sa langue jusqu'à l'os saillant de la hanche.

— J'adore le goût de ta peau, chuchota-t-il.

Stasia se contenta d'émettre un petit gémissement.

Il fut surpris de constater qu'elle lui avait consciencieusement obéi en gardant les bras relevés, et comprit à la tension de son corps qu'elle s'agrippait au rebord du fauteuil pour résister à la tentation de les baisser.

Haletant, il s'écarta légèrement et contempla son corps dénudé dans la pénombre. Il fit courir le bout de ses doigts sur son bras, franchit l'aisselle et effleura son sein.

Son érection l'élançait douloureusement.

Enserrant son mamelon de ses lèvres, il le suça avidement et nicha la main au creux de ses cuisses. Elle était moite de désir, et le contact de son clitoris durci sous ses doigts lui donna plus que jamais envie de la lécher.

Pas tout de suite, se dit-il.

Tout en caressant expertement la perle érigée, il régala la pointe de son sein de petits coups de langue redoutablement efficaces. Chaque fois que ses doigts effleuraient son clitoris, Stasia sursautait, se contractait et haletait de plus en plus fort.

Il glissa les doigts un peu plus bas, sur les nymphes moites et enflées de sa vulve dont la souplesse le ravit.

Il les écarta délicatement et, sans prévenir, inséra deux doigts dans sa fente.

Stasia serra les cuisses et creusa les reins.

Elle laissa échapper un cri, mais l'étouffa aussitôt en faisant rouler sa tête de droite à gauche et s'efforça de maîtriser les ondulations frénétiques de ses hanches.

Harley ne voulait surtout pas qu'elle se retienne, et il fit glisser son pouce sur son clitoris pour accroître son plaisir. Le souffle court, en proie à une excitation de plus en plus intense, il le caressa au rythme de ses mouvements.

À sa vive surprise, cette caresse suffit à déclencher son orgasme.

Stasia était extraordinaire, une vraie bombe. La main blottie au creux de ses cuisses, il la laissa chevaucher la crête du plaisir jusqu'au paroxysme, bouleversé par ses halètements frénétiques.

— Comme tu es belle, Anastasia… murmura-t-il.

Elle pressa son visage au creux de son épaule pour étouffer ses cris de jouissance, mais, au plus grand plaisir d'Harley, n'y parvint pas tout à fait.

Elle se ressaisit progressivement et il déposa un baiser sur son front, mais laissa ses doigts en elle. La contraction de ses muscles internes avait cessé, et le contact humide et brûlant de sa fente lui plaisait énormément.

— Tu peux baisser les bras, dit-il, souriant pour lui-même.

— Je ne sais pas si j'y arriverai, répondit-elle après avoir laissé échapper un petit gémissement.

Elle le fit cependant et se blottit contre lui en le serrant dans ses bras.

— Tu pourrais peut-être retirer ta main, maintenant ? reprit-elle au bout d'un moment.

— Pas encore. J'adore te sentir, répliqua-t-il en faisant lentement aller et venir ses doigts en elle.

Elle inspira entre ses dents serrées.

— C'est trop fort ? s'enquit-il.

— Oui, fit-elle en enfouissant de nouveau la tête au creux de son épaule. Tout… C'était complètement fou. Je n'ai jamais… Je veux dire… Tout a l'air tellement évident pour toi. Je n'en reviens pas.

Il retira sa main, la posa sur sa hanche et la serra contre lui.

— Je suis content que ça t'ait plu.

— Énormément. Merci, Harley, dit-elle en jouant avec les poils de sa toison. Je suis désolée qu'on ne puisse pas…

— Tout va bien.

C'était vrai. Il bandait comme un cerf, mais ce qu'il venait de partager avec elle lui avait beaucoup plu.

— Je pourrais peut-être…

Harley immobilisa sa main, la porta à ses lèvres et embrassa ses doigts.

— Tu n'as rien besoin de faire, à part m'embrasser avant de t'endormir, déclara-t-il en resserrant la couverture autour d'eux. On est aussi épuisés l'un que l'autre.

— Tu es sûr, Harley ? demanda-t-elle au bout de quelques secondes.

— Absolument.

Il préférerait ne pas se souvenir d'avoir joui avec elle. Ainsi l'oublierait-il plus facilement, une fois qu'il aurait quitté Echo Lake. Du moins l'espérait-il.

— Allez, on dort.

Anastasia le surprit une fois de plus quand il s'aperçut bientôt qu'elle dormait profondément. Harley, lui, garda les yeux ouverts et l'oreille aux aguets.

Pourquoi était-il si bien, dans cette station-service aussi accueillante qu'une chambre froide ? Parce qu'il serrait Anastasia dans ses bras ?

Barber tendit le bras derrière lui lorsqu'il entendit la sonnerie du téléphone. Aussitôt, un corps tiède se pelotonna contre son flanc et une cuisse fuselée se posa sur son ventre.

Il leva la tête et contempla le corps nu qui l'enveloppait. Joli, se dit-il en sentant son appétit sexuel s'accorder à son érection du matin.

La sonnerie du téléphone s'éleva à nouveau. Barber attrapa son portable de la main droite et caressa un petit postérieur rebondi de la gauche.

— Allô ?

— C'est Satch.

La fille ouvrit des yeux ensommeillés et sourit à Barber.

— Salut Satch. Quoi de neuf ?

— Harley est avec toi ?

— Je lui mettrais la pâtée s'il était là. Pourquoi ?

L'oncle d'Harley, qui prenait la vie bien trop au sérieux selon les critères de Barber, n'apprécia pas la plaisanterie.

— Il a disparu, figure-toi.

— Disparu ? Je l'ai eu au bout du fil il y a quelques jours.

Les doigts de la fille trottinèrent le long de ses côtes, et Barber ferma les yeux.

— Je lui ai parlé hier et il était censé rentrer. Il m'avait promis d'être là à huit heures.

Barber consulta le réveil. Il était huit heures cinq.

— Il fait peut-être la grasse matinée, rétorqua-t-il en se disant que ce ne serait pas une mauvaise idée d'en faire autant.

— Tu as écouté les informations depuis hier? demanda Satch d'un ton suspicieux.

Barber était allé au Roger's Rodeo la veille, en début de soirée. Il y avait passé plusieurs heures à manger, jouer au billard et se détendre. Après ça, il avait discuté du groupe avec Roger. Barber voulait engager une chanteuse, et Roger avait passé une annonce et mis une salle à sa disposition pour les auditions.

Des auditions qui n'avaient rien donné de bon jusqu'ici. Trouver une chanteuse aussi talentueuse que Dakota n'était pas facile. Barber la regrettait bien plus qu'il ne s'y était attendu. Il regrettait surtout de ne pas avoir réalisé plus tôt les sentiments qu'il avait pour elle. S'il lui avait fait la cour, elle ne serait peut-être pas partie avec Simon Evans.

Finalement, Barber s'était isolé avec la fille qui était ce matin dans son lit, et s'était consacré en sa compagnie à des satisfactions exclusivement charnelles.

— Pas trop, non, répondit-il à Satch.

— Echo Lake, la ville où se trouvait Harley, est sous une tempête de neige épouvantable. Ils sont en plein black-out.

— Dans ce cas, Harley se terre peut-être dans un coin en attendant que ça passe, tu ne crois pas? suggéra Barber en saisissant le poignet de la fille pour lui faire lâcher prise et accorder toute son attention à Satch.

— Il aurait trouvé le moyen de m'appeler. Il lui est arrivé quelque chose, je le sens.

Harley avait confié à Barber que les intuitions de Satch se révélaient souvent justes.

— Qu'est-ce que tu vas faire?

— Je vais descendre voir ce qui se passe et j'aimerais que tu m'accompagnes.

Des pointes de seins durcies frottèrent sur sa peau. La fille laissa échapper un gémissement et se pressa contre sa cuisse.

— C'est loin d'ici ? En durée, pas en kilomètres.

Par mauvais temps, les distances ne signifiaient plus grand-chose.

— Environ trois heures. La zone au nord d'Echo Lake n'a pas été touchée par la tempête. Les routes seront praticables jusqu'à ce qu'on soit pratiquement arrivés. On gardera nos portables allumés, au cas où il essaye de nous joindre. Il a besoin de notre aide, je le sens.

La bouche de la fille s'attaqua à son torse. Elle le mordilla, rit doucement quand il sursauta et entreprit de tracer un chemin de baisers le long de sa cage thoracique.

— Tu peux compter sur moi, déclara Barber.

— OK. Je passe te prendre dans dix minutes.

— Dix minutes ? s'inquiéta-t-il.

Une langue chaude glissa sur lui et, une seconde après, une bouche plus chaude encore se referma sur son sexe.

— Plutôt vingt, rectifia-t-il avant de couper la communication.

Il laissa tomber son portable sur la moquette et glissa la main dans la chevelure blonde de la fille. Elle s'écarta de lui avec un grand sourire et se passa la langue sur les lèvres.

— Tu aimes ça ?

— Ça se voit, non ?

— Alors, tu me prends dans ton groupe ?

Barber réprima difficilement un éclat de rire.

— Sûrement pas. Désolé, ma belle, mais à la seconde où je t'ai mise dans mon lit, tu aurais dû comprendre que je ne t'engagerais pas, parce que je ne mélange jamais plaisir et travail.

La fille rosit et fit la moue.

— T'aimes pas ma voix ?

Barber l'attira contre son torse et roula sur le côté pour se placer au-dessus d'elle.

— J'aime mieux ta bouche, répliqua-t-il d'une voix rauque.

Il l'embrassa, posa une main sur son sein et la sentit se détendre.

— Qu'est-ce que tu décides ? demanda-t-il. Tu restes ou tu t'en vas. Je n'ai que vingt minutes devant moi.

Ses ongles s'enfoncèrent dans ses épaules et ses cuisses s'écartèrent.

— Je reste.

Du pouce, Barber effleura son mamelon.

— Excellent choix.

Il s'assit, le temps de trouver un préservatif, et démarra la journée de la meilleure façon qui soit.

7

Harley émergea, Anastasia serrée contre lui, les fesses calées au creux de son aine, dans une atmosphère glaciale.

L'électricité n'était toujours pas revenue.

Il n'avait que légèrement somnolé, dressant l'oreille au moindre bruit. La main sur son ventre, il étala les doigts jusqu'à sentir les os saillants de ses hanches.

Il n'en revenait toujours pas qu'une femme aussi délicate possède une telle force intérieure. Un contraste aussi saisissant que son pouvoir de séduction comparé à son inexpérience.

Harley aurait eu bien des choses à lui enseigner, et bien des fantasmes à concrétiser avec elle... mais, comme il le lui avait dit, il refusait de s'engager dans une relation. Le plus incroyable de tout, c'était qu'elle l'ait désiré assez pour accepter sa proposition.

Il quitta le fauteuil sans la réveiller et remonta la couverture sur ses épaules. Il s'étira, enfila son jean et ses bottes, glissa un des revolvers sous sa ceinture et sortit. Le bruit de ses pas résonna sur le sol en linoléum. Évitant soigneusement de buter contre les objets qui traînaient, il gagna l'avant de la station-service et regarda par la fenêtre.

Le soleil qui brillait dans un ciel sans nuages se réfléchissait sur la neige de façon aveuglante. Elle formait un tapis si épais qu'Harley se demanda s'ils pourraient sortir.

Il écarta les pneus et ouvrit la porte. Un demi-mètre de neige bloquait l'entrée. Harley dénicha une pelle, dégagea un passage et communia avec la nature.

Il était en train de remonter la braguette de son jean lorsqu'il entendit un véhicule approcher. Il recula, verrouilla la porte, se posta près de la fenêtre et attendit.

Un énorme camion jaune équipé d'un chasse-neige se frayait un chemin, déposant des monticules de neige de part et d'autre de la route. À en juger d'après son gyrophare jaune, il s'agissait d'un véhicule du comté. Derrière le camion, il reconnut le 4 × 4 noir de son oncle.

Cette apparition l'emplit d'un soulagement teinté de déception. Une déception qu'il s'empressa de balayer dans un recoin obscur de son esprit. Il ne passerait pas la matinée avec Stasia, et c'était bien mieux comme ça.

Il ouvrit la porte, sortit dans le passage qu'il avait dégagé et agita les bras.

Les deux véhicules s'arrêtèrent.

Oncle Satch descendit de son 4 × 4, s'avança jusqu'à la portière du camion et remit de l'argent au conducteur.

Satch avait donc organisé cette intervention ? Harley n'en fut pas vraiment surpris. Depuis la mort de son père, il avait plus d'une fois eu l'occasion de constater que son oncle était un homme plein de ressources.

Il rentra à l'intérieur et gagna la salle de repos.

Recroquevillée en position fœtale, ses cheveux noirs dissimulant à demi son visage, Anastasia dormait paisiblement. Il regretta d'être obligé de la réveiller, mais s'il ne le faisait pas, elle serait épouvantablement gênée quand Satch leur tomberait dessus. Harley ne connaissait que trop bien les manières autoritaires de son oncle.

Il s'assit à côté d'elle, caressa ses cheveux et les écarta délicatement. Elle s'étira un peu, ouvrit les yeux et leva vers lui un regard ensommeillé. Harley sentit quelque chose de très tendre et de très intime s'éveiller en lui. Il ne sourit pas, mais un grand bonheur l'envahit.

— Bonjour, petite marmotte.

— Harley ?

Cette fois, il sourit.

— Tu m'avais déjà oublié ? Je suis anéanti.

Stasia se redressa précipitamment en position assise.

— Quelle heure est-il ?

— Je ne sais pas. Je n'y ai même pas pensé, dit-il en prenant sa montre sur la table. Presque onze heures et demie. Pourquoi ?

Vaguement désorientée, Stasia rejeta ses cheveux en arrière et regarda autour d'elle. Lorsqu'il la vit rougir, Harley devina la nature du souvenir qui venait de l'assaillir.

— Toujours pas d'électricité ? demanda-t-elle.

— Je crains que non.

— Je serais prête à tuer pour un café, déclara-t-elle d'une voix rauque en serrant la couverture autour d'elle.

— Je crois qu'on pourra bientôt arranger ça, assura-t-il en lui tapotant la cuisse.

— Vraiment ? s'étonna-t-elle. Si tu veux bien m'excuser... ajouta-t-elle en manifestant son intention de descendre du fauteuil.

Harley ramassa ses vêtements.

— Tiens, dit-il en les lui tendant. Va t'habiller dans la salle de bains. Les secours arrivent et j'imagine que tu ne tiens pas à ce qu'on te voie dans cette tenue.

— Les secours ? répéta-t-elle en s'immobilisant.

— Oui. Mon oncle est devant le garage avec un chasse-neige.

— *Ici ?*

Après avoir poussé cette exclamation horrifiée, elle tourna les yeux vers la porte et les écarquilla. Harley suivit son regard et découvrit non seulement Satch, mais également Barber. Occupant tout l'encadrement de la porte, ils étaient couverts de neige et aussi rouges de froid l'un que l'autre. Satch mesurait un mètre quatre-vingt-quinze, et Barber le dépassait de cinq bons centimètres. Engoncés dans leurs gros manteaux, ils étaient particulièrement impressionnants.

Satch avait l'air sombre, mais Barber arborait un sourire radieux.

— J'espère qu'on ne vous dérange pas, lança-t-il d'un ton jovial.

— Qu'est-ce qui se passe, ici ? attaqua Satch en entrant dans la pièce.

— Tout va bien, s'empressa d'assurer Harley en ramassant le deuxième revolver et en se dirigeant vers eux.

Les deux hommes posèrent sur l'arme un regard intrigué.

— On va aller bavarder à côté pendant qu'Anastasia se réveille, déclara Harley pour couper court à leurs questions. Auriez-vous par miracle apporté du café ?

— Il en reste dans la Thermos de ma voiture, répliqua Satch en scrutant longuement Anastasia.

— Merveilleux, approuva Harley en posant les mains sur les épaules de Satch et de Barber pour leur faire quitter la pièce. Après vous, messieurs, ajouta-t-il d'un ton faussement cérémonieux.

— Je ne crois pas... commença Barber.

— Silence, le coupa Harley. Sors.

À peine eurent-ils quitté la pièce que Barber éclata de rire.

— Espèce de chien lubrique ! Pendant que son oncle se lamentait comme une vieille dame, monsieur contait fleurette à une poulette !

— Procédons par ordre, décréta Harley en ignorant son sarcasme. Le chasse-neige est-il déjà retourné en ville ?

— Je ne crois pas, répondit Satch. Il m'a dit qu'il allait dégager deux chalets, un peu plus loin.

— C'est là qu'habite Anastasia, précisa Harley avec satisfaction. Bon, cela signifie qu'il dégagera aussi Ned.

— Ned ?

— Ce garage lui appartient. Je tiens à lui parler avant de partir.

— J'ai l'impression qu'un café ne te ferait pas de mal, déclara Barber en l'observant. Je reviens tout de suite.

— Si tu vois le type du chasse-neige, dis-lui que j'ai besoin d'une dépanneuse pour dégager ma jeep, lui lança Harley. Demande-lui s'il peut nous envoyer quelqu'un.

— Je l'entends qui revient, dit Barber en sortant.

Après son départ, Harley jeta un coup d'œil vers la salle de repos et se demanda ce qui retenait Anastasia. Timidité ? Pudeur ? Souci de se faire belle en dépit des circonstances ?

— La ville est bloquée, annonça Satch en arpentant le garage, remarquant au passage les pièges qu'ils avaient disposés la veille devant les ouvertures. J'ai eu un mal de chien à convaincre le chasse-neige de nous amener ici. Mais en lui graissant la patte, on peut avoir ce qu'on veut.

— Ton portable marche ? s'enquit Harley.

— Pas depuis qu'on est à Echo Lake. Trop de montagnes, j'imagine. De toute façon, le téléphone est coupé en ville. Les lignes ont dû être endommagées par la tempête.

Barber revint, tendit la Thermos à Harley et retira son manteau.

— Alors ? demanda Harley.

— Il a une dépanneuse. Pour cent dollars, il est prêt à venir te dégager.

— Cent dollars ? s'indigna Harley.

— Vu les circonstances, il n'est pas aussi gourmand que tu crois, rétorqua Satch en revenant vers eux. Dis-moi, tu t'es barricadé comme dans une forteresse, ici. Qu'est-ce qui s'est passé ?

— On s'est fait agresser, hier soir. Deux types en camion qu'elle ne connaît pas ont cherché à lui faire quitter la route, et ils ont recommencé un peu plus tard alors que j'étais avec elle. Ces flingues leur appartiennent.

— Parce que, en plus, ils étaient armés ? s'exclama Barber.

— L'un d'eux a sorti son flingue, mais l'a laissé tomber dans la neige quand Anastasia lui a foncé dessus avec la jeep. J'ai récupéré l'autre sur son acolyte après l'avoir gentiment secoué.

La mine sombre, Satch tendit la main et Harley lui remit les deux armes.

— Smith & Wesson neuf millimètres, déclara-t-il. Un modèle très courant. Leurs propriétaires sont des gars soigneux.

— Je ne sais pas s'ils avaient vraiment l'intention de s'en servir, précisa Harley en croisant les bras, mais j'ai préféré agir avant d'en avoir le cœur net.

— Après ça, tu t'es réfugié ici et tu as disposé des pièges devant toutes les issues au cas où ils reviendraient, résuma Satch.

— Bonjour, lança Anastasia en apparaissant sur le pas de la porte.

Les trois hommes se retournèrent, et Harley réprima un sourire. Elle avait remis de l'ordre dans sa chevelure et s'était passé le visage sous l'eau. Elle portait son jean qui semblait à peu près sec, le sweat à capuche d'Harley et ses grosses chaussettes.

— Il me semble que quelqu'un a parlé de café ? avança-t-elle d'un ton plein d'espoir.

— Barber a bravé la tempête pour te l'apporter, dit Harley en lui tendant la Thermos.

— Barber ? Celui qui t'a appelé quand tu étais au chalet ? demanda-t-elle.

— En personne, acquiesça Harley en tendant la main vers elle pour l'inciter à se rapprocher. L'autre, celui qui te regarde en fronçant les sourcils, c'est mon oncle Satch. Messieurs, permettez-moi de vous présenter ma coéquipière face au crime, Anastasia Bradley.

— Merci pour le café, dit Stasia en tendant la main à Barber.

Celui-ci répondit à sa poignée de main avec une galanterie d'un autre âge.

— Tout le plaisir est pour moi.

— Oncle Satch, enchaîna-t-elle à la grande surprise d'Harley, j'ai réussi à transmettre votre message, mais les événements se sont précipités. Je suis désolée.

— Vous n'y êtes pour rien, lui assura Satch d'un ton bonhomme. Asseyez-vous donc, je vais vous servir un café.

— Oh, non. Ce n'est pas la peine.

— Mais si, fit Barber en la prenant par le bras. Asseyez-vous. Vous n'avez pas froid ?

À la grande consternation d'Harley, Barber et Satch persistèrent dans ce numéro absurde. Ils traitaient Anastasia avec les égards d'une reine, doublés de la familiarité qu'on réserve généralement à ses proches. Un cocktail irritant au possible en ce qui le concernait.

Leur comportement procédait d'une interprétation erronée de la situation, et Harley ne pouvait pas décemment rectifier leur vision des choses en présence d'Anastasia.

De toute façon, il n'en aurait pas le temps. La dépanneuse arrivait et il allait l'accompagner pour localiser sa jeep. Barber ne se fit pas prier pour escorter Anastasia en ville, où elle trouverait un peu plus de confort qu'au garage.

— Harley ?

Celui-ci se détourna du propriétaire de la dépanneuse et découvrit Anastasia sur le seuil du garage. Elle avait remis son manteau et, son bonnet à la main, attendait visiblement qu'il la rejoigne.

Il se dirigea vers elle tandis qu'elle l'observait de ses grands yeux sombres, visiblement mal à l'aise.

Il s'immobilisa devant elle et haussa un sourcil.

Elle hésita, jeta un coup d'œil par-dessus son épaule à Barber et Satch, et s'éclaircit la gorge.

— J'aimerais te dire deux mots en privé.

— Je dois aller récupérer ma jeep.

— Je sais. Ce ne sera pas long.

Craignant le pire, Harley la prit par le bras et l'entraîna sur le côté du bâtiment. Il sentit son oncle et Barber les suivre du regard.

Il savait très bien ce qu'ils pensaient.

Une fois qu'ils furent hors de vue, Anastasia lui sourit.

— Tout va bien ? s'enquit Harley, persuadé qu'elle allait lui demander quand ils se reverraient, s'il l'appellerait, s'il viendrait la voir…

— Oui, tout va bien. Mais je sais que c'est ma dernière chance de te dire au revoir.

Elle s'était donc imaginé qu'il avait l'intention de filer à l'anglaise ? Ce n'était pas très flatteur.

— J'avais prévu de m'arrêter en ville avant de me mettre en route.

— Oui, mais je ne pourrai pas te parler en privé. En fait, je voulais… disons…

Elle baissa la tête, mais la releva aussitôt pour croiser son regard.

— Je ne suis pas vraiment à mon avantage, mais tant pis. Donc…

Harley la considéra sans rien dire, vaguement perplexe.

Un sourire passa sur les lèvres de Stasia, puis elle se hissa sur la pointe des pieds, glissa les bras autour de son cou et plaqua sa bouche sur la sienne.

Instinctivement, Harley plaça les mains sur ses hanches et l'attira contre lui.

Avant que sa bouche effleure la sienne, il n'avait pas eu conscience d'avoir envie de goûter à nouveau ses lèvres, mais cet instant suffit à lui révéler l'intensité de son propre désir.

Le baiser qu'ils échangèrent dépassa en folie tout ce qu'il avait jamais connu, et il regretta qu'un tel prélude ne puisse déboucher sur sa conclusion naturelle.

Malheureusement, Barber, Satch et le conducteur de la dépanneuse l'attendaient. Prolonger ce baiser ne servirait qu'à encourager Stasia. Et lui aussi, sans doute.

Il aurait dû l'interrompre, mais il n'en fit rien. Il avait beau se répéter que ce n'était pas raisonnable, qu'il devait s'écarter d'elle, qu'il avait encore beaucoup de choses à faire, il ne pouvait s'empêcher de faire durer ce délicieux baiser le plus longtemps possible.

Les petites mains fraîches d'Anastasia se posèrent sur son visage, elle lui mordilla la lèvre inférieure et déposa un baiser sur son menton.

— Au revoir, Harley, fit-elle en le serrant dans ses bras.

Il en resta un instant sonné. Pourquoi disait-elle cela d'un ton aussi définitif ? Il plaça le menton au sommet de sa tête.

— Tu es sûre que ça va ?

— Oui, je suis dans une forme éblouissante.

En quoi cette déclaration pétulante le perturba-t-il ? Peut-être parce que leur séparation lui faisait mal. Oui, c'était ça. Il savait qu'elle allait lui manquer, et il aurait voulu savoir qu'il lui manquerait aussi.

— Tu es quelqu'un d'exceptionnel, Harley Handleman, dit-elle en lui souriant.

— Ce commentaire émanerait-il d'une femme comblée ?

— Absolument, répliqua-t-elle avec un petit rire. Je regarderai tes prochains combats et je t'encouragerai depuis mon canapé, mais je sais déjà que tu vas faire des étincelles. Tu en vaux dix à toi tout seul, Harley.

— Dieu t'entende, comme dirait mon oncle.

Elle lui tapota le torse, puis laissa retomber son bras le long de son corps.

— Je t'ai assez retardé. Sauve-toi. Je trouvais que c'était dommage de se quitter comme ça.

— Oui.

Il eut subitement l'impression que c'était le fait de se quitter tout court qui était dommage.

— Merci pour tout.

— Je n'ai rien fait, répondit-il en plissant le front.

— Et merci aussi pour ta modestie, rétorqua-t-elle en éclatant de rire. Allez, tu dois y aller, lança-t-elle en lui prenant le bras.

Barber et Satch s'étaient rapprochés d'eux et ne cherchèrent même pas à dissimuler qu'ils avaient écouté leur conversation.

— Merci de m'avoir attendue, dit Stasia à Barber. On peut y aller si vous êtes prêt.

Une lueur traversa les yeux de Barber qui ouvrit la bouche.

— Il sera prêt dans une minute, décréta Harley avant que Barber ait eu le temps de répondre.

Satch offrit son bras à Anastasia en coulant un œil rusé vers Harley.

— Venez avec moi, ma belle. Nous allons profiter de ce qu'Harley explique les règles à Barber pour bavarder un peu, tous les deux.

— Les règles ? Quelles règles ?

— Il y a toujours des règles, répliqua-t-il avec un clin d'œil.

Prêt à étrangler son oncle, Harley attendit impatiemment qu'il ait entraîné Stasia à l'écart, avant de se tourner vers Barber.

— Il y a des règles ? s'enquit aussitôt celui-ci.

— Je le crains, oui, répondit-il d'un ton grave. Veille scrupuleusement sur elle, mais bas les pattes, c'est clair ?

— Ah, parce que c'est comme ça, hein ? ricana Barber.

— Non, ce n'est pas *comme ça*. Mais elle n'est pas pour toi.

— Et pourquoi donc ? demanda Barber en réprimant un fou rire.

— Parce que je sais où te trouver.

— Ah. Un argument de poids, effectivement. Dans ce cas, je me comporterai comme si vous étiez ensemble, ça te va ?

— Tant qu'elle est en sécurité et que tu ne te montres pas trop familier, tu peux faire ce que tu veux, grommela Harley.

— Je crois que c'est dans mes cordes.

— Elle voudra peut-être passer au chalet prendre des affaires.

— Je le lui proposerai.

— Ne la laisse pas s'attarder trop longtemps et reste sur tes gardes. Ses agresseurs rôdent peut-être dans les parages. Vous serez plus en sécurité en ville.

— Ne t'inquiète pas, j'ouvrirai l'œil. Tu veux l'embrasser une dernière fois avant qu'on s'en aille ? ajouta Barber avec un grand sourire.

— Non, marmonna Harley en tournant les talons pour se diriger vers la dépanneuse.

— Tu penses que quelqu'un a saboté ses freins ? demanda Satch, assis à côté de lui à l'avant de la jeep.

Après avoir dégagé la jeep, la dépanneuse s'était chargée d'emmener la voiture de Stasia au garage de Ned.

— Oui.

— Tu veux attendre que le garagiste ait réparé sa voiture pour en avoir le cœur net ? proposa Satch.

— Anastasia n'apprécierait pas que je mette mon nez dans ses affaires. Je demanderai à Ned de m'appeler.

— Le genre de fille indépendante, hein ?

Harley haussa les épaules. Stasia était effectivement indépendante, mais pas plus que la majorité des femmes. Satch était de la vieille école, et il ne se rendait pas bien compte que les femmes avaient changé depuis sa jeunesse.

— Le dépanneur voulait être payé d'avance. Je voulais être sûr qu'il emmène sa voiture au garage avant d'être débordé d'appels.

— Alors tu l'as payé ?

— Ce n'était pas grand-chose, répliqua-t-il en jetant un regard en coin à son oncle. Mais je sais qu'elle ne va pas apprécier. Autant éviter d'en rajouter.

— Quand elle l'apprendra, elle n'y pourra plus grand-chose, de toute façon, dit Satch avec un fin sourire.

À moins de chercher son adresse, elle ne saurait pas où envoyer l'argent. Harley se demanda si elle irait jusque-là.

Et s'il en avait envie.

Non.

Mais sa notoriété le rendait vulnérable. Anastasia arriverait peut-être à retrouver sa trace. Si les paparazzi et les groupies y parvenaient, elle en était tout aussi capable.

— Je ne te cache pas que l'idée de laisser cette jeune femme toute seule avec les ennuis qu'elle a, me pose un cas de conscience, Harley, déclara Satch d'un ton sentencieux.

— À moi aussi, avoua-t-il. Mais comme son chalet est très isolé, elle avait déjà décidé de se réfugier dans un motel, hier soir. J'imagine que c'est ce qu'elle va faire et d'ici là, Barber veillera sur elle.

— Comme le chat veille sur le bol de crème, ricana Satch.

Harley lui lança un regard noir.

— Barber aura beau déployer tout son charme, Anastasia y sera insensible, assura-t-il, autant pour le bénéfice de Satch que pour lui-même. Ce n'est pas la fille à passer d'un lit à l'autre.

— Tu la connais si bien que ça ?

— Je la connais un peu.

Harley aurait parfois apprécié que son oncle se mêle un peu moins de sa vie privée.

— Je vois.

— Et avant que tu me le demandes, non, il ne s'est rien passé entre nous.

Rien d'important, en tout cas. Pourtant, ce dernier baiser…

— Tu es sûr ?

— Ce n'est pas mon genre. Tu n'as rien à craindre, Satch, conclut-il en le regardant dans les yeux.

— Je ne me fais pas de souci, je me contentais de te poser une question, répondit son oncle en lui donnant une claque sur l'épaule. Je sais bien que tu ne penses qu'au sport, pas vrai, gamin ?

— Ouais.

— Alors tout va bien. Quand on sera rentrés, enchaîna-t-il en contemplant la neige qui étincelait sous le soleil devant eux, j'organiserai des séances photos. Les dirigeants tiennent à ce qu'on diffuse des photos de toi en galante compagnie.

Harley émit un son dégoûté.

— Ne fais pas comme si tu allais souffrir. Tu n'arrêtes pas de sortir avec des filles. Cette fois, ce sera pour le bien de ta carrière.

— C'est des conneries, tout ça ! Qui s'intéresse à ma vie ?

— Mais les fans, Harley, les fans ! Les dirigeants ont remarqué que le public féminin est extrêmement friand d'anecdotes personnelles. Plus on balance de photos sur le Net, plus les femmes remplissent les gradins. Fais une recherche sur Google, tu verras si c'est des conneries.

— Je n'y crois pas.

— Tu ferais mieux de commencer à y croire, Harley. La fédération a décidé de faire savoir au monde entier que tu es un homme à femmes, et ils ont commandé un reportage qui te sera exclusivement consacré.

— Non.

Tout, mais pas ça.

— S'ils font ça pour toi, c'est parce qu'ils savent que tu as l'étoffe d'un champion. Plus ils te font de pub, plus il y aura de spectateurs sur la chaîne payante le jour du championnat.

— Ouais, ce qui les intéresse, c'est de se faire un maximum de pognon, quoi.

— C'est ton intérêt aussi, Harley. Réfléchis. Les femmes seront sous le charme, les hommes t'envieront et tu crouleras sous les contrats publicitaires.

— J'ai dit non, oncle Satch, dit-il d'un ton ferme. Ma vie privée restera privée. Je poserai pour toutes les photos publicitaires que tu voudras avec qui tu voudras, mais il est hors de question qu'une équipe télé me suive en permanence.

— Simon Evans l'a fait, et le Ravageur avant lui.

— J'ai dit non.

— Tu n'as rien à cacher. Tu aimes la vie et les femmes t'en sont reconnaissantes. Il n'y a rien de mal à cela, au contraire ! déclara Satch avec un coup d'épaule complice. Quand on révélera certains éléments de ton passé, tu deviendras le héros des temps modernes, mon garçon.

Harley sentit poindre un début de migraine.

— Non, c'est non, Satch. Ce n'est pas négociable.

— Mais…

— De toute façon, poursuivit-il pour mettre un point final à la discussion, maintenant que je vais commencer l'entraînement, j'ai l'intention de me passer des femmes.

— Mais c'est de la folie !

Harley faillit éclater de rire. Comme la majorité des hommes, Satch ne pouvait pas envisager de se passer de sexe. Jusqu'à ce jour, Harvey ne l'avait jamais envisagé non plus – pas pour de longues périodes, en tout cas. Mais pour le moment, une seule femme l'attirait. Et il avait décidé de ne plus la revoir.

Une petite période d'abstinence ne le tuerait pas.

— Je viens de te le dire, oncle Satch. Je ne pense plus qu'au sport.

Son oncle eut l'air si choqué qu'il détourna les yeux.

— Raconte-moi un peu, demanda Satch, passant subitement du coq à l'âne comme à son habitude. Qu'est-ce qu'elle fait dans la vie, cette Anastasia ? Comment va-t-elle aller travailler si elle n'a plus de voiture ?

— Elle ne travaille pas, en ce moment.

— Ah bon ? Je ne l'aurais jamais prise pour une chômeuse.

— Je n'ai pas dit qu'elle était au chômage. Elle est coach de vie, précisa-t-il, soucieux de faire remonter Anastasia dans l'estime de son oncle.

— Tu plaisantes ?

— Pas du tout. Pourquoi, tu sais ce que c'est ?

— Évidemment. Pourquoi ? riposta son oncle, plus matois que jamais. Tu ne le savais pas ?

Son oncle savait toujours tout. Harley préféra s'abstenir de répondre.

— D'après ce qu'elle m'a dit, elle s'en sort plutôt bien, mais elle a pris un congé sabbatique.

— J'ai tout de suite vu que ce n'était pas une fille ordinaire. Ce n'est pas à la portée de n'importe qui de coacher quelqu'un, tu sais ? Il faut une sacrée patience, beaucoup de compréhension, une intelligence très fine et savoir rester impartial en toute circonstance.

Satch disait-il cela parce qu'il était son manager ? Sans doute.

— Le portrait que tu viens de tracer lui ressemble beaucoup, admit Harley pour interrompre ce flot d'autocongratulations à peine voilé. Et en plus, c'est une fille qui en a.

— Comment ça ? s'enquit Satch, vivement intéressé.

— C'est elle qui a coincé la jeep, mais c'est arrivé parce qu'elle s'est portée à mon secours.

Satch écouta attentivement le récit qu'il lui fit de l'intervention d'Anastasia.

— Elle me plaît de plus en plus, décréta-t-il quand il eut terminé.

— Peut-être, mais il va falloir que tu l'oublies, rétorqua Harley en mettant le contact. On va bientôt quitter Echo Lake et je ne la reverrai plus.

— D'après ce que tu m'as dit, tu trouves que c'est très bien comme ça, dit Satch d'un ton faussement dégagé.

— Absolument, trancha Harley.

8

La ville étant pratiquement bloquée, tout le monde s'était réuni au bar. Sheila avait mis en place un bon éclairage et les clients étaient si nombreux que leur chaleur corporelle réchauffait l'atmosphère. Bref, c'était l'endroit idéal pour discuter du temps qu'il faisait. Les habitants d'Echo Lake faisaient connaissance avec les touristes, tandis que deux adjoints du shérif circulaient parmi eux pour organiser le déblayage des routes et la réparation des dégâts causés par la tempête. Ils s'étaient déjà entretenus avec Anastasia et prenaient à présent la déposition d'Harley.

Affalé en face d'Anastasia sur la confortable banquette d'un box, Barber s'amusait beaucoup à observer tout cela. Il adorait regarder les gens, les femmes tout particulièrement, mais aussi les hommes lorsqu'ils succombaient au charme de l'une d'elles.

Harley ne s'en était peut-être pas encore rendu compte, mais il était mordu. C'était visible aux coups d'œil qu'il jetait régulièrement vers Anastasia. Une belle blonde aux formes sculpturales tentait désespérément d'attirer son attention, mais il ne s'en apercevait même pas.

Barber se demanda s'il devait prévenir Harley qu'il était cuit… Il sourit pour lui-même et décida de n'en rien faire. Les adjoints du shérif venaient d'informer Harley qu'il y avait peu de chances qu'ils retrouvent la trace de leurs agresseurs, et il semblait sur le point de réduire en bouillie la première personne qui le provoquerait. Mieux valait éviter de le chatouiller dans l'immédiat.

Barber attendrait.

De son côté, Anastasia faisait tout ce qu'elle pouvait pour ne pas regarder Harley, même quand il remit les revolvers à un policier, un geste qui attira évidemment l'attention de toutes les personnes présentes.

Barber remarqua également qu'en dépit de sa nuit agitée et d'un cruel manque de moyens pour se pomponner, Anastasia était jolie comme un cœur.

Il comprenait qu'Harley s'intéresse à elle, mais il savait aussi que son ami n'avait pas l'intention de cultiver cet intérêt, ni pour elle ni pour aucune autre femme, avant très longtemps. Le pauvre diable s'imaginait pouvoir mener la barque de l'amour à sa guise.

— Si tu as envie de regarder Harley, ne te gêne surtout pas, ma belle, dit Barber à Anastasia à mi-voix en croisant les bras sur la table. Il ne s'en rendra pas compte et je ne le répéterai à personne, promis.

À sa grande surprise, Anastasia ne chercha pas à nier l'évidence.

— C'est gentil, mais je préfère m'abstenir. Il risquerait de s'imaginer que je lui cours après.

Sa franchise le désarçonna.

— Parce que ce ne n'est pas ton intention ?

— De quoi ? De lui courir après ? Surtout pas ! Harley m'a clairement fait part de ses intentions et je les respecte. Et puis, il a d'autres chats à fouetter.

— Comment cela ?

— Il va devoir se préparer pour ses combats tout en tenant son oncle à distance, répondit-elle avec un rire étouffé. J'appelle ça avoir du pain sur la planche !

Franche *et* observatrice.

— Tu as remarqué cela, toi ?

— La tension entre Harley et son oncle ? Je sais me servir de mes yeux, répliqua-t-elle avec un léger ricanement. N'importe qui peut voir qu'Harley adore son oncle, mais que Satch a tendance à se mêler de ce qui ne le regarde pas, tu ne crois pas ?

— Ce n'est pas à moi de me prononcer là-dessus, dit-il d'un ton distant.

— Prudent, à ce que je vois. Une excellente qualité chez un ami.

Anastasia lui sourit, et Barber constata qu'elle avait une jolie bouche. Très jolie, même…

Un poing entra en contact avec son épaule. Pas assez fort pour justifier une riposte, mais suffisamment pour retenir son attention.

— Même pas en rêve, Barber.

Celui-ci leva les yeux et découvrit qu'Harley les avait rejoints. Il était visiblement d'une humeur de dogue.

— Du calme, Harley. Je me contentais d'observer en silence.

— Tu ferais mieux de poser tes yeux ailleurs.

Harley s'assit à côté d'Anastasia, et elle eut juste le temps de se pousser sur la banquette pour lui faire de la place. Il prit la tasse de café de la jeune femme et en but une gorgée, comme s'ils formaient un couple.

— Il y a peu de chances qu'ils retrouvent ces deux abrutis, marmonna-t-il.

— Aucune importance. Je n'ai pas l'intention de retourner chez moi avant plusieurs jours.

— Qu'est-ce que ça changera ? Quand tu retourneras dans ton chalet, il sera toujours aussi isolé et tu feras une cible aussi facile qu'avant.

— Traite-moi carrément d'idiote, ce sera plus simple.

— Ce n'est pas du tout ce que j'ai voulu dire. J'ai voulu dire que tu es une femme et que tu es… menue.

Anastasia réfléchit un instant, puis haussa les épaules.

— Je ne peux pas nier que je suis une femme et, comparée à toi, je suis effectivement menue.

Harley plissa les yeux. Barber fut stupéfait de la facilité avec laquelle Anastasia le faisait sortir de ses gonds.

— En fait, déclara-t-elle, j'étais en train de me dire que je vais profiter de cet incident pour me remettre au travail. Cela me permettra de m'éloigner d'ici, le temps que les choses rentrent dans l'ordre.

— Tu as l'intention de travailler pour un homme ou pour une femme ? questionna Harley.

Barber réprima son hilarité et pinça les lèvres comme s'il venait d'avaler un citron. Harley était vraiment mordu de chez mordu !

— Je n'ai pas encore décidé, répondit-elle. Je n'ai que l'embarras du choix. Pourquoi ? C'est important selon toi ?

— Non, marmonna Harley avant de finir son café. Tu veux que j'aille t'en chercher un autre ? proposa-t-il.

— Non, merci. Je n'en voulais plus.

— Ta voiture est au garage. La dépanneuse qui avait dégagé ma jeep s'en est chargée.

Anastasia se raidit.

— J'aurais pu m'en charger moi-même.

— Je sais, mais comme ça, tu n'auras pas à le faire. Je suis passé voir Ned et il m'a promis de s'en occuper en priorité. Je lui ai dit que tu l'appellerais dès que possible.

— Tu as vraiment tout pris en main, dis-moi, commenta-t-elle avec un sourire pincé.

— Harley est parfois une vraie mère poule, intervint Barber qui se délectait de cet échange.

Elle ouvrit son sac et sortit son carnet de chèques.

— Combien je te dois ?

— Laisse tomber.

— Certainement pas.

Satch s'approcha de leur box, frétillant d'impatience.

— La météo annonce un ciel dégagé. Avec un peu de chance, on va bientôt pouvoir quitter ce bourbier.

— Satch ? Vous voulez bien me dire combien je dois à Harley ? lui demanda Anastasia avec un grand sourire.

Il croisa les bras sur son torse et afficha un air parfaitement innocent.

— Pourquoi lui devriez-vous de l'argent, Anastasia ?

Barber pouffa de rire, les regarda tous les trois et pouffa à nouveau. Sachant qu'Anastasia et Harley avaient passé la nuit ensemble, des piques plus audacieuses les unes que les autres lui passèrent par la tête et il dut faire un effort prodigieux pour se taire. Il ne pouvait vraiment pas dire ça en présence d'une dame.

Anastasia saisit le fil de ses pensées et secoua la tête.

— Vous êtes un affreux taquin, Barber.

Harley se leva, ramassa le carnet de chèques et le fourra dans son sac.

— Et c'est aussi un conducteur épouvantable, précisa-t-il.

— Vraiment ?

— Un vrai danger public, assura-t-il en lui prenant le bras pour l'inciter à le suivre. Il vaut mieux que ce soit mon oncle qui te conduise jusqu'à un motel. Barber montera dans la jeep avec moi.

— Dis donc, protesta Satch, je croyais qu'on devait discuter, tous les deux ?

— Si c'est encore à propos de cette histoire de reportage, je n'ai rien à te dire, et le reste attendra jusqu'à Harmony, rétorqua Harley.

Il s'éloigna à grands pas, entraînant Anastasia avec lui.

— Ce que tu peux être têtu ! cracha Satch.

Harley pivota d'un bloc.

— Je ne reviendrai pas sur ma décision, Satch. Mets-toi bien ça dans le crâne.

Anastasia haussa les épaules d'un air navré.

— Désolée, Satch. Si vous n'avez pas envie de m'emmener, je peux demander à quelqu'un de…

— Non, non. Je n'ai jamais dit ça, l'interrompit-il avant de lancer un regard noir à Harley. Je vais faire chauffer le moteur, annonça-t-il.

— Ce n'est vraiment pas un problème, Satch… insista-t-elle.

— Vous venez avec moi, un point c'est tout, gronda-t-il, rouge de colère, avant de s'élancer vers la sortie.

— Merci, lança-t-elle dans son dos. J'arrive tout de suite !

Les mains sur les hanches, Harley regarda son oncle s'éloigner. Barber sourit.

— Si tu as envie de te lâcher, c'est maintenant, Harley.

Harley planta son regard dans celui de Barber.

— Toi, tu ne perds rien pour attendre.

Ses yeux lançaient des éclairs, mais Barber se contenta d'éclater de rire.

— Maman, j'ai peur ! Je vais faire des cauchemars, à cause de toi.

— Boucle-la, Barber.

— Les regrets sont une vraie vacherie, mec. Tu sais aussi bien que moi que si tu ne fais rien, tu le regretteras.

Mis au défi, Harley se retourna vers Anastasia, qui ne comprenait visiblement pas de quoi ils parlaient. Elle haussa les sourcils pour inciter Harley à lui donner des explications, et cette adorable mimique suffit à le faire flancher.

— Barber est pénible, dit-il en posant une main sur sa nuque, mais pour une fois, il a raison.

— À propos de quoi ?

— De ça, répondit-il avant de la gratifier publiquement d'un baiser ardent.

Barber les observa et remercia le Ciel de ne pas être amoureux. Lorsque Dakota lui avait préféré Simon Evans, il avait eu le cœur brisé, mais aujourd'hui… il était bien trop pris par sa carrière, et Dakota était restée sa meilleure amie. L'un dans l'autre, il était maître de son destin et c'était très bien comme ça.

Harley écarta sa bouche de celle d'Anastasia et fit glisser son pouce sur sa lèvre inférieure. Soudain, son regard devint froid. Il laissa retomber sa main le long de son corps et, sans un mot, tourna les talons et s'éloigna.

Barber secoua la tête.

— Lamentable.

Il se retourna pour ajouter quelque chose à l'intention d'Anastasia, mais quand il la découvrit plantée là, les lèvres entrouvertes et le regard brumeux, il hésita.

Au moins les sentiments d'Harley étaient-ils partagés, se dit-il, heureux pour son ami.

— Remets-toi, ma belle, chuchota-t-il. Tout le monde te regarde.

Anastasia sursauta comme si elle avait reçu une décharge électrique.

— Je lui avais déjà dit au revoir, souffla-t-elle.

— Je sais, oui. Apparemment, il a estimé qu'une prolongation était nécessaire, répliqua Barber en lui tendant son manteau. Tu es prête ?

— C'est le manteau d'Harley. Tu le lui rendras de ma part.

— Il ne t'a pas demandé de le lui rendre.

— Je sais. Mais mon manteau est resté là où je l'avais accroché hier soir et maintenant qu'il est sec, je n'ai plus besoin du sien.

Barber décrypta aisément la véritable raison de ce rejet.

— Tu ne veux pas garder de souvenirs, c'est ça ?

— Plus qu'un souvenir, ce serait un excellent prétexte pour le recontacter et je n'en veux pas, répondit-elle sèchement.

Elle alla chercher son manteau et l'enfila. Barber ramassa le sac de voyage d'Anastasia et la suivit.

— Attends-moi une seconde, dit-il subitement.

Il posa le sac à ses pieds, se dirigea vers le bar et demanda à Sheila de quoi écrire. Une fois qu'il eut noté son numéro de téléphone, il la rejoignit et le lui tendit. Anastasia leva la main en signe de refus.

— Je ne l'appellerai pas, Barber.

— Ce n'est pas son numéro, c'est le mien.

— J'avais deviné.

— Vraiment ?

— Tu ne me donnerais pas le numéro d'Harley alors que tu me connais à peine. Donc, tu me donnes le tien, au cas où j'aurais envie de le contacter.

Une fois de plus surpris par sa perspicacité, Barber la dévisagea.

— Il ne t'est pas venu à l'esprit que je puisse chercher à te draguer ?

— Non. Vous êtes amis.

Il plaça le papier dans la paume de sa main et replia ses doigts dessus.

— Garde-le au cas où tu changerais d'avis, d'accord ?

Garé devant le bar, Harley les observait à travers la vitre. Il klaxonna.

Anastasia leva les yeux au ciel et Barber éclata de rire.

— On ferait mieux d'y aller avant qu'il décide de me démolir.

— Il ne ferait pas ça.

— Si, je crois bien qu'il en serait capable. Je trouve ça très intéressant… J'ai adoré l'entendre décréter que tu monterais en voiture avec son oncle plutôt qu'avec moi. Je ne l'ai jamais vu se comporter comme ça, et je pense que c'est une bonne chose.

Anastasia réfléchit, haussa les épaules et glissa le papier dans sa poche.

— D'accord.

Franche, observatrice *et* intelligente.

Ils sortirent du bar. Harley resta au volant de sa jeep, mais ne lâcha pas Barber des yeux quand il escorta Anastasia jusqu'au 4×4 de Satch.

Barber se dit que si d'ici un mois ces deux-là ne s'étaient pas encore revus, il arrangerait une réunion dans leur dos. C'était bien le moins qu'il puisse faire pour un chic type comme Harley.

Assise à côté de Satch, Anastasia se sentit subitement dans ses petits souliers.

— Vous voulez que je m'arrête dans un drive pour acheter quelque chose à manger ? proposa-t-il au bout d'un moment.

— Non, merci, répondit-elle, peu désireuse de le retarder davantage. Je mangerai au motel.

— Vous êtes certaine d'avoir pris assez d'affaires ?

Elle jeta un coup d'œil aux affaires qu'elle était passée prendre en vitesse dans son chalet.

— J'ai tout ce qu'il me faut.

— Dommage que les adjoints du shérif n'aient rien pu faire de plus que de prendre votre déposition et confisquer les revolvers de ces types.

Anastasia détourna la tête et regarda par la fenêtre.

— Je doute qu'ils les retrouvent un jour. Ils sont sûrement déjà loin. Les étrangers se font vite repérer dans une petite ville comme Echo Lake.

— Vous ne pensez pas qu'ils reviendront ?

— Pas dans l'immédiat.

La couche de neige qui recouvrait tout devenait moins épaisse tandis qu'ils progressaient vers le nord.

— Harley m'a dit beaucoup de bien de vous.

Ne sachant pas ce qu'il entendait par là, Stasia détacha les yeux du paysage.

— C'est quelqu'un de bien.

Satch lui lança un coup d'œil incrédule.

— Il vous trouve très courageuse.

L'absurdité de cette déclaration la fit rire.

— J'avais tellement peur, cette nuit, que je n'ai pas arrêté de trembler.

— C'est un signe d'intelligence. Quelle personne sensée n'aurait pas peur de se retrouver face à deux zigotos armés ?

— Harley n'avait pas peur.

— Ce garçon est plus doué pour l'action que pour la parole. Il a toujours été comme ça. Il faut qu'il apprenne à se contrôler.

Stasia accorda cette fois toute son attention à Satch. Il était en mesure de lui donner un aperçu intéressant de la psyché d'Harley.

— Il m'a semblé parfaitement maître de lui, objecta-t-elle.

— Il y travaille. Avant, il fonçait sans réfléchir. À force de se brûler, il a fini par comprendre qu'il avait intérêt à réfléchir avant d'agir.

— Cette nuit, j'ai eu l'impression qu'il était en pilote automatique et je l'ai trouvé très impressionnant.

— Harley est capable de se débrouiller, cela ne fait aucun doute. Mais c'est un coup de chance que vous n'ayez été blessés ni l'un ni l'autre. Quelqu'un qui se maîtriserait mieux que lui aurait pris le temps d'analyser la situation et se serait enfui plutôt que de foncer tête baissée vers le danger.

— Je ne suis pas d'accord avec vous, dit-elle, soucieuse de défendre Harley. Quand ils nous ont suivis, il n'y avait aucun moyen de leur échapper, surtout par cette tempête. Les circonstances exigeaient de réfléchir très vite, et c'est ce qu'il a fait.

— Il a pris un risque énorme, protesta Satch en secouant la tête. Il faut qu'il arrête. S'il veut être champion, il faut qu'il suive à la lettre le plan qu'il s'est donné au lieu de partir dans tous les sens. Il vous a dit pourquoi il n'a pas pu participer au championnat, la dernière fois ? ajouta-t-il en lui jetant un coup d'œil.

— J'ai entendu parler d'une blessure au coude.

— C'est une longue histoire... Toujours est-il que l'ex-mari de Dakota – c'est la femme de Simon Evans, aujourd'hui, mais ils n'étaient pas encore mariés à l'époque – passait son temps à lui faire des misères. Harley adore jouer les justiciers.

— Il a voulu l'aider? C'est comme ça qu'il s'est blessé?

— Il s'est battu seul contre trois colosses. Les types ont fini sous les verrous, mais Harley s'est déboîté le coude.

Stasia soupira en repensant à la fluidité et la rapidité des gestes d'Harley lorsqu'il se battait.

— C'est assez héroïque de sa part.

— Ouais, Harley est comme ça. Les dirigeants du SBC trouvent ça bien, d'ailleurs. Mais ils l'aimeront encore plus quand il remportera le championnat. Encore faut-il qu'il aille jusque-là.

— Je ne comprends pas. Vous pensez qu'il ne va pas participer au championnat?

— Ça fait trois fois que le championnat lui passe sous le nez. Si ça se produit encore une fois, qui sait quand l'occasion se représentera?

— Je ne m'étais pas rendu compte de ça.

Anastasia se sentit soudain coupable. Harley aurait pu rater une fois de plus l'occasion de participer au championnat à cause d'elle. Satch coula un nouveau regard vers elle. Elle devina qu'il avait une idée derrière la tête.

— Il peut gagner, cela ne fait aucun doute. C'est l'un des combattants les plus doués que j'aie jamais vus. Mais c'est à lui de faire en sorte de participer au championnat, plutôt que de rester sur la touche parce qu'il est blessé.

Stasia avait envie d'en savoir davantage, mais elle craignait d'être indiscrète.

— Harley m'a dit que vous êtes coach de vie?

Ah. L'idée qu'il avait derrière la tête commençait à se préciser.

— C'est exact.

— Ça vous plaît?

— Oui. Beaucoup.

La plupart du temps, en tout cas.

— Vous vous en sortez bien ?

— Mon taux de réussite est excellent et mon nom commence à être connu. Pourquoi me demandez-vous cela ? Auriez-vous besoin de conseils, Satch ?

— Moi ? Non, non. Tout va bien.

Stasia tourna la tête vers la fenêtre pour dissimuler son sourire. Tout le monde commençait toujours par dire non. Satch demeura silencieux jusqu'à ce qu'ils atteignent des embouteillages.

— Qu'est-ce que vous pensez de celui-là ? s'enquit-il en désignant un panneau signalant un motel à la sortie de l'autoroute. Tous les bâtiments sont éclairés, ce qui signifie que l'électricité fonctionne par ici.

— Je crois que la coupure ne concernait qu'Echo Lake.

— Ce n'est pas une chaîne, mais les petits motels sont parfois meilleurs. L'accueil est plus personnel, et puis ce n'est pas trop loin d'Echo Lake.

— Oui, acquiesça Stasia. Je pense que ça fera l'affaire.

Satch prit la sortie et roula jusqu'à l'hôtel.

— Je vais vous accompagner à l'intérieur.

— C'est gentil, Satch, mais vous en avez déjà assez fait. Vous n'avez qu'à me laisser devant la porte.

Mais il s'était déjà garé sur le parking.

— J'insiste, Anastasia. En fait, j'aimerais vous parler de quelque chose.

Stasia sentit une sorte d'effroi remonter le long de sa colonne vertébrale, mais plaqua un sourire poli sur ses lèvres.

— Dans ce cas, d'accord.

Il descendit et contourna la voiture pour lui ouvrir la portière. Une fois qu'elle fut sortie, il récupéra son sac et son ordinateur portable.

— Harley m'a dit que vous étiez en congé sabbatique ? questionna Satch lorsqu'ils se dirigèrent vers l'entrée.

— C'était vrai jusqu'à aujourd'hui, mais je me suis dit que le moment était bien choisi pour m'éloigner d'Echo Lake.

— Fort bien, fort bien… fit Satch, visiblement satisfait de cette réponse. Harley va reprendre l'entraînement intensif.

— Il doit participer à un combat important, d'après ce qu'il m'a dit, avança-t-elle d'un ton prudent.

Elle ne voyait pas encore où Satch voulait en venir, mais pressentait un traquenard.

— Le championnat, oui. Une fois que la fédération aura boosté son profil, ajouta-t-il en glissant le portable sous son bras pour lui ouvrir la porte. J'aimerais vous embaucher.

Elle s'immobilisa dans le hall.

— M'embaucher ? Mais vous avez dit que vous n'étiez pas intéressé.

— Pas pour moi. Pour Harley.

Il devait plaisanter. Stasia battit des cils, incrédule. Satch l'incita à avancer.

— Il croit qu'il est concentré, mais après ce qui vient de se produire, je sais que ce n'est pas vrai. Franchement ! Désarmer deux barjots qu'il n'a jamais vus de sa vie !

— Qu'est-ce que ça prouve ?

— Ça prouve qu'il a la tête ailleurs. Ce championnat doit être son unique priorité. Il doit oublier tout le reste, sinon il fera la même erreur que la dernière fois.

— Vous auriez préféré qu'il laisse la compagne de son ami se faire agresser sans réagir ? demanda-t-elle, estomaquée.

— Non. Je ne dis pas cela.

Stasia passa en mode analytique. Elle croisa les bras et le dévisagea intensément.

— Mais vous pensez qu'il aurait dû me laisser me débrouiller seule, au risque d'avoir ma mort sur la conscience, c'est ça ?

— Bien sûr que non, répliqua-t-il en soutenant son regard. Je dis simplement que si le championnat était vraiment sa priorité, il n'aurait pas pris ce risque.

— Je vois.

— Non, je ne crois pas. Pas encore. C'est justement pour cela que je veux vous parler. Vous pouvez aider Harley à bloquer les influences négatives.

Anastasia se méprit sur ses intentions.

— Vous n'avez peut-être pas conscience des préférences d'Harley, mais je peux vous assurer qu'il m'a fait ses adieux définitifs ce matin, au garage, et qu'il n'a absolument pas l'intention de me revoir.

— Je sais. Il m'a expliqué que vous n'étiez pas son genre et qu'il n'y avait rien entre vous. Vous vous doutez bien qu'autrement, je ne vous demanderais pas de le coacher.

— Harley vous a fait des confidences à mon sujet ? s'enquit-elle d'un ton pincé.

— Uniquement pour me rassurer. Il se comportait différemment avec vous, et ça m'a inquiété.

Elle ne put s'empêcher de questionner :

— En quoi se comportait-il différemment avec moi ?

— Quand il m'a dit qu'il n'y avait rien entre vous, je me suis demandé si c'était du lard ou du cochon, biaisa Satch. Mais je vous ai observée, au bar, et j'ai vu que vous compreniez quelles étaient ses priorités.

— Et vous vous basez sur ce que vous pensez avoir perçu de moi pour estimer qu'Harley serait ravi de m'avoir pour coach ?

— Surtout pas ! Il entrerait dans une rage folle s'il savait que je vous ai embauchée.

Évidemment.

— C'est un problème, en ce qui me concerne, Satch.

— Je ne vois pas pourquoi, si c'est pour son bien. Je suis son manager et je défends ses intérêts.

Tandis qu'elle l'écoutait, Stasia remarqua que l'oncle et le neveu avaient de nombreux points communs. Satch était grand, solidement bâti, d'un blond légèrement plus foncé qu'Harley, et ses yeux étaient exactement du même bleu, sans toutefois posséder autant d'intensité.

— Vous êtes la personne idéale, poursuivit Satch. Vous l'impressionnez, je l'ai bien vu, et il écoutera vos conseils. De mon côté, je sais que vous ne chercherez pas à donner un tour romantique à cette collaboration.

— Je ne vois pas ce qu'il y a d'idéal à lui mentir. Cela va à l'encontre du lien de confiance indispensable à la relation entre coach et client. De plus, ajouta-t-elle en levant la main pour l'empêcher de l'interrompre, comment voulez-vous que je l'aide alors que je ne connais rien au sport ni à l'entraînement, en dehors de ce que j'ai vu à la télé ?

— Vous pouvez l'encourager à faire ce qu'il faut pour toucher un public plus vaste.

— C'est-à-dire ?

— La fédération envisage de faire un reportage sur lui. Son passé, son quotidien, ses goûts, sa vie sociale…

Stasia éclata de rire. Elle n'en croyait pas ses oreilles.

— Je ne suis pas très proche de lui, mais je l'imagine mal accueillant un projet de ce genre avec le sourire.

— Vous êtes plus proche de lui que vous ne le pensez, parce que je lui en ai parlé et il a refusé. C'est là que vous intervenez.

— Pas du tout, répliqua Stasia. C'est là que je me sauve en courant.

— Regardez les choses de la façon suivante : Harley ne va pas miraculeusement devenir moine, nous le savons aussi bien l'un que l'autre. Quel mal y aura-t-il à faire quelques photos de lui en galante compagnie ? Rien d'indécent, je vous en donne ma parole d'honneur. Les séances auraient lieu en public, au Roger's Rodeo, par exemple.

— Où ça ?

— C'est un bar pas loin du gymnase, répondit Satch en agitant la main. Un bar de nuit, mais en plus classe. Roger sponsorise pas mal de combattants et en échange, ils fréquentent sa boîte et lui louent des salles pour des événements. Roger est marié avec la sœur d'un combattant.

— Une affaire de famille, en quelque sorte ?

— On peut dire ça comme ça. La présence des combattants attire pas mal de fans… et beaucoup de femmes seules. Vous pouvez persuader Harley que c'est dans son intérêt de faire ces photos, dit Satch en lui prenant la main. Que ça lui permettra d'obtenir ce qu'il désire.

— Une ceinture de champion.

— Exactement, acquiesça-t-il sans lâcher sa main. Alors ? Ça vous tente ?

— Pas vraiment, non.

— Moi, je crois que si.

— Quand on me propose une mission, répondit-elle en dégageant sa main, j'évalue les avantages et les inconvénients. Ce que vous me proposez ne présente que des inconvénients, Satch.

Sauf que ça lui permettrait de revoir Harley. Mais puisqu'il n'en avait pas envie, ce ne serait pas un avantage non plus…

— Il vous plaît, mon neveu, non ?

— Pourquoi est-ce qu'il ne me plairait pas ? Il est extraordinaire.

— Vous voyez bien ! répliqua-t-il avec un hochement de tête satisfait. Nous le savons tous les deux, et la fédération veut que le monde entier le sache.

— Je ne pense pas pouvoir vous aider.

— Vous le pouvez parce que vous lui plaisez, vous aussi. Plus qu'aucune autre fille avec qui je l'ai vu depuis que Sandy lui a brisé le cœur.

— Sandy ? répéta machinalement Stasia. Aucune femme n'est capable de briser le cœur d'Harley.

— C'est ce que je croyais aussi jusqu'à ce qu'il rencontre Sandy, dit Satch en secouant la tête. Harley ne s'est pas écroulé, il n'a pas fondu en larmes, ni rien d'aussi mélodramatique. Mais il s'est replié sur lui-même de plus d'une façon. Bon, il ne fuit pas la compagnie des femmes…

— C'est un euphémisme, l'interrompit-elle.

— … mais il est devenu très réservé. Il ne s'engage jamais plus d'une nuit dans une relation. Sa rupture avec Sandy a déclenché un petit scandale médiatique. Il en a été très affecté et préserve jalousement sa vie privée depuis cette histoire.

L'humiliation publique n'est jamais agréable. Mais pour quelqu'un comme Harley…

— Vous ne pensez pas qu'il a le droit de ne pas vouloir mélanger carrière et vie personnelle ?

— N'importe quel sportif serait fou de joie si on lui proposait une telle promotion !

— Harley n'est pas n'importe quel sportif.

— Non, vous avez raison… Réfléchissez, Anastasia, l'implora-t-il. Vous pouvez le convaincre. Tout ce qu'on lui demande, c'est de se montrer charmant avec les femmes devant les caméras. Danser, les embrasser ou des choses de ce genre.

Ou des choses de ce genre… Stasia n'aurait su dire pourquoi, mais la formule que venait de glisser Satch lui serra le ventre.

— Si je comprends bien, vous me demandez de jouer les mères maquerelles ?

Satch fronça vivement les sourcils et recula comme si Anastasia l'avait giflé.

— Mais pas du tout ! Les dirigeants veulent simplement faire savoir au public qu'Harley plaît aux femmes.

Harley plaisait effectivement beaucoup aux femmes. Stasia était bien placée pour le savoir.

— Il suffit que la caméra tourne, dans ce cas. Les occasions de le filmer en galante compagnie ne manqueront pas.

— Le problème, c'est qu'il a décidé de ne plus fréquenter aucune femme pendant son entraînement.

Cette révélation la stupéfia tellement qu'elle en loucha presque, mais elle se ressaisit.

— C'est normal, non ? J'ai toujours entendu dire que les relations sexuelles étaient déconseillées avant une compétition pour les sportifs de haut niveau.

Satch laissa échapper un ricanement.

— Quoi ? s'enquit-elle. Ce n'est pas vrai ?

— Si, d'une manière générale. Mais dans le cas d'Harley…

Satch s'éclaircit la gorge.

— Disons que sa décision est plus inquiétante qu'autre chose. Surtout en ce moment. Il va traverser une phase de promotion intensive – des soirées et toutes sortes d'événements auxquels il ne doit pas assister en célibataire, sous peine de ne pas le rester longtemps.

Stasia imagina une horde de femelles en chaleur se ruant sur Harley, farouchement décidées à le faire revenir sur son vœu d'abstinence, et trouva ce tableau profondément déprimant.

— Si Harley est aussi irrésistible que vous dites, vous n'avez pas besoin de moi. Les groupies se chargeront de résoudre votre problème.

Satch la toisa d'un œil critique.

— Inutile de vous montrer aussi hargneuse.

— *Hargneuse ?*

Lorsque Satch souriait, il ressemblait tellement à son neveu qu'elle se calma presque.

— Allons, Anastasia, reprit-il en écartant les bras, dites-moi que vous acceptez. Aidez Harley à atteindre son objectif.

— Vous venez de dire que ça le mettrait hors de lui.

— S'il *savait* que je vous ai engagée. Mais rien ne nous oblige à le lui dire. Si vous vous contentez de lui donner des conseils à titre amical, comment le saura-t-il ?

— Non. Harley va s'imaginer que je lui cours après et il a assez de femmes à ses trousses. Une de plus ne ferait que l'agacer.

— En temps normal, je serais d'accord. Mais là… Vous n'êtes pas comme les autres, Anastasia, précisa-t-il d'un ton mielleux.

Anastasia n'osa pas espérer qu'il puisse avoir raison. Tomber amoureuse d'Harley Handleman aurait été tellement simple…

— Peu importe. Je ne peux pas travailler en sous-main. Cela va à l'encontre de ma philosophie. Pour aider mes clients, je dois travailler dans un climat de confiance totale.

— J'ai peut-être mal interprété les signes, marmonna Satch. Je croyais que vous aviez envie de l'aider.

— Je ne suis pas convaincue qu'il ait besoin d'aide. De plus, il m'a clairement fait savoir qu'on ne se reverrait plus.

— Il pourrait changer d'avis, si on l'y incitait.

Cette fois, ce fut au tour de Stasia de peser le pour et le contre. Elle avait vraiment envie d'aider Harley – ne serait-ce qu'à se débarrasser de son oncle qui empiétait outrageusement sur sa vie privée.

Ce n'était pas ce que Satch avait en tête, mais elle le ferait dans l'intérêt d'Harley… et puisque Satch clamait haut et fort qu'il ne se souciait que de cela…

— Ce serait un viol, Satch, déclara-t-elle.

Satch resta un instant sans voix.

— Pas dans ce sens-là, ajouta-t-elle en se sentant rougir.

— Je sais, dit-il en reprenant l'air digne. Imaginez qu'Harley vous contacte…

— Pourquoi ferait-il cela ?

— Pour un tas de raisons. Pour s'assurer que tout est arrangé et que vous êtes bien remise de cette agression.

Anastasia réfléchit encore et prit une décision.

— D'abord, je règle mes problèmes et j'attends que ma voiture soit réparée. Disons dans deux semaines.

— Quoi, dans deux semaines ?

— Si Harley me contacte d'ici deux semaines, je lui proposerai mes services en tant que coach de vie. S'il m'envoie paître, les choses en resteront là.

— Mais…

Stasia ne tint pas compte de son interruption.

— Je n'insisterai pas, mais j'arriverai peut-être à le convaincre, dit-elle en lui tendant sa carte de visite professionnelle. C'est ma meilleure offre. À prendre ou à laisser.

Satch hésita, puis se décida à prendre la carte.

— D'accord. Je lui faciliterai la tâche en laissant traîner cette carte à sa portée.

— Je doute que cela change quoi que ce soit.

— Pas moi. Promettez-moi de ne pas dire à Harley que je vous ai embauchée.

Vu qu'elle n'avait pas l'intention d'accepter un sou de lui, une telle promesse n'avait rien de difficile.

— Tant que je serai à l'aise de le faire, je garderai cette conversation pour moi.

Soulagé, Satch la serra dans ses bras. Quand il s'écarta, il posa les mains sur ses épaules et la considéra d'un air grave.

— Faites bien attention à vous, Anastasia. Si vous allez dans votre chalet, faites-vous accompagner. Ne prenez aucun risque, d'accord ?

Tel oncle, tel neveu.

— Je vous promets d'être prudente, Satch.

— Bon, je ferais mieux de me sauver, maintenant.

— Merci de m'avoir accompagnée.

— Prenez bien soin de vous, hein ? lança-t-il par-dessus son épaule en s'éloignant.

Stasia le regarda franchir la porte, puis se dirigea vers la réception et se demanda dans quel guêpier elle venait de se fourrer. Si Harley ne l'appelait pas, elle n'avait rien à craindre.

Le baiser qu'ils avaient échangé était un baiser d'adieu.

9

Harley serra son portable un peu plus fort.

— Tu es sûr ?

Assis en face de lui, Barber, qui suivait la conversation d'une oreille distraite, haussa le sourcil.

— D'accord, Ned. Et où est-elle, maintenant ?.... Comment ça, tu ne sais pas ? Elle n'est plus au motel ?.... Depuis combien de temps ?

Frustré de ne pas avoir obtenu de réponse précise, il éteignit son portable, se leva et arpenta le Roger's Rodeo. La salle était pratiquement déserte à cette heure matinale. Il n'y avait là qu'une grappe de groupies qui s'efforçaient désespérément d'attirer l'attention de Barber. Celui-ci toussota.

— Un problème ?

— Je ne sais pas.

— La petite dame a disparu, si j'ai bien compris ?

— Je ne sais pas non plus, rétorqua Harley en le rejoignant à table pour écarter d'un revers de bras le petit déjeuner auquel il avait à peine touché. Ses freins ont bien été sabotés. Tranchés net, m'a dit Ned.

— Merde.

— Ouais. Elle a appelé Ned plusieurs fois depuis le motel où l'avait déposée Satch, mais elle lui a annoncé hier qu'elle s'en allait et ne l'a pas rappelé depuis.

— Vingt-quatre heures sans donner signe de vie ? siffla Barber. On devrait peut-être prévenir l'armée, non ?

— Tu ne préfères pas un combat en cinq rounds ? répliqua Harley en le clouant du regard.

Barber éclata de rire.

— Tu as vraiment besoin de tirer un coup, mon vieux ! Tu es complètement à cran.

Face à l'air profondément dégoûté d'Harley, Barber leva les mains.

— Je sais, je sais, monsieur a fait vœu de chasteté. Tu ne veux pas retirer le doigt de la détente, je me sentirais plus à l'aise ? Voilà, comme ça, c'est parfait, ajouta-t-il avec un grand sourire. Je ne voulais pas te mettre en boule.

— Si.

— Ah ! C'est vrai, là, tu es en boule. Promis, j'arrête. Elle est peut-être simplement partie pour son boulot, enchaîna-t-il d'un ton plus sérieux.

— Sans sa voiture ?

— Écoute, Harley, je l'ai moi-même entendue te faire remarquer qu'il ne fallait pas la prendre pour une idiote. Son assurance couvre peut-être les frais d'une location en cas d'accident.

— Possible.

— Sérieusement, Harley. Il est encore trop tôt pour s'inquiéter.

Harley sentit qu'il était à deux doigts d'exploser. Comment Barber voulait-il qu'il cesse de s'inquiéter ? Cela faisait pratiquement deux semaines qu'il avait quitté Anastasia, et il se faisait un sang d'encre depuis ce jour. Il n'arrêtait pas de penser à elle et se souvenait… de bien trop de choses.

Même l'entraînement intensif ne l'avait pas aidé.

Il aurait dû la posséder lorsque c'était encore possible. S'il avait profité de la situation, il ne penserait pas à elle comme ça maintenant. Harley n'était pas fait pour le sacrifice. Pas sur le plan sexuel, en tout cas.

Mais quand il l'avait entendue gémir de plaisir, quand il avait senti son sexe palpiter de jouissance autour de ses doigts… Ce souvenir était toujours aussi délicieusement douloureux.

Barber avala deux cachets d'aspirine et les fit descendre avec un verre de jus d'orange.

— Qu'est-ce qui t'arrive ? s'enquit Harley d'un ton mauvais. Tu as la gueule de bois ?

— Non, je manque de sommeil, répondit-il en se massant les tempes. Je me suis couché tard à cause de ces auditions, et je me suis levé tôt pour prendre le petit déjeuner avec toi.

— Toujours pas déniché la perle rare ?

— Pas une seule qui arrive à la cheville de Dakota.

— Tu es toujours fou d'elle, commenta Harley en secouant la tête.

— J'aime trop mon visage pour ça. Simon me referait le portrait s'il me suspectait d'éprouver encore quelque chose pour sa femme. Non, ce que je regrette, c'est son talent. Sur scène, elle est exceptionnelle, mec.

— Tu es peut-être trop difficile.

— Si j'avais su que tu serais aussi agréable, j'aurais fait la grasse matinée. Avec une de ces charmantes personnes, ajouta-t-il en portant son regard sur le groupe de filles qui le dévoraient des yeux à distance.

— Une seule ?

— Ah ! Là, je te retrouve ! s'exclama Barber en détachant les yeux des groupies au bord de l'hystérie qui ne l'intéressaient absolument pas. Tu sais, je pourrais peut-être convaincre l'une d'elles de te venir en aide, si tu acceptais d'enlever ta robe de bure. À moins que tu ne sois carrément passé au cilice ?

— Qu'est-ce que ça peut bien te foutre que je me serve ou pas de ma queue ?

— Les gros mots, maintenant ! ricana Barber en recommençant à se masser les tempes.

— Tu sais ce que je pense ? reprit Harley qui jubilait de le voir souffrir. Tu es trop vieux pour brûler la chandelle par les deux bouts comme tu le fais.

— J'ai vingt-neuf ans, mon petit vieux ! Un an de moins que toi.

— Ah ouais ? Alors, ça doit être tes cernes qui te vieillissent.

Barber plissa ses yeux injectés de sang.

— Mon petit doigt me dit que le moment est venu de te révéler que je lui ai donné mon numéro de téléphone.

— À qui ? À Dakota ? Ou à une de ces filles qui écarquillent les yeux comme des chouettes, là-bas ?

Barber pinça les lèvres.
— A-nas-ta-sia, articula-t-il nettement.
Harley se figea.
Satisfait par sa réaction, Barber s'adossa confortablement au dossier de sa chaise.
— Eh oui, frangin. Tu vois, tu n'as aucun souci à te faire. S'il lui arrivait quoi que ce soit, elle m'appellerait.
Harley se contenta de le dévisager sans desserrer les dents.
— Inutile de te demander de quelle façon tu vas m'écharper. Anastasia m'a dit qu'elle savait que je lui donnais mon numéro au cas où elle aurait envie de te joindre. Et comme nous l'avons tous deux remarqué, je ne suis pas d'attaque pour m'engager dans une escarmouche aujourd'hui.
Harley le dévisageait toujours en silence. Barber avait donné son numéro de téléphone à Anastasia…
— Quoi ? Cesse de te mentir à toi-même, Harley. Tu sais très bien que tu crèves d'envie qu'elle t'appelle.
— Si j'avais voulu qu'elle m'appelle, je lui aurais donné mon numéro moi-même, siffla-t-il.
— C'est bien pour ça que je lui ai donné le mien, répliqua Barber en levant les mains. À première vue, elle avait l'air sympa, mais on ne peut jamais être sûr de rien avec les nanas. D'un seul coup, clac ! elles deviennent cinglées. On a déjà vu le cas se produire, toi et moi. Je me suis sacrifié au cas où Anastasia aurait été une folle dangereuse, tu comprends ?
Harley recula sa chaise et voulut dire quelque chose, mais rien ne lui vint à l'esprit. Barber le gratifia d'un grand sourire.
— Je crois que ma tête commence à aller mieux.
— Si tu te décidais à te faire couper les cheveux, tu aurais moins souvent mal à la tête.
Les cheveux de Barber étaient à présent si longs qu'il les attachait la plupart du temps. Il les lâchait quand il était sur scène, et ressemblait alors à une sorte de hippie mâtiné de tueur en série.
— Tu es jaloux parce que les filles sont folles de mon catogan. Ça les excite. Ma boucle d'oreille aussi, d'ailleurs,

précisa-t-il en lui souriant de toutes ses dents. Allez, Harley, arrête de te torturer et reconnais l'évidence.

— Va te faire foutre.

Harley tourna les talons et se dirigea vers la sortie.

— T'inquiète, frangin, lança Barber dans son dos, je sais que tu es stressé. Cette fois-ci, je paye l'addition, mais c'est à charge de revanche !

Sans se retourner, Harley le salua d'un doigt d'honneur. Il n'était absolument pas stressé et il avait à peine touché à son petit déjeuner, de toute façon.

Il fulmina tout le long du chemin, jusqu'à la maison que son oncle l'avait forcé à acheter. Fulminant encore, il franchit le seuil, retira ses bottes dans l'entrée et se débarrassa de son gros manteau dans le salon.

Et c'est toujours aussi fulminant qu'il gagna la cuisine. Il passa devant son oncle qui le regarda pardessus son journal, s'approcha du plan de travail et remua le tas de factures et de papiers en tout genre qui s'entassaient là.

— Tu cherches quelque chose de précis ? demanda Satch.

Harley pivota vers lui. Satch était vêtu en tout et pour tout de son vieux caleçon. Ses cheveux rebiquaient dans tous les sens et ses lunettes de lecture étaient perchées au bout de son nez. À cinquante-sept ans, il était toujours dans une forme éblouissante, mais il avait l'air fatigué.

Satch était le dernier parent qui lui restait, aussi Harley s'efforça-t-il de juguler sa mauvaise humeur.

— Où est son numéro ?

— Quel numéro ?

— Celui d'Anastasia Bradley. Tu avais laissé traîner sa carte de visite bien en évidence, répondit-il en ayant de plus en plus de mal à se maîtriser. Où est-ce que tu l'as mise ?

Satch redressa son journal d'un coup sec et reprit sa lecture.

— Elle devrait être là. Qu'est-ce que tu veux en faire ? s'enquit-il en feignant le désintérêt.

— L'appeler, évidemment !

Satch rabattit son journal.

— Pour quoi ?

— Pour m'assurer qu'elle va bien.

— Bonne idée, approuva Satch. J'ai pensé à elle plusieurs fois et je me fais du souci. Regarde voir sur la porte du frigo…

Harley regarda et la repéra immédiatement. Fixée à hauteur des yeux par un aimant publicitaire du Roger's Rodeo.

Il la prit et se dirigea vers sa tanière. Il ne voulait pas que son oncle écoute sa conversation. Il ne savait pas ce qu'il allait dire à Anastasia, et s'il devait avoir l'air d'un imbécile, mieux valait que la scène se déroulât sans témoin.

Il se laissa tomber sur un confortable fauteuil en cuir capitonné, posa les pieds sur son bureau et saisit le téléphone sans fil.

Non seulement son oncle avait choisi la maison, juste à côté du gymnase de Dean où il s'entraînait chaque jour, mais il l'avait aussi meublée.

Il avait fait du bon boulot, mais ne s'était jamais soucié de savoir si Harley avait envie d'assumer les charges et les responsabilités d'une maison, surtout d'une maison avec quatre chambres à coucher et trois salles de bains, sans parler de la salle de sport et de la piscine intérieure.

Mais Satch s'était donné tellement de mal qu'Harley n'avait pas osé se plaindre.

Après la mort de son père, Satch, le frère de sa mère, leur avait apporté son aide de plus d'un millier de façons. À la mort de sa mère, Satch était devenu sa seule famille – et son manager. Il était parfois pénible, mais il voulait bien faire, et Harley n'avait pas le cœur de lui faire le moindre reproche.

Au fond de lui, il savait qu'il avait une dette énorme vis-à-vis de son oncle. Une dette qu'il ne parviendrait certainement jamais à rembourser complètement. Et puis, il devait bien le reconnaître, cette piscine intérieure était carrément géniale…

Harley composa le numéro et attendit.

Anastasia répondit au bout de quatre sonneries, légèrement haletante.

— Allô ?

Le simple fait d'entendre sa voix eut sur lui un effet apaisant. Ce qui ne l'empêcha pas de laisser échapper une sorte de grommellement furieux.

— C'est Harley.

Il y eut un silence.

— Harley ! s'exclama-t-elle finalement. Ça me fait plaisir de t'entendre, dit-elle d'un ton qui semblait sincère. Comment vas-tu ?

Harley se sentit idiot.

Il avait lourdement insisté pour lui faire comprendre qu'ils ne se reverraient plus… Tout ça pour la rappeler.

— Je te dérange, peut-être ? demanda-t-il.

— Pas du tout. Je viens de rentrer à l'instant. Et toi ? Qu'est-ce que tu fais de beau ?

— Ned m'a dit que tu avais vu juste à propos des freins. Les câbles ont été sectionnés.

— C'est dingue, non ? J'aurais pu mourir ou tuer quelqu'un. Les adjoints du shérif penchent pour un acte de vandalisme. Deux butors qui auraient tellement bu qu'ils auraient perdu tout sens de la mesure. En tout cas, il ne s'est rien passé d'autre, depuis.

Si leurs agresseurs avaient été des gosses, Harley aurait pu trouver cette interprétation plausible. Mais c'était un homme dans la force de l'âge qu'il avait cogné.

— Tu n'as jamais revu ce camion ?

— Je n'ai pratiquement pas remis les pieds à Echo Lake, mais personne d'autre ne l'a aperçu.

— Ah bon ? Ned m'a dit que tu avais quitté le motel. Tu es au chalet ?

— Ned m'a dit qu'il t'avait eu plusieurs fois au bout du fil, répliqua-t-elle de ce ton calme qui précède la tempête.

— Ned était inquiet, mentit-il pitoyablement.

— Vraiment ? Tu es sûr que c'est Ned qui était inquiet ? C'est bizarre, parce qu'il ne m'a rien dit.

Harley pinça l'arête de son nez et inspira profondément à deux reprises.

— Tu es au chalet ? insista-t-il.

— Oui. J'ai emballé une partie de mes affaires et j'ai engagé un couple de retraités pour jeter un œil aux deux chalets.

— Tu pars ?

— Oui, je vais aller voir mes parents. Je ne sais pas encore combien de temps. Après ça... j'ai un contrat en vue. Si ça marche, je ne reviendrai pas avant un moment. Mais si ça ne marche pas, je ferai installer un éclairage extérieur plus puissant.

— Quel genre de contrat ?

— Excuse-moi, mais c'est strictement confidentiel, répondit-elle après un silence.

Harley affermit sa prise sur le téléphone.

— N'hésite pas à m'appeler, si quelqu'un t'embête, s'entendit-il lui dire.

Un rire mélodieux lui parvint.

— Excellente idée, Harley. Tu es à combien d'heures de route d'Echo Lake, déjà ?

— Trois, marmonna-t-il en fermant les yeux.

Elle rit à nouveau.

— Il ne m'arrivera rien. Les adjoints du shérif m'ont promis de faire des rondes et j'ai leur numéro de portable. Ils seront toujours à moins de trois heures de route du chalet.

— Leur numéro perso ? Comme c'est gentil, grinça-t-il.

Elle rit encore.

— Ne sois pas bête, Harley. Ils font leur métier, c'est tout.

— Si tu le dis. Tes parents sont loin d'Echo Lake ? demanda-t-il pour sortir du bourbier où il venait de s'enferrer.

— Pas très loin de chez toi, en fait. Dans le sud du Kentucky. Pourquoi ?

— Simple curiosité, mentit-il une fois de plus.

À l'idée qu'elle allait se rapprocher de lui, son pouls s'accéléra. Avait-elle l'intention de lui rendre visite ?

— Tu vas bientôt récupérer ta voiture ?

— Ned y travaille, mais il a été débordé et les véhicules qui appartiennent au comté sont prioritaires. Mon assurance couvre les frais d'une location en cas d'accident, de toute façon. Si je la récupère demain, je rends celle que j'ai louée et je file chez mes parents.

— Bon. Je vais devoir y aller.

— Tu as repris l'entraînement ?

— Je n'ai fait que ça ! C'est génial, ajouta-t-il pour atténuer ce qui risquait de passer pour une plainte.

— Tu connais la date de ton prochain combat ?

— Pas encore, non. Il faut d'abord que je sois en forme pour combattre.

— Tu m'as semblé au top de ta forme, la dernière fois.

Un sourire se dessina sur ses lèvres. Il avait reçu d'innombrables compliments féminins, mais venant d'Anastasia, c'était… différent.

— Merci. Mais être en forme et être en forme pour un combat, ce n'est pas la même chose. Je vais devoir patienter encore quelques semaines avant d'être au top, comme tu dis. Si tout se passe comme je veux, j'aimerais bien avoir encore six à huit semaines pour me préparer.

— Tu as l'air d'aller bien, Harley, dit-elle d'une voix différente. Tu as l'air heureux. Ça me fait plaisir.

— Toi aussi, répondit-il, très ému.

— Bon, eh bien je vais te laisser. Prends soin de toi et…

— Et quoi ?

— Et ne t'inquiète pas : je ne prendrai pas ce coup de fil pour autre chose que ce qu'il est.

Et voilà. Il la retrouvait complètement. Une fois de plus, elle le déstabilisait en avançant quelque chose d'inattendu et il ne savait plus où il en était.

— Comment ça ?

— Pas besoin d'être un génie pour comprendre que tu es quelqu'un de très protecteur, et que tu as culpabilisé d'être obligé de partir après ce qui s'était passé. Mais je suis adulte, tout va bien, les problèmes ont disparu et ce n'est plus la peine de m'appeler.

Harley ferma les yeux, lutta contre lui-même et, à l'instant précis où il pensait avoir trouvé la réponse à lui faire, il l'entendit dire « Au revoir, Harley » et raccrocher.

Frustré et étrangement troublé, il reposa le téléphone sur son support.

Merde, merde, merde. Les choses ne s'étaient pas passées comme il le voulait. Et comme il ne savait pas vraiment ce qu'il voulait, c'était sans remède.

La tête de Satch surgit dans l'entrebâillement de la porte.

— Anastasia va bien ?

Harley plissa les yeux et se demanda si son oncle avait écouté sa conversation. Cette intervention survenait un peu trop à point nommé.

— Oui, oui. Tout va bien.

— Tant mieux, dit-il en pénétrant dans son antre. Tu as une interview téléphonique, cet après-midi, annonça-t-il en lui tendant une fiche d'informations. Assure-toi d'avoir terminé ta séance d'entraînement à temps. Oh ! J'oubliais. On fera de nouvelles photos, ce soir.

— On ne vient pas juste d'en faire ? rétorqua-t-il en jetant un vague coup d'œil au logo du magazine et aux chiffres qui figuraient sur la feuille.

— C'était il y a des mois. Il en faut de plus récentes. Le photographe ne nous fera pas payer la séance si on l'autorise à mettre les clichés dans son book.

— Comme tu voudras.

— Tu porteras un nouvel équipement.

— Laisse-moi deviner : un cadeau des sponsors ?

— Oui. Tu dois impérativement porter les trucs…

— … boire les trucs et manger les trucs…

Satch lui lança un trousseau de clefs.

— et *conduire* les trucs.

En dépit du mépris qu'il avait pour les efforts colossaux que déployait son oncle vis-à-vis des sponsors, Harley se redressa.

— Une voiture ?

— En leasing, sans engagement de ta part, pendant trois mois. Plus longtemps si tu vas en championnat. Définitivement à toi si tu gagnes.

— Quelle marque ? demanda-t-il en rejoignant son oncle.

— Une Dodge Charger noire. Cinq vitesses. Stéréo et DVD intégrés. Avec les accessoires, il y en a pour cinquante mille dollars. Un modèle unique, customisé spécialement pour toi.

Comme la plupart des hommes, Harley aimait les voitures. Mais, contrairement à la plupart d'entre eux, il appréciait la simplicité.

— J'ai déjà une jeep.

— Ta jeep est très bien, admit Satch. Mais Dodge veut que tu conduises la Charger. C'est une excellente publicité pour eux, conclut-il avec un grand sourire.

Toujours sceptique, Harley croisa les bras.

— Ils ne veulent pas que je me fasse tatouer leur nom sur la fesse, aussi ?

— Tout ce qu'ils veulent, c'est que tu fasses tes apparitions publiques au volant de leur voiture et que tu portes leurs T-shirts de temps en temps.

Harley secoua la tête. Sa récente notoriété commençait déjà à lui échapper.

— D'accord. Merci, Satch.

Profitant de l'accalmie, son oncle embraya.

— En ce qui concerne les photos avec des filles…

— Je n'en vois aucune en ce moment.

— Une situation qui peut facilement changer !

Harley posa la main sur l'épaule de Satch.

— Allons voir la voiture avant que je parte au gymnase. Je dois rencontrer un entraîneur de boxe thaï aujourd'hui, et je ne voudrais pas être en retard.

Satch le suivit, mais refusa de se laisser rabrouer aussi aisément.

— Qu'est-ce que tu dirais des ringside girls ? J'ai parlé à deux petites nouvelles qui seraient ravies d'être photographiées avec toi. Personne ne saura que tu n'es jamais sorti avec elles…

— Non.

La fédération embauchait des filles pour parader sur le ring entre les rounds. Mais les combattants se les envoyaient toutes, ce qui les rendait inintéressantes.

— Tu n'es pas raisonnable, Harley.

Ils pénétrèrent dans le garage et Harley découvrit la voiture. Elle était fabuleuse. Un vrai fantasme masculin monté sur roues.

— Tu veux bien me laisser profiter de ce joujou sans me harceler avec ça, oncle Satch ?

— Comme tu voudras, soupira celui-ci avant de vanter les options de la Dodge avec le bagout d'un vendeur de voitures.

Harley se mit au volant, mais la voiture, aussi délirante fût-elle, ne parvint pas à détourner ses pensées d'Anastasia Bradley.

Vu l'effet qu'une simple conversation téléphonique avait sur lui, il commençait à se demander s'il y arriverait un jour.

10

L'entraînement de boxe thaï laissa Harley sur les rotules, et il n'était vraiment pas d'humeur à supporter le journaliste et le photographe qui travaillaient sur ce satané reportage. Le dimanche étant son seul jour de repos, le samedi soir était son unique palier de décompression de la semaine.

Malheureusement, Satch avait planifié cette interview au Roger's Rodeo.

Contrairement à d'autres sportifs, Harley ne voyait pas l'utilité de se priver complètement de tout ce qu'il aimait. S'il avait envie d'une bière – ce qui était justement le cas – il prenait une bière. Et s'il s'agissait d'un gros hamburger ou d'une part de gâteau, c'était pareil.

Il limitait ces écarts de régime au samedi soir. Le reste de la semaine, il observait un régime strict, à base de viandes maigres et d'hydrates de carbone riches en fibres, et buvait beaucoup d'eau. Au petit déjeuner, il se contentait généralement d'une boisson protéinée.

Un grand échalas à lunettes se pencha vers lui.

— Pouvez-vous me donner un aperçu de ce que vous considérez comme une semaine d'entraînement type ?

Harley s'efforça d'ignorer le sourire goguenard de Barber, assis en face de lui, et haussa les épaules.

— Je m'entraîne à peu près trente heures par semaine.

Un micro surgit, juste sous son menton.

— Nous mettrons cela au propre par la suite, mais d'ici là, expliquez-nous cela en détail.

Harley écarta le micro de son visage.

— Mon emploi du temps varie. J'alterne lever de poids et exercices de musculation avec ou sans contrainte d'objectif.

— Lesquels ?

— Lancer de marteau ou de pneus, des trucs dans ce genre-là. Je fais aussi de la course de vitesse, du jogging, de l'escalade et de la natation. Trois fois par semaine, je travaille la souplesse et la vitesse, et deux fois par semaine, je travaille exclusivement sur le découpage des mouvements et les techniques de parade et de riposte.

— Combien d'entraîneurs s'occupent de vous ?

— C'est variable. Dean Conor est mon principal entraîneur, mais il invite régulièrement des spécialistes de lutte, de boxe ou de jiu-jitsu, par exemple, à venir travailler avec moi. Je consacre un jour par semaine exclusivement aux arts martiaux mixtes.

— Vous aimez ça ?

Harley regarda le journaliste et se demanda d'où il sortait.

— Sans cela, je ne pourrais pas me battre, répondit-il avant de prendre une gorgée de bière.

— J'ai rencontré Dean Conor avant de venir ici. Il dit que vous vous entraînez tellement qu'il est parfois obligé de vous freiner.

— Je suis obligé de rattraper le temps perdu, après ma blessure au coude. Mais c'est vrai que je n'ai jamais rechigné sur l'entraînement intensif.

— Vous avez mentionné la natation, tout à l'heure. Il paraît que vous avez fait construire une piscine intérieure dans la maison que vous venez d'acheter à Harmony ?

— C'est une idée de mon oncle, Satch Handleman. C'est mon manager et il fait un super boulot, précisa Harley, qui savait que son oncle serait content qu'il cite son nom.

— Vous avez une petite amie à Harmony ?

— Non.

Un éclair de panique passa dans les yeux du journaliste, mais il enchaîna :

— Il semble que vous ayez beaucoup de succès auprès des femmes. Pensez-vous que cela constitue un facteur positif pour l'accroissement du public féminin du SBC ?

— C'est Sublime qu'il faut créditer de cet exploit. Je crois bien l'avoir vu dans le coin tout à l'heure, ce qui explique sans doute qu'il y ait autant de femmes ce soir.

— Il paraît en effet que c'est grâce à lui que le phénomène a commencé, répliqua le journaliste, apparemment ravi de sa réponse.

— On ne l'a pas surnommé Sublime pour rien, affirma Harley avec un clin d'œil.

— Le bruit court que Sublime va mettre fin à sa carrière. Qu'avez-vous à dire à ce sujet ?

— Je n'en ai pas entendu parler, mentit-il.

— Après votre blessure, vous comptiez sur Sublime pour participer au championnat, non ? insista le journaliste.

— J'espérais qu'il me redonnerait ma chance, c'est vrai.

— Donc, s'il se défile aujourd'hui…

— Écoutez, l'interrompit Harley. Simon Evans est un homme d'honneur. Il vient de se marier. Il a été champion, il a interrompu sa carrière et il est redevenu champion. Je crois que s'il décidait d'arrêter, ce serait pour de bonnes raisons qui ne me concernent absolument pas.

— Vous ne pensez pas qu'il se défile ? persista le journaliste sur le ton de la confidence.

Harley éclata de rire.

— Dites-moi, vous connaissez beaucoup de combattants ?

— Euh… non, pas personnellement. Mais c'est un sport que je couvre depuis un moment.

— Si vous les connaissiez un peu mieux, vous sauriez qu'un combattant ne se défilerait pas devant Satan lui-même, surtout pas un type du calibre de Simon.

— Vous croyez que vous l'auriez battu ?

— Impossible à dire. Si vous lui demandiez ce qu'il pense de moi, Sublime vous dirait que je ne suis pas une lavette. À partir d'un certain niveau, la victoire est imprévisible. La seule chose dont on puisse être sûr, c'est que ce combat aurait été mémorable.

Harley fit tourner son index pour signifier au journaliste de boucler son interview.

— Qu'est-ce qui va se passer pour vous, maintenant ? Si Sublime se retire, qui affronterez-vous ?

— L'adversaire que la fédération choisira. Je ne suis pas difficile. En conclusion, je vous dirais que quand je monte sur le ring, c'est pour me battre et gagner. Point barre.

Le photographe s'approcha pour capturer son froncement de sourcils et son regard déterminé, l'aveuglant à moitié avec son flash.

— Super, dit le journaliste en rangeant son matériel. J'espère que je ne vous ai pas offensé ?

— Pas trop.

L'homme fit un pas en arrière et regarda autour de lui comme s'il cherchait de l'aide, ce qui eut le don de détendre Harley.

— Merci du temps que vous m'avez consacré, ajouta-t-il d'un ton plus chaleureux.

— On est loin d'avoir terminé, mais on ne vous en demandera pas plus ce soir. On va rester un moment pour discuter avec vos collègues et prendre quelques photos. Ne faites pas attention à nous, contentez-vous d'être vous-même.

— Combien tu me donnes pour que je ne parle pas à ce type ? lança Barber après le départ du journaliste.

— Pas un sou. Tu peux lui raconter ce que tu veux. J'ai décidé de m'en foutre.

— Quel revirement ! Est-ce que tu as aussi décidé de mettre fin à ton célibat ?

— Non.

Harley renversa la tête en arrière pour vider sa bouteille de bière et ignora le rire de Barber, même s'il savait que cela ne servait à rien. Il s'amusait trop pour laisser tomber.

Dès qu'Harley était entré au Roger's Rodeo, les femmes s'étaient ruées sur lui, mais sachant ce que son oncle avait en tête, il leur avait systématiquement battu froid, au grand regret du photographe. Manifester un tel désintérêt ne lui avait d'ailleurs coûté aucun effort, car ces groupies ne l'intéressaient absolument pas. Elles étaient pourtant plus mignonnes les unes que les autres et ne demandaient pas mieux que de se jeter à son cou. C'était peut-être ça qui lui déplaisait, justement. Un comportement plus réservé de leur part aurait pu éveiller son intérêt.

Non. En fait, il savait très bien pourquoi ces filles ne l'intéressaient pas, mais il n'avait pas envie de parler de cela avec Barber.

— Tu sais, Harley, je comprends que tu te limites à une seule bière avec ton entraînement. Mais que tu arrêtes les femmes, ça, ce n'est pas normal, mec ! D'un autre côté, si tu as vraiment décidé d'arrêter, je vais peut-être devoir te remplacer…

— Lâche-moi un peu, Barber.

— Dis au docteur Barber ce qui ne va pas, Harley…

Harley étira les bras au-dessus de sa tête et bâilla à s'en décrocher la mâchoire.

— Je crois que je vais rentrer me coucher, moi.

— Il n'est même pas dix heures et c'est ta seule sortie de la semaine ! Tu pourrais avoir pitié de ce pauvre photographe qui attend l'instant magique…

— Il peut l'attendre toute la nuit, si ça l'amuse.

— Lâche-toi un peu. Fais plaisir à tonton Satch et donne ce qu'il veut à ce photographe.

Harley leva les yeux au ciel sans répondre.

— Tu vis en ermite, mec, je te le dis. La seule façon de se débarrasser des reporters, c'est de leur donner ce qu'ils veulent. D'ailleurs, enchaîna Barber avec un grand sourire, je vois justement une occasion du tonnerre se profiler à l'horizon.

Harley suivit son regard et aperçut deux jeunes femmes qui se dirigeaient droit sur eux.

— Je prends la rousse, décréta Barber. Tu sais que j'ai un faible pour les rouquines.

— Je croyais que c'étaient les blondes qui te faisaient craquer ?

— La seule blonde susceptible de me faire craquer est déjà prise. Je te laisse la brune… Reste ici, Harley ! Si tu te sauves, je te traiterai de tous les noms.

— Qu'est-ce que ça changera ?

— Je dirai à ces nanas que tu es impuissant, que tu pleures avant de t'endormir et que tu fais pipi au lit…

— Tu ne peux pas te taire cinq secondes ?

Harley ferma les yeux et lorsqu'il les rouvrit, les deux femmes les avaient rejoints. La rousse s'assit sur les genoux de Barber qui ne s'en formalisa pas le moins du monde, tandis que la brune hissait son harmonieux postérieur sur la table, juste sous le nez d'Harley.

— Doucement, ma belle, la prévint Barber. Harley est de mauvais poil.

— Oooh, pauvre Harley, modula la fille en se penchant vers lui pour plonger ses doigts manucurés dans ses cheveux. Je peux peut-être te changer les idées ?

— J'espère que je ne vous dérange pas… ?

Harley leva les yeux et découvrit un visage familier. Un visage qu'il s'était attendu à ne jamais revoir.

Elle pouvait se vanter de tomber au mauvais moment. Il avait horreur des scènes, et chaque fois qu'une femme ressurgissait du passé, il pouvait être certain que cela se terminerait par une scène.

— Gloria, c'est bien ça ?

— Tu te souviens de moi !

— On s'est rencontrés à Echo Lake.

— Oui, répondit-elle avec un sourire qui laissait entendre qu'ils ne s'étaient pas contentés de se croiser.

La fille assise sur sa table n'y alla pas par quatre chemins.

— Bouge de là, Gloria, il est déjà pris pour la soirée.

Gloria devint rouge brique.

— Je passais juste par hasard. Je ne savais pas que tu vivais dans le coin, Harley.

Elle mentait si mal qu'Harley fut gêné pour elle.

— Tu habites la région ?

— Non, je passais dans le coin et je me suis arrêtée pour m'amuser un peu.

Avant qu'Harley ait eu le temps d'ouvrir la bouche, la belle brune répondit à sa place.

— Ce soir, Harley s'amuse avec moi.

Le sourire de Gloria se crispa.

— Je vois.

À en juger par la cadence des flashs, le photographe s'en donnait à cœur joie. Harley préféra tendre la main à Gloria avant que les choses tournent mal.

— Profite bien de ton séjour en ville, dit-il d'un ton poli signifiant qu'il lui donnait congé.

Elle lui serra la main et hocha la tête.

— Merci.

La brune toussa exagérément. Gloria lâcha sa main et recula.

— Amuse-toi bien, conclut-elle avant de tourner les talons.

— Charmante, commenta la brune en la regardant s'éloigner. Ça t'arrive souvent ?

Harley plongea son regard dans ses grands yeux bleus, bordés de cils savamment allongés par le mascara.

— On se connaît ? répliqua-t-il froidement.

— Pas encore, mais Barber m'a beaucoup parlé de toi. Tu sais, mon chou, je n'ai pas l'intention de gâcher ta soirée, mais le photographe qui est là-bas m'a dit qu'il faisait un reportage sur toi. Passer quelques minutes avec toi m'aidera à lancer ma carrière et te débarrassera de lui. Opération gagnant-gagnant. Qu'est-ce que tu en penses ?

Harley l'inspecta du regard. Elle avait un corps magnifique et un joli visage.

— Ta franchise me plaît.

— Je ne te collerai pas, juré. Allez, viens danser, dit-elle en descendant de la table et en tendant les mains vers lui. Ça te remontera le moral.

— Je n'ai pas besoin de me remonter le moral.

Elle insista en tirant sur son bras, et Harley n'avait plus d'autre choix qu'accepter ou se montrer effroyablement grossier.

— Danse avec elle, lui conseilla Barber. Ça te fera du bien, ça te débarrassera de ce photographe et je n'aurai plus à supporter tes idées noires.

— Je n'ai pas d'idées noires, riposta Harley.

Mais la fille avait déjà réussi à le faire se lever. Elle se tortillait devant lui de façon suggestive, et Harley fut contraint de reconnaître qu'elle était vraiment bien roulée.

— Je m'appelle Crystal, dit-elle en plaquant les deux mains sur son torse pour l'entraîner sur la piste de danse. J'ai vu tes combats et je t'ai trouvé génial.

Harley eut le malheur de baisser les yeux sur son décolleté qui, sans être vertigineux, révélait un galbe des plus prometteurs.

— Tu es fan du SBC ? demanda-t-il en détachant son regard du sillon de sa poitrine.

— J'adoooore, assura-t-elle en passant les bras autour de son cou. Si tu veux, on peut parler compétition. J'ai mes combattants préférés…

— Ah ouais ? répliqua Harley en plaçant les mains sur ses hanches qui ondulaient au rythme de la musique. Qui, par exemple ?

— Simon Evans est gé-ant !

— Il paraît, ouais, admit-il avec un sourire ironique.

— Et le Ravageur est un dieu vivant !

— Ses coups de coude sont mortels, répondit Harley, qui commençait à la trouver amusante.

— Mais tu n'as rien à leur envier. Dans moins d'un an, tu les auras complètement en-fon-cés ! assura Crystal en plaquant les courbes lascives de son corps contre lui.

Malheureusement pour elle, sa plastique ne rencontra aucun écho significatif.

— Ne t'inquiète pas, mon chou, je n'insisterai pas, murmura-t-elle. Danser me suffit amplement.

Harley se dit que danser avec elle était toujours mieux que regarder la télé avec son oncle ou subir les vannes de Barber. Et puis, cela offrait l'avantage de le débarrasser du photographe.

Le parfum dont Crystal s'était aspergée n'était pas désagréable, et elle faisait un peu plus d'un mètre soixante-quinze, ce qui ne l'obligeait pas à se baisser. Elle n'était pas outrageusement maquillée et ne s'était pas encore avisée de lui pincer les fesses.

— Pourquoi tiens-tu tellement à être prise en photo avec moi ? demanda-t-il lorsque le photographe s'approcha d'eux.

— Je suis mannequin et ça fera bien dans mon press-book. Un shooting sur le vif avec un type connu et bien monté peut même me valoir une notoriété nationale.

— Bien monté, hein ?

S'il avait eu la tête à cela, cette déclaration aurait pu flatter sa vanité au point de déclencher une réaction physique. Mais sa conversation persistait à l'ennuyer. D'un autre côté, s'il ne s'autorisait pas à décompresser ce soir, il n'en aurait plus l'occasion avant une semaine et il décida de faire un effort.

— Tu es du coin ?

— Non. Je suis en vacances chez une copine de fac. Quand elle nous a dit que le gymnase du Ravageur était juste à côté, et que les types qui s'entraînaient dans son gymnase se retrouvaient ici le samedi soir, on a décidé de venir faire un tour.

— Tu as quel âge ? demanda-t-il, soucieux de ne pas s'aventurer dans une histoire de détournement de mineur.

— L'âge de faire tout ce que tu voudras, répondit-elle avec un grand sourire.

— Étant donné que j'ai seulement l'intention de danser avec toi, tu as certainement raison.

— J'ai vingt-deux ans, affirma-t-elle. Tu n'as pas de souci à te faire.

Lorsqu'elle se serra un peu plus contre lui, Harley leva discrètement le poignet pour regarder l'heure… et aperçut une petite femme qui jouait des coudes pour traverser la foule.

Il se raidit subitement.

Que faisait Anastasia Bradley au Roger's Rodeo ? Harley suivit sa progression du regard.

Anastasia ne l'avait pas encore remarqué.

Il la vit concentrer son attention sur Roger et se diriger vers le bar.

Ses bras enserrèrent machinalement Crystal, qui se méprit sur ses intentions.

De son côté, le photographe se dit que sa patience payait enfin.

Harley se promit de botter les fesses de Barber pour l'avoir mis dans cette situation.

Quand Stasia entra dans le Roger's Rodeo, elle se demanda si elle arriverait à localiser Harley parmi cette foule. Elle n'était même pas sûre qu'il était là ce soir, mais elle décida de pousser sa chance et s'aventura dans le club bondé. Sous ses pieds, le plancher vibrait au rythme de la musique et du brouhaha. Un peu partout, des grappes de filles entouraient des hommes à la musculature impressionnante.

Une simple recherche l'avait confortée dans sa décision d'aider Harley à atteindre son objectif. Comme elle avait souvent pu le constater depuis le début de sa carrière, c'était la personne la plus proche de lui qui l'en écartait involontairement. La famille est malheureusement bien souvent destructrice, et l'enfer est pavé de bonnes intentions.

Elle avait besoin d'approfondir ses connaissances sur le sport qu'il pratiquait, mais elle connaissait déjà Harley. Plus il essayait de dissimuler sa vraie nature, plus celle-ci était évidente, et l'épreuve qu'ils avaient traversée ensemble pendant la tempête l'avait doublement fait ressortir.

Harley avait besoin d'un sérieux recadrage, et elle était en mesure de le lui apporter.

Son attention fut soudain attirée par un homme qui donnait l'impression de superviser les choses. Elle se dirigea vers lui, mais alors qu'elle s'approchait, une femme aux cheveux châtain clair s'interposa délibérément avec un petit sourire circonspect.

— Bonsoir. Je peux vous aider ?

— Je ne sais pas, répondit-elle en reculant. Je cherche Harley Handleman. Son oncle m'a dit qu'il venait souvent ici.

L'homme qu'elle avait repéré passa devant celle qui venait de lui adresser la parole.

— Harley vous attend ? demanda-t-il.

— Euh... non. Il sera probablement surpris et ma visite risque de lui déplaire, mais je n'ai pas l'intention de l'agresser.

L'homme lui tendit la main en souriant.

— Je suis Roger Sims, le propriétaire de ce bar. Et voici ma femme, Camille, ajouta-t-il en passant un bras autour des épaules de la femme aux cheveux châtains.

— Enchantée, répliqua Stasia, un peu surprise par ces présentations alors qu'elle cherchait simplement Harley.

— Nous sponsorisons les combattants du SBC, expliqua Camille. Je suis la sœur de Dean Conor, alias le Ravageur.

— Oui, j'ai entendu Harley et Barber parler de lui, répondit Stasia.

— Vous connaissez aussi Barber ?

— Je l'ai rencontré à Echo Lake en même temps que Satch, quand on s'est retrouvés bloqués par une tempête de neige, Harley et moi.

— Alors vous êtes une amie, déclara Camille. J'espère que notre attitude ne vous a pas choquée, mais il arrive que des fans se montrent un peu… collantes.

— Je comprends parfaitement, et je vous promets de ne pas l'embêter.

— Je peux aller le chercher, si vous voulez, proposa Roger.

— Non, ce n'est pas la peine. Mais si vous arrivez à le repérer dans cette foule, je veux bien que vous me le montriez.

— Il est avec Barber. Ils étaient assis au fond de la salle, tout à l'heure.

— Harley vient de terminer une interview avec un journaliste, lui apprit Roger, et je crois qu'un photographe est toujours dans le coin.

Ah. Satch s'était peut-être trompé, ou bien il était parvenu à convaincre Harley de suivre le plan de carrière qu'il avait conçu. Cela ne changeait rien pour Stasia, car les projets qu'elle avait concernant Harley ne rejoignaient pas exactement ceux de Satch.

En fait, si Satch avait connu ses intentions, il aurait probablement tout mis en œuvre pour la faire repartir.

— Merci beaucoup de votre aide.

— Vous voulez me donner votre manteau ? s'enquit Roger. Je peux me charger de le mettre au vestiaire pour vous.

— Non, merci. Je n'en ai pas pour longtemps.

Elle agita la main et tourna les talons, mais vit du coin de l'œil Roger glisser quelque chose à l'oreille de Camille.

À propos d'elle ? Sans doute.

Atteindre le fond de la salle n'allait pas être une partie de plaisir. Elle devrait traverser la piste de danse et entrer en collision avec des myriades de corps virevoltants. Stasia remonta la bandoulière de son sac sur son épaule, serra son manteau par-dessus son jean et son pull à col roulé, baissa la tête et se fraya un passage à travers la marée humaine.

Parvenue de l'autre côté de la piste, elle s'adossa un instant à un pan de mur. Ce point de vue avantageux lui permettrait peut-être de localiser Harley sans se faire écraser. Elle scruta longuement la foule, et finit par apercevoir Barber. Assis à une petite table dans un coin reculé, il passait visiblement un moment agréable en compagnie d'une rousse, assise sur ses genoux.

Stasia les observa, fascinée par l'impudeur du spectacle qu'ils offraient. Personne ne semblait pourtant leur accorder la moindre attention.

Harley se livrait-il lui aussi à ce genre d'activités ? Stasia se surprit à souhaiter qu'il n'en fût rien. Soudain, au beau milieu d'un baiser vorace, Barber croisa son regard. La rousse voulut poursuivre, mais il l'écarta afin de dévisager Stasia.

Les joues brûlantes de confusion, elle leva la main pour lui faire signe, effroyablement gênée.

Barber, sidéré de la trouver là, tourna vivement la tête, parcourut la salle des yeux et s'immobilisa.

Stasia suivit son regard et découvrit Harley sur la piste de danse. Près de lui, une ravissante brune ondulait lascivement des hanches. D'une main, Harley entravait les poignets de la fille derrière son dos, tandis que son autre main reposait sur sa nuque. La brune plaquait sa bouche sur son cou avec l'avidité d'un vampire.

Stasia sentit son estomac se nouer, mais plaqua sur ses lèvres un sourire de façade et reporta son attention sur Barber. Prenant son courage à deux mains, elle se dirigea vers lui.

Barber se leva si précipitamment qu'il faillit faire tomber la fille qui était assise sur ses genoux.

— Anastasia ! Je ne savais pas que tu étais ici.

— Tu ne pouvais pas le deviner, répondit-elle. Excuse-moi de te déranger, Barber, je cherchais Harley, mais je vois qu'il est occupé. Tu veux bien lui transmettre un message de ma part ?

— Tu peux me le transmettre directement.

La voix d'Harley tira une grimace à Stasia, et l'expression épouvantée de Barber ne fut pas pour la rassurer.

11

Stasia raffermit son sourire de circonstance et se retourna.

— Salut, Harley.

Ses yeux bleus brillaient d'une chaleur intense. Ses cheveux blonds étaient ébouriffés et ses narines frémissaient. Il était si visiblement excité que Stasia se sentit subitement minuscule. Elle venait de le surprendre dans une situation plus qu'équivoque.

Et au beau milieu d'une piste de danse !

Oncle Satch n'aurait qu'à lui trouver un autre coach de vie. Elle n'était pas de taille à conseiller quelqu'un comme Harley.

— Stasia. Qu'est-ce que tu fais ici ? s'étonna-t-il.

La brune collée contre lui le couvait d'un œil de propriétaire. Un flash crépita, et Harley lança un regard si furieux au photographe que le pauvre type battit en retraite et se réfugia à l'abri de la foule.

Barber et sa compagne observaient la scène en silence.

Stasia se sentit toute nue. Le point de mire de tous. Face au peloton d'exécution. Mais elle redressa les épaules.

— C'est un bar privé ? rétorqua-t-elle. Je n'avais pas remarqué.

— Ce n'est pas ce que je voulais dire, répliqua Harley. Je ne m'attendais pas à ce qu'on se revoie, c'est tout.

— Je sais. Mais je ne suis pas là pour ça.

— Ah bon ?

— Écoute, pourquoi ne retournes-tu pas t'amuser ? dit-elle en désignant d'un hochement de tête la brune qui avait dû être sangsue dans une vie antérieure pour se coller à lui comme ça. On parlera demain matin. Tu as mon numéro, je crois ?

Elle n'eut pas le temps de reculer que les doigts d'Harley s'étaient déjà refermés sur son bras. Pas assez fort pour lui faire mal, mais suffisamment pour l'immobiliser.

Elle pouvait sentir le parfum de l'autre fille accroché à ses vêtements.

— Je préfère te parler maintenant, murmura Harley.

La situation était embarrassante.

Très embarrassante.

La brune s'était enfin décidée à le lâcher et attendait, bras croisés, de voir quel rôle on voudrait bien lui attribuer. Stasia se forçait tellement à maintenir son sourire en place qu'elle commençait à avoir mal aux joues.

— Ce ne serait pas correct, Harley. Tu n'es pas seul et ce que j'ai à te dire peut très bien attendre.

— Peut-être, mais pas moi.

Sans lâcher son bras, il pivota vers Barber et les deux filles.

— J'en ai pour une minute.

À peine ces mots eurent-ils franchi ses lèvres qu'il se reprit :

— Non, en fait, j'en ai pour au moins une heure ou deux.

— On peut remettre ça à plus tard, lança la brune.

— Pas la peine. Le photographe a eu tous les clichés qu'il voulait.

— Lui, peut-être, mais pas moi.

— Attends-moi là, dit Harley à Stasia d'un ton vibrant d'émotion.

— Bien sûr, je n'ai que ça à faire…

Le ton sarcastique de sa réponse le fit visiblement douter de ses intentions.

— Arrange-toi pour qu'elle reste là, ordonna-t-il à Barber en entraînant la brune à l'écart.

— Je l'enchaînerai, s'il le faut, lui assura celui-ci. Souris, ma belle, ajouta-t-il à l'intention de Stasia. Il ne s'intéressait pas à elle, de toute façon.

— Vraiment ? Il m'avait pourtant l'air très intéressé, sur la piste.

— Il faisait ça pour le photographe.

— Si tu le dis.

Apparemment, la brune n'était pas contente. Les mains sur les hanches, elle débitait une longue tirade. Harley secoua la tête et elle essaya de se plaquer à nouveau contre lui.

— Tenace, hein ? commenta Barber.

— Sacrément.

— Ça me plaît, chez une fille.

Stasia leva les yeux au ciel et, au même instant, Harley repoussa délicatement la brune. Il lui souleva le menton, prononça quelques mots qui suffirent apparemment à l'amadouer, puis revint vers Stasia.

Il ouvrit la bouche, mais elle parla avant lui.

— Tu as toujours l'art d'embobiner les femmes, à ce que je vois.

Barber éclata de rire, mais la rousse ne lui fit pas écho. Avec un regard de pure haine pour Stasia, elle quitta ses genoux.

— Eh ! lança Barber. Mais qu'est-ce que j'ai fait, moi ?

La rousse rejoignit la brune, et elles s'éloignèrent sans se retourner.

— Ça alors ! Je ne savais pas qu'il s'agissait d'une opération « les deux, sinon rien », marmonna Barber à l'intention de Stasia.

— Désolée, Barber.

— J'ai un faible pour les rousses, expliqua-t-il.

— Et les blondes, dit Harley. Et les brunes, faute de mieux.

— Je bandais déjà, moi !

Entendre Barber parler aussi crûment de sa sexualité mit Stasia mal à l'aise.

— C'est ridicule, déclara-t-elle. Je suis sincèrement désolée, Barber. Je n'avais pas l'intention de la faire fuir. Si je m'en vais, elle...

— Tu ne bouges pas d'ici, objecta Harley. Barber survivra.

— Meuh oui, lui assura celui-ci avec un clin d'œil. De toute façon, elle va sûrement revenir et en attendant, je dois parler avec plein d'autres nanas.

— On s'éparpille ? ricana Harley.

— Pas du tout. Je peux recruter un tas de filles pour passer une audition demain matin. Sois gentil, Harley, arrange-toi pour qu'elle n'en fasse pas fuir d'autres, conclut-il avant de les saluer et de disparaître.

Stasia le regarda s'éloigner… jusqu'à ce qu'Harley lui attrape le menton et amène son visage face au sien.

— Je n'aime pas trop que tu regardes Barber comme ça.

— Je ne le regardais pas *comme ça*. Je me disais simplement que… Il est très porté sur le sexe, non ?

— Ne t'inquiète pas de la sexualité de Barber, répondit-il avec un petit sourire en coin.

— Difficile de faire autrement. Ton ami se balade avec son sexe en bandoulière !

Harley demeura figé pendant ce qui lui parut une éternité, le dos bien droit, les yeux plissés, la dévisageant ouvertement. Stasia se tortilla sous son regard qui la transperçait comme un rayon laser.

— Ne parlons plus de lui, décréta-t-elle.

— Bonne idée.

— Tu sais, Harley, reprit-elle en le foudroyant du regard, je n'ai pas l'intention de rester plantée là pendant que tu t'amuses à m'intimider.

— Il n'est pas question d'intimidation. J'essaye simplement de prendre une décision.

— Laquelle ?

— Faut-il s'éclipser dans un endroit intime, ou est-il plus sage de s'attarder dans ce bar bondé avec toi ?

Plus sage ? Stasia redressa le menton.

— Calme-toi, Harley, je n'ai absolument pas l'intention d'attenter à ta pudeur. Je sais me tenir, *moi*.

— Je ne vois pas comment je pourrais me détendre alors que tu es là, dit-il d'un ton si peiné qu'Anastasia se radoucit.

— Je te fais peur à ce point ?

— Peur ? Non, répondit-il en baissant les yeux sur ses lèvres, avant de faire glisser son regard plus bas. Écarte un peu les pans de ton manteau…

— Certainement pas, rétorqua-t-elle en les resserrant.

— Ouais, il vaut peut-être mieux pas, acquiesça-t-il en inspirant à fond avant de poser les mains sur ses épaules. J'ai déjà du mal à me retenir de te toucher.

Barber n'était apparemment pas le seul à promener son sexe en bandoulière, ce soir !

— Harley, dit-elle d'un ton sévère en faisant passer alternativement son regard d'une de ses mains à l'autre. Tu es *déjà* en train de me toucher.

— C'est loin d'être le cas.

Stasia releva les yeux vers lui et fut troublée par son regard intense.

— Tu dis n'importe quoi, répliqua-t-elle d'un ton qui se voulait désinvolte. Qu'est-ce qui est loin d'être le cas ?

Ses pouces la caressaient, à présent.

— Si je te touchais vraiment, ce ne serait ni à cet endroit-là ni comme ça. Mais ce bar n'est sans doute pas l'endroit rêvé.

— Nous sommes parfaitement d'accord sur ce dernier point.

Harley balaya les alentours du regard et fronça les sourcils face au photographe qui avait trouvé le moyen de se rapprocher en tapinois.

— Viens.

— Où cela ?

— Dans un endroit plus intime.

— Certainement pas, trancha-t-elle en enfonçant ses talons dans le sol. Si tu as l'intention de…

— … poser les mains sur toi ? murmura-t-il en baissant les yeux vers elle.

— Voilà, marmonna-t-elle, submergée par une bouffée de chaleur.

— Pas tout de suite. Mais on est en train de réaliser un reportage sur moi et maintenant que tu as fait fuir le premier modèle, le photographe guette l'instant de prendre des photos de nous.

— Le modèle ? Tu n'étais pas vraiment avec cette fille ?

— C'est l'impression que tu as eue ?

— Complètement.

— Tant mieux, répondit-il avec un petit sourire satisfait. J'ai fait sa connaissance cinq minutes avant ton arrivée, et j'ai dansé avec elle pour que le photographe me laisse en paix.

Stasia n'aurait pas su dire si cela améliorait ou aggravait son cas.

— Mon pauvre Harley, tu subis une telle pression, ironisa-t-elle.

— Tu n'as pas idée, répliqua-t-il en lui soulevant le menton. Crystal prétendait me comprendre, mais elle n'était pas contente que sa soirée s'achève aussi tôt.

— Crystal t'a laissé un suçon dans le cou, fit-elle remarquer en haussant les sourcils.

— Ah bon ? s'étonna-t-il en portant la main à sa gorge, avant de la laisser retomber. Mais elle n'a pas effleuré mes lèvres et tu ne pourras pas utiliser cet alibi, cette fois.

— Quel alibi ?

— Que je devrai te placer en haut de la liste la prochaine fois que j'aurai envie de t'embrasser.

— Oh.

— J'ai envie de t'embrasser, Stasia, dit-il en contemplant ses lèvres. Et je vais le faire. Mais pas ici.

Une fois de plus, elle résista à son effort pour l'entraîner.

— Harley, je t'ai déjà dit que je ne suis pas ici pour ça.

Visiblement mécontent, il leva les yeux au plafond et posa les mains sur ses hanches comme s'il comptait dans sa tête.

— Tant pis, marmonna-t-il.

— Quoi ?

Il haussa les épaules.

— Photographe ou pas, que tu sois ici pour ça ou pas, ça ne m'empêche pas d'avoir envie de t'embrasser, déclara-t-il en se rapprochant d'elle.

— Attends une minute, protesta Stasia en essayant maladroitement de reculer sur la piste noire de monde.

Harley riva son regard au sien et avança d'un pas chaque fois qu'elle en fit un en arrière.

— Je te fais peur ? demanda-t-il.

— Non, mais je connais mes limites.

— Tu veux dire que tu n'as pas envie de m'embrasser ?

— Je refuse de répondre à cette question, Harley. Le cinquième amendement m'y autorise.

Son dos rencontra le mur, et elle comprit qu'elle ne pouvait plus reculer.

— *Harley*... le prévint-elle d'un ton lourd de menace.

— *Stasia*... répliqua-t-il sur le même mode.

Il était si près qu'elle fut obligée de renverser la tête en arrière.

— Je ne crois vraiment pas...

— On avait passé un accord, l'interrompit-il.

— Oui, je sais, admit-elle en s'efforçant de ne pas penser à quel point elle avait envie qu'il l'embrasse. On avait décidé de ne plus jamais se revoir. Je m'en souviens, crois-moi.

Il plaqua les mains sur le mur, de part et d'autre de son visage.

— Mais tu es là.

— Si tu arrêtais de faire exprès de m'embrouiller, je pourrais t'expliquer pourquoi.

L'attention d'Harley était exclusivement concentrée sur ses lèvres.

— Pas maintenant, dit-il en se penchant vers elle. Je t'ai fait mes adieux, ajouta-t-il juste avant que ses lèvres effleurent les siennes. Et les choses étaient censées en rester là. Alors ne me demande pas de reculer. Pas cette fois.

Ce baiser fut... exactement tel qu'Harley en avait conservé le souvenir. Lorsqu'il embrassait Stasia, il avait l'impression de faire quelque chose de parfaitement naturel, comme respirer ou dormir – mais dans une version nettement plus énergisante.

Il cueillit son visage entre ses mains et l'inclina de façon à l'embrasser plus commodément. Elle entrouvrit les lèvres, et il approfondit son baiser pour retrouver la saveur de sa bouche. Il avait eu l'intention de l'embrasser lentement, mais une irrépressible frénésie s'empara de lui et l'incita à la dévorer. Malgré l'épaisseur de son manteau, il sentait son cœur battre follement contre son torse.

Il lui avait demandé de garder ses distances…

Et il était merveilleusement heureux qu'elle lui ait désobéi.

Il enfouit les mains dans ses cheveux et l'embrassa jusqu'à ce qu'ils soient tous deux à bout de souffle.

Les doigts de Stasia agrippèrent le devant de sa chemise, comme pour l'attirer plus près, alors qu'ils étaient déjà collés l'un à l'autre. Harley l'imagina étendue sur un lit, nue, prête à l'accueillir…

— Dis-moi, Stasia, murmura-t-il en s'écartant, tu as une chambre quelque part ?

— Pas encore, répondit-elle en rapprochant ses lèvres.

À peine arrivée, elle était donc venue tout droit au Roger's Rodeo pour le retrouver ? Cette idée l'excita.

À moins qu'elle n'ait pas pris de chambre parce qu'elle avait l'intention de repartir aussi vite qu'elle était arrivée ? Cette idée lui déplut.

— Il faut qu'on te trouve une chambre, dit-il entre deux baisers. Tout de suite.

— Tout de suite ?

Il comprit qu'elle n'était pas sur la même longueur d'onde que lui. Mais, bien qu'il sût que c'était mufle de sa part, il ne put s'empêcher d'insister.

— Oui, Stasia. Tout de suite, déclara-t-il en plongeant le regard dans ses yeux entrouverts. À moins que tu ne préfères que je te prenne ici ?

— Que tu me…

Elle le repoussa, visiblement fâchée.

— Ne sois pas absurde, Harley.

— *Absurde ?* Tu en as autant envie que moi !

— C'est vrai que j'en ai envie, admit-elle avec sa franchise habituelle. Mais toi ? Aurais-tu oublié tes préférences ?

— Non.

Ce n'était pas près de se produire. L'idée de Stasia écartelée devant lui, les membres entravés, s'offrant totalement à lui l'excita puissamment. Il lui caressa la joue.

— Je te jure que tu vas adorer ça.

Les mains à plat sur son torse, elle laissa échapper un rire perlé.

— Désolée, Harley, mais ça n'arrivera pas.

Harley ne doutait pas de la faire changer d'avis. Étant donné la façon dont elle avait répondu à son baiser et puisqu'elle venait d'avouer qu'elle avait envie de lui, ce n'était qu'une question de temps.

Elle lui sourit du coin des lèvres.

— Je n'ai pas arrêté de te répéter que je ne suis pas ici pour ça.

— Je ne suis pas certain de te croire.

Pour quelle autre raison serait-elle venue ?

Elle passa les mains derrière son dos et s'adossa au mur dans une attitude plus détendue.

— Je suis venue dans un but professionnel.

Une sensation proche de la déception le frappa de plein fouet.

— Professionnel ?

— Oui. Ici même, à Harmony, acquiesça-t-elle.

— À Harmony ?

Qu'est-ce qui lui prenait de répéter tout ce qu'elle disait comme un perroquet ?

— Parfaitement.

La colère raidit sa colonne vertébrale.

— Avec qui vas-tu travailler ?

— Figure-toi, Harley, répondit-elle dans un sourire qui creusa des fossettes sur ses joues et qui eut le don de l'inquiéter vivement, que c'est avec toi.

Harley recula – et un flash crépita dans sa vision périphérique. Le photographe rôdait toujours et il venait de le surprendre en état de choc.

Pour un homme qui s'applique en permanence à masquer ses émotions, se retrouver ainsi exposé, surpris dans un moment où il avait provisoirement le dessous, était tout simplement intolérable.

Il fallait qu'il remédie à cela. Qu'il remédie à la situation dans laquelle Stasia venait de le mettre.

La posséder, une bonne fois pour toutes, serait sans doute le meilleur moyen de se débarrasser d'elle. Oui, la posséder comme il rêvait de le faire depuis des semaines, et ne plus jamais penser à elle après cela. Voilà ce qu'il allait faire.

— Je vois, répliqua-t-il en lui souriant.

Barber s'accouda au bar et commanda une bière. Ce serait la troisième ce soir, et il prit mentalement note de demander à quelqu'un de le raccompagner à l'hôtel. Une femme, de préférence. Dans le pire des cas, il se contenterait d'un des combattants qui ne buvaient jamais d'alcool.

Harley avait raison, finalement. Depuis qu'il s'était lancé à fond dans la carrière musicale, il n'était plus aussi résistant. Il y avait moins de cinq ans de cela, enchaîner deux nuits blanches coup sur coup ne lui faisait pas peur.

Surtout lorsque Dakota lui tenait compagnie.

Aujourd'hui, Dakota était mariée avec un mec génial, et quand il faisait un peu trop la bringue, il traînait une gueule de bois épouvantable toute la journée suivante.

— Merde ! lâcha-t-il.

— Pardon ? fit une petite voix près de lui.

Barber baissa les yeux et découvrit une petite bonne femme au nez rosi de froid et aux lèvres gercées, emmitouflée de la tête aux pieds dans un épais manteau. Le plus ridicule de tous les chapeaux qu'il eût jamais vus surmontait sa tête.

Éberlué, il s'absorba dans la contemplation de cet incroyable couvre-chef. Composé d'un agencement asymétrique de velours noir et de feutrine, il était bordé d'un volant plissé ponctué d'un ruban de soie et, comme si cela ne suffisait pas, surmonté d'une plume de paon.

La propriétaire du chapeau toussota, et Barber scruta son visage. Elle sortait visiblement du froid car ses lèvres tremblaient.

Elle devait être assez potelée. Bien que ce fût difficile à affirmer, avec ce manteau qui lui descendait plus bas que les genoux. Elle le dévorait de ses grands yeux verts. Ses joues et son menton ronds lui donnaient un air espiègle.

En dépit de son allure vaguement débraillée, tout en elle hurlait l'élégance, depuis son maquillage sophistiqué jusqu'à ses mains impeccablement manucurées, qu'elle serrait l'une contre l'autre pour les réchauffer.

Elle ne ressemblait absolument pas aux femmes qui retenaient habituellement son attention… exception faite de sa magnifique chevelure rousse. Sous cet improbable galure, elle se répandait dans son dos et sur ses épaules en une cascade ondulée.

Elle était fascinante.

Vivement intéressé, Barber sentit une sensation d'alchimie immédiate s'élever entre eux et soutint son regard.

— Bien le bonsoir, modula-t-il suavement.

— Vous avez dit un gros mot, commenta-t-elle après avoir bruyamment dégluti.

Barber posa les pieds sur le barreau de son tabouret et cala les coudes sur le bar.

— Ça ne t'était pas adressé, ma belle. Je ne savais même pas que tu étais derrière moi.

— Oh.

Elle passa nerveusement la langue sur ses lèvres.

— Tu ne devrais pas faire ça.

— Quoi donc ? demanda-t-elle, interloquée.

— Lécher tes lèvres comme ça.

Le simple fait de prononcer ces mots lui contracta l'estomac.

— Elles sont déjà gercées, précisa-t-il. Si tu les lèches, ça ne fera qu'empirer.

— Oh.

Elle se repassa la langue sur les lèvres.

Barber plissa les yeux et s'abstint d'émettre une autre réflexion contenant les mots *lécher* ou *lèvres,* sous peine de déclencher une réaction enthousiaste au niveau de son entrejambe.

— Je peux faire quelque chose pour toi ? demanda-t-il.

Elle redressa les épaules, ce qui eut pour effet de projeter sa poitrine en avant.

— Je suis venue pour l'audition.

Quand Barber voulut répondre, elle leva la main devant elle.

— Je sais, je suis épouvantablement en retard et je m'en excuse. Les transports collectifs ne sont pas des plus fiables et je n'ai pas de voiture en ce moment. J'ai perdu plusieurs minutes à obtenir de l'employé du vestiaire qu'il garde ma valise et vous trouver au milieu de cette foule ne fut guère aisé.

Elle débitait à toute allure un bavardage inepte et Barber avait toujours eu horreur des bavardages ineptes. Pourtant, venant d'elle, il trouva cela... mignon.

— On dirait que tu en as bavé, hein ?

— Des contretemps irritants au possible ont fini par me retarder. Je désire néanmoins passer l'audition et vous devez absolument m'entendre. J'ai conscience de m'imposer et j'en suis navrée. Mais puisque je suis ici et que vous êtes là également...

Barber se pencha vers elle, si près qu'il aurait pu l'embrasser.

— D'accord, chuchota-t-il.

— D'accord ?

Il haussa les épaules et, pour lui éviter de se trouver mal ou de se sauver en courant, il se redressa.

— Rien qu'à cause du chapeau qui est planté sur ta tête, je t'écouterai.

— Oh, dit-elle en portant les mains à son chapeau. Merci.

— Vas-y, lança Barber après avoir sifflé le reste de sa bière d'un trait.

Elle écarquilla les yeux, laissa retomber ses mains et regarda autour d'elle.

— *Ici ?*

Les femmes réservées l'excitaient rarement – voire jamais. Mais là, sa timidité le bouleversa complètement.

— Pourquoi pas ? s'enquit-il en guettant avidement sa réaction.

— Mais... je croyais que... c'est-à-dire...

Sa lèvre inférieure se mit à trembler.

— Je préférerais vraiment faire ça dans un endroit plus intime, ajouta-t-elle d'un ton suppliant.

Une telle déclaration méritait une autre bière, et il fit signe au barman de remplir son verre.

— D'accord. J'achète, céda-t-il en replaçant ses coudes sur le comptoir et en écartant les genoux.

La fille posa aussitôt le regard sur son entrejambe, avant de le faire remonter sur son visage à la vitesse de la lumière. Deux ronds pourpres se détachaient sur ses joues pâles.

— Je suis partant, enchaîna Barber qui s'amusait de plus en plus, mais quel degré d'intimité envisages-tu ?

Elle pinça les lèvres et le regarda bien en face.

— Je chanterai pour vous dans un endroit disposant d'une acoustique adéquate et où je ne risque pas d'être déconcentrée par le bruit ambiant.

— Tu es peut-être un peu déboussolée, poupée…

— Malgré tout le respect que je vous dois, je vous ferais remarquer que je ne suis pas votre poupée et que je ne vous ai pas autorisé à me tutoyer. Je ne trouve pas cela très professionnel.

Barber posa la main sur son cœur.

— Vous m'en voyez profondément affligé, gente dame.

— Quoi ?

Barber descendit de son tabouret et, chancelante, elle recula de plusieurs pas.

— Écoute-moi bien, *pupuce*. Je suis comme je suis et je parle comme je veux. Si tu veux entrer dans mon groupe, faudra t'y faire.

Son petit menton dodu se redressa fièrement.

— Très bien.

— On a l'habitude de jouer dans des bars. Si le bruit te dérange, c'est un vrai problème, et ça veut dire que tu n'es pas taillée pour être chanteuse.

Ses lèvres formèrent un pli dur et le rouge de ses joues s'intensifia.

— Je vois…

— Si le bruit t'intimide, tu ne peux pas espérer…

— C'est bon, j'ai compris. Je ne suis pas sourde, coupa-t-elle.

Oh non ! Barber vit les larmes briller entre ses cils, pria pour qu'elles ne coulent pas, mais elle cligna des yeux et les larmes se répandirent sur ses joues jusqu'aux coins de son adorable petite bouche.

— Tu pleures, dit-il quand elle essuya son visage.

— Pas du tout !

— Ben si, insista-t-il, interloqué.

Elle renifla et se mit à fouiller dans ses poches.

— Faites comme si vous n'aviez rien vu, s'il vous plaît. Je suis fatiguée, c'est tout.

Barber ramassa une serviette en papier sur le bar et la lui tendit.

— C'est pas vraiment évident de ne pas voir une minette qui chiale comme une madeleine.

Elle devint aussitôt raide comme un piquet.

— Je ne suis pas une *minette,* et je ne chiale pas comme une madeleine !

— D'accord, admit-il posément. Tu n'es pas une minette. Tu es même une vraie sorcière.

— Non mais, dites donc...

Soulagé de voir la colère remplacer ses larmes, Barber réprima un sourire et l'observa tandis qu'elle se mouchait bruyamment.

— Ça va mieux ?

— Ce ne sont pas vos affaires, répliqua-t-elle furieusement, la serviette en papier désormais roulée en boule dans son poing serré. Je peux chanter pour vous, maintenant ?

Elle devait plaisanter. Barber fit jouer sa mâchoire.

— Je crois qu'au point où nous en sommes, c'est moi qui vais avoir besoin d'intimité. Viens, ajouta-t-il après avoir cherché Roger du regard.

12

Barber joua des coudes parmi la foule compacte et lorsqu'il s'arrêta devant Roger, la fille entra en collision avec son dos. Les yeux fermés, il compta jusqu'à cinq avant de lui faire face.

— Tu as réussi à me suivre, on dirait.

— Vous êtes plus grand que moi, rétorqua-t-elle d'un ton accusateur après avoir bondi en arrière. C'était plus facile pour vous d'y voir clair et si je ne vous avais pas serré de près, je vous aurais perdu.

— Je comprends, répondit-il en se tournant vers Roger avec un regard qui disait « Aide-moi, je t'en supplie ». Tu n'aurais pas une salle où on pourrait s'isoler un moment ?

Roger jeta un coup d'œil à la fille, puis à Barber.

— Sérieux ? s'enquit-il, se méprenant sur ses intentions.

— Pour une audition, Roger ! répliqua-t-il en levant les yeux au ciel. Si elle fond encore en larmes par ta faute, je t'éclate la tête.

— Elle a pleuré ? demanda Roger en la regardant plus attentivement.

La fille piqua un tel fard que Roger sourit.

— Ne faites pas attention à lui, c'est un ours, dit-il en désignant Barber et en tendant la main vers elle, et veuillez accepter mes excuses si je vous ai involontairement offensée.

— Merci, répondit-elle en acceptant sa poignée de main. Vous êtes le propriétaire du bar, je présume ? ajouta-t-elle d'un ton de jeune fille bien élevée.

— Roger Sims, pour vous servir.

— Jasmine Petri. Enchantée de faire votre connaissance, monsieur Sims.

— Appelez-moi Roger. Les amis de Barber sont mes amis.

— Merci, Roger. Mais M. Henry et moi ne sommes pas exactement amis. Pas encore.

Barber eut soudain envie de choquer leurs têtes l'une contre l'autre.

— Bon, ça ne vous ferait rien de mettre vos salamalecs en veilleuse, là ?

— Je vois tout à fait ce que vous voulez dire, Roger, déclara Jasmine avant de se tourner vers Barber. Désolée que la courtoisie la plus élémentaire vous démoralise à ce point.

Roger éclata de rire. Barber le fusilla du regard, puis se retourna vers Jasmine.

— Tu veux passer l'audition, oui ou non ?

— Avec grand plaisir.

— Roger, tu me donnes une salle, oui ou non ?

— Avec grand plaisir, répliqua-t-il du même ton que Jasmine. Suivez-moi.

Armé d'un lourd trousseau de clefs, il les conduisit jusqu'à une porte débouchant sur un long couloir.

— Prenez celle que vous voulez. Je refermerai derrière vous, mais vous pourrez ouvrir de l'intérieur sans problème.

— Merci beaucoup, dit Jasmine en lui tendant à nouveau la main. J'apprécie infiniment votre aide.

— Tout le plaisir est pour moi, Jasmine. Bonne chance, pour l'audition.

Avant qu'elle ait eu le temps de répondre, Barber l'avait attrapée par le bras.

— Si tu y tiens tant que ça, autant s'y mettre tout de suite.

Roger referma la porte en souriant. Il voyait des étincelles dans l'avenir de Barber et cette perspective lui plaisait. Un rien l'amusait ces derniers temps, sans doute parce qu'il nageait en plein bonheur. Le chiffre d'affaires de son bar et de son hôtel avait quadruplé en un temps record. Mais son plus grand bonheur, c'était d'avoir épousé la femme de ses rêves.

La vie était si belle que cela l'effrayait parfois. Il avait commis des erreurs par le passé, des erreurs qu'il regrettait amèrement, et il n'était pas certain de mériter une femme comme Camille. Mais il l'avait épousée et il ferait tout ce qui était en son pouvoir pour la rendre heureuse.

Il aperçut son adorable épouse qui bavardait avec son frère, Dean, et sa belle-sœur Ève. Tout en se rapprochant d'elle, il admira les lignes gracieuses de son corps, la séduisante ondulation de ses cheveux châtain clair et le galbe que ses hauts talons donnaient à ses jambes, et sentit son cœur palpiter comme au premier jour. Il l'encercla de ses bras et déposa un baiser au creux de son cou. Il aimait Camille à en avoir mal, et adorait cette souffrance car il n'aurait pas pu vivre sans.

Cam se retourna et lui sourit.

— Roger, dit-elle en posant la main à l'endroit où il venait de l'embrasser. Qu'est-ce qui t'arrive ?

— Je suis un homme heureux, et je le sais.

Dean sourit et prit sa femme par la taille.

— Si j'avais un verre, je te proposerais de porter un toast aux hommes heureux.

— Bravo ! s'exclama Ève.

— Il est minuit, annonça Roger à Cam. Tu ne veux pas aller te coucher ? Je reste ici une petite demi-heure et je rentre.

— Tu ne fais pas la fermeture ?

— Si j'ai engagé un manager, répondit-il en embrassant le bout de son nez, c'est justement pour qu'il se charge de ce genre de choses.

— Je veux bien rentrer, dit Ève en étouffant un bâillement.

— Moi aussi, fit Dean.

— Moi, je ne suis pas du tout fatiguée, déclara Cam. Allez-y, je rentrerai avec mon mari.

— Tu es sûre ? demanda Roger qui adorait l'entendre prononcer ces mots.

— Oui. Je te donnerai un coup de main.

— D'accord, acquiesça-t-il, ravi à l'idée de passer quelques minutes supplémentaires avec elle. À plus tard, vous deux, lança-t-il à Dean et Ève qui s'apprêtaient à partir.

Cam et lui se dirigèrent vers le bureau. Une fois à l'intérieur, Roger lui sourit et verrouilla la porte.

— Qu'est-ce que tu fais ?

— Je remets le travail à plus tard, répliqua-t-il en s'approchant d'elle, bras écartés. Est-ce que je t'ai dit que tu es plus belle de jour en jour ?

— Je crois que le mariage me réussit, admit-elle avec ce doux regard qui le faisait fondre. D'autant que tu me fais des compliments en permanence.

— Je me contente de dire la vérité, corrigea-t-il en l'embrassant derrière l'oreille. Je te dirai toujours la vérité, je te le jure.

— Je sais, soupira-t-elle. Je t'aime, Roger.

Dieu merci. Roger ne répondit pas. Il en était incapable. Il s'empara de sa bouche dans un baiser fougueux. Dussent-ils vivre jusqu'à cent ans, il n'arriverait jamais à tenir l'affection de Cam pour acquise.

Elle représentait trop de choses pour lui.

Plusieurs portes s'alignaient dans le couloir. Barber lança un coup d'œil derrière chacune d'elles, avant de jeter son dévolu sur une salle entièrement vide à l'exception de quelques chaises. Il alluma la lumière, souleva la première chaise d'une pile et s'assit dessus à califourchon.

— Ici, ce sera très bien, décréta-t-il.

Jasmine contempla le plafond, avant de se forcer à poser les yeux sur lui.

— N'oubliez pas que l'acoustique d'une salle peut affecter une performance.

— C'est noté, répondit-il en croisant les bras sur le dossier de la chaise. Dis donc, Jasmine, tu ne crois pas que tu pourrais enlever ton manteau, que je te voie un peu ? Histoire de voir la présence que tu dégages sur scène, tu comprends ? précisa-t-il d'une voix rauque.

Jasmine resserra les pans de son manteau autour d'elle, puis se ressaisit, hocha la tête et retira son chapeau. De sa main libre, elle ébouriffa ses cheveux, secoua la tête et les laissa retomber dans son dos.

Sa chevelure était magnifique. Sous la lumière de l'unique ampoule qui pendait du plafond, ses longues boucles prenaient des reflets éclatants et révélaient les nuances chatoyantes de leur couleur – doré, auburn, cuivre, feuille morte. Barber se demanda ce qu'il ressentirait si ces cheveux soyeux caressaient sa peau nue. Jasmine serait nue elle aussi, et…

Il se secoua.

Il ne disposait pas encore du matériau nécessaire pour l'imaginer toute nue. Il retint son souffle et attendit qu'elle défasse lentement – si lentement qu'il eut l'impression d'assister à un strip-tease – les boutons de son manteau.

L'exercice lui prit si longtemps que Barber était à deux doigts d'exploser d'impatience quand elle se décida enfin à faire glisser la lourde pelisse sur ses épaules. Elle pivota aussitôt sur elle-même, n'offrant à sa vue que le revers de son corps aux courbes généreuses, recouvert d'une longue jupe et d'un pull ample.

Elle plaça son manteau à côté du chapeau sur la pile de chaises, hésita, hésita encore, puis se tourna enfin vers lui.

Barber eut l'impression que son jean allait exploser. Sa poitrine généreuse rendait son pull sage plus sexy qu'un body, et l'arrondi de ses hanches faisait mentir la coupe droite de sa jupe.

Tandis qu'il s'immergeait dans cette vision éblouissante, elle rabattit ses cheveux en arrière, joignit les mains devant elle et sourit.

Alors, elle se mit à chanter.

Barber sursauta, brutalement ramené à la raison de leur présence dans cette salle. Mais lorsque son attention se détacha de son corps pour s'intéresser à sa voix, il fut forcé d'admettre qu'elle était exceptionnelle.

C'était *la* voix qu'il cherchait.

Il ne savait que trop bien que chanter *a capella,* sans échauffement, dans une toute petite pièce et sans micro, n'est pas à la portée du premier venu.

Pour une toute petite bonne femme, Jasmine avait un sacré coffre.

Pour une toute petite bonne femme qui fond en larmes à la première contrariété, son maintien était remarquablement assuré.

Barber se détendit et se laissa aller au plaisir de l'écouter.

Jusqu'à ce qu'il réalise le dilemme auquel il se retrouvait confronté.

Il avait juré de ne jamais coucher avec un membre féminin de son groupe.

Or, Jasmine était la chanteuse dont il rêvait depuis que Dakota avait quitté le groupe. Elle avait tout : le talent, la puissance, la grâce, l'originalité…

Quelle décision devait-il prendre ?

Quand elle eut terminé sa chanson, Jasmine sentit la timidité reprendre possession d'elle. C'était toujours comme ça. Lorsqu'elle chantait, elle s'oubliait complètement. Mais sous le regard de Barberosa Henry, elle eut soudain envie de disparaître dans un trou de souris.

Elle sentit des larmes lui picoter les yeux. Toute sa vie, elle avait dû lutter contre cette propension à pleurer pour un rien. Joie, tristesse, colère, peur… À la moindre émotion, elle se transformait en fontaine.

C'était humiliant.

Surtout en présence de son idole.

— Bien, déclara-t-il soudain.

Elle sursauta, et le soulagement qui la submergea faillit lui faire perdre l'équilibre.

— Merci.

Elle avait dit cela d'une voix si tremblante qu'il fronça les sourcils.

— Un problème ? s'enquit-il.

— Non, rien, répondit-elle en secouant la tête, horrifiée par sa voix de grenouille terrorisée.

— Tu ne vas pas te remettre à pleurer, j'espère ? dit-il en se levant.

— Non, non…

Elle ne pleurerait pas, elle ne pleurerait pas... Dieu merci, la vague d'émotion décrut.

— Je suis un peu fatiguée, c'est tout, assura-t-elle avec un sourire hésitant.

— Si tu penses être d'attaque, dit-il d'un ton rude, il faut qu'on discute d'un certain nombre de choses.

Pitié, faites qu'il m'engage... Jasmine serra les genoux, joignit les mains et redressa les épaules.

— Allez-y, je vous écoute.

Au lieu de parler, Barberosa se mit à marcher lentement autour d'elle. Sous son regard scrutateur, Jasmine sentit sa gorge se nouer.

— Qu'est-ce qu'il y a ? explosa-t-elle comme il ne se décidait toujours pas à parler.

— Le groupe a une image.

— Je sais, acquiesça-t-elle en hochant vivement la tête. Je vous suis depuis un moment déjà. La première fois que je vous ai entendus jouer, c'était dans un bar il y a cinq ans.

— Vraiment ? fit-il en s'adossant au mur et en croisant les bras sur sa poitrine. Ça ne devait pas être bien fameux, j'imagine ?

— Ce n'était pas mal du tout, corrigea-t-elle, bien qu'elle n'eût conservé qu'un souvenir très flou de sa performance.

— Le spectacle t'avait plu ?

Plu ? Doux euphémisme ! Elle était tombée folle amoureuse de lui.

— Vous m'avez tous bluffée !

— Tu ne devais pas être bien vieille, il y a cinq ans, fit-il remarquer en la dévisageant.

— J'avais dix-sept ans. On m'avait convaincue de falsifier ma carte d'identité, précisa-t-elle en souriant, et j'étais allée dans ce bar avec des copains.

— C'est ton petit copain qui t'avait dit de faire ça ?

— Ex-petit copain, aujourd'hui. Mais oui, c'était son idée.

— Pour te faire boire et obtenir de toi ce qu'il voulait, hein ? demanda-t-il en la dévisageant de ses grands yeux sombres.

Le souvenir de ce qui s'était passé ce soir-là était toujours aussi pénible, mais Jasmine s'éclaircit la gorge et fit bravement face.

— Je ne vois pas en quoi cela vous regarde, mais je ne pourrais pas garantir qu'il avait ou non une idée derrière la tête. Peu de temps après, on s'est séparés.

— Ah. Divergence d'opinion, peut-être ?

Sa curiosité la surprit et l'amena à baisser sa garde.

— En fait, il était venu dans ce bar essentiellement pour boire, alors que moi, j'avais surtout envie de vous écouter. Il s'est saoulé et j'ai appelé un taxi pour rentrer chez moi.

— Mais avant cela, tu nous as écoutés.

— J'étais tellement prise par votre musique que je n'ai pas fait attention à ce que faisait Barry.

— Barry ? C'est quoi ce nom ronflant ?

— Il est banquier, aujourd'hui.

Barberosa ricana.

Cet homme était vraiment bizarre. Jasmine prit une profonde inspiration avant de poursuivre :

— D'autres fois, je vous ai vu chanter en duo avec une femme et j'ai encore plus adoré, mais elle n'était pas toujours avec vous.

— Tu nous as vus plusieurs fois ?

— Chaque fois que j'ai pu. Cette femme était vraiment géniale !

— Elle s'appelle Dakota. C'est la meilleure.

L'espoir de Jasmine diminua, mais elle s'accrocha.

— J'ai lu une interview de vous, récemment, dans un magazine spécialisé, et j'ai appris que vous aviez signé un contrat avec le SBC pour composer les thèmes musicaux des combats.

— Les enregistrements studio étaient un grand moment !

— Mais vous aimez toujours vous produire sur scène ?

— J'aime garder le contact avec mes racines, ouais.

— Dans cette interview, vous disiez aussi chercher une chanteuse pour le groupe.

— Tu as quoi, maintenant ? s'enquit Barberosa au lieu de répondre. Vingt-deux ans, c'est bien ça ?

— Oui.

— Tu es encore une gamine.
— Je suis majeure.
— À peine, rétorqua-t-il en haussant un sourcil.
— Qu'est-ce que ça peut faire ? répliqua-t-elle en avançant vers lui. Vous m'engagez comme chanteuse, oui ou non ?
Barberosa se décolla lentement du mur.
— Est-ce que tu sens l'alchimie sexuelle qu'il y a entre nous ?
L'alchimie sexuelle ?
— Qu'est-ce que vous racontez ?
— Tu ne sens pas ? demanda-t-il en agitant la main. Moi, ça me démange grave.
— Je n'ai rien remarqué, répondit Jasmine en plaquant la main sur son cœur.
— Mais maintenant, tu le sens, dit-il en s'approchant.
Jasmine estima préférable de reculer.
— Mais, mais… balbutia-t-elle. Nous n'avons même pas été présentés !
Comme si elle ne savait pas déjà tout ce qu'il y avait à savoir sur Barberosa Henry ! Cela faisait cinq ans qu'elle était folle de lui.
Mais elle connaissait à présent la puissance qu'il dégageait de près. La façon dont il la prenait au piège de ses grands yeux sombres.
C'était troublant… et très excitant.
Sans qu'elle sût comment, Barberosa avait saisi sa main et elle ne pouvait plus reculer.
— Tu t'appelles Jasmine Petri, dit-il avec un sourire malicieux. Je t'ai entendue le dire à Roger tout à l'heure. Et moi, tu sais déjà que je m'appelle Barber.
— Barber ? répéta-t-elle d'une voix chevrotante. C'est le diminutif de Barberosa, j'imagine ? C'est original.
Et très séduisant, ajouta-t-elle pour elle-même.
— J'avais demandé votre nom au barman la première fois que je vous ai entendu, et il m'avait dit que vous vous appeliez Barberosa, se mit-elle à débiter à toute allure.
— *Si* tu fais partie du groupe, l'interrompit-il sans lâcher sa main, tu devras te décider à me tutoyer et revoir sérieusement ta façon de t'habiller.

Jasmine baissa les yeux sur ses vêtements.

— Ma tenue ne vous plaît pas ?

— Tu ressembles à une maîtresse d'école. Aux formes épanouies, précisa-t-il avec un sourire.

Épanouies. Non mais, quel toupet ! Sous le coup de l'injure, Jasmine frémit et oublia la fascination qu'il lui inspirait.

Elle ne supportait pas la moindre réflexion concernant son poids, et elle ne permettrait pas plus à Barberosa Henry qu'à quiconque de se moquer de ses bourrelets.

— Autant mettre les choses au point tout de suite : je refuse de suivre un régime.

Il porta la main à ses lèvres pour déposer un baiser sur ses doigts, ce qui ne fit que l'irriter davantage.

— Pas la peine de t'exciter comme ça, dit-il en plaçant sa main sur son épaule. Je ne te demanderai pas de changer quoi que ce soit au niveau de ton corps. Juste l'emballage.

Jasmine sentit sa langue se coller contre son palais, et elle fut incapable de lui faire remarquer que ses exigences étaient absurdes.

Elle savait qu'en tombant amoureuse de sa musique, elle était aussi tombée amoureuse du chanteur. Rien d'étonnant à cela, il produisait cet effet-là sur toutes les femmes. Il faut dire que Barberosa avait une façon si intime de chanter… Sa voix grave et puissante avait un tel accent de sincérité qu'elle s'infiltrait dans le cœur d'une femme.

Se retrouver face à lui n'avait fait qu'amplifier ses sentiments. Il était si grand, si musclé… Toute sa personne irradiait de testostérone et de sensualité. Sa manière de bouger, de parler… Cette façon qu'il avait de la regarder…

Jasmine éprouva des difficultés à remplir ses poumons d'oxygène. Elle écarta les mains et fit un pas en arrière.

— Euh… Barberosa…

— C'est marrant, gloussa-t-il, tu me fais penser à ma mère quand tu m'appelles comme ça.

— Oh.

À sa *mère* ? Mon Dieu. Il devait bien en avoir une. Mais Jasmine n'arrivait pas du tout à l'imaginer.

— Sois gentille, reprit-il en lui caressant la joue de son pouce. Appelle-moi Barber. Et dis-moi « tu ».

— Je tâcherai de m'en souvenir. Quel genre de vêtements voudrais-tu que je porte, Barber ? s'enquit-elle d'un ton faussement détaché.

Il la contempla un instant.

— Quelque chose qui révèle un peu plus de peau. Surtout le décolleté, ajouta-t-il en attardant son regard sur ses seins. Ça te pose un problème ?

— Non.

Elle envisagerait cela comme un costume de scène. Tous les artistes en ont un.

— Tant mieux, dit-il en lui prenant la main pour l'entraîner vers la porte. Eh bien, je crois qu'on va en rester là, sinon je risque de prendre la mauvaise décision.

— La mauvaise décision ?

Il s'immobilisa, mais ne se retourna pas vers elle. Jasmine attendit, mais il restait là, comme en proie à un combat intérieur. Finalement, il lui jeta un coup d'œil par-dessus son épaule.

— J'ai bu trois bières ce soir, déclara-t-il.

— Ah.

Pourquoi lui disait-il cela ?

— Je ne suis pas saoul, loin de là, mais je ne laisse jamais une réflexion sérieuse au hasard.

— Une réflexion sérieuse ?

Il se retourna brusquement.

— Jasmine Petri, tu me fais complètement craquer.

— Oh ! s'exclama-t-elle en faisant un bond en arrière.

Lui demeura immobile, comme rivé sur place.

— Le truc, c'est que je ne mélange jamais musique et plaisir. Alors, avant de faire quelque chose de stupide comme d'essayer de te séduire – ce que je regretterai forcément demain quand je serai obligé de reprendre les auditions –, je me dis qu'il vaut mieux sortir d'ici en vitesse, histoire de ne pas céder à la tentation.

L'incrédulité lui brouilla la vue.

— Espèce de sale prétentieux !

— J'ai été trop honnête, peut-être ?

— Tu t'imagines qu'il te suffit de claquer des doigts pour que je me précipite dans tes bras ? lança-t-elle en passant devant lui pour s'engager dans le couloir. Ha ! rugit-elle, furieuse.

— Ha ? répéta-t-il derrière elle.

— *Ha !* cria-t-elle en pivotant vers lui.

— Dois-je comprendre que tu n'es pas intéressée ?

Non mais, quel égocentrique ! Un tel aplomb la dépassait. Certes, elle était intéressée, mais de là à… Mieux valait continuer d'avancer.

— Entre un emploi de chanteuse et toi, je préfère mille fois la première solution, merci beaucoup ! ne put-elle s'empêcher de cracher.

Quand elle atteignit la porte, la main de Barber passa sous son nez et l'ouvrit pour elle. Cela le situait bien trop près d'elle, et elle fit irruption dans le bar bondé comme si elle avait un maniaque à ses trousses. Les doigts de Barber se posèrent sur son épaule.

— Ne te sauve pas comme une folle.

— Ah ! Parce que, en plus, tu me traites de folle ? C'est le bouquet !

— Cela t'offense-t-il au point de renoncer à chanter dans mon groupe ?

— Non, grommela-t-elle en croisant les bras.

— Je peux donc espérer te revoir demain dans une tenue un peu plus appropriée pour chanter dans un groupe rock ? Disons au bar, à l'heure du dîner. Je serai sur scène, mais je prendrai le temps de t'écouter.

Jasmine en resta bouche bée. Jamais encore on ne lui avait tenu des propos aussi extravagants dans le cadre d'un entretien d'embauche.

— Demain ? Mais… je n'ai même pas encore pris de chambre. J'ai fait sept heures de car pour venir ici.

— Ça veut dire oui, ou ça veut dire non ?

Elle n'avait pas fait tout ce chemin pour se faire renvoyer sous prétexte qu'elle n'avait pas le costume de l'emploi.

— J'imagine que je trouverai ce qu'il faut dans un magasin de vêtements.

— J'appellerai Ève. C'est la femme du Ravageur et c'est une nana stylée. Elle passera te prendre demain matin pour faire les boutiques avec toi.

Jasmine le dévisagea, de plus en plus éberluée.

— Barber ! Ne sois pas ridicule ! Je ne vais pas demander à une étrangère de…

— Non, mais moi je peux parce que je la connais, justement. Fais-moi confiance. Ève sera ravie de t'aider.

À cet instant précis, un individu de proportions gargantuesques et couvert de tatouages, qui dansait avec une grande femme aussi mince et souple qu'une brindille, lui rentra dedans. Barber se retourna, les reconnut et s'interposa entre eux.

— Tu permets que je t'emprunte ta femme cinq minutes, Gregor ?

— Sûrement pas, rétorqua nonchalamment le géant. Qu'est-ce que je peux faire pour toi ?

Jasmine n'avait jamais vu quelqu'un d'aussi immense et imposant. Ses muscles étaient énormes. Il avait des tatouages absolument partout, les oreilles en chou-fleur et l'air méchant – et pourtant, il souriait d'un air presque aimable.

— J'ai eu exactement la même réaction que toi, la première fois que je l'ai vu, lui dit la grande femme mince en riant. C'est pour ça que je l'ai épousé, souffla-t-elle dans une caricature de murmure.

Jasmine se ressaisit et ferma la bouche.

— Je suis désolée. Je ne le dévisageais pas volontairement.

— Te fais pas de bile, ma puce, lança le géant. Maintenant qu'on est légalement mariés, Jacki ne me fait plus de scène quand les femmes me dévorent des yeux.

Jasmine sentit ses joues devenir brûlantes.

— Je ne vous dévorais pas du regard. C'est juste que vous êtes tellement…

— Gros, suggéra sa femme. Impressionnant. Imposant.

— Je comprends, assura le géant en se rengorgeant.

Sa femme lui donna un coup de coude, avant de tendre la main vers elle.

— Jacki, se présenta-t-elle. Et le béhémoth, c'est Gregor, mon mari. Si on attendait que lui ou Barber se décide à faire les présentations, on mourrait de vieillesse avant que ça leur vienne à l'esprit.

— Merci, Jacki, répondit-elle en lui serrant la main. Jasmine Petri.

— Probablement ma nouvelle partenaire, précisa Barber.

— Ah ouais ? fit Gregor en inspectant Jasmine plus attentivement. Quel genre de partenaire ? Sur scène ou au plumard ?

Cette fois, il intercepta le coude de sa femme avant qu'il ne l'atteigne.

— Elle n'est pas sourde, abruti ! lui fit remarquer Jacki.

— Peut-être, mais elle n'a pas non plus le look à faire partie du groupe de Barber, rétorqua Gregor.

— Et c'est justement là que tu interviens, ma belle, dit Barber à Jacki. Sais-tu si Ève est toujours dans les parages ?

— Je crois, oui. Pourquoi ?

— Eh bien, figure-toi que Jasmine a tout ce qu'il faut côté cordes vocales et attributs, mais, comme vient de le faire grossièrement observer Gregor, côté fringues, c'est pas vraiment le top.

— Je n'ai jamais dit ça, ronchonna Gregor. J'ai juste dit qu'elle était pas raccord avec ton groupe.

— Exact ! admit Barber. Je me suis donc dit qu'Ève pourrait emmener Jasmine faire un peu de shopping avant que je l'auditionne en live demain soir et que je me fasse une idée plus complète.

Gregor ricana.

Jasmine hésita entre frapper Barber, rire de l'absurdité de la situation et se sauver tant qu'il en était encore temps, mais ne parvint pas à se décider.

— Si j'aimais faire les boutiques, je t'accompagnerais, lui assura Jacki. Mais j'ai franchement horreur des trucs de filles.

— Elle est comme ça, confirma Gregor avec un grand sourire. J'ai du bol, j'ai déniché la perle rare !

— Ève sera parfaite, reprit Jacki. Barber a raison. Elle et ma sœur Cam sont atteintes de fièvre acheteuse aiguë, et elle sera ravie de te relooker.

— Il n'est pas question d'un relookage intégral... voulut préciser Jasmine.

— Oh, que si ! assura Barber. Si tu veux chanter avec moi, c'est impératif.

Gregor ricana à nouveau.

À quoi bon lutter ? songea Jasmine.

— Il a un talent fou, dit-elle en s'adressant exclusivement à Jacki. Dommage qu'il soit aussi prétentieux...

— Je comprends parfaitement ce que tu veux dire, répondit Jacki en entrant aussitôt dans son jeu. Ça fait presque pitié, pas vrai ?

— J'ai le cuir épais, mesdames, répliqua Barber avec un grand sourire. Si vous voulez me blesser, il faudra affûter vos griffes un peu mieux que ça.

— Il n'y a pas que le cuir qui est épais chez toi, riposta aussitôt Jasmine. C'est peut-être pour cela que les insultes ne t'atteignent pas.

— Peut-être, admit-il en levant la main pour toucher ses cheveux.

Il s'était contenté d'effleurer une mèche du bout des doigts, mais ce léger contact suffit à le troubler.

— Reste à te trouver une chambre, ajouta-t-il pour donner l'illusion d'être parfaitement en prise avec le réel.

Gregor haussa les sourcils.

Jacki leva les yeux au ciel.

— L'hôtel de Roger est très bien. Il est idéalement situé et il a toujours des chambres libres, dit-elle.

— Merci beaucoup, fit Jasmine, ravie de l'intervention de Jacki.

— Tu connais déjà Roger, l'informa Barber en se penchant vers elle. C'est le propriétaire du bar.

— Il a aussi un hôtel ? demanda-t-elle, visiblement impressionnée.

— Oui. Et c'est un beau-frère génial, renchérit Jacki en sortant son portable. J'appelle Ève.

Peu de temps après que Jacki lui eut exposé la situation par téléphone, une femme très sophistiquée s'approcha d'eux avec un visible empressement.

Et Jasmine devina que son destin allait bientôt connaître un profond bouleversement.

13

— Je n'aime pas tellement ce sourire, Harley. Qu'est-ce que tu mijotes ?

Harley regarda la foule des clients tout autour d'eux et sentit qu'il était sur le point de craquer. Il devait absolument s'isoler avec elle.

Tout de suite.

Il la prit par la main.

— Viens.

— Tu recommences ! objecta Stasia en fronçant les sourcils. Où veux-tu m'emmener, cette fois ?

Il n'en savait rien.

— Dehors.

— Attends, Harley…

Il se tourna vers elle en s'efforçant de dissimuler son impatience. Il n'était pas en colère après elle, mais il tenait à reprendre le contrôle de la situation.

— Je m'en vais, Stasia, annonça-t-il d'un ton plus bourru qu'il ne l'avait souhaité. Tu peux venir avec moi ou rester ici, c'est à toi de voir.

— Si tu veux qu'on parle, je serais ravie de te suivre, répondit-elle d'un ton raisonnable.

Son calme apparent, en comparaison de son agitation, le mettait dans une impasse.

— Très bien, grinça-t-il entre ses dents serrées.

Il la conduisit vers la sortie en s'appliquant à se composer un masque impénétrable. Le contact de sa main dans la sienne, petite, chaude et rassurante, avait un drôle d'effet sur lui.

Comment pouvait-il être troublé à ce point sous prétexte qu'il tenait une femme par la main ? Quel âge avait-il ? Dix ans ?

Ils passèrent devant Crystal et sa copine rousse. Crystal croisa les bras et fit la moue.

Au milieu de la salle, il aperçut soudain Gregor, Dean et leurs épouses, ainsi que Barber et une fille aux longs cheveux roux qu'il n'avait encore jamais vue. Il s'arrêta près de Barber.

— Sois sympa, empêche ce satané photographe de me suivre, lui souffla-t-il.

Barber adressa un regard compréhensif à Stasia.

— Tu peux compter sur moi, frangin. À charge de revanche.

— C'est ça.

La fille aux cheveux roux le regarda s'éloigner tandis que les autres se mettaient en ligne pour faire barrage au photographe. Harley n'avait pas fait deux mètres qu'il entendit celui-ci protester. Il jeta un coup d'œil derrière lui et constata que Gregor lui barrait carrément le passage, tandis que Dean et Barber entamaient la conversation avec lui.

Parfait.

Stasia dut alors trottiner pour rester à sa hauteur.

— Qu'est-ce que tu reproches à ce photographe ? lui demanda-t-elle.

— Je n'aime pas qu'on capture mes moindres pensées pour la postérité.

En général, il arrivait à garder ses pensées pour lui-même. Mais en présence de Stasia… Avec elle, tout prenait du relief. À commencer par son désir.

Son instinct de protection aussi.

Près d'elle, il se sentait vulnérable, exposé, tellement à cran qu'il avait l'impression qu'il ne parviendrait plus jamais à retrouver son contrôle.

Il la désirait et il la posséderait, mais il ne tenait pas à ce que son visage apparaisse dans un magazine d'arts martiaux mixtes avec une légende l'identifiant comme sa dernière conquête.

— Ces photos sont censées te faire de la pub, non ?

— Oublie un peu ce photographe.

Après avoir récupéré son manteau au vestiaire, il l'entraîna dehors.

— Tu es venue en voiture ?

— Oui.

— On la récupérera plus tard, décréta-t-il en la conduisant vers sa Charger dont il ouvrit la portière côté passager. Je t'en prie, dit-il en lui faisant signe de monter.

— C'est une nouvelle voiture ?

— C'est une longue histoire.

Il attendit qu'elle fût installée pour refermer la portière, puis contourna rapidement le véhicule et se mit au volant.

— Elle est superbe, Harley. Je suis très impressionnée.

— Il n'y a vraiment pas de quoi, répondit-il en démarrant. Tu as mangé ?

— Pas récemment, non.

Les mains crispées sur le volant, il quitta l'aire de stationnement, en proie à une foule d'émotions contradictoires. Il avait envie d'elle, et il ne voulait pas avoir envie d'elle. Il était content de la voir, mais il savait qu'elle était dangereuse. La sentir près de lui était à la fois réconfortant et troublant, parce qu'il réalisait à quel point sa présence lui avait manqué.

— Qu'est-ce que tu préfères ? Aller chez moi ou au restaurant ?

Elle posa la main sur son bras.

— Étant donné tes intentions et que je me laisse facilement influencer, il vaut mieux aller au restaurant, tu ne crois pas ?

Non. Il avait envie de la serrer dans les bras et de se libérer l'esprit en partageant un orgasme fulgurant avec elle.

— Comme tu veux, Stasia.

— Il faut que je te parle.

— C'est ce qu'on va faire.

Elle se laissa aller contre le dossier de son siège et Harley eut l'impression de l'entendre penser.

— D'accord, déclara-t-elle subitement. J'ai changé d'avis.

Un rapide coup d'œil vers son visage ne lui permit pas de clarifier cette annonce.

— À quel sujet ?

— Il faut que je trouve une chambre. Demain, je me mettrai en quête d'un hébergement plus durable. Une maison à louer au mois sera plus confortable.

Elle avait l'intention de rester au moins *un mois* ?

— Pour autant que je sache, ça ne court pas les rues à Harmony. Mais Roger pourra peut-être te proposer quelque chose.

Harley n'en revint pas d'avoir dit cela, et il fronça les sourcils.

— Combien de temps comptes-tu rester, au juste ?

— Tout dépend de toi, répliqua-t-elle, et c'est justement de cela que je veux parler avec toi.

— De moi ?

— De toi, oui. Qu'est-ce que tu dirais de s'arrêter dans un hôtel pour que je prenne une chambre ? On sera plus tranquilles que dans un restaurant pour parler.

S'il s'enfermait dans une chambre avec elle, il n'arriverait plus à se contrôler.

— Comment comptes-tu aborder le sujet ? demanda-t-il pour éviter de lui répondre.

— Je pourrais commencer par t'exposer mon projet, dit-elle en regardant par la fenêtre.

Cette idée l'effraya presque.

— Je t'écoute.

— J'aimerais être ton coach de vie.

C'était bien ce qu'il craignait.

— Non.

— Gratuitement.

— Pas question.

— À titre compensatoire, s'empressa-t-elle d'expliquer. Pour te remercier de tout ce que tu as fait pour moi à Echo Lake. Et avant d'exploser, laisse-moi t…

— Je n'explose pas, grommela Harley qui se sentait justement à deux doigts de l'explosion.

— Je sais. Mais cela t'arrive, parfois.

— Tu veux rire ? rétorqua-t-il en la considérant d'un air incrédule.

— Écoute, Harley, j'ai regardé des enregistrements de tes combats et j'ai parlé à un certain nombre de gens.

J'ai parlé à un certain nombre de gens. Un doute affreux le saisit. Il serra à droite, ralentit, s'arrêta sur le bas-côté et se tourna vers elle.

— Qu'est-ce que tu viens de dire ? articula-t-il péniblement.

Stasia joignit les mains devant elle.

— Je me suis renseignée sur le sport que tu pratiques. C'est tout.

Ah. Elle avait posé des questions sur son métier, pas sur sa vie privée. Bon. Ça allait. Presque.

— Par curiosité ? demanda-t-il alors qu'il savait que ce n'était pas le cas.

— Non. J'ai considéré ce qu'on m'a expliqué et je l'ai appliqué à ton cas. À ton style.

— Parce que tu connais mon style, maintenant ?

Dire qu'il l'avait prise pour quelqu'un de lucide et raisonnable. Pour une femme différente des autres.

Stasia défit sa ceinture de sécurité et se tourna vers lui.

— Au début, quand tu te battais pour gagner des places, tu avais l'air d'un dément. Tu rendais coup pour coup comme si tu absorbais purement et simplement l'énergie de ton adversaire. C'est comme ça que tu as remporté tes premières victoires, Harley. C'est ta véritable personnalité.

— Je n'y crois pas, souffla-t-il, abasourdi.

— Aujourd'hui, tu contrôles tellement le moindre de tes gestes que tu as perdu ton mordant.

Perdu son mordant ?

— Je viens de remporter douze victoires consécutives.

— Oui, je sais. Tu n'as essuyé que très peu de défaites, pratiquement toutes sur arrêt du médecin. S'il n'était pas intervenu, je pense que tu aurais gagné. Le problème, Harley, ajouta-t-elle en se penchant vers lui, c'est que tu ne t'amuses plus autant qu'avant.

C'était vrai. Une telle clairvoyance de sa part – de la part de n'importe quelle femme – était inconcevable.

— Je ne fais pas ça pour m'amuser. Je fais ça pour devenir champion.

— C'est l'objectif que tu t'es fixé, je sais. Et je comprends. Mais je pense que tu l'atteindrais plus facilement si tu t'amusais plus, si tu étais plus insouciant. Si tu laissais davantage s'exprimer ton instinct.

Déterminé à déraciner de son esprit sa prétention typiquement féminine d'analyser son style alors qu'elle n'y connaissait rien, il choisit de la déstabiliser.

— Mon instinct me dicte de coucher avec toi, dit-il en couvant ses lèvres d'un regard ardent. Qu'est-ce que tu dirais d'une petite séance de bondage, Stasia ?

— Non, répondit-elle sans hésiter. Ni aujourd'hui, ni demain. Jamais, en fait.

— C'est ce qu'on verra…

— On est en train de parler de ta carrière, Harley.

— C'est toi qui en parles. Moi, je parle de te pénétrer.

— Harley !

Touchée ! Elle perdait son calme.

— Tu es naturellement porté à lâcher tout ce que tu as dès que tu es sur le ring, reprit-elle d'un ton parfaitement neutre.

Il laissa aller sa tête contre son siège en fermant les yeux. Pourquoi fallait-il que la seule femme qu'il désire – pas seulement pour coucher avec elle, mais pour… quelque chose d'autre – décide de se mêler de sa carrière ?

— Comment le sais-tu ? s'enquit-il sans rouvrir les paupières.

— Je l'ai vu de mes yeux, répondit-elle avec enthousiasme. Tu étais rapide, efficace. Tu réagissais, point. C'est ce qui te manque aujourd'hui.

— Il ne me manque rien. Tu n'as qu'à demander à Satch. Je suis la nouvelle star du SBC. Les photographes ne me lâchent plus d'une semelle, des journalistes interrompent sans cesse mon entraînement, et tous les industriels de ce pays veulent que j'utilise les merdes qu'ils produisent !

— Je ne vois pas ce que ça a de mal, Harley, dit-elle avec douceur.

Harley réalisa qu'il s'était laissé emporter.

— Mais tu ne trouves pas ça bizarre, toi, qu'on me coure après comme ça alors qu'il manque soi-disant quelque chose à mon talent ?

Plusieurs secondes s'écoulèrent. Les voitures dépassaient la Charger à l'arrêt.

— Tu penses que je parle de ce que je ne connais pas, c'est ça ? s'enquit-elle d'une petite voix, visiblement vexée.

Il fit rouler sa tête vers elle.

— Ne le prends pas mal, Stasia, mais c'est effectivement ce que je pense. Tu ne peux pas espérer saisir toutes les subtilités du combat extrême du jour au lendemain.

— Eh bien moi, rétorqua-t-elle, j'estime qu'on ne doit pas mutiler le tempérament d'un combattant. Or, c'est ce que fait ton oncle, dit-elle en posant la main sur son bras. Ce n'est pas sous prétexte que quelques championnats te sont passés sous le nez que tu dois brider tes impulsions.

Harley sentit son sang se figer dans ses veines.

— Qu'est-ce que tu en sais ?

Elle passa sa langue sur ses lèvres.

— Pas grand-chose, en fait. Je sais qu'on t'avait proposé de participer à un championnat et que tu en as été empêché à cause d'une maladie dans ta famille, répondit-elle en choisissant soigneusement ses mots.

— Une maladie dans ma famille, hein ? s'esclaffa-t-il pour masquer son trouble. C'est comme ça que tu parles quand tu veux faire preuve de tact ?

Stasia croisa les bras et creusa les épaules.

— Il fait froid, Harley. On ne pourrait pas aller…

— Non. La conversation est terminée.

Il fit rugir le moteur et contrôla son rétroviseur extérieur, avant de s'engager sur la route.

— Tu t'entêtes, Harley.

Il fit un tête-à-queue impeccable et reprit le chemin du Roger's Rodeo.

— Je te ramène à ta voiture.

Elle laissa échapper un long soupir.

— Très bien. Je n'ai pas l'intention de te supplier de m'écouter, ajouta-t-elle en tournant la tête vers sa fenêtre.

— Tant mieux.

— Pas ce soir, en tout cas.

Parce qu'elle n'avait pas l'intention d'abandonner son projet ? Harley savait reconnaître un comportement obstiné lorsqu'on s'avisait de lui tenir tête, et c'était exactement ce que Stasia était en train de faire.

Ils regagnèrent le bar dans un lourd silence. Harley s'engagea sur le parking et avant même qu'il ait arrêté sa voiture, Stasia avait ouvert la portière, était descendue et l'avait claquée derrière elle.

Harley gara précipitamment la Charger et s'élança derrière elle.

— Attends !

— Je te rappelle que la conversation est terminée, Harley.

Il glissa dans la neige, poussa un juron, et la rattrapa juste avant qu'elle n'atteigne sa voiture. Elle pila sur place, et Harley en fit autant.

Le pneu avant de sa voiture avait été lacéré.

— Merde, souffla Harley.

Stasia fixa un instant son pneu crevé, puis regarda autour d'elle. Personne à l'horizon. Elle fit le tour du véhicule et constata que les autres pneus n'avaient rien. Elle redressa la tête et se dirigea vers le bar.

— Où tu vas ? demanda Harley dans son dos.

— Téléphoner, répondit-elle sans se retourner. Il fait trop froid dehors. Et non, précisa-t-elle en lui jetant un coup d'œil par-dessus son épaule, je n'ai pas besoin de ton aide virile. Je suis capable d'appeler un dépanneur toute seule et même de trouver une chambre d'hôtel. Tu peux rentrer chez toi la conscience tranquille.

— Mais… on t'a volontairement lacéré un pneu ! s'exclama-t-il en désignant sa voiture du pouce.

— Bravo, Sherlock. Tu as deviné ça tout seul ? se moqua-t-elle. C'est marrant, chaque fois que je m'approche de toi, on vandalise ma voiture. Drôle de coïncidence, non ?

Harley la rattrapa en trois bonds et se plaça devant elle.

— Attends un peu. Qu'est-ce que tu insinues, là ? Que c'est de ma faute ?

Stasia leva les yeux au ciel.

— Bien sûr que non. J'ai simplement dit que c'était une drôle de coïncidence, répondit-elle avant de le contourner. Mais tu n'as aucun souci à te faire, Harley. Demain après-midi, je serai partie.

L'idée de son départ déclencha une sensation de brûlure dans son estomac.

— Tu vas retourner à Echo Lake ? questionna-t-il.

— Étant donné que je n'ai pas de travail en vue, oui, je rentre à Echo Lake.

Harley la rattrapa à l'instant précis où elle pénétrait dans le hall du bar et lui saisit le bras.

— Attends une minute, Stasia. S'il te plaît… ajouta-t-il lorsqu'elle essaya de se dégager.

Elle attendit qu'il lâche son bras.

— Très bien. Qu'est-ce que tu veux ?

— Je ne veux pas que tu partes, dit-il en se passant la main sur la nuque.

— Et moi, je ne veux pas participer à une séance de bondage.

Harley regarda autour d'eux. Plusieurs personnes l'avaient entendue et dressaient l'oreille.

— Parle plus bas, tu veux bien ?

— Désolée, minauda-t-elle, le regard brillant d'une lueur facétieuse. Je pensais que ta tendance aux jeux de domination était connue de toutes les femmes de la région.

Harley la contempla à travers les fentes de ses yeux plissés. Comment avait-il pu passer à côté de son goût prononcé pour le sarcasme ?

— Qu'est-ce qui t'arrive, Stasia ?

Elle se hissa sur la pointe des pieds.

— Il m'arrive que ton entêtement me frustre et que je suis déçue que tu refuses mon aide. En plus, je n'avais pas l'intention de retourner à Echo Lake, mais maintenant, je n'ai plus le choix.

— Tu m'en veux tant que ça ?

— Tu aurais préféré que je te mente ?

— Non.

Ils restèrent un moment à se regarder, respirant aussi fort l'un que l'autre.

— Puisque tu sembles disposée à dire ce que tu as sur le cœur, tu veux bien reconnaître que tu as envie de coucher avec moi ?

— Je l'ai déjà fait. Je n'en ai pas honte, Harley. J'ajouterais même que l'idée de me laisser attacher est excitante. Mais je ne le ferai pas.

— Pourquoi ? demanda-t-il en s'approchant d'elle, le cœur battant.

— Par fierté, pour commencer. Oui, Harley, enchaîna-t-elle en levant la main, c'est une question de fierté. Je suis trop indépendante pour t'autoriser à exercer un tel contrôle sur moi. Et même si tu acceptais de laisser tomber tes pratiques de pervers…

— Plus bas, Stasia, je t'en supplie.

— Oups ! Même si tu laissais tomber *ça*, ajouta-t-elle dans un murmure, je refuse d'être un trophée de plus à ton tableau de chasse. Tu n'as pas besoin de ça en ce moment.

— Je ne suis pas d'accord.

— Je préfère t'aider à équilibrer ta vie…

— Ma vie est parfaitement équilibrée, gronda-t-il.

— Tu t'exprimes comme tous ceux qui refusent de voir la vérité en face, rétorqua-t-elle d'un ton méprisant.

Harley lui tourna le dos, dans l'espoir de s'éclaircir les idées. Malheureusement, Stasia crut qu'il la congédiait et s'éloigna.

Quand il se retourna, elle s'était isolée dans un escalier voisin pour utiliser son portable.

Elle était vraiment horripilante !

Pour couronner le tout, un groupe de personnes extrêmement bruyantes entra dans le hall à ce moment-là. Harley leva les yeux et découvrit Dean et Ève, Gregor et Jacki, Barber et la rouquine qui récupéraient leurs manteaux au vestiaire.

Ils l'aperçurent et semblèrent surpris de voir qu'il était déjà de retour. Harley serra les dents, priant pour qu'ils ne lui posent pas de questions.

Stasia referma son portable et revint près de lui.

— Le dépanneur arrive.

— Je vais l'attendre avec toi.

— Ce n'est pas la peine, Harley. Tu as sûrement mieux à faire.

Harley n'eut pas besoin de regarder dans sa direction pour deviner que Barber buvait du petit lait.

— J'attendrai avec toi, Stasia.

— Comme tu voudras, dit-elle en haussant les épaules.

— Si je faisais vraiment ce que je voulais, on aurait déjà retiré nos vêtements, répondit-il à voix basse.

— Ici ? s'exclama-t-elle. Tu es de plus en plus vicieux, Harley, dit-elle en secouant la tête.

Barber choisit évidemment ce moment pour intervenir.

— Je suppose que je n'étais pas censé entendre cela ? s'enquit-il en approchant derrière elle.

Stasia se retourna, découvrit le petit groupe qui attendait au vestiaire et fusilla Harley du regard.

— Tu aurais pu me prévenir.

— Tu étais bien trop occupée à me repousser.

— Je ne te…

— Encore des ennuis de voiture ? demanda Barber.

— Quelqu'un lui a lacéré un pneu.

— Oh, oh ! Combien d'ennemis as-tu, en tout ?

— Un seul, à ma connaissance, répliqua Stasia.

— Tu veux que je m'occupe de lui ? proposa Barber.

Le petit groupe se rapprocha d'eux, visiblement intéressé, mais Stasia secoua la tête.

— Ce ne sera pas nécessaire, je te remercie. Tu pourrais peut-être me rendre un autre service, en revanche.

— Je t'écoute, dit Barber avec un grand sourire et en évitant soigneusement de croiser le regard d'Harley.

— J'aimerais que tu me présentes des combattants du SBC. C'est un sport auquel je m'intéresse de plus en plus.

Jacki éclata de rire et s'avança, tirant Gregor derrière elle.

— Tu ferais mieux de t'adresser à Dakota, déclara-t-elle. C'est la femme de Simon et elle sait tout sur le SBC.

— C'est vrai, approuva Barber. Cette femme est tout simplement phénoménale.

Ève tendit la main à Stasia et se présenta. Pendant que tout ce petit monde faisait connaissance, Harley resta à l'écart, bouillonnant intérieurement. Mais quand Barber proposa de l'accompagner à l'hôtel de Roger en même temps que cette drôle de fille rousse dont il semblait – heureusement – entiché, il sortit de son mutisme.

— C'est bon, je m'en occupe.

— Si cela ne vous fait rien, intervint Stasia d'un ton excédé, j'irai seule.

— Excusez-nous, dit Harley à la cantonade en l'entraînant à l'écart.

Aucun de ses amis ne fit seulement semblant de se désintéresser d'eux, aussi se plaça-t-il devant elle en leur tournant le dos.

— Il faut qu'on parle, Anastasia. De plein de choses.

— Je ne comprends pas, Harley. Tu veux me parler, mais tu veux aussi que je parte. Ça ne veut rien dire.

— Je veux que tu restes, déclara-t-il d'un ton solennel.

— Tu plaisantes, je suppose ?

— Non.

— Monsieur Jamais-plus-d'une-nuit reviendrait-il sur ses sacro-saints principes ?

Harley soutint son regard et décida de lui faire goûter un remède à sa façon.

— Il ne s'agit pas de mes principes, Anastasia. L'intérêt que j'ai pour toi ne s'est pas envolé sous prétexte que je t'ai fait jouir. Je te rappelle que lorsque tu t'es endormie, je bandais toujours.

Les joues de Stasia devinrent brûlantes et ses yeux s'assombrirent. Elle jeta un coup d'œil à leur public par-dessus l'épaule d'Harley, puis s'empressa de reporter son regard sur lui.

— Je t'avais proposé de…

— Pff ! Ce genre de demi-mesure n'aurait pas suffi. Non, ce qu'il faut, c'est que je te prenne bien à fond et assez longtemps pour me soulager. Chose qui, comme tu le sais, ne s'est encore jamais produite.

Les yeux de Stasia devinrent d'un noir d'encre.

— Et qui ne risque pas de se produire, tant que tu t'obstineras à m'initier au bondage.

— Tu es joueuse, Stasia ?

— Non.

— Tu as peur ?

— J'appelle ça de la prudence.

— Moi, j'appelle ça de la peur.

— Tu sais quoi, Harley ? dit-elle en posant la main sur son torse. Pourquoi on ne dînerait pas ensemble, tous les deux, demain soir ?

— Demain soir ?

— Oui. Ce soir, je dois m'occuper de faire changer ma roue, après quoi j'irai directement à l'hôtel. Je suis morte de fatigue et j'ai cruellement besoin d'une nuit de sommeil. Tes amis m'ont proposé de participer à une petite virée shopping avec leurs charmantes épouses, demain matin. Après quoi, nous irons déjeuner entre filles.

— Très bien, céda-t-il, profondément vexé qu'elle fasse passer un déjeuner entre filles avant lui.

Le dimanche était son seul jour libre, mais il trouverait bien le moyen de s'occuper jusqu'à l'heure du dîner.

— On se retrouve où et à quelle heure ? demanda-t-elle.

— Je passerai te prendre. Six heures, ça te va ?

— C'est parfait, acquiesça-t-elle en regardant sa bouche avant de détourner précipitamment les yeux. Mon Dieu ! s'exclama-t-elle. Le dépanneur est déjà là !

Harley la regarda s'éloigner vers le parking, et Barber vint se placer à côté de lui.

— Tu lui manges dans la main, pas vrai ?

— Ouais.

Cet aveu surprit Barber, qui éclata de rire.

— Comme je me suis enfilé quelques bières, je vais passer mes clefs de voiture à Jasmine.

— C'est qui, Jasmine ? s'enquit Harley en regardant Stasia indiquer l'emplacement de sa voiture au dépanneur.

— Une rousse brûlante comme l'enfer qui va bientôt faire partie de mon groupe.

Cette déclaration retint l'attention d'Harley. Il regarda Barber, puis la rouquine potelée, et reporta les yeux sur son ami.

— Tu es sûr ?

— En fait, j'ai pas encore pris de décision définitive.

— Tu lui manges dans la main, pas vrai ?

— Elle aussi, elle va passer la nuit à l'hôtel de Roger, annonça-t-il, ignorant le sarcasme.

— Je sens que Roger va bientôt sponsoriser deux fois plus de combattants !

— Attends, il offre une suite à l'œil à tous les membres du groupe. Je lui renvoie l'ascenseur, c'est la moindre des choses, dit-il en posant une main sur l'épaule d'Harley. Bref, Jasmine et moi, on suivra discrètement Stasia jusqu'à l'hôtel, histoire de s'assurer qu'il ne lui arrive aucun pépin. Ça te va ?

— Merci, frangin, c'est sympa.

Harley sortit du bar, souhaita brièvement bonne nuit à Anastasia quand il passa devant elle, remonta dans sa Charger et quitta le parking.

Si Anastasia avait envie de jouer, ils allaient jouer.

Ils joueraient selon ses règles à lui, et il gagnerait.

Il gagnait toujours.

Quand le destin ne s'avisait pas de lui mettre des bâtons dans les roues.

14

Lorsqu'il rentra chez lui, Harley trouva la maison plongée dans le silence. Il verrouilla la porte derrière lui et se dirigeait vers sa chambre, quand Satch apparut sur le seuil de la cuisine.

— Tu viens de rentrer ?

Harley laissa aller son épaule contre le mur.

— Ouais.

— Je m'apprêtais à manger des cookies, dit son oncle en levant le verre de lait qu'il tenait à la main. Tu en veux ?

— Je préfère éviter, je te remercie.

— Tu as sans doute raison. Autant surveiller ton poids.

Harley s'abstint de répondre que son poids n'avait jamais constitué un problème. Il se maintenait en forme tout au long de l'année et n'avait jamais plus de deux kilos à faire fondre avant un combat pour correspondre aux critères de sa catégorie.

— Tout va bien, Satch ?

— Oui, oui. Tout va bien.

Harley se faisait parfois du souci pour son oncle. Parce qu'il était sa seule famille, sans doute.

— Tu ne te surmènes pas, j'espère ?

— Pff ! Tu me connais, répliqua-t-il avant de prendre une gorgée de lait. Alors comme ça, il paraît que la gamine est en ville ?

— La gamine ? répéta Harley, déboussolé.

— Anastasia Bradley.

Les relations de son oncle ne laisseraient jamais de l'étonner.

— Je peux te demander comment tu sais ça ?

— Ce n'est pas un secret. J'ai parlé au photographe qui me l'a décrite. Alors c'est bien elle, hein ?

— Ouais.

— Elle t'a dit ce qu'elle voulait ? questionna-t-il, le regard baissé sur son verre de lait.

— Non. Mais garde ça pour toi, oncle Satch, j'ai la situation bien en main.

— Je te fais confiance, mon garçon, répondit-il en souriant. Bon, eh bien bonne nuit, alors.

— Bonne nuit, fit Harley, vaguement surpris que son oncle ne lui pose pas davantage de questions.

Il prit le chemin de sa chambre, située à l'opposé de celle de Satch. Son oncle avait-il attendu son retour, planqué dans la cuisine ? Probablement. Satch s'intéressait à tous les aspects de sa vie, y compris à ses relations. Il ne parvenait cependant pas à tout savoir. Harley lui laissait un peu de mou, mais donnait un coup sec sur la corde lorsqu'il s'avisait de franchir les limites de la discrétion.

Des limites qu'il avait de plus en plus tendance à franchir, ces derniers temps.

Et avec Anastasia dans les parages, son petit doigt lui disait que les rappels à l'ordre risquaient de devenir quotidiens.

Tout en se brossant les dents, Harley songea à ces deux têtes de pioche.

D'un côté, Satch tenait à ce qu'Harley contrôle tout.

De l'autre, Anastasia voulait qu'il se lâche.

Sa vie n'allait pas manquer de piquant.

— Je crois que je ferais mieux d'aller voir le dentiste, plutôt que de m'embringuer avec vous dans cette virée shopping.

Stasia leva les yeux de son assiette et découvrit une blonde époustouflante qui se tenait à côté de Jacki.

Ève, Cam, Stasia et Jasmine avaient fait connaissance au cours de leur expédition shopping du matin, et Jacki venait de les rejoindre. Stasia aurait parié que la blonde était la fameuse Dakota.

Ève éclata de rire.

— On connaît tes préférences, Dakota. C'est justement pour ça qu'on vous a invitées, Jacki et toi, uniquement pour le déjeuner. On veut parler du SBC, figure-toi.

Dakota tendit la main à Stasia.

— Je suis Dakota, la femme de Simon.

— Enchantée de faire ta connaissance, répondit-elle avec un grand sourire. Moi, c'est Anastasia, et voici Jasmine Petri, qui va bientôt faire partie du groupe de Barber.

— Pas possible ! s'exclama Dakota en serrant la main de Jasmine avant de tirer une chaise. Il t'a déjà engagée ?

Jasmine hocha la tête. Stasia avait remarqué qu'elle était plutôt timide. Ève lui avait choisi pratiquement toute sa tenue sans qu'elle intervienne. Heureusement pour elle, Ève avait un goût excellent et Jasmine aurait l'air d'une parfaite rockeuse, sans que ses avantages physiques soient trop outrageusement mis en valeur.

— Hier soir, acquiesça Jasmine. Enfin, peut-être. Il voulait me voir habillée autrement avant que ce soit officiel.

— Et tu ne lui as pas dit de la boucler ? répliqua Dakota en s'adossant à sa chaise. Tu as le droit de t'habiller comme tu veux !

— Oh, ça ne m'a pas dérangée. Je n'avais rien qui fasse vraiment rock, dans mes vêtements.

— Et alors ? Ce n'est pas à lui de t'imposer ta façon de t'habiller, rétorqua Dakota en faisant signe à la serveuse.

— Attends de voir ce qu'on lui a trouvé, Dakota, intervint Ève en soulevant un immense sac en papier. Guêpière, tunique en résille, jeans moulant, bottes à lacets… Barber va tomber à la renverse !

— Elle m'a choisi des trucs super, renchérit Jasmine.

— Et qui te vont vraiment bien, approuva Stasia qui avait profité de l'expédition pour faire quelques achats personnels. J'ai passé une excellente matinée grâce à vous, les filles. Et puis, ça m'a permis de découvrir Harmony.

— Tu as l'intention de rester un moment ? demanda Dakota.

— Tout dépendra d'Harley.

Stasia leur parla de son métier et de ce qu'elle comptait faire pour Harley. Dakota l'écouta avec intérêt, ne l'interrompant que pour commander un burger frites quand la serveuse lui apporta un lait malté.

— Vous savez ce qui serait génial ? dit-elle en enfournant une frite bien dorée et croustillante dans sa bouche. Une sortie entre filles ! Vous venez toutes chez moi et on se mate des cassettes de combats. J'ai presque toutes celles d'Harley, parce que je le suivais de près quand il devait rencontrer Simon. On analysera tout ça pour tâcher de déterminer en quoi son style a changé. Je t'emmènerai faire un tour au gymnase demain pour que tu aies un aperçu de la façon dont il s'entraîne, conclut-elle à l'intention de Stasia.

— Sans moi ! s'exclamèrent en chœur Jacki, Cam et Ève.

Dakota éclata de rire.

— J'en étais sûre ! Dès qu'il s'agit d'observer un corps à corps de près, vous êtes de vraies mauviettes !

— Je ne supporte pas la vue du sang, se justifia Jacki en plissant le nez. Surtout quand Gregor en a partout sur lui.

— Comme si ça arrivait souvent à ton bon géant ! s'esclaffa Dakota. Ses adversaires sont au tapis avant qu'il ait eu le temps de transpirer.

— Il n'y a pas que le sang, intervint Ève. Tous ces membres tordus, ces rugissements et ces grognements… C'est assez déstabilisant.

— Sans parler de l'odeur de transpiration qui imprègne le gymnase, enchaîna Cam. Quand on entasse vingt bonshommes en nage et à moitié nus dans une pièce, l'atmosphère devient rapidement irrespirable.

— À moitié nus ? répéta Jasmine, les yeux écarquillés. C'est plutôt sexy, non ?

Un éclat de rire général accueillit cette déclaration et Jasmine sourit, ravie de son succès.

— Moi, je trouve ça sexy, affirma-t-elle avec un aplomb surprenant.

— Je t'avouerais que j'ai hâte de voir ça, lui confia Stasia en souriant. On nous autorisera à entrer dans le gymnase ? demanda-t-elle en se tournant vers Dakota.

— Qu'ils essayent seulement de nous en empêcher ! ricana celle-ci.

— Je crois que certains d'entre eux en profiteront plutôt pour rouler des mécaniques, assura Ève.

— Hmm... Le spectacle doit valoir le coup d'œil, dit Stasia d'un ton rêveur. J'en suis !

— Moi aussi ! clama Jasmine. Enfin, si je suis invitée, bien sûr... bredouilla-t-elle lorsque toutes les têtes se tournèrent vers elle. Je ne suis pas vraiment portée sur le sport, et...

— Mais comment donc ! assura Dakota. Évidemment que tu es invitée. Tu sais que Barber est un excellent combattant ? Il pourrait participer à des compétitions s'il le voulait, mais il ne pense qu'à la musique, ajouta-t-elle en haussant l'épaule.

— Pourquoi tu ne chantes plus avec lui ? questionna Jasmine.

— Ça m'arrive, répondit-elle d'un ton évasif. Mais je ne peux plus partir en tournée avec lui.

Ève éclata de rire.

— Dis plutôt que c'est parce que Barber était un peu trop empressé vis-à-vis de toi !

— Il l'est toujours, pour autant que je sache, précisa Jacki.

— Ce gros jaloux de Sublime n'apprécie pas tellement de les savoir tous les deux ensemble, explicita Cam.

— Arrêtez ! s'esclaffa Dakota. Simon sait très bien que moi et Barber ne ferons jamais rien.

— Bien sûr... ironisa Jacki. Sa possessivité maladive ne concerne absolument pas Barber.

— OK. Vous êtes trop fortes, les filles, abdiqua Dakota. Simon et Barber sont amis, ajouta-t-elle à l'intention de Jasmine, mais la situation était un peu tendue entre eux à une époque. Maintenant que Barber a admis que je lui préférais Simon – il l'a *admis*, Jacki –, ça va beaucoup mieux.

Tandis que les autres poursuivaient leur bavardage, Stasia fut la seule à remarquer que Jasmine se ratatinait sur sa chaise.

Elle avait donc le béguin pour Barber ? La pauvre ! Stasia n'avait pas l'impression qu'il ait l'intention de s'investir dans une relation durable. Pas avant longtemps, en tout cas.

Quand la conversation revint sur le SBC, Stasia sortit son carnet pour noter des idées. Dakota passa en revue l'historique de la discipline, les règles, les techniques et les styles.

Ève et Jacki parlèrent plus de la personnalité des combattants. D'après elles, la plupart d'entre eux étaient des hommes estimables et très attachés aux valeurs familiales. Évidemment, dans le lot, il y avait quelques fruits pourris.

— Et c'est bien pour ça que le SBC tient à mettre en avant des combattants au profil irréprochable.

— Comme Harley, glissa Ève avec un clin d'œil.

— Absolument, dit Cam. Des reportages ont déjà été faits sur mon frère et sur Simon, et leur choix s'est porté sur Harley pour continuer la galerie de portraits. Avec son passé, c'est parfaitement logique.

— Je sais qu'une blessure au coude l'a empêché de participer au dernier championnat, dit Stasia qui mourait d'envie de poser des millions de questions.

— Oui, il s'est porté à mon secours, acquiesça Dakota. Mon ex-mari était un parfait crétin, expliqua-t-elle à Stasia. Cela faisait des années qu'il me pourrissait la vie. C'est une longue histoire, mais pour résumer, disons que quand il a ressurgi…

— … avec un couteau, murmura Jacki.

— … Harley était là, conclut Dakota avec un sourire grave. Il n'a pas hésité à affronter seul trois types. Il les a mis K.-O. mais il s'en est tiré avec un coude déboîté.

— Non !

— Gregor m'a dit qu'il a fallu que Simon lui fasse remarquer que son bras pendait bizarrement pour qu'Harley réalise qu'il était blessé, précisa Jacki avec une grimace.

— Mon Dieu, c'est épouvantable ! s'exclama Stasia en frissonnant.

— Assez, ouais, dit Dakota en se frottant le front. Je me sens affreusement coupable qu'il n'ait pas pu participer au championnat à cause de moi.

— Ce n'est pas à cause de toi, rectifia Ève en passant un bras autour de ses épaules. C'est à cause de cet imbécile.

— Qui est désormais sous les verrous. Personne n'a jamais pensé que c'était de ta faute, Dakota, renchérit Cam.

— Peut-être, mais je sais que Simon hésite à interrompre sa carrière avant d'avoir donné une nouvelle chance à Harley.

— Harley ne supporterait pas qu'il lui fasse une faveur, déclara Stasia avec assurance. Ton mari n'a aucun scrupule à avoir.

La serveuse les interrompit pour leur demander si elles prendraient un dessert. Jasmine et Dakota ne se firent pas prier, mais Stasia préféra s'abstenir. Elle regarda sa montre.

— Je ferais mieux d'y aller, moi !

— Déjà ? déplora Ève.

— Je dîne avec Harley, tout à l'heure. J'ai des choses à faire. Et il faut que je repasse me changer à l'hôtel, annonça-t-elle en remuant les sourcils avant d'éclater de rire. Je ne sais pas trop à quoi je m'expose, avec lui.

— Vous êtes en pleine idylle, tous les deux ? s'enquit Dakota.

— Tu connais Harley, non ? répliqua Stasia.

— Oui.

— Alors, à ton avis?

— À mon avis, il doit essayer de tenir les rênes.

Stasia sourit.

— Pour l'instant, c'est effectivement lui qui les tient. Mais notre relation n'a rien d'idyllique. Il a été très clair sur ce point. Disons que je le connais depuis un moment et que je m'intéresse à sa carrière.

— Je ne voudrais pas être indiscrète… fit Ève en se penchant vers elle.

— Je t'en prie, n'hésite pas à dire ce que tu penses, l'encouragea Stasia.

— J'ai l'impression que tu ne t'intéresses pas seulement à sa carrière, lâcha Ève. Ce qui est tout à fait compréhensible. Harley n'est pas n'importe qui.

— Difficile de lui résister, renchérit Cam.

— Encore faudrait-il avoir envie de lui résister, objecta Jacki.

— C'est un combattant, résuma Dakota. Un des meilleurs. Avec une forte personnalité.

— En d'autres termes, il est parfaitement irrésistible, conclut Stasia en soupirant. Je sais. Mais j'en fais mon affaire.

— Tu penses être en mesure de maîtriser Harley Handleman ? demanda Dakota avec un sourire en coin. C'est une prise délicate, je te préviens. Des combattants aguerris s'y sont cassé les dents. Et il n'est pas à prendre avec des pincettes, depuis qu'il a entendu dire que Simon risque d'interrompre sa carrière. Je l'ai supplié de remonter sur le ring, mais il ne veut rien entendre.

— Tu voudrais qu'il continue sa carrière alors qu'il est champion ? s'étonna Stasia.

— Je veux qu'il soit heureux. Je ne veux pas qu'il se prive de faire ce qui lui plaît à cause de moi. Même s'il prétend que ce n'est pas pour cette raison, précisa-t-elle en haussant les épaules.

— Il dit qu'elle est irrésistible et qu'il ne peut pas se passer d'elle, dit Ève sur le ton de la confidence. Je le sais parce que Dean n'arrête pas de le charrier avec ça.

Un éclat de rire général salua cette révélation.

Stasia se plaisait de plus en plus en compagnie de ce groupe de femmes. Elles cancanaient comme toutes les autres, mais on sentait un puissant lien de solidarité entre elles.

— Si Harley ne rencontre pas Simon, contre qui se battra-t-il ? demanda-t-elle.

Toutes les têtes se tournèrent vers Dakota, qui planta ses coudes sur la table.

— Kevin Kincaid, plus connu sous le nom du Tueur, me paraît le plus probable. Je pense qu'il y aura d'abord un combat entre Harley et Kevin, et que le gagnant rencontrera ensuite Andrei Mann.

— Le Tueur ? répéta Stasia, époustouflée par le savoir de Dakota.

— C'est mignon comme surnom, hein ? Il y a quelques années, il a mis K.-O. trois types d'affilée et cassé le bras du quatrième, pour te donner une petite idée.

Stasia sentit son cœur manquer un battement.

— Ne fais pas cette tête-là ! Il n'a rien fait d'illégal ou d'épouvantablement brutal, même si c'est vrai qu'il a cette réputation. Le type contre qui Kincaid combattait a eu le tort de ne pas déclarer forfait alors qu'il était coincé par une clef au bras. Kincaid a appuyé un peu plus fort et... crac !

Toutes les femmes grimacèrent.

— Le type n'a rien senti ! C'est même Kincaid qui l'a dit à l'arbitre. Il a interrompu le combat et ils ont appelé le médecin, qui a constaté une double fracture.

— Ça arrive souvent ?

— Non, heureusement.

Stasia déglutit nerveusement.

— Donc, si Harley arrive à battre Kincaid...

— Ne dis jamais *si* devant Harley, malheureuse ! Tu n'as aucun souci à te faire, il le battra.

— D'accord, soupira Stasia. Mais après, il devra affronter Mann, c'est ça ?

— Ouh ! Du calme ! C'est ce qui me semble probable, mais ça n'a rien d'officiel. Harley le saura bientôt, de toute façon. Si Simon interrompt sa carrière, déclara-t-elle en s'interrompant pour sourire de toutes ses dents à la cantonade et montrer à quel point elle était fière de son homme, il me paraît logique que les dirigeants réunissent les meilleurs pour le championnat.

— Donc, d'après toi, les meilleurs sont Harley, Kincaid et Mann, c'est ça ?

— Tout à fait.

— Gregor n'est pas dans la même catégorie de poids, fit remarquer Jacki, mais il va bientôt participer au championnat, lui aussi.

— La prochaine fois sera la bonne, prédit Dakota. Gregor a l'étoffe d'un champion. Mais en ce qui concerne les poids lourds-légers, j'ai l'œil sur ces trois-là depuis un bon moment. Maintenant, les voies du SBC sont parfois impénétrables !

Lorsque Stasia les quitta enfin, elle eut le sentiment d'avoir recueilli des informations théoriques essentielles, mais surtout d'avoir eu un aperçu intime et plein d'émotion sur cette discipline si complexe. Trois des femmes qu'elle venait de rencontrer étaient mariées à des combattants, et aucune d'elles n'envisageait la carrière de son mari de la même façon. Dakota était aussi passionnée que Simon, Jacki respectait les choix de Gregor, et Ève avait passé un accord avec Dean qui était devenu entraîneur. Passion, respect, compromis. Elles étaient cependant semblables sur un point : toutes trois étaient vivement éprises de leur mari.

Ce que Stasia avait désormais envie de comprendre, c'était la raison pour laquelle Harley était passé *plusieurs fois* à côté du championnat. Elle avait la nette impression que Dakota connaissait la réponse à cette question, mais Stasia s'était abstenue de la poser et Dakota ne la lui avait pas spontanément donnée.

Toutes deux savaient que c'était à Harley de décider s'il avait envie d'en parler, et toutes deux respectaient son silence.

Il commençait à faire sombre quand elle se gara sur le parking de l'hôtel. Après cette journée ensoleillée et presque tempérée, le crépuscule s'accompagnait d'une fraîcheur saisissante.

Elle sortit ses achats du coffre de sa voiture, traversa le parking au pas de course et s'engouffra dans le hall de l'hôtel. Harley et Barber se trouvaient là, leurs manteaux sur le dos.

— Tu es en avance, lui dit-elle d'un ton accusateur.

Pour une fois, elle aurait aimé disposer du temps nécessaire pour se faire belle en vue de ce dîner en tête à tête. Harley ne l'avait jamais vue qu'en train de couper du bois, frigorifiée jusqu'à la moelle, tremblante de peur ou claquée de fatigue après un long voyage.

Il la détailla rapidement de la tête aux pieds sans sourire et détourna le regard.

— Je suis venu voir Simon, annonça-t-il froidement.

Stasia regarda autour d'elle.

— Simon est ici ?

— Il va rendre visite à Barber.

— Tu résides à l'hôtel ? demanda-t-elle en se tournant vers lui.

— Quand mon groupe joue au Roger's Rodeo, Roger nous file une suite. Ça fait partie des avantages en nature.

— Oh. C'est sympa.

— Et pratique, acquiesça Barber. Harley préfère rencontrer Simon ici parce qu'il est sûr qu'il n'y aura pas de photographes, expliqua-t-il.

— Je comprends, répliqua-t-elle en souriant.

Tous deux répondirent à son sourire de façon distante, comme s'ils ne tenaient pas à ce qu'elle s'attarde dans le hall.

— Bon… fit Stasia en amorçant sa sortie. Eh bien, je vais aller prendre ma douche et tout ça. On se retrouve ici tout à l'heure ?

— Je passerai te prendre dans ta chambre à six heures, répondit Harley sans la regarder.

— D'accord. Au fait, reprit-elle en revenant sur ses pas. Tu ne m'as pas dit où on allait. Comment faut-il que je m'habille ?

Harley ne posa pas le regard sur elle, mais ses yeux se plissèrent.

— Mets une jupe, murmura-t-il.

Stasia comprit parfaitement ce que sous-entendait cette réponse, mais il était hors de question qu'elle l'autorise à la troubler davantage.

— D'accord. C'est dans mes cordes. Salut, Barber, lança-t-elle en s'éloignant.

— Pas trop de bêtises sous la douche, poupée !

Avant que les portes de l'ascenseur se referment, Stasia eut le temps de voir Harley attraper le cou de Barber au creux de son coude. Elle secoua la tête et leva les yeux au plafond.

15

Allongé sur l'un des deux lits de la chambre de Barber, Harley avait le visage tourné vers la télévision, mais il ne la regardait pas plus qu'il ne l'écoutait. Ses pensées étaient concentrées sur Stasia.

Sous la douche. Toute nue.

Mettrait-elle une jupe, comme il le lui avait demandé? Un sourire se dessina sur ses lèvres.

Stasia pouvait être tellement imprévisible. Elle ne ménageait pas son adversaire, et il pouvait être certain qu'elle lui ferait subir une attaque frontale.

Si elle s'avisait de lui resservir une analyse à l'emporte-pièce de son style, il serait obligé de lui mettre les points sur les i. En dehors de cela, il avait hâte de la retrouver. Elle avait sur lui un effet apaisant. Même quand elle débitait des sornettes sur un sujet auquel elle ne connaissait rien, il se sentait bien avec elle. Son visage, le son de sa voix, son parfum…

— Tu as la tête de quelqu'un qui prépare un pillage en bonne et due forme, frangin.

Harley jeta un coup d'œil à Barber, qui avait rabattu le loquet de sécurité afin d'empêcher la porte de se refermer entièrement et qui préparait du café.

— Je me contentais de penser.

— Aux femmes, j'imagine. Ou plutôt à l'une d'elles… ironisa Barber.

Après avoir éteint la chaîne sportive qu'ils ne regardaient ni l'un ni l'autre, il se laissa tomber sur l'autre lit.

— Elle mijote quelque chose.

— Tu ne serais pas un peu parano, toi ? rétorqua Barber en le regardant du coin de l'œil.

— Simplement prudent.

Harley réfléchit à ce qu'il venait de dire. Il n'était pas le genre d'homme à se confier, mais il avait subitement besoin d'un avis extérieur.

— Elle prétend que je me contrôle trop.

— Si tu m'avais posé la question, je t'aurais dit tout de suite que ce n'était pas le genre de fille à se laisser menotter.

Harley sentit un frisson d'alerte remonter sa colonne vertébrale. Il n'avait jamais parlé à quiconque, pas même à son meilleur ami, de ses préférences sexuelles. Par respect vis-à-vis des filles avec qui il s'amusait, et parce qu'il estimait que cela ne concernait personne. C'était privé, intime.

Il n'y avait que ses partenaires et Stasia qui soient au courant, et il n'imaginait pas Stasia répétant quoi que ce soit. Il avait confiance en elle.

— De quoi tu parles, là ? s'enquit-il en dévisageant Barber d'un œil noir.

— Désolé, mec, mais les filles sont bavardes, tu devrais le savoir. Et ta bimbo blonde, là – comment s'appelle-t-elle ? Gloria, c'est ça ? – enfin bref, elle raconte à tout le monde que tu l'as attachée au lit pour lui faire des tas de trucs cochons et qu'elle a adoré ça.

Gloria.

— Merde.

— Eh ouais ! sympathisa Barber. Il n'y a plus rien de sacré, que veux-tu que je te dise ? Pas même une petite séance de bondage entre pervers consentants.

— Boucle-la, tu veux ? gronda Harley en s'asseyant sur le lit.

La rumeur que répandait Gloria risquait de revenir aux oreilles des journalistes. Comment réagiraient les dirigeants du SBC si cela venait à se savoir ? Cela ne les regardait pas, de toute façon, c'était sa vie privée.

— Ne te mets pas la rate au court-bouillon, frangin. Les gens à qui elle racontait ça étaient soit impressionnés, soit intrigués.

Harley fit glisser ses mains sur son visage. Quelle attitude devrait-il adopter si ça lui revenait en pleine figure ?

— Laisse pisser, je te dis, insista Barber. Les amateurs de ragots seront ravis de planter leurs dents dans un truc aussi croustillant.

— Tu ne peux pas te taire, une minute ?

— J'imagine que cela signifie que tu refuseras de me donner des détails, même si je te supplie à genoux ? s'enquit-il avec un grand sourire.

— Exactement.

— Détends-toi, Harley. Ce n'est pas bien grave.

— J'ai trop de choses en jeu pour qu'un truc aussi stupide vienne tout bousiller, rétorqua-t-il en se levant pour arpenter la chambre. Trois fois, le championnat m'est passé sous le nez, Barber. Trois fois ! Tu comprends ?

— Regarde ça de la façon suivante : tous ces contretemps ont généré l'impatience du public. Moi-même, je n'en peux plus d'attendre le jour où tu rafleras la ceinture, et je sais qu'il y a une tripotée de fans qui sont comme moi. Plus les fans te découvrent, plus ils t'aiment. Tu es un rebelle. Tout le monde le sait, alors *sérieusement,* ça ne vaut pas le coup de te mettre dans tous tes états.

Harley non plus n'en pouvait plus d'attendre. Il voulait se battre.

— J'en ai ma claque des chambres d'hôtel, déclara Barber pour changer de sujet.

— Achète-toi une maison, répliqua Harley, ravi de cette diversion.

— Je voyage tellement que ça ne vaut pas le coup. Ça te plaît, à toi, d'avoir une maison ?

— Ça plaît à Satch, répondit Harley après réflexion.

— Oui, mais *à toi* ? insista Barber.

— C'est plus intime que l'hôtel.

— Intime ? Avec ton oncle qui vit sous le même toit ?

— Je crois qu'on vivra toujours ensemble.

Satch considérait qu'Harley et lui-même formaient une équipe inséparable. C'était comme ça.

— La piscine et la salle d'entraînement au soussol sont vraiment chouettes. Si tu veux tout savoir, j'ai même hâte que la saison de tondre la pelouse arrive.

— Ouais…

Barber rumina tout cela, et un grand sourire illumina son visage quand il parvint à une conclusion.

— Si tu laisses tomber les menottes et les chaînes, tu pourras peut-être convaincre Stasia de jouer au papa et à la maman dans ta maison.

— Dégage, Barber.

— J'en conclus que tes jeux pervers incluent bien des menottes et des chaînes. J'ai bon ?

Harley ramassa un magazine et le lui lança à la tête avant qu'il ait eu le temps de se baisser. Mort de rire, Barber leva les mains en l'air.

— Tss ! Ce que tu peux être susceptible, en ce moment. Moi, si je trouvais la femme de mes rêves, je n'hésiterais pas une seconde à me mettre en ménage avec elle.

— La femme de tes rêves est déjà mariée, patate !

Barber se rembrunit aussitôt et s'assit sur le lit en proférant un juron.

— Je me demande pourquoi tout le monde persiste à croire que je suis toujours amoureux de Dakota.

— Moi aussi, j'aimerais bien le savoir, lança Simon en poussant la porte entrouverte. C'est pénible, à la fin.

— Tu es en avance, Sublime, déclara Barber avec un grand sourire.

— Si j'étais arrivé à l'heure, je ne t'aurais pas surpris en train de parler de ma femme.

Harley observa Simon. Était-il déjà derrière la porte lorsque Barber avait plaisanté à propos du bondage ? S'il avait entendu quoi que ce soit, il ne le manifestait pas. Comme toujours, Simon Evans était le contrôle personnifié.

Sauf quand il était question de Dakota ; dans ces cas-là, il avait toujours l'air en colère.

— Entre, Sublime, l'invita Barber. Je n'ai que du respect pour ta femme, je le jure !

— Ouais, bien sûr, marmonna Simon en avançant vers Harley, main tendue. Ça me fait plaisir de te voir, Harley. Alors ? Ce coude ?

— Comme s'il était neuf, répondit Harley en l'invitant à s'asseoir près d'une petite table ronde dans un coin de la chambre. Je te remercie d'être venu me voir ici.

— Aucun problème. Je rends régulièrement visite à Barber pour lui rappeler d'un coup de pied bien placé que Dakota est mariée avec *moi*.

Barber protesta d'un éclat de rire.

— Comme si je risquais de l'oublier ! dit-il en s'asseyant à califourchon sur une chaise. Je suis passé à autre chose, Sublime. Tu le sais. Dakota le sait. En fait, je viens de trouver une nouvelle chanteuse pour mon groupe.

— Ah ouais ? Si c'est un clone de ma femme, tu vas sentir ta douleur, crois-moi.

Cette fois, ce fut au tour d'Harley d'éclater de rire.

— Si c'est la rousse avec qui je t'ai vu hier, elle ne ressemble absolument pas à Dakota.

— Même pas de loin, acquiesça Barber. Elle est très féminine. Manucure, longs cheveux roux. Vêtements sages. Et bien rembourrée partout où il faut.

Un sourire tordit la bouche de Simon.

— En effet. Rien à voir avec Dakota.

— Tu as vraiment l'intention de la prendre dans ton groupe ? s'enquit Harley, incrédule.

Elle ne ressemblait pas du tout au genre de filles qui plaisaient à Barber, et Harley avait du mal à l'imaginer en chanteuse de rock.

— Elle a une sacrée voix, répliqua Barber en allant chercher le café qui avait fini de passer et des gobelets en plastique. Si vous n'avez rien de prévu ce soir, je vous conseille de venir faire un tour au bar. Vous l'entendrez chanter.

— À quelle heure ? demanda Harley.

Il était aussi curieux de voir chanter cette fille que de la réaction de Simon quand il verrait que Barber était vraiment passé à autre chose. Il estimait que Simon s'était montré extrêmement tolérant avec Barber. Si un ex de Stasia s'était permis le dixième de ce que Barber avait fait…

Houlà ! Qu'est-ce qui lui prenait ? Harley s'empressa de refouler cette idée saugrenue. Ce qui se passait entre lui et Stasia ne s'apparentait même pas de loin au lien profond et durable qui unissait Simon et Dakota.

— Disons vers neuf heures. Ça te dit, Simon ?

— Dakota ne voudra pas rater ça.

— Super, fit Barber, visiblement ravi. Passe le mot au Ravageur et à Gregor, tu veux bien ? Histoire de fêter ça dignement.

Simon scruta longuement le visage de Barber, puis se tourna vers Harley.

— C'est moi, ou il a peur de se retrouver tout seul avec elle ?

— Ouais, j'ai le même feeling que toi, acquiesça Harley. Elle te fait peur, Barber ?

— Non, je dirais plutôt qu'elle me choque.

— Comment ça ?

Simon prit une gorgée du café qui était beaucoup trop fort, fit la grimace, mais reprit tout de même une gorgée.

— L'admiration que j'éprouve pour Dakota n'est un secret pour personne, expliqua Barber en soutenant le regard de Simon. La moitié des habitants d'Harmony se permet d'émettre des commentaires à ce sujet au moins deux fois par jour.

Simon fronça les sourcils et reposa son gobelet sur la table.

— Or, Jasmine Petri ne ressemble absolument pas à Dakota, et je me demande pourquoi elle me donne envie de briser le principe auquel je suis le plus attaché.

— Parce que tu as des principes, maintenant ? fit mine de s'étonner Harley. Depuis quand ?

— J'en ai toujours eu. Règle numéro un, dit Barber en commençant à compter sur ses doigts, ne jamais coucher avec un membre du groupe.

Harley s'étrangla sur son café.

— Encore heureux ! s'esclaffa-t-il. En dehors de Dakota, il n'y a que des mecs dans ton groupe !

— La règle numéro un s'appliquait à Dakota.

Simon pinça les lèvres et Harley se dit que s'il n'avait pas eu le crâne rasé, ses cheveux se seraient dressés sur sa tête.

— Elle n'aurait jamais voulu de toi, pauvre pomme.

— Je sais, admit Barber en souriant. Mais l'important, c'est que je n'ai jamais essayé. Je ne voulais pas mélanger les genres, tu comprends ? Le problème, avec Jasmine… Elle est excellente, il n'y a pas à revenir là-dessus. Mais je ne suis pas certain que l'engager comme chanteuse compense le sacrifice que je serais obligé de faire en m'abstenant de coucher avec elle. À moins que Jasmine soit l'exception qui confirme la règle numéro un.

— Tu la connais depuis longtemps ? questionna Harley.

— Assez pour que je ne puisse pas m'empêcher de penser à elle, fesses nues, en permanence.

On frappa discrètement à la porte, et Barber se figea.

— J'imagine que tu n'as pas refermé la porte derrière toi ? dit-il à Simon.

— Non, répondit-il, se délectant de son embarras. Tu l'avais laissée entrouverte et j'en ai fait autant.

— Aïe.

Harley s'efforça de conserver un visage impassible et alla ouvrir. Les joues toutes rouges, Jasmine fulminait sous sa chevelure rousse.

— Ah. Jasmine, c'est bien cela ? fit-il.

— Oui. Jasmine Petri, répliqua-t-elle, ses yeux lançant des éclairs en direction de Barber qui lui tournait le dos. J'espère que je ne dérange pas ?

Barber ferma un instant les yeux, puis se retourna, un sourire de bienvenue aux lèvres.

— Absolument pas. Entre donc, Jassy.

Au premier pas qu'elle fit dans la chambre, Jasmine trébucha.

— *Jassy ?*

— Oui, je trouve que ça te va bien.

— Pas moi ! rétorqua-t-elle, ses sourcils roux se rapprochant au-dessus de son nez parsemé de taches de rousseur. Je préfère Jasmine, merci beaucoup.

Barber haussa les épaules et pivota vers Harley et Simon qui s'étaient levés.

— Étant donné la réprimande que je me suis vu infliger hier pour manquement aux obligations sociales, j'imagine que le moment est venu de faire les présentations.

— Voyons, Barberosa, répondit Jasmine d'une voix suave, si c'est trop compliqué pour toi, je peux très bien m'en passer. Je ne voudrais surtout pas te compliquer la vie.

— Barberosa ? s'esclaffa Harley, incapable de maîtriser son hilarité plus longtemps. C'est excellent !

— Elle me plaît, cette petite, approuva Simon presque en même temps.

Harley la trouvait lui aussi très amusante. Il écarta Barber d'un coup de coude et tendit la main vers elle.

— Harley Handleman. Ravi de faire votre connaissance, Jasmine.

— Merci, monsieur Handleman.

— Vous pouvez m'appeler Harley.

Jasmine retira vivement sa petite main douce de la main d'Harley.

— J'ai passé la matinée avec Stasia, lui révéla-t-elle. Elle s'intéresse beaucoup à votre métier.

— Ah bon ? dit Harley, pris de court.

— Oui, on a fait les magasins entre filles et ensuite on est allées déjeuner. Grâce à Stasia, la conversation a été très animée.

Harley sentit son sang se figer et se demanda de quoi elles avaient bien pu parler. Stasia s'estimait-elle autorisée à le considérer comme un banal sujet de conversation ?

Après avoir lancé cette petite bombe, Jasmine se tourna vers Simon.

— Vous êtes sans doute M. Evans ? Dakota est très fière de vous.

— Appelez-moi Simon. Les amis de Dakota sont mes amis.

— Merci. C'était extraordinaire de la rencontrer. Je l'adore depuis la première fois que je l'ai vue sur scène. Elle est fabuleuse.

— C'est le mot qui convient, en effet.

— Je ne peux qu'approuver, lança Barber qui était le seul à être resté assis. La remplacer ne sera pas facile, Jassy.

Harley dut se retenir pour ne pas lui donner un coup, et Simon eut visiblement la même impulsion.

— Je passais simplement te demander à quelle heure tu voulais que je vienne, ce soir, enchaîna Jasmine en se forçant visiblement à sourire.

— C'est justement ce que j'étais en train de me demander, répliqua Barber en se levant. Allons discuter de ça dans le couloir. Comme ça, si je recommence à dire des âneries, je m'épargnerai une honte publique.

— Si tu recommences, gronda Simon, je te promets une rossée des familles.

— Il ne l'aura sûrement pas volée, commenta Jasmine.

Barber lui prit le bras et l'entraîna hors de la chambre. Juste avant de franchir le seuil, il se retourna vers Harley avec l'expression affamée du loup de Tex Avery et remua les sourcils à la façon de Groucho Marx.

Harley secoua la tête. Au lieu de s'assagir, Barber devenait de plus en plus gamin avec l'âge.

À moins qu'il ne soit toujours amoureux de Dakota, et que le cirque auquel il se livrait ne soit qu'une parade destinée à le dissimuler.

Simon alla jusqu'à la porte, écarta le loquet de sécurité et la laissa se refermer complètement.

— Il a de la chance que je sache que c'est un chic type. Autrement, je serais obligé de lui casser la figure, soupira-t-il. Mais il a été tellement sympa avec Dakota quand elle avait besoin d'aide que je ne peux pas lui en vouloir. Je me demande parfois ce qui se serait passé s'il n'avait pas été là.

— Je te comprends, acquiesça Harley en se rasseyant. Elle en a vu de toutes les couleurs.

— Je l'aime, alors je préfère éviter de m'appesantir sur le passé.

— Tu veux simplement t'assurer qu'on ne lui fera plus jamais de mal. C'est normal.

Simon n'était pas le genre d'homme à tourner autour du pot. Estimant que les palabres avaient assez duré, il entra directement dans le vif du sujet.

— J'arrête définitivement ma carrière, Harley.

Celui-ci avait redouté d'entendre ces mots.

— Je m'en doutais, répondit-il d'un ton fataliste avant de s'aventurer à reprendre une gorgée de l'épouvantable café. Je ne peux même pas dire que je t'en veux.

— Je n'ai pas pris cette décision de gaieté de cœur. Nous te sommes grandement redevables, Dakota et moi…

— Vous n'avez aucune raison de l'être, l'interrompit Harley.

Qu'on le remercie d'avoir fait ce que tout homme estimable aurait fait à sa place, l'insultait.

— C'est de ma faute si j'ai récolté cette blessure, ajouta-t-il. Je me suis laissé surprendre, ce qui est impardonnable de ma part.

— Quand même…

— Crois-moi, si je devais le refaire, je n'hésiterais pas une seconde.

Simon n'insista pas.

— Je me suis dit que je pourrais peut-être t'entraîner, puisque je ne monterai plus sur le ring ?

— Sérieux ?

— Ça me ferait plaisir. Arrêter ma carrière ne veut pas forcément dire que je dois tout arrêter du jour au lendemain.

— J'apprécie beaucoup.

Harley savait que cette nouvelle plairait énormément à Satch. Entre Dean et Simon, il n'aurait pu rêver meilleur parrainage pour le championnat.

Il était sur le point d'ajouter quelque chose lorsque la sonnerie de son portable retentit. Il se leva, le sortit de sa poche et consulta l'écran.

— C'est Drew Black, annonça-t-il à Simon.

Le président du SBC ne décrochait pas souvent son téléphone pour appeler un combattant, et cet appel ne pouvait signifier qu'une chose.

— Ce n'est pas trop tôt, commenta Simon.

Persuadé que Drew Black souhaitait lui communiquer la date de son prochain combat, Harley s'empressa de répondre, mais une fois les préambules terminés, il ressentit un choc.

Le championnat se tiendrait plus tôt qu'il ne l'avait escompté.

Barber avait eu du mal à se concentrer sur l'interminable bavardage de Jasmine au sujet de sa virée shopping et de son déjeuner entre filles, mais en dépit de sa distraction – il se demandait ce que Jasmine avait entendu avant de frapper à la porte de sa chambre –, il fut sensible à son enthousiasme et à sa joie de s'être fait de nouvelles amies.

En temps normal, le bavardage féminin l'abrutissait complètement, mais quand Jasmine parlait, peu importait ce qu'elle racontait. Il suffisait qu'il regarde bouger ses lèvres pour qu'il ait envie de l'embrasser.

Elle s'animait tellement dans tout ce qu'elle faisait, elle était si… guillerette.

Sans s'en rendre compte, il se mit à établir des comparaisons.

Jamais, pas une seule fois, Dakota ne s'était montrée aussi guillerette.

Dakota vernissait ses ongles, mais elle ne subissait une véritable manucure qu'en de très rares occasions.

Dakota était têtue et avait une volonté de fer, mais Barber ne l'avait jamais vue pleurer.

Il l'admirait, la respectait, la vénérait.

Jusqu'alors, il avait sincèrement pensé qu'une femme en tout point semblable à Dakota serait la seule à pouvoir l'enflammer. Pourtant…

Lorsque Jasmine parlait, elle remuait beaucoup les mains et changeait souvent de posture. Tous ses gestes étaient féminins et naturellement séduisants. Dakota ne cherchait jamais à séduire. Barber se demandait même si elle avait un jour ne serait-ce que flirté avec un petit ami. Quand Jasmine changeait de position, ses appas ballottaient délicieusement et entraînaient son esprit déjà obsessionnel vers des supputations charnelles.

Tout en elle était si involontairement attirant que Barber ne pouvait pas s'en vouloir de réagir aussi spontanément.

Même lorsqu'elle jubilait de le mettre en mauvaise posture devant ses amis, Barber la trouvait excitante. Il n'aurait pas su dire pourquoi ça lui plaisait autant. Peut-être parce que la plupart des femmes étaient trop accommodantes avec lui, voire carrément trop faciles.

— Toujours est-il, poursuivit Jasmine, que Dakota a bien voulu me donner les paroles des chansons. C'est gentil de sa part, hein ? Elle m'a dit que c'étaient tes chansons préférées. Je les connaissais, évidemment, et je crois que je les connais par cœur, mais en cas de doute, je les réviserai.

— Bonne idée.

— Elle est vraiment sympa. Je ne m'y attendais pas du tout.

— Elle est géniale.

— On s'est tellement bien amusées qu'on a décidé de se revoir bientôt.

Barber entendait à peine ce qu'elle disait. Elle avait noué ses cheveux en une longue tresse, et de petites boucles chatouillaient ses joues et son cou. De ravissants camées pendaient à ses oreilles. Son sweat-shirt couleur chair, qui ne révélait pas une once de peau, amplifiait le volume de sa poitrine.

Sa jupe était encore plus longue que celle qu'elle portait la veille, et Barber se surprit à rêvasser sur ses cuisses. Seraient-elles aussi plantureuses que ses seins et ses fesses ?

Mon Dieu, il ne pouvait pas s'empêcher de la désirer.

— C'était tellement bon que j'ai trop mangé, dit-elle en posant la main sur sa poitrine.

Barber contemplait ses ongles impeccablement laqués et la petite pierre porte-bonheur qui ornait son doigt. Il humait la fragrance de son shampooing et l'odeur plus subtile de sa peau.

— J'ai même pris un dessert. Une tarte aux pêches.

— Ah oui, aux pêches…

Jasmine se passa la langue sur ses lèvres.

— J'aurais pu manger la tarte entière !

— Oui, ça fait ça quand c'est bon, acquiesça Barber, incapable de se retenir plus longtemps de saisir son menton. Excuse-moi, ma belle, mais si tu veux vraiment que j'écoute ce que tu dis, je vais devoir couper court au suspense.

— Au quoi ?

Il l'embrassa.

Au bout de trois secondes, Jasmine manifesta un enthousiasme certain. Elle passa les bras autour de son cou et se blottit contre lui avec un petit gémissement.

Barber perdit la tête. Il la plaqua maladroitement contre la porte et sa langue força le barrage de ses lèvres, ses doigts puissants agrippant sa hanche.

La porte s'ouvrit derrière eux, et Jasmine partit à la renverse.

Barber voulut la rattraper, mais il réagit trop tard et Jasmine atterrit dans les bras de Simon. Barber plaça ses mains sous ses aisselles et l'aida à se remettre debout.

— Oh, mon Dieu, balbutia-t-elle, rouge de confusion.

— Ce n'est pas grave, Jassy, dit Barber. Simon est un champion, il a l'habitude de soulever des poids plus lourds que toi, ajouta-t-il en essayant de rajuster son sweat-shirt.

— Idiot ! répliqua-t-elle en appliquant de petites tapes sur ses mains et en s'efforçant de remettre de l'ordre dans sa tenue.

Harley et Simon contemplaient Barber, leur expression reflétant un mélange d'hilarité, de reproche et de solidarité masculine. Finalement, Simon les contourna.

— Franchement, Barber, tu as une chambre pour faire ce genre de choses ! bougonna-t-il.

Harley sifflota d'un air faussement détaché.

Humiliée, Jasmine tourna les talons et s'enfuit dans le couloir, sans doute pour regagner sa propre chambre. Encore haletant, Barber la regarda s'éloigner. Elle était aussi appétissante de dos que de face. Ses hanches divinement rembourrées ondulaient. Sous l'effet de la colère, malheureusement.

Elle l'avait traité d'idiot, se dit-il avec un grand sourire.

— Tu sais quoi, Harley ? Je crois que je suis cuit.

— Mon pauvre vieux. Ça fait des années que tu es cuit, rétorqua son ami en secouant la tête. Il faut que je me sauve, moi aussi. Drew vient de m'appeler.

— Drew ? répéta-t-il. Alors ?

— J'ai six semaines pour me préparer.

— Sans déconner ? s'extasia Barber. Pour le championnat ?

— Rien de moins ! Drew prétend que c'est le bon moment et ce n'est pas moi qui dirai le contraire.

Barber tendit son poing vers lui.

— Mais c'est génial, mec ! Il faut arroser ça !

Harley leva les yeux au ciel, avant de frapper le poing de Barber de son poing fermé.

— Cette fois, je ne laisserai rien se mettre en travers de ma route.

Rien… ou personne ?

— Tu vas décrocher le titre, mec. Ça mérite un double arrosage ! N'essaye pas de te défiler, ce soir…

— Je serai là.

— Avec Stasia ?

— Probablement. À partir de demain, il n'y aura plus que l'entraînement qui comptera, précisa Harley.

— Plus rien pour le plaisir, je sais.

Barber le regarda s'éloigner en secouant la tête. Harley ne savait pas se laisser aller, et c'est pour cette raison que cette histoire de bondage l'avait émoustillé. Il n'aurait jamais cru cela de lui. Il sourit. Il y avait peut-être encore de l'espoir pour Harley. Mais, avec Satch qui montait la garde en permanence et veillait à ce que son poulain se tienne à carreau, il n'aurait probablement pas l'occasion de faire les quatre cents coups.

À moins que Stasia ne lui vienne en aide.

Barber ne doutait pas qu'elle le ferait, mais de son côté, il n'avait toujours pas pris de décision.

Coucher avec Jasmine Petri méritait-il de mettre l'harmonie de son groupe en péril ?

16

Stasia ne voulut pas rejeter la faute de cet incident sur Harley, qui semblait bien plus intéressé par ses jambes que par la route, mais lorsque cette masse à moitié gelée avait heurté son pare-brise, il avait été aussi choqué qu'elle.

— Qu'est-ce que c'est que…

Elle n'en savait pas plus que lui. Le pare-brise s'était fendu sous le choc. L'air froid commençait à s'engouffrer dans l'habitacle.

Harley s'agrippa fermement au volant et s'efforça d'y voir clair à travers le pare-brise étoilé, le temps de garer la voiture au bord de la route.

Profondément bouleversée, Stasia ne bougea pas d'un pouce. Harley défit sa ceinture et se rapprocha d'elle.

— Tout va bien, Stasia ?

— Oui, répondit-elle après avoir dégluti pour dissiper le nœud qui s'était formé dans sa gorge. Qu'est-ce que c'était, Harley ?

La mine sombre, il caressa ses cheveux, puis jeta un coup d'œil au rétroviseur extérieur.

— Je ne sais pas. Reste là.

Deux voitures s'étaient arrêtées pour s'assurer qu'ils n'avaient rien, et les autres conducteurs tendaient le cou au passage pour tâcher de comprendre ce qui s'était passé.

Stasia se concentra sur sa respiration.

Ils n'avaient rien. La route sur laquelle ils se trouvaient n'était pas isolée. Sans en être certaine, car elle n'était pas encore familiarisée avec la ville, Stasia avait l'impression qu'ils n'étaient pas très loin du bar.

Harley s'éloigna en compagnie d'un des conducteurs qui s'étaient arrêtés pour identifier l'objet qui avait défoncé son pare-brise. Stasia l'apercevait d'où elle était : il formait une masse sombre, absolument immobile. Elle sentit son estomac se retourner.

Harley n'avait pas l'air content. Elle le vit sortir son portable et passer un coup de fil. Il ne la quittait pas des yeux, et sentir son regard sur elle la réconforta.

Étaient-ils victimes d'une malédiction ? Pourquoi ces incidents se produisaient-ils lorsqu'elle était avec lui ? S'agissait-il d'une sorte d'avertissement ?

Harley échangea une poignée de main avec l'autre homme, revint vers la Charger et examina le pare-brise d'un air dégoûté. Quand il remonta dans la voiture, elle décela la fureur qu'il s'efforçait de contenir.

— Qu'est-ce que c'était ?

— Un chien.

Stasia porta la main à sa bouche et refoula ses larmes.

— Mort ?

— Ne te mets pas dans tous tes états, ma belle, il était mort depuis longtemps. Un vrai bloc de glace.

Stasia écarta la main de sa bouche.

— Mais…

— Nous n'avons pas heurté un animal vivant.

Il inspira lentement, puis expira. Lorsqu'il se tourna vers elle, elle vit les gyrophares des véhicules de police à l'approche se refléter dans ses yeux.

— Quelqu'un a lancé le cadavre congelé de ce chien sur ma voiture.

Stasia envisagea tant de choses à la fois qu'elle fut incapable de retenir une seule hypothèse cohérente. Une des voitures de police se gara à côté d'eux, tandis que l'autre s'immobilisait à hauteur de l'animal mort.

Pauvre bête. Stasia aimait tellement les animaux qu'il lui importait peu que ce chien se soit fait écraser des jours, voire des semaines plus tôt.

Harley serra sa main dans la sienne.

— Il faut qu'on descende. Ça va ?

— Tout va bien.

Elle défit sa ceinture et descendit de voiture à l'instant précis où l'officier de police atteignait la portière d'Harley. Elle contourna le capot pour les rejoindre et le laissa expliquer ce qui venait de leur arriver.

L'officier de police transmit son rapport et leur pria d'attendre pendant qu'il inspectait rapidement les lieux.

Harley passa un bras autour des épaules de Stasia.

— Tu n'as pas trop froid ?

— Tout va bien.

— Tu n'arrêtes pas de répéter ça.

— Parce que c'est vrai.

— Tu n'as pas froid aux jambes ?

Elle le gratifia d'un petit sourire crispé.

— Tu t'inquiètes beaucoup de mes jambes, Harley. La plupart des femmes en ont, tu sais ?

— Les tiennes sont particulièrement sexy.

En dépit des événements, ce compliment la toucha. Elle avait profité de la virée shopping avec les filles pour s'acheter une jupe en jean qui lui arrivait juste au-dessus du genou. Elle la portait avec un collant noir, des chaussures à hauts talons agrémentées d'une bride autour de la cheville, et un body blanc ultramoulant en cachemire. Une tenue classe, dans laquelle elle n'avait pas froid et qui mettait sa silhouette en valeur.

— Tu m'as demandé de mettre une jupe, alors j'en ai mis une, dit-elle pour le taquiner. Je n'avais pas compris que c'était uniquement pour voir mes jambes.

— En fait… murmura-t-il en déposant un baiser près de son oreille, c'était uniquement pour glisser mes mains sous ta jupe que j'ai fait cette suggestion. Mais celle-ci te moule comme une seconde peau, ajouta-t-il en s'écartant. Elle est superbe, mais elle contrecarre mes projets.

Son cœur se mit à battre si fort qu'elle en eut le souffle coupé.

— Si j'avais su qu'on se retrouverait une fois de plus dans le froid, reprit-il en appuyant son front contre le sien, je t'aurais dit de mettre un jean et des bottes.

Stasia le prit par la taille.

— J'ai quelque chose à te dire, Harley.

— Désolés de vous interrompre. Je viens de jeter un coup d'œil, mais il n'y a pas grand-chose à voir. J'ai interrogé les conducteurs qui se sont arrêtés, mais ils n'ont rien vu de plus que vous – un truc a atterri sur votre pare-brise.

— Un chien mort ne pouvait pas être en train de courir.

— Je ne crois pas, admit l'officier sans se départir de son sérieux. Mais la personne qui l'a lancé est partie depuis longtemps. Je pencherais pour une mauvaise blague. À moins que l'un de vous ait une autre idée ? s'enquit-il en les dévisageant tour à tour.

Harley voulut dire quelque chose, mais Stasia s'avança vers l'officier.

— Tout à fait. Je connais quelqu'un qui m'en veut assez pour faire un truc de ce genre.

— Je vous écoute, répondit l'officier en rabattant sa casquette en arrière.

Les souvenirs auxquels elle fit appel étaient si déplaisants qu'ils comprimèrent un instant ses poumons et lui brûlèrent l'estomac. Heureusement, Harley pressait sa main dans la sienne.

— Le dernier client avec qui j'ai travaillé s'est mépris sur mes intentions. Il... Il a cru que je m'impliquais sentimentalement, que je voyais en lui autre chose qu'un client.

Elle réalisa que ce qu'elle venait de dire pouvait être très mal interprété et s'empressa d'expliciter :

— Je suis coach de vie. Je prends toujours soin d'établir clairement les limites avec mes clients, et je sépare nettement ma vie privée de ma vie professionnelle. Je suis là quand ils ont besoin de moi et je suis parfois témoin de leur vie quotidienne, mais je ne copine jamais avec eux.

Le policier plaça les mains sur ses hanches et fronça les sourcils. Pressée d'en finir, Stasia enchaîna :

— Quand il m'a proposé de quitter sa femme pour moi, j'ai tenté de lui faire entendre raison. Il... l'a mal pris. Pendant un moment, il s'est montré très pénible. Il n'arrêtait pas d'appeler sur ma ligne professionnelle et essayait de me suivre jusqu'à mon domicile. La dernière fois que je l'ai vu, il m'a traitée de tous les noms et m'a accusée d'avoir brisé son mariage.

— Savez-vous où se trouve cet homme, aujourd'hui ?

— Pas vraiment, répliqua Stasia en secouant la tête. Mais sa femme a été…

Ce souvenir était si douloureux qu'elle s'interrompit.

— Sa femme a été quoi ?

— Hospitalisée. Après tout ce qui s'était passé, elle a fait une tentative de suicide. C'était affreux. Et Larry a pris un malin plaisir à ne m'épargner aucun détail.

Elle se passa la main sur le front et sentit son estomac se contracter.

— Je ne sais pas s'ils se sont remis ensemble, continua-t-elle, parce que, à partir de ce moment-là, j'ai pris mes distances. J'avais peur qu'il ne se méprenne une fois de plus sur mes intentions si je lui manifestais trop d'intérêt.

— Vous allez me donner son nom et le nom de l'hôpital où sa femme a été admise, dit le policier d'un ton ferme. Je verrai ce que ça donne.

— Larry Grimes. Sa femme s'appelle Eloise.

Tandis qu'elle lui fournissait les autres éléments dont elle se souvenait, Stasia se surprit à prier que Larry ne fût pas réellement à l'origine de ces incidents. Si le cauchemar devait recommencer, elle ne savait pas ce qu'elle ferait.

Une heure s'écoula encore avant qu'une dépanneuse vienne chercher la Charger pour changer le pare-brise et qu'ils récupèrent la jeep. Stasia observait le silence et Harley ne chercha pas à la faire parler.

— Tu as toujours envie d'aller dîner ?

Elle jeta un coup d'œil à l'horloge du tableau de bord de la jeep.

— Si on y va maintenant, on va rater le tour de chant de Jasmine.

— On peut grignoter un truc au bar, si tu préfères.

— Oui, ce sera parfait.

— J'aurais apprécié que tu m'expliques un peu plus tôt à quel point ce type était dérangé, dit Harley en prenant la direction du bar.

— Je n'en ai pas vu l'intérêt.

— Vraiment ? Saboter les freins d'une voiture, c'est extrêmement grave, Stasia !

— Je n'arrive pas à imaginer Larry faisant ça, répliqua-t-elle en secouant la tête. Jusqu'à ce qu'il me fasse sa déclaration, je le trouvais sympathique. Un type parfaitement normal, ordinaire, même.

— Ben voyons… Un vrai prince, quoi.

— Épargne-moi tes sarcasmes, Harley. Je ne suis pas d'humeur.

Il retomba dans le silence et Stasia trouva cela encore plus épouvantable.

— Excuse-moi. Tu as raison, j'aurais dû réfléchir plus sérieusement, mais je n'aime pas repenser à cette histoire. J'ai préféré m'accrocher à l'idée qu'il s'agissait d'un acte de vandalisme, comme l'ont suggéré les adjoints du shérif.

— Et ce soir ?

— Je ne sais pas. Difficile de croire à une coïncidence.

Harley se gara sur le parking du bar et coupa le moteur.

— Ce n'est pas de ta faute, tu sais, déclara-t-il en se tournant vers elle.

— En matière de faute, Harley, c'est toujours délicat d'attribuer les responsabilités. Larry est-il coupable de s'être senti si désespérément malheureux qu'il s'est mépris sur mes tentatives de lui venir en aide ? Sa femme était-elle coupable de ne pas réussir à le rendre heureux ? De ne pas être capable d'affronter la situation, et de préférer mourir plutôt que de perdre un homme qui ne l'aimait plus et qui ne l'avait peut-être même jamais aimée ?

— Alors ce n'est de la faute de personne, conclut Harley. C'est comme ça et personne n'y peut rien.

Stasia ne pouvait rêver meilleure entrée en matière.

— Voilà. C'est comme de rater trois fois l'occasion de participer au championnat.

— Ça n'a rien à voir ! C'est arrivé parce que le destin s'est foutu de ma gueule, rétorqua-t-il aussitôt.

Stasia le retint par le bras avant que sa main n'atteigne la portière.

— Harley ? Je n'avais jamais parlé de Larry à personne. Cette histoire me rend malade. C'était triste et effrayant. Et surtout, je ne me suis jamais sentie aussi bête de toute ma vie.

Il se calma instantanément et l'attira dans ses bras.

— Je suis désolé, Stasia.

— Je me sens mieux, maintenant que j'en ai parlé. Ça m'a fait du bien.

— Tant mieux.

— J'aimerais que tu me fasses assez confiance pour me parler de tes problèmes, toi aussi, dit-elle en se pressant davantage contre lui. Je comprends ce qui s'est passé avec Dakota, enchaîna-t-elle en sentant ses muscles se raidir. Et je crois que tout le monde t'est reconnaissant de ce que tu as fait.

— Gregor est intervenu, lui aussi.

— Mais si tu n'avais pas été là...

— Pas longtemps après, s'entêta-t-il, Simon et Mallet sont arrivés.

Stasia n'avait jamais entendu parler d'un Mallet, mais elle supposa qu'il s'agissait d'un autre combattant.

— Oui, Harley. Mais toi, tu as été blessé.

Harley se cala sur son siège, bourdonnant presque de colère. Au bout de quelques secondes, il se détendit assez pour renverser la tête en arrière et fermer les yeux.

— Ils m'ont pris par surprise. Je pensais à autre chose et ils nous ont sauté dessus. Si je m'étais tenu sur mes gardes, comme j'aurais dû le faire, je les aurais vus ou entendus venir.

Il redressa la tête et la dévisagea de ses grands yeux bleus.

— C'est pour ça que j'ai été blessé. C'est uniquement de ma faute.

— Et les deux autres championnats ?

Il la considéra un long moment, et décida sans doute que rien ne s'opposait à ce qu'il lui raconte tout.

— Peu de temps après qu'on m'a offert de participer à mon premier championnat, ma mère a appris qu'elle avait un cancer du sein. Mon père était mort depuis quelques années. Elle n'avait plus que son frère – Satch – et moi. Ma mère allait vraiment trop mal et Satch ne pouvait pas tout assumer seul.

Oh, mon Dieu. Stasia n'avait jamais imaginé…

— Après un certain nombre d'examens, les médecins ont réalisé que le cancer était plus avancé qu'ils ne l'avaient cru. Les traitements étaient très éprouvants. Ma mère a lutté de toutes ses forces, mais elle s'affaiblissait de plus en plus.

Harley fixait un point de l'autre côté du pare-brise. Loin, très loin devant lui. Le réverbère qui éclairait faiblement l'intérieur de la voiture projetait une lumière blafarde sur ses traits, faisant briller ses cheveux blonds et conférant une profondeur étrange à son regard.

— Mon comportement n'a rien eu de noble. Ce n'est pas pour elle que j'ai renoncé à ce championnat, mais pour moi. Je ne voulais pas qu'elle s'en aille, ajouta-t-il d'une voix si rocailleuse que Stasia sentit son cœur se briser.

— C'était ta mère. Je comprends parfaitement.

Sa mâchoire se crispa, et son regard devint dur et froid.

— Malgré la chimio, le cancer a gagné du terrain. Elle est morte avant d'avoir retrouvé l'envie de se battre. Oncle Satch m'a fait reprendre l'entraînement juste après l'enterrement, conclut-il en se tournant vers elle.

— Il a certainement pensé que cela t'aiderait, de te concentrer sur autre chose.

— J'ai dû refaire tout le chemin pratiquement depuis zéro, dit-il en haussant les épaules. On me considérait toujours comme un débutant, et il y avait du monde sur les rangs avant d'arriver une deuxième fois jusqu'au championnat.

— Mais tu as réussi, non ?

— Ouais. Je me suis accroché. Je me suis concentré sur cette fichue ceinture, je me suis entraîné comme un malade et j'ai envoyé au tapis tous les types qui me barraient la route.

— Et qu'est-ce qui s'est passé, cette fois ? demanda-t-elle en posant la main sur son bras.

— J'ai tout fichu en l'air, répondit-il en plissant les yeux. Malgré tout le temps que je consacrais à l'entraînement, je suis stupidement tombé amoureux.

Stasia eut l'impression de recevoir un coup de poing au creux de l'estomac.

— Pourquoi « stupidement » ? parvint-elle à articuler.

— Satch voulait que je fasse une croix sur les filles, expliqua-t-il en la dévisageant. Moi. Tu imagines un peu ?

Stasia sourit.

Le silence se prolongea tandis qu'Harley contemplait le parking d'un regard aveugle.

— C'est une histoire longue et ennuyeuse, mais ce que j'en retiens, c'est que j'ai cru être amoureux de Sandy et que je me suis efforcé d'équilibrer les deux.

— Le sport et la fille ?

— Ouais. Satch n'était pas content, mais ça marchait. Enfin, c'est ce que je croyais, ajouta-t-il en se frottant la cuisse.

— Qu'est-ce qui s'est passé ?

— Elle s'est fait renverser par une voiture.

— Oh, mon Dieu.

— Ouais, soupira-t-il en secouant la tête. Elle a été salement amochée. Les côtes fêlées, une jambe cassée et la mâchoire brisée. Sandy était malheureuse comme les pierres. Je n'avais jamais vu une femme aussi malheureuse. Le type qui l'a renversée… C'était un accident absurde. La semelle de sa chaussure était décollée, elle s'est coincée sur la pédale et il n'a pas pu freiner.

Harley éclata subitement de rire.

— Harley ? s'inquiéta Stasia.

— Il était bien assuré, mais il se sentait horriblement coupable. Tellement coupable qu'il allait la voir tous les jours à l'hôpital. Et c'est comme ça qu'ils sont tombés amoureux.

Stasia en demeura bouche bée. Elle n'avait absolument pas anticipé une telle conclusion.

— Ce n'est pas une blague, assura-t-il. C'est pour ça que je dis que c'était stupide. Sandy prétendait qu'elle était amoureuse de moi et du jour au lendemain, elle m'annonce, en larmes, qu'elle est amoureuse de quelqu'un d'autre. Le type était avec elle. Ils ont été très courageux, tous les deux. Ils se sont tenus par la main pendant toute sa confession.

— Je suis désolée, Harley. Je n'aurais jamais imaginé une histoire pareille.

— Pour autant que je sache, ils sont toujours mariés, dit-il en se passant le doigt sur l'arête du nez. Je me suis remis assez vite. Ce n'était pas ça, le problème. Le pire est venu après. Tout le monde, depuis mes voisins jusqu'aux dirigeants du SBC, savait que je m'étais fait larguer après avoir loupé ce championnat. Certains avaient pitié de moi, mais il y en avait d'autres qui trouvaient ça hilarant et qui se bidonnaient ouvertement. C'est une leçon que je n'ai pas oubliée.

— Ce qui explique que tu te contrôles en permanence, conclut spontanément Stasia.

— Non, tu crois ? répliqua-t-il avec un sourire facétieux, avant de faire mine de réfléchir. Peut-être bien, après tout. Ce qui est sûr, c'est que je ne m'aventurerai plus à bâcler ma préparation et que je ne mélangerai plus travail et émotions. Ma réaction n'est pas celle d'un déséquilibré, Stasia, et j'apprécierais que tu évites de me servir tes analyses de psychologue de bazar. Mon mode de vie correspond à un choix délibéré pour éviter un nouveau fiasco. Pas à une stratégie de repli induite par une psyché définitivement détruite.

Stasia cogitait si fort qu'elle l'entendit à peine.

— Tu ne pouvais pas contrôler Sandy ni la manière dont elle influençait ta vie, et c'est pour ça que depuis cette histoire, tu contrôles les femmes de la seule façon qui soit sans danger pour toi : au lit.

Harley secoua la tête et se permit de lui donner une petite tape sur le bout du nez.

— J'appelle ça de la psychologie de bazar, et c'est précisément ce que je t'ai demandé d'éviter.

— C'est tellement évident que ça ne nécessite aucune analyse.

— J'aime contrôler les femmes, déclara-t-il en se penchant vers elle. Ça m'excite. Il n'y a rien de plus à en dire. Si tu me laissais te montrer…

— Tu ne peux pas tout contrôler, Harley, répliqua-t-elle en reculant. Les choses arrivent que tu le veuilles ou non.

— Je peux décider de l'influence que les événements extérieurs ont sur moi.

Stasia se passa la langue sur les lèvres, et décida que le seul moyen de le convaincre consistait à lui faire de nouvelles confidences.

— Après la tentative de suicide de cette femme, j'ai pris conscience que chaque jour est une bénédiction, que le simple fait de respirer est un véritable don du Ciel.

— Je suis tout à fait d'accord, répondit-il en ouvrant sa portière. Mais le plus merveilleux cadeau que j'aurai dans cette vie, c'est une ceinture de champion.

Il contourna la jeep pour lui ouvrir sa portière. Stasia ne bougea pas de son siège. Harley posa les mains sur le toit de la jeep et se pencha.

— Tu essayes d'imaginer ce que tu ressentiras quand tu seras attachée à mon lit ?

— Non, rétorqua-t-elle en levant les yeux vers lui. J'étais en train de me dire que tu es un homme merveilleux, fascinant et bourré de talent.

Harley fronça les sourcils comme sous le coup d'une insulte, se redressa et attendit qu'elle sorte.

— Je donne ma langue au chat, marmonna-t-il quand ils atteignirent la porte du bar. Quel épisode de ma vie t'a incitée à me trouver *merveilleux* ?

Stasia sourit et se pressa contre lui.

— Vois-tu, Harley, certaines personnes naissent avec tous les dons. Elles n'ont aucun effort à faire, tout leur réussit comme par enchantement. Mais si par malheur elles se trouvent un jour confrontées à un obstacle, pfft ! Il n'y a plus personne. Elles s'écroulent comme un château de cartes. Tandis que toi, ajouta-t-elle en renversant la tête pour le regarder, tu t'es construit tout seul. Tu sais ce que tu veux et tu poursuis ton but quels que soient les obstacles. Malgré toutes les épreuves que tu as subies, tu es resté un homme d'honneur, qui se donne du mal pour obtenir ce qu'il veut et n'hésite pas à apporter son aide à ceux qui en ont besoin.

— Mon Dieu !

Harley érigea aussitôt une barrière émotionnelle entre eux et l'entraîna à l'intérieur du bar.

— Je n'ai rien d'un saint, Anastasia. Quand je t'aurai fait jouir comme une folle, tu pourras me sanctifier si tu veux. Mais pas avant.

Sans lui laisser le temps de répliquer, il l'entraîna à travers la foule jusqu'à une table près de l'estrade réservée aux musiciens, où les attendaient Simon, Gregor et Dean. Ils venaient à peine de s'asseoir qu'un photographe se mit à les mitrailler.

Stasia ne comprit la situation qu'après le départ de celui-ci, lorsqu'ils se mirent à évoquer le championnat. Harley allait bientôt y participer, et il ne lui en avait même pas parlé.

Ce simple fait en disait plus long que des mots. Il ne la laisserait jamais s'immiscer d'un millimètre dans sa vie professionnelle, et elle aurait été bête de croire autre chose.

Il était grand temps de laisser tomber.

Cette fois, Harley décrocherait le titre et Stasia ne se mettrait pas en travers de son chemin.

Ce soir, elle lui ferait ses adieux définitifs.

Quand on frappa à la porte de sa chambre d'hôtel, Jasmine faillit hurler. Elle était si troublée qu'elle ne savait plus où elle en était.

Elle avait embrassé Barberosa. Dans le couloir. Devant ses amis.

Qu'est-ce qui lui avait pris ?

Elle avait perdu l'esprit. Mais ce n'était pas de sa faute, et elle allait dire à Barberosa ce qu'elle pensait de lui. Une fois qu'elle eut pris cette décision, l'anxiété qui la nouait à l'idée de la réaction de Barber devant sa nouvelle tenue s'envola. Elle traversa la chambre et ouvrit la porte.

— Salut, dit Barber. J'espère...

Les mots qu'il s'apprêtait à prononcer restèrent coincés dans sa gorge. Il s'immobilisa un instant, puis entra dans la chambre et referma la porte d'un coup de pied.

Il détaillait sa tenue si ouvertement que Jasmine sentit son appréhension ressurgir. Elle lissa le devant de sa guêpière. Ève lui avait juré que cette guêpière, avec des manches bordées de dentelle en tissu écossais rose qui dégageaient entièrement ses épaules, serait parfaite. Jasmine l'aimait bien, parce qu'elle recouvrait presque entièrement sa poitrine et que la rangée de crochets qui la fermait sur le devant lui donnait une petite touche sexy.

Elle allait avec sa jupe noire plissée rehaussée d'œillets métalliques qui lui donnaient une allure très rock. Elle avait enfilé un collant noir et des bottes à lacets, et lorsqu'elle plaça ses mains sur ses hanches, ses gros bracelets en argent s'entrechoquèrent bruyamment.

— Quoi ?

— Chuuut ! fit-il sans la quitter des yeux. Je savoure cette vision…

Elle se sentit devenir bouillante… mais peut-être pas de honte, finalement. D'intérêt, plutôt. La façon dont il la regardait, comme s'il allait lui sauter dessus d'une seconde à l'autre, lui faisait désirer… qu'il lui saute dessus.

Cela faisait des années qu'elle fantasmait sur Barberosa Henry. Elle adorait tout de lui : sa musique, sa voix, ses longs cheveux, son physique exceptionnel et son comportement audacieux. C'était l'homme le plus viril qu'elle connaissait, mais avec un petit côté sexy tellement évident qu'il n'aurait pu échapper à une aveugle.

Elle était à présent tout près de lui et il ne faisait pas mystère de la désirer. Il se rapprochait même davantage.

Jasmine ferma les yeux un bref instant, et repensa au baiser époustouflant qu'ils avaient échangé dans le couloir.

— Non, Barberosa, déclara-t-elle en rouvrant subitement les paupières.

— Non ? s'enquit-il en se mettant à tourner lentement autour d'elle.

Elle pivota pour l'empêcher de reluquer ses fesses.

— *Non.* Tu as dit que c'était toi ou chanter dans ton groupe, et j'ai choisi de chanter.

— Oui, je me souviens d'avoir planté cet ultimatum ridicule, admit-il en levant les yeux vers elle. C'était complètement stupide de ma part, tu ne trouves pas ?

Son regard brillait d'une chaleur si intense que Jasmine se sentit soudain exposée. Elle ramassa son manteau, l'enfila et le boutonna jusqu'en haut.

— Ce n'était pas du tout stupide. J'ai réfléchi à la question et je trouve ça parfaitement logique.

— Ah oui ? Et pourquoi donc ?

— Tu n'es pas le genre d'homme à t'engager dans une relation durable. Et je ne suis pas une Marie-couche-toi-là.

— Tu adoreras coucher avec moi, Jasmine, dit-il en capturant son regard tandis qu'il marchait droit sur elle. Je te le promets.

Oh, mon Dieu. Sentant sa volonté chanceler, Jasmine tendit les mains devant elle.

— Non, c'est non !

Il s'arrêta, et son expression devint énigmatique.

— Tu n'as pas protesté quand je t'ai embrassée.

— Je sais. J'avais perdu l'esprit.

— En une fraction de seconde.

— Vantard !

La vérité, c'était qu'elle mourait d'envie qu'il l'embrasse bien avant qu'il en prenne l'initiative.

— Tu m'as eue par surprise, c'est tout.

— Je crois que je t'ai donné ce que tu voulais. Avoue que c'était ce que tu voulais…

Et voilà. Des larmes de colère jaillirent, ce qui ne fit que l'irriter davantage.

— Ah, non ! s'exclama-t-il en reculant. Tu ne vas pas te mettre à pleurer !

Jasmine s'avança vers lui et plaça son visage face au sien.

— Tu n'as pas d'ordres à me donner, Barberosa.

— Combien de fois faudra-t-il que je te dise de m'appeler Barber ? grommela-t-il.

— Très bien. Tu veux que je te dise la vérité, *Barber* ? Alors écoute-moi bien. Je fantasme sur toi depuis la première fois que je t'ai vu. Voilà la vérité. Des fantasmes d'un érotisme torride.

Il haussa les sourcils si haut qu'ils disparurent sous ses cheveux.

— Vraiment ?

— Figure-toi que les femmes aussi ont des fantasmes, déclara-t-elle en pointant l'index sur son torse. Et toi, tu es mon fantasme à moi. Mais les choses n'iront pas plus loin, parce que chanter dans ton groupe est trop important pour que je sacrifie ça à un homme. Donc, *Barber*, tu vas arrêter *immédiatement* de me harceler, sinon je te promets que…

— Tu peux laisser tomber ton numéro de rouquine en colère, j'ai compris le message, dit-il en nouant les mains sur sa nuque et en reculant.

Cette posture faisait paraître ses épaules et ses biceps énormes, et son torse encore plus large.

Pourquoi fallait-il qu'il soit aussi attirant ?

Il laissa retomber ses mains le long de son corps.

— Mon désir ne disparaîtra pas pour autant, précisa-t-il.

— Je le piétinerai jusqu'à ce qu'il se soumette à ma volonté.

— Rien que ça ! sourit-il.

— Absolument. Et je te suggère d'en faire autant.

Il éclata de rire.

— Tu sais que tu es trop adorable ?

— Et toi, tu es trop attirant, répliqua-t-elle avec un sourire coquin. Heureusement, j'ai une grande force de caractère et je suis certaine de te résister. Bien, maintenant que ce point est réglé, que faisons-nous ? Je ne voudrais pas arriver en retard pour mon premier tour de chant.

Barber passa devant elle, ouvrit la porte, fit une profonde révérence et s'écarta pour la laisser passer.

Méfiante, Jasmine franchit la porte à toute vitesse.

— J'ai hâte de voir combien de temps ta force de caractère résistera, ma belle, lança Barber en s'inclinant à nouveau.

Elle lui décocha un regard noir, et continua sa route.

Il la rattrapa et posa la main au creux de ses reins.

— Tes fringues sont géniales, au fait. Tu as un look d'enfer.

Jasmine sentit ses genoux faiblir.

— Merci.

— Si tu chantes aussi bien que tu es belle, ce soir, tout le monde va t'aimer autant que moi.

Jasmine trébucha.

Autant que lui ? Qu'est-ce qui lui prenait de faire des déclarations pareilles ?

Le cœur de Jasmine se mit à battre plus fort, son ventre se noua et lorsqu'ils sortirent dehors, l'air froid ne parvint pas à apaiser la fournaise qui brûlait en elle.

Dieu lui vienne en aide. Quand il s'agissait de Barber, elle n'était pas certaine que la force de caractère dont elle s'était vantée suffirait à la sauver.

17

Barber et son groupe entamèrent la troisième chanson sous des applaudissements enthousiastes. Éminemment satisfait, Roger se laissa aller contre le mur. Jasmine Petri s'intégrait parfaitement au groupe.

— À quoi penses-tu ?

Cam s'était approchée de lui sans qu'il s'en rende compte. Roger lui sourit.

— J'avais de mauvaises pensées, répondit-il. Tu n'approuverais pas du tout.

— Vraiment ? s'enquit-elle avec un sourire malicieux en saisissant sa cravate pour l'entraîner à l'écart. Expliquez-moi ça, monsieur Sims.

Roger trouvait sa femme plus belle que jamais ces derniers temps. Le bonheur de Cam étant sa priorité absolue, il espérait qu'elle rayonnait ainsi parce qu'elle était heureuse.

— Barber est devenu tellement indispensable que je réfléchissais au moyen de m'attacher durablement ses services. Même si on ne le programmait que pour des occasions exceptionnelles, ce serait très rentable.

— Pourquoi ne pas le lui proposer, alors ?

Roger caressa les cheveux de sa femme. Elle les avait lâchés, ce soir, et la douceur de sa chevelure le troubla comme au premier jour. Mais, même avec le crâne rasé, il l'aurait trouvée bouleversante. Cette idée saugrenue le fit rire.

— Toujours partisane de l'approche directe, à ce que je vois ?

— Oui, acquiesça Cam. Je trouve que c'est la meilleure méthode.

Pas quand on voulait piéger une étoile montante, mais Roger s'abstint de le lui faire remarquer.

— Si tu penses que c'est ce que je dois faire, j'essayerai.

Il commencerait par là, et si ça ne marchait pas il envisagerait autre chose.

— On pourrait peut-être en discuter avant que tu ne passes à l'attaque, suggéra-t-elle. Je crois que tu devrais réfléchir à ce que tu attends précisément de Barber, de façon à lui faire une offre claire en termes de dates et de prix.

— Il n'a pas encore d'agent, fit remarquer Roger. Je n'en reviens pas, mais cela m'évite de passer par un intermédiaire.

— Barber est quelqu'un de très terre à terre, et je crois que le succès ne lui montera jamais à la tête.

— Moi non plus, admit-il en la serrant dans ses bras.

Cam laissa échapper un gémissement et chercha à se dégager de son étreinte. Il s'écarta, aussitôt inquiet.

— Qu'est-ce qui ne va pas ?

— Je suis un peu sensible, c'est tout, répondit-elle en plaçant les mains devant sa poitrine.

La culpabilité s'abattit sur lui, teintée d'un irrépressible désir.

— J'ai été trop brutal, hier soir ? demanda-t-il en se remémorant la réaction presque sauvage qu'il avait eue lorsque Cam avait manifesté une extrême sensibilité aux caresses de sa langue – il l'avait amenée au bord de l'orgasme rien qu'en lui suçant les seins.

— C'était délicieux, assura-t-elle en souriant.

Roger s'éclaircit la gorge, ce qui fut sans effet sur le soudain rétrécissement de son pantalon. Le souvenir qu'il venait d'évoquer l'avait excité et lui avait donné envie de recommencer. Là. Tout de suite.

— Tu es sûre ?

Au lieu de lui répondre, elle se contenta de sourire et regarda autour d'eux pour s'assurer de leur intimité.

— J'avais l'intention de te le dire à la maison, mais je crois que je ne tiendrai pas jusque-là.

Roger sentit son cœur cogner plus fort.

— De me dire quoi ?

— J'espère que tu vas être content.

Toutes les hypothèses tournoyèrent dans son esprit, depuis la plus épouvantable jusqu'à la plus merveilleuse, et le sang lui monta à la tête.

— Dis-le-moi.

Elle se mordit la lèvre avant de sourire.

— Je suis enceinte.

Roger eut l'impression que le monde se refermait sur lui. Sa vision devint trouble, puis de vives lumières explosèrent devant ses yeux.

— Enceinte ?

Il avait voulu crier, mais il avait prononcé ce mot dans un pitoyable filet de voix. Cam, qui avait recommencé à se mordre la lèvre et s'efforçait de maîtriser son hilarité, hocha vivement la tête.

— Enceinte ? répéta-t-il un peu plus fort, cette fois. Tu es sûre ?

— Oui.

Roger sentit ses forces l'abandonner d'un seul coup, et il tomba à genoux devant elle. Elle était si… mince. Son ventre était tout plat, presque concave. Il posa les mains sur ses hanches et l'embrassa à travers sa robe.

— Roger, chuchota-t-elle en riant. Relève-toi !

Il leva les yeux vers son visage et la vit rougir ; il l'aimait tant qu'il avait envie de pleurer.

— On va avoir un bébé ?

Bon sang, il pleurait bel et bien. Il pressa son visage contre elle et la serra très fort. Cam enfouit les doigts dans ses cheveux et s'agenouilla à son tour.

— Oui, Roger. J'ai fait un simple test de grossesse, mais on peut prendre rendez-vous chez un médecin, si tu veux.

— Mon Dieu, si tu savais comme je t'aime ! souffla-t-il en la serrant contre lui.

Aussi rapidement qu'il avait faibli, Roger se sentit soudain investi des pouvoirs d'un surhomme. Il se remit debout avec un éclat de rire, la souleva dans ses bras et la fit tournoyer en la dévorant de baisers.

Cam lui essuya les joues en souriant.

— Je t'aime aussi, tu sais.

— Merci.

Cam éclata de rire.

— Tu vas faire un papa merveilleux.

— Je te le promets ! Je t'en fais le serment solennel.

— Je n'en doute pas un instant, répondit-elle avec un petit sourire tremblotant.

Quelqu'un passa près d'eux en les bousculant, et Roger faillit perdre l'équilibre. Furieux qu'on les interrompe dans un moment aussi précieux, il se retourna pour voir qui s'était permis un comportement aussi grossier. Il aperçut un homme massif qui se frayait un passage vers la piste de danse en roulant des mécaniques. Arrivé au bord, il s'arrêta et scruta la foule des danseurs, cherchant visiblement quelqu'un.

— Reste là, dit-il en reposant Cam sur ses pieds.

— Roger !

Il savait qu'elle avait horreur qu'il se mêle à des bagarres, et il prit le temps de la rassurer.

— Je sais, Cam. Je te promets que je ne chercherai pas l'embrouille. Mais je suis ici chez moi et...

— Vas-y, l'interrompit-elle, manifestant sa confiance. Règle ça, mais évite les dérapages.

— Je te le promets.

Il alla rejoindre le type qui les avait bousculés.

— Excusez-moi... commença-t-il.

— Dégage.

Roger observa le crâne aux cheveux ultracourts, les tatouages voyants, les nombreuses cicatrices et l'attitude hostile du type.

— Je suis le propriétaire de ce bar. Vous cherchez quelqu'un ?

— Tu peux surtout me foutre la paix, rétorqua l'autre sans même le regarder.

De plus en plus furieux, Roger plissa les yeux.

— Si j'appelle le service d'ordre, ils seront là en moins de deux minutes.

— Ah ouais ? répondit l'homme en baissant vers lui un regard méprisant. Ben c'est pas la peine, alors. D'ici là, j'aurai trouvé Handleman.

— Si vous voulez attendre près de la porte, je vous le trouve et je vous l'envoie, proposa Roger, soucieux de tenir sa promesse vis-à-vis de Cam.

— Inutile.

Barber descendit de l'estrade d'un bond à cet instant précis, puis se retourna vers Jasmine pour l'aider à descendre. Les musiciens du groupe se dirigèrent vers le bar, mais Barber entraîna Jasmine vers la table où l'attendaient ses amis.

Le grand malabar carra les épaules et son sourire révéla plusieurs dents manquantes.

— Je l'ai déjà trouvé.

Il traversa la salle comme si l'établissement lui appartenait, écartant d'un coup de coude ceux qui avaient le malheur de se trouver sur son passage, l'air mauvais.

Harley l'avait déjà repéré. Un tel colosse ne risquait pas de passer inaperçu. Tout en écoutant Stasia vanter avec enthousiasme le talent de Jasmine, il suivit sa progression du coin de l'œil. Il était taillé comme un combattant et remuait comme un combattant, mais Harley ne l'avait jamais vu.

Immédiatement derrière cette brute épaisse, il aperçut Roger, suivi de près par Cam. Roger fronçait les sourcils d'un air furibond et lançait un message radio, probablement adressé au service d'ordre. À voir l'expression du bonhomme, il était sans doute préférable d'anticiper les ennuis.

Harley devina que les ennuis en question le concernaient directement.

— Si tu veux bien m'excuser, dit-il à Stasia en se levant, l'interrompant au beau milieu d'une phrase, pour aller se placer devant la table.

Naturellement, ses amis comprirent instantanément sa manœuvre visant à protéger les femmes, et se levèrent à leur tour. L'homme qui s'approchait eut un sourire mauvais et désigna Harley d'un index menaçant.

Harley trouva ce comportement théâtral parfaitement ridicule. C'était généralement les types dépourvus de talent qui éprouvaient le besoin de brasser de l'air.

Stasia s'avança derrière lui.

— Qu'est-ce qui se passe ? demanda-t-elle.
— Recule contre le mur et ne bouge plus, ordonna-t-il.
— Quoi ?
— Fais ce que je te dis.
Trop tard. L'homme venait d'arriver devant eux.
— Handleman. Enfin, je te trouve.
— Et toi ? Qui es-tu ? rétorqua Harley sans se laisser démonter par son pitoyable numéro.
— Celui qui va broyer ton putain de coude.
— Sois plus précis, tu veux bien ? Tu as l'intention de faire ça tout de suite ou plus tard ?
— Sur le ring, pauvre cloche. Maintenant que Sublime se défile, ajouta-t-il en coulant un regard méprisant vers Simon, c'est entre toi et moi que ça va se jouer.
Simon et Dean vinrent encadrer Harley. Ils n'appréciaient visiblement pas cette interruption. Harley aurait préféré qu'ils le laissent régler ça tout seul, mais il se détendit.
— Comme tu peux le constater, Simon ne se défile pas.
— Ouais, répliqua l'autre en retroussant la lèvre. Il a les chocottes pour son petit copain, ricana-t-il. Il paraît même qu'il s'occupe de ton entraînement.
Hmm. Les nouvelles allaient vite.
— Il me l'a effectivement proposé.
— Ce n'est pas ça qui m'empêchera de t'écrabouiller.
— Toi ? ricana Simon. Avec les stéroïdes que tu t'enfiles ?
Le type plongea en avant, mais Dean s'interposa et l'arrêta en plaquant durement la main sur son torse.
— Ce restaurant appartient à mon beau-frère, Kincaid. Ne provoque pas de scandale ou je te promets que tu le regretteras.
— Ouais, faudrait pas tout dégueulasser avec le sang d'Handleman, hein ? dit l'autre en faisant un pas en arrière et en enveloppant Harley d'un regard haineux.
Derrière eux, les femmes s'étaient serrées les unes contre les autres, terrifiées. Toutes, sauf Dakota, qui suivait la scène d'un air dédaigneux.
Harley s'avança. Kincaid. C'était donc là le type qu'il devrait combattre pour remporter le titre. Une brute, doublée d'un imbécile.

— Tu dis qu'on est censés se battre? C'est marrant, parce que je n'ai jamais entendu parler de toi, mentit-il à seule fin de le provoquer.

— Tu étais bien trop occupé à lécher tes plaies, Handleman. C'est pour ça que t'as rien entendu, rétorqua Kincaid en se frappant le torse de son poing énorme. Je vais te réduire en bouillie et je vais adorer ça.

— Si tu le dis, fit Harley d'un ton las. Tu as autre chose à ajouter, avant que je rejoigne mes amis?

Kincaid devint écarlate, les traits de son visage se tordirent et ses yeux devinrent globuleux.

— Qu'est-ce que c'est que ce bavassage de gonzesse?

— Je ne parle pas aux abrutis. Si on doit se battre, je laisserai parler mes poings pour moi.

— Pas « si ». *Quand*. C'est officiel.

— Il faudra d'abord que le contrôle antidopage soit négatif. Et ça, c'est pas gagné, d'après moi.

— Tu ferais peut-être mieux de fermer ta gueule et de venir goûter tout de suite ce que je te réserve, gronda Kincaid entre ses dents serrées.

— Harley… souffla Stasia derrière lui.

Aussitôt, Kincaid braqua le regard sur elle et ses yeux se mirent à briller d'une lueur maléfique.

— N'y pense même pas, Kincaid, lança Harley en bloquant son champ de vision. J'espère pour toi que tu n'es pas bête à ce point.

— Pourquoi pas? s'esclaffa-t-il. Tu t'es gêné, toi, pour sauter la gonzesse de Sublime quand tu guignais le championnat? Ça a presque failli marcher. J'aurai peut-être plus de chance que toi…

Un chahut monstre se déclencha.

Simon laissa échapper un rugissement. Dean essaya de le retenir, et Dakota projeta un violent coup de pied dans les parties de Kincaid.

— La gonzesse de Simon, comme tu dis, c'est moi, pauvre tache! cracha-t-elle. Et Harley n'a jamais couché avec moi!

Dakota n'avait pris aucun élan avant de projeter son pied en avant, et Kincaid n'avait rien vu venir. Elle l'avait cloué au sol. Ses yeux parurent cette fois sur le point de jaillir de leurs orbites. Il ouvrit tout grand la bouche comme s'il s'apprêtait à vomir ou à se trouver mal.

— Je voulais dire, avant toi, laissa-t-il échapper d'une voix sifflante.

Les jambes écartées, brandissant les poings devant elle, Dakota rejeta ses cheveux en arrière.

— Je ne supporte pas d'entendre parler des femmes que Simon a connues avant moi.

Simon échappa à Dean dans un mouvement souple, comme s'il s'était déplacé au ralenti. Vibrant de rage, il se planta devant Dakota et l'obligea à reculer de plusieurs pas. Il semblait sur le point de dire quelque chose, mais il était dans un tel état de fureur qu'il n'y arrivait pas. Il la souleva, l'assit de force sur une chaise et se pencha au-dessus d'elle, haletant.

— Il l'a cherché, Simon, protesta Dakota.

Il ouvrit la bouche, voulut parler, mais n'y parvint toujours pas. Plus que furieux, il était véritablement enragé.

— Oh, oh ! fit Ève.

— Ne refais jamais ça de ta vie, murmura Simon à sa femme.

— Très bien, céda-t-elle, piquée. Mais fais-le sortir d'ici.

— C'est ce que j'allais faire, figure-toi !

— Tant mieux.

— Parfaitement !

Harley rit. Ils formaient le couple le plus drôle qu'il ait jamais rencontré. Si Simon avait eu des cheveux, il se les aurait arrachés de frustration. Dakota avait autrefois vécu dans un état de terreur permanente, mais personne aujourd'hui ne s'en serait douté.

— Si les nouveaux mariés veulent bien arrêter de se bouffer le nez, dit-il, on pourrait peut-être virer ce débris et recommencer à applaudir Jasmine qui nous a régalés d'un tour de chant exceptionnel, ce soir.

Dean jeta un coup d'œil par-dessus son épaule.

— Le service d'ordre arrive.

Trois hommes en uniforme obligèrent Kincaid à se relever.

— Tu ferais bien de tenir ta salope en laisse, cracha l'imbécile.

Incrédule, Simon rugit et fit atterrir son poing sur son nez avant que Dean ait pu le retenir.

Roger leva les mains en l'air.

— Je vous en prie, du calme !

— Dis donc, Harley, lança Dean qui s'efforçait de maîtriser Simon, tu ne pourrais pas me donner un coup de main ?

Mais Harley secoua la tête.

— Je ne crois pas, non. Je risque de récolter un mauvais coup et je ne peux pas m'occuper de Kincaid, maintenant que Dakota et Simon ont déjà commencé le boulot. Ce serait déloyal. Quant à aider cet abruti à sortir d'ici, c'est tout simplement hors de question.

— Tu n'es qu'un trouillard, Handleman, bredouilla Kincaid qui ne tenait debout que grâce au soutien des vigiles.

— C'est ça, dit Barber. Et il faut être un vrai héros pour déclencher un esclandre dans un lieu public, pas vrai, coco ?

— Derrière combien de types tu te caches, Handleman ? demanda Kincaid avec un grand sourire malgré le sang qui coulait de sa bouche. Des types, une gonzesse et un musicos pas clair… T'as recruté des gamins aussi, pour te protéger ?

Harley poussa un long soupir.

— Sois gentil, Kincaid, concentre-toi sur le contrôle antidopage pour que ce combat puisse avoir lieu, tu veux bien ? Je te promets d'y être, et là, tu pourras faire le gros méchant.

Kincaid chercha à échapper aux mains qui le retenaient, mais sans grande conviction. Il n'avait pas vraiment envie de se battre. Ce qu'il voulait, c'était faire du scandale.

Il avait d'ailleurs obtenu ce qu'il voulait. Les clients du bar les contemplaient dans un silence horrifié. Le photographe avait mitraillé la scène, et un journaliste tendait son micro vers eux. Dans moins de quelques heures, ce lamentable incident ferait le buzz sur Internet.

Kincaid pointa l'index droit vers Harley en pressant ses bijoux de famille de la main gauche.

— La ceinture est à moi. Autant te faire tout de suite à cette idée.

— Pauvre type, laissa échapper Harley alors que les vigiles l'entraînaient vers la sortie.

— J'ai l'impression qu'il ne t'aime pas beaucoup, commenta Barber. Dis donc, ajouta-t-il après un instant de réflexion, c'est moi ou il a insinué que j'étais gay ?

— J'ai compris la même chose que toi.

Barber ricana.

À l'exception de Dakota, qui bouillonnait en silence tandis que Simon s'efforçait de trouver les mots pour lui communiquer son mécontentement, cet étalage de violence avait laissé les femmes frappées d'horreur.

— Tu ne pourrais pas le bannir de ton établissement ? demanda Dean à Roger.

— C'est déjà fait. S'il essaye de remettre les pieds ici, il sera immédiatement arrêté.

Harley constata que tous les hommes étaient à cran. Les combattants honorables ne supportaient pas de voir l'un d'eux se comporter de façon aussi indécente. Heureusement, les fruits pourris comme Kincaid étaient l'exception qui confirmait la règle.

Roger, en revanche, était tout sourires. Lorsque les regards convergèrent sur lui, il prit Cam par le bras et éclata de rire.

— Je ne vois pas ce qu'il y a de drôle, bougonna Dean. C'est cet esclandre qui te rend heureux ?

Roger souriait tellement que ses yeux étaient embués de larmes.

— Cam et moi avons quelque chose à vous annoncer. Un événement qui a failli être éclipsé par cet imbécile, mais maintenant qu'il est parti… Ma chérie, à toi l'honneur, dit-il en se tournant vers Cam.

— Faut-il que je m'asseye ? demanda Dean.

— Je suis enceinte, annonça Cam à la cantonade.

— Houlà ! Vite, un siège ! s'exclama Dean.

Ève poussa un cri de joie et se jeta dans les bras de son amie.

— Ne t'inquiète pas pour ton frère, glissa Roger à l'oreille de Cam, qu'Ève avait entraînée dans une valse improvisée. Il est aussi heureux que moi.

— Oui, confirma Dean en tendant la main à Roger. Félicitations, monsieur mon beau-frère !

Rayonnant de fierté, Roger accepta les chaleureuses poignées de main de tous ses amis.

— Tournée générale, annonça Barber. Nous avons bien des choses à arroser ! déclara-t-il en attirant Jasmine dans ses bras pour l'envelopper d'un baiser qui devint rapidement ardent, jusqu'à ce que celle-ci se ressaisisse et se dégage de son étreinte en rougissant comme une jeune mariée.

Barber éclata de rire et la serra contre lui.

— Félicitations, Roger ! lança-t-il. Sacré coup de pied, Dakota ! Respire à fond, Simon ! Harley… euh… tu devrais peut-être t'occuper de ta copine, je la trouve un peu verdâtre !

Harley se tourna vers Stasia.

Les lèvres pincées et le regard glacial, elle se tenait derrière lui, raide comme un piquet.

— Une déclaration, Handleman ? demanda un journaliste en lui fourrant son micro sous le nez.

— Pas pour le moment.

— Vous venez de refuser de vous battre. Vous ne voulez pas nous expliquer pourquoi ?

Harley ne pouvait pas se dérober.

— Je n'ai rien refusé. Kincaid était saoul. Je suis un combattant du SBC. Je ne participe pas à des rixes d'ivrognes dans l'établissement d'un ami. Si Kincaid a envie de se battre contre moi, je lui donnerai ce qu'il mérite sur le ring. Je n'ai rien à ajouter.

— Il ne vous fait pas peur ? insista le journaliste.

— Si c'est ce que vous pensez, vous êtes encore plus bête que lui, répliqua-t-il en prenant Stasia par le bras. Maintenant, si vous voulez bien m'excuser, j'ai à parler de choses plus importantes qu'un combattant au cerveau ramolli.

Le journaliste battit en retraite à contrecœur.

Harley entraîna Stasia à l'écart des oreilles indiscrètes.

— Tout va bien ? s'enquit-il.

Elle hocha brièvement la tête.

— Désolée de te dire ça, Harley, déclara-t-elle d'un ton pincé, mais le journaliste n'a pas terminé.

Il pivota et constata que celui-ci interrogeait effectivement des témoins de la scène, mais il n'eut pas le temps de battre des cils qu'un flash l'aveugla.

— Ce déploiement de publicité me dégoûte, grommela-t-il.

— Ne t'inquiète pas, Harley, dit Stasia en tournant le dos au photographe. Tu as été… parfait. Personne n'ira dire le contraire. Ce type est parti en vrille, mais toi, tu t'es merveilleusement maîtrisé. Je t'ai trouvé…

— … contrôlé ? suggéra-t-il.

Elle hésita un instant, puis hocha vigoureusement la tête.

— Oui. Et ça ne doit pas être évident, face à un hurluberlu pareil.

— C'est ce que je n'arrête pas de te répéter, ma belle. La discipline est le maître mot de ce sport. Trop d'émotion bousille le talent. C'est en gardant la tête froide qu'on pare les attaques, pas en s'énervant.

— Dans les interviews, les combattants disent souvent des choses épouvantables sur les adversaires qu'ils vont affronter.

— Provocation orchestrée, répondit Harley avec un petit sourire supérieur. Ça amuse les fans et ça fait monter la sauce. En coulisses, on s'est presque tous entraînés ensemble à un moment ou à un autre.

— Ce que j'ai vu ce soir…

— C'était autre chose. En déclenchant un scandale dans un lieu public et en y mêlant la famille et les amis, Kincaid a dépassé les bornes.

— Et ça ne t'a pas dérangé ?

— Quand je le retrouverai sur le ring, je lui ferai ravaler chacun de ses mots. Les vantards ont le don de m'irriter. Une petite leçon d'humilité ne leur fait jamais de mal.

Barber et Jasmine remontèrent sur scène, et les couples se reformèrent sur la piste de danse.

— Je crois que je ferais bien de rentrer à l'hôtel, dit Stasia.

— Sans même me faire passer sur le gril ? s'étonna Harley avec un sourire malicieux.

— Je ne vois pas de quoi tu parles.

Cette feinte timidité ne lui ressemblait guère.

— Tu as entendu Kincaid m'accuser d'avoir couché avec la fiancée de Simon, et tu ne me poses pas de questions ?

— Non, répondit-elle en le regardant droit dans les yeux.

— Bon, déclara Harley en croisant les bras. Alors ça t'a dégoûtée au point d'abréger la soirée, mais tu ne me poseras pas de questions ?

— Non, persista-t-elle.

— Tu ne veux même pas savoir si c'est vrai ?

— Écoute, Harley, soupira-t-elle en se frottant le front. Je sais que tu apprécies beaucoup les femmes, que tu te complais dans le rôle du mauvais garçon et je comprends très bien pourquoi.

Qu'est-ce qu'elle s'imaginait comprendre ?

— Mais je sais aussi que tu es quelqu'un d'honorable et donc, quoi qu'ait pu dire Kincaid, je sais que tu ne l'as pas fait car ça ne te ressemble pas.

— C'est vraiment ce que tu penses ?

— Absolument. Kincaid a eu cette idée parce que c'est quelque chose qui lui ressemble.

Harley se passa la main sur le visage. Chaque fois qu'il pensait avoir réussi à coincer Anastasia, elle lui tirait le tapis sous les pieds.

— Eh bien… tu as raison.

— Évidemment que j'ai raison.

— Bien avant que Dakota n'apparaisse dans la vie de Simon, se sentit-il tenu d'expliquer, sa fiancée de l'époque m'a dragué dans un bar.

— Gênant.

— Même pas, je ne l'avais jamais vue et je ne savais pas que c'était sa fiancée. J'ai effectivement couché avec elle, car je pensais qu'elle était libre.

— Le réveil a dû être douloureux ?

— Doux euphémisme. Expliquer la situation à Simon n'est pas le souvenir que je préfère.

— Tu es allé le trouver pour tout lui expliquer, je parie ?

— Je ne pouvais pas faire autrement. Il fallait que Simon comprenne que c'était elle qui essayait de m'utiliser. Sa fiancée avait conçu un stratagème diaboliquement féminin pour le rendre jaloux.

Stasia jeta un coup d'œil à Dakota, qui se faisait copieusement remettre à sa place par Simon.

— Apparemment, elle n'a pas obtenu le résultat escompté.

— Ouais, sourit Harley. Ça a permis à Simon de réaliser qu'il n'était pas amoureux d'elle, de toute façon. Après ça, il a rencontré Dakota et depuis, ils filent le parfait amour.

— Ils ont l'air très amoureux, en effet, admit-elle avec une lueur d'envie.

— Faut croire, lâcha Harley. Alors comme ça, tu penses me comprendre, hein ?

— Assez pour ignorer les accusations calomnieuses, surtout quand elles sortent de la bouche d'un individu comme Kincaid. La réaction de Dakota a effacé à elle seule tous les doutes qui auraient pu subsister.

— Ça me fait vraiment chaud au cœur, tu sais, Stasia.

— Assez aussi pour savoir quand il est temps de me retirer, ajouta-t-elle en rivant son regard au sien.

— Qu'est-ce que tu veux dire par là ? s'inquiéta-t-il.

— Tu viens de décrocher ton championnat, Harley. Je sais à quel point c'est important pour toi. Ton entraînement passe avant tout, et me mettre en travers de ton chemin est la dernière chose dont j'ai envie.

— Parce que tu crois que je te laisserais faire ?

— Tu ne veux pas que je te conseille et je ne veux pas coucher avec toi. Je ne vois pas pourquoi je m'éterniserais ici, répliqua-t-elle avec un haussement d'épaules.

De plus en plus inquiet, Harley se rapprocha d'elle.

— Moi, j'ai une bonne raison pour t'inciter à rester.

— Laquelle ? demanda-t-elle, une lueur d'espoir faisant briller ses grands yeux sombres.

Un flash crépita. Plus près, cette fois. Harley se retourna pour dire au photographe de s'écarter et aperçut Gloria, qui discutait non loin.

Aïe.

Risquait-elle de parler aux journalistes de ses préférences sexuelles ?

Il y avait fort à parier que oui.

— Tu as vu ça ? s'enquit-il en secouant la tête.

— Une de tes nombreuses admiratrices ? C'est loin d'être la seule, au cas où tu n'aurais pas remarqué, répondit Stasia en désignant d'un hochement de tête Crystal, avec qui elle l'avait découvert enlacé le soir de son arrivée.

— Je parlais du photographe, précisa-t-il en souriant. Les médias ne vont pas me lâcher d'une semelle jusqu'au championnat. Mon oncle voudrait que je joue le jeu, mais je n'ai pas l'intention de céder aux avances de toutes les filles qui ont envie de voir leur photo circuler sur le Web.

— Je ne vois vraiment pas en quoi je pourrais t'aider.

— Tu pourrais m'accompagner partout.

Avant qu'elle ait le temps de répliquer, il planta un rapide baiser sur ses lèvres.

— Si tu restes avec moi, mon oncle sera content, les médias aussi, et tu me serviras de rempart contre toutes celles qui vont me harceler jusqu'au championnat.

— Et puis, ce serait vraiment génial parce que je ne te distrairais pas, hein ? Tu ne peux pas savoir à quel point je suis flattée, Harley.

— Tu sais très bien que j'ai envie de toi, Anastasia Bradley. N'en doute jamais. Et je te trouve bien plus facile à vivre que les femmes que j'ai connues jusqu'ici.

— Vraiment ? fit-elle en arquant un sourcil. C'est un compliment, je suppose ?

— Il y a autre chose, dit-il en posant les mains sur le mur de part et d'autre de son visage. Si tu t'en vas maintenant, je vais me faire beaucoup de souci à ton sujet. Je préférerais franchement t'avoir sous la main.

— J'apprécie beaucoup, Harley. Mais si je reste près de toi, je ne suis pas certaine de pouvoir m'empêcher de t'aider. Je te propose mes conseils à titre gratuit, mais si tu les considères comme une nuisance, ils seront inutiles.

— Je sais baisser le volume des bruits qui me dérangent quand je m'entraîne.

— Des bruits qui te dérangent ? répéta-t-elle d'un ton amusé.

Harley saisit ses deux mains, les fit passer dans son dos et approcha son visage du sien au point d'effleurer ses lèvres.

— J'aime tellement la façon dont tu es habillée ce soir que c'est un miracle si j'arrive à réfléchir normalement. Tu voudras bien arrêter d'être aussi excitante ?

— Je ferai de mon mieux.

Harley fut incapable de s'en empêcher. Il l'embrassa, et même si le photographe ne cessait de les mitrailler, il se laissa emporter par ce baiser.

Ses lèvres s'écartèrent sous la pression de sa bouche, elle creusa les reins pour se plaquer contre lui, et il sut que s'ils avaient été dans une chambre avec une porte fermée, il l'aurait basculée sur le lit en un rien de temps.

— Je crois que tu as raison, souffla-t-il contre ses lèvres. Il est temps de rentrer.

Stasia garda les yeux fermés, et il compta les battements de son cœur. Un, deux, trois…

— Non, dit-elle.

— Tu as changé d'avis ?

Elle rouvrit les yeux. Son regard reflétait une farouche détermination, teintée de tristesse.

— Non, Harley. Je t'aiderai. Mais c'est ma tête qui commande, et j'ai beau mourir d'envie de coucher avec toi, ma tête me dit que c'est une très mauvaise idée.

— C'est peut-être ta dernière chance, ma belle, murmura-t-il. À partir de demain, je vais me consacrer exclusivement à la préparation, et le peu de temps libre que j'aurai sera pour la promo.

Elle secoua la tête, et Harley sentit son soupir effleurer ses lèvres.

— Tu représentes une sacrée tentation, Harley Handleman, mais je suis tenue de dire non, acheva-t-elle avec un grand sourire.

— Comme tu voudras, grommela-t-il.

Barber et Jasmine entamèrent une nouvelle chanson. Harley passa un bras autour des épaules de Stasia et se tourna vers la scène pour les regarder. Penser au dilemme auquel était confronté ce pauvre Barber l'aida à oublier le désir qui le tiraillait douloureusement.

Dans sa nouvelle tenue funky, Jasmine était complètement transformée et collait parfaitement à l'image du groupe. Les autres musiciens semblaient l'avoir adoptée sans problème, même si Barber ne s'était jamais réellement préoccupé de la question. Il dirigeait le groupe et les autres suivaient. C'était des types faciles à vivre, et ils savaient que c'était Barber qui avait vraiment du talent.

Leur succès était lié au sien.

Les sentiments que Barber éprouvait pour sa nouvelle chanteuse étaient visibles à l'œil nu, et cela donnait une dimension supplémentaire à leur duo. Ils s'alimentaient l'un l'autre. Cette alchimie ajoutait de la profondeur aux paroles.

Un tonnerre d'applaudissements salua la fin de la chanson.

— Ils sont vraiment fabuleux, tous les deux, tu ne trouves pas ? dit Stasia.

— Maintenant, Barber va être obligé de prendre une décision difficile, opina Harley.

— Comment ça ?

— Quelque chose du genre : la fille ou le groupe.

— S'il tient vraiment à elle, il ferait mieux de choisir la fille, répondit Stasia sans le regarder.

— C'est sa carrière, fit-il remarquer en l'obligeant à tourner son visage vers le sien. Il doit choisir le groupe – pour le moment en tout cas.

Harley ignorait si elle avait compris ce qu'il voulait dire. Une fois qu'il serait champion, il aurait plus de temps à lui accorder. Et il pourrait enfin se permettre d'étudier sérieusement les sentiments qu'elle lui inspirait.

Six semaines. Il allait devoir refouler tout cela pendant six semaines. Il en était capable.

18

Étouffer ses sentiments pour Stasia se révéla plus difficile qu'Harley ne l'avait cru. Trois semaines s'étaient écoulées depuis qu'elle avait accepté de rester et de lui tenir lieu de couverture vis-à-vis des médias.

Il passait de longues heures au gymnase et consacrait quelques soirées à la promotion. Jamais il n'avait connu une forme aussi éblouissante. Il se sentait fort, efficace, aussi précisément réglé que la mécanique d'une horloge.

Il venait d'enchaîner cinq rounds de six minutes contre Simon et n'avait pas encore atteint la limite de ses forces. Il était d'attaque pour courir quatre kilomètres et demi en moins de vingt minutes. Il s'y appliquait un jour sur deux sans jamais faillir. Son rythme cardiaque était impeccable, et son corps aux muscles ciselés ne présentait pas une once de graisse.

Avec le championnat qui se profilait dans quelques semaines, il avait de quoi s'occuper l'esprit, et pourtant, il passait le peu de temps qui lui restait à désirer Anastasia.

Parvenu à mi-parcours de sa préparation, ses pensées la concernant avaient stupidement viré à l'obsession. Il ne les laissait pas interférer dans le cadre de son entraînement, et il estimait que personne ne s'en était aperçu. Oncle Satch n'en savait rien, heureusement. Sinon, il l'aurait harcelé.

Dean et Simon n'auraient pas manqué de se joindre à lui.

Anastasia s'en était-elle rendu compte, ou avait-il réussi à la duper aussi bien que les autres ?

Harley entendit sa voix et, aussitôt après, perçut sa présence. Bon sang, ça ne l'aidait pas qu'elle se sente désormais libre de fréquenter le gymnase. Elle surgissait à l'improviste, armée de son bloc-notes et de son stylo, étudiait l'équipement et visionnait des cassettes de combats.

Harley savait qu'elle voulait apprendre le plus de choses possible sur sa discipline, aussi ne la décourageait-il pas. Tant qu'elle restait à portée de vue, il ne pouvait rien lui arriver.

Aucun nouvel incident ne s'était produit, mais la police n'avait pas été en mesure de confirmer l'adresse de son ancien client. Pour eux, Larry Grimes pouvait très bien être parti en vacances et son absence ne constituait pas une preuve suffisante. Or, sans preuves, ils ne pouvaient pas engager de poursuites. Ils avaient demandé à Harley et Stasia de les contacter au cas où un nouvel événement se produirait, mais pour l'instant, la situation était au point mort.

L'éclat de rire de Stasia lui parvint et il se retourna pour la regarder. Sur ses conseils, elle avait adopté une tenue qui masquait son sex-appeal : jean ample et sweat-shirt informe.

Mais cela ne suffisait pas.

Finalement, cette tenue totalement dépourvue de recherche lui donnait encore plus envie de la voir toute nue et de la toucher partout. Il se souvenait du contact de sa peau, quand ils avaient passé cette nuit à la station-service, de ses jambes et de ses hanches, et cela suffisait à faire battre son cœur.

— Et merde, lâcha-t-il.

Depuis le fond du gymnase, le corps couvert de sueur, Harley observa Dakota qui se livrait à des explications sur les techniques d'entraînement devant Jasmine et Stasia, à l'autre bout de la salle. Il avait terminé sa journée, mais au lieu de rêvasser sur le corps de Stasia, il aurait dû se concentrer sur le championnat.

— Désolé, mec, dit Simon.

Les cinq rounds l'avaient autant fait transpirer qu'Harley. Il prit une bouteille d'eau, renversa la tête en arrière, laissa couler un filet d'eau dans sa bouche et lui passa la bouteille.

De la tête, Simon désigna le groupe de femmes.

— Dakota se sent tellement chez elle ici qu'elle ne voit pas pourquoi elle n'y ferait pas entrer d'autres femmes. Si ça te dérange… ajouta-t-il en s'essuyant le front de son bras.

— Pas du tout, lui assura Harley en attrapant une serviette.

En ce qui le concernait, ce satané championnat n'aurait jamais lieu assez tôt. Une fois qu'il aurait anéanti Kincaid, il avait l'intention de mettre Anastasia dans son lit – quels que soient les efforts qu'il ait à déployer pour y parvenir.

— Moi, ce que j'aimerais bien comprendre, intervint Barber, c'est ce qui incite Jasmine à traîner ici. Elle ne s'intéresse même pas au sport.

— C'est à toi qu'elle s'intéresse, répliqua Harley.

— Et puis, elle n'a pas encore beaucoup d'amis en ville, commenta Simon avec un grand sourire. Mais tu préférerais peut-être qu'elle traîne avec tes musiciens ?

— Non, répondit fermement Barber. J'ai déjà prévenu ces zozos de ce qui arriverait si l'un d'eux s'avisait de la regarder avec insistance.

Dean s'était approché d'eux. Il contempla Barber et Harley en secouant la tête.

— Ils sont vraiment pathétiques, ces deux-là, confia-t-il à Simon.

— C'est dégueulasse, se lamenta Barber en jetant sa serviette par terre avant de fusiller les trois femmes du regard. On fait ceinture et on en bave des ronds de chapeau, et pendant ce temps-là ces demoiselles se gobergent de cancans et de risettes. À croire que l'abstinence ne les affecte même pas.

— Parle pour toi, rétorqua Simon. Nous autres, les hommes mariés, on se met au lit le sourire aux lèvres.

— *Tous* les soirs, renchérit Dean.

— Ah ! C'est pour ça que tu es relax, dit Harley en souriant. Je me demandais aussi…

— Absolument. Le mariage est un pur délice.

— Ça a ses bons côtés, approuva Simon.

Harley donna un coup de coude à Barber.

— Peut-être que Jasmine ne sait pas encore ce qu'elle rate. Tu devrais essayer de lui en parler.

— J'ai déjà essayé. Mais elle est têtue comme une mule.

— Ou intelligente, observa Dean.

— Ou alors elle a des critères d'exigence élevés, ajouta Simon.

— Moi, déclara Harley qui contenait difficilement son hilarité, je crois plutôt que c'est à cause de la stupide règle d'or de Barber qui s'interdit de coucher avec les membres de son groupe. Elle est mordue, mec, assura-t-il. Tu n'as plus qu'à ramener ta ligne à toi.

Barber lui décocha un regard mauvais.

— Je me casse, déclara-t-il en se dirigeant vers les douches.

Simon le regarda s'éloigner.

— Je crois qu'il est fou amoureux. Ça me plaît, ajouta-t-il sur un large sourire.

Dean éclata de rire.

— Au fait, Harley, comment va ce coude ? s'enquit-il ensuite.

— À la perfection. Je l'ai complètement récupéré.

— Bon. À partir de maintenant, je veux que tu te donnes à soixante-dix, quatre-vingts pour cent grand maximum. On va se concentrer sur des exercices de situation et des coups bien spécifiques. Ta technique de défense est bonne, mais il faut encore bosser. J'ai invité de nouveaux types à venir se battre contre toi. Un peu de variété, c'est toujours positif.

— Ça me semble sympa, acquiesça Harley.

Il regardait les types détailler plus ou moins discrètement la silhouette de Stasia et fut surpris de constater que ça ne le dérangeait pas tellement. Il savait que ce n'était pas le genre de fille à jouer avec le feu. En admettant qu'elle remarque leurs efforts pour attirer son attention, elle ne les allumerait pas et se contenterait de rester polie.

Oncle Satch, qui venait de franchir la porte du gymnase, fonça vers le fond de la salle sans accorder un coup d'œil aux trois femmes.

— Tu as une autre interview, lança-t-il avant même d'être arrivé à hauteur d'Harley. Ce soir. Au bar de Roger à neuf heures.

Dean appliqua une claque dans le dos d'Harley et s'éloigna avec un sourire de commisération. Tout le monde connaissait sa sainte horreur de la presse. Au cours des trois dernières semaines, le rythme de la promotion était un peu retombé, mais Satch lui mettait la pression. Son insistance dépassait largement celle des autres managers.

— Kincaid raconte qu'il t'a mis au défi et que tu t'es caché derrière Simon, ajouta-t-il.

— Et alors ? rétorqua Harley.

— Tu dois absolument expliquer les choses comme elles se sont passées et clouer le bec à cet imbécile.

— C'est déjà fait. Un journaliste était présent ce soir-là et il a tout enregistré.

— Tu aurais pu m'en parler ! Je vais devoir évaluer les dégâts, maintenant.

— Kincaid est un électron libre, intervint Simon. Plus il racontera de conneries, plus il aura l'air con quand il se fera battre. À mon avis, Harley ne doit surtout pas entrer dans son jeu.

— Peut-être, concéda Satch qui respectait l'expérience de Simon, mais si un journaliste lui pose des questions, il devra répondre.

Harley sentit le regard de Stasia. Il leva les yeux vers elle et constata qu'elle fronçait les sourcils. À cause de l'irruption de Satch ? Ou parce qu'il s'était passé quelque chose ?

— Je répondrai, oncle Satch, lui assura-t-il. Mais arrête les interviews, s'il te plaît. Je n'en peux plus.

— Mais…

— Ne t'inquiète pas. Tout se passera bien.

Il le contourna pour rejoindre Stasia, mais son oncle chercha à le retenir.

— Attends une minute !

— On parlera à la maison, répliqua-t-il en lui adressant un geste d'adieu sans cesser de se diriger vers Stasia.

Elle l'accueillit avec un petit sourire.

— Salut, toi. Tu as terminé ?

— Il faut encore que je prenne ma douche.

— Oui, admit-elle en plissant le nez. Je n'ai jamais compris l'attrait que la transpiration exerce sur certaines femmes.

— Ça fait partie du sport, répondit-il en haussant les épaules. Tu as l'air soucieux, enchaîna-t-il en lui passant la main dans les cheveux. Quelque chose qui cloche ?

— Rien d'important.

— Dis-le-moi quand même.

Elle aspira ses lèvres, réfléchit et secoua la tête.

— Tu n'as pas envie de l'entendre et je n'ai pas envie de t'embêter.

Harley laissa échapper un soupir exaspéré.

— Je viens de me défoncer comme un malade, je m'apprête à prendre ma douche et tu es là, à tirer la tronche, mais tu ne veux même pas dire pourquoi ? Pourquoi les femmes ne répondent-elles jamais directement quand on leur pose une question ? ajouta-t-il en secouant la tête.

— Tu veux une réponse directe ? D'accord. Je n'aime pas la façon dont tu laisses ton oncle t'obliger à faire des trucs qui ne te plaisent pas. Voilà.

Harley ne s'était pas attendu à cela.

— C'est oncle Satch qui te tracasse ? Mais pourquoi ?

À ses yeux, son oncle était une évidence naturelle. Un proche qu'il aimait et avec qui il composait.

— Tu es quelqu'un d'intelligent, Harley. Tu sais très bien diriger ta carrière tout seul, et pourtant, tu autorises ton oncle à t'imposer des trucs en permanence. Il ne t'aide pas, il te distrait.

— C'est mon oncle, Stasia. La seule famille qui me reste.

En ce qui le concernait, cela justifiait tout.

— Je ne suggère pas que tu l'évacues de ta vie, mais que tu reprennes les choses en main. Que tu lui imposes des limites. Il t'aime autant que tu l'aimes, et il comprendra.

— J'y penserai, éluda Harley qui n'avait pas envie de discuter d'un sujet aussi ridicule.

— Je l'espère.

— Qu'est-ce que tu as prévu de beau ? enchaîna-t-il. Je serai sorti de la douche d'ici dix minutes. Ça te dirait de manger un morceau ensemble ?

— J'avoue que j'ai faim. Où aimerais-tu aller ?

— Chez Roger, on est sûrs d'être bien servis. Et j'ai une interview prévue là-bas, de toute façon.

— Je vais avoir besoin de me changer. Passe me prendre en allant au bar.

— Il fait presque nuit, dit Harley en jetant un coup d'œil vers la porte. Sois prudente, d'accord ?

— Jasmine sera avec moi. On ne risque rien.

Harley hésita. Leurs relations étaient demeurées platoniques depuis qu'elle l'avait repoussé trois semaines auparavant, mais... Il se pencha et pressa ses lèvres sur son front.

— À tout à l'heure.

Stasia resta là, immobile. Bon sang, ils étaient sacrément accrochés, tous les deux. Si seulement elle avait bien voulu l'admettre... En même temps, il ne pouvait pas se permettre de s'investir dans une relation sexuelle pour le moment. Le championnat était tout proche. Autant garder ça pour après...

Harley rit de lui-même. Si elle lui avait dit oui maintenant, il n'aurait pas hésité une seconde à lui sauter dessus.

Ça l'énervait que ce soit toujours elle qui mène la barque. Ce ne serait pas mal de prendre les commandes, juste une fois.

Stasia regarda Harley s'éloigner. Il ne pouvait pas se douter que sa proximité l'affectait à ce point. Même lorsqu'il sortait de l'entraînement, ses cheveux blonds plaqués en arrière et la toison de son torse trempée de sueur, il avait le corps le plus splendide qu'elle ait admiré chez un homme. Seulement vêtu de son petit short taille basse, il était divinement sexy.

Jasmine lui donna un coup de coude.

— C'est une vraie torture, non ? Tous ces hommes presque nus, bouillonnant d'énergie et couverts de sueur...

— C'est Barber qui te fait cet effet-là ? demanda Stasia en riant.

— Je ne sais pas combien de temps je vais résister. Tu l'as vu se battre ? Il est vraiment doué, hein ? Même Dakota le dit. Tu crois qu'il l'aime encore ? ajouta-t-elle d'un ton inquiet.

— Non.

Stasia n'avait pas eu besoin de réfléchir. Elle connaissait toute leur histoire et avait eu l'occasion d'observer Barber et Dakota depuis plusieurs semaines. Ce qui en disait long, c'était que cela ne semblait plus déranger Simon de les voir ensemble. Dakota traitait Barber comme son meilleur ami, et lui comme une petite sœur. Il la protégeait. Il était gentil et attentionné. Mais il n'y avait rien de plus. Avec Jasmine, en revanche…

— Il ne voit que toi, tu le sais très bien.

— Il veut coucher avec moi, admit-elle en hochant la tête. Il me l'a dit je ne sais combien de fois…

— Ça lui ressemble assez. C'est quelqu'un de très direct.

— Si cela ne dépendait que de moi, je dirais oui tout de suite, avoua Jasmine. Je ne suis ni folle ni masochiste.

— Alors, où est le problème ? s'étonna Stasia.

— J'aime chanter, répondit Jasmine d'un ton plein de regret. Si je couche avec lui, je ne pourrai plus faire partie du groupe.

— C'est Barber qui t'a dit ça ?

— Je ne sais pas quoi faire, Stasia. Je suis maudite, quoi que je fasse.

— Il doit y avoir un moyen de s'arranger.

— Tu crois ? demanda Jasmine en la couvant d'un regard débordant d'espoir.

— Réponds d'abord à cette question : d'après toi, Barber veut-il seulement coucher avec toi, ou veut-il autre chose ?

— Difficile à dire.

Jasmine recula pour s'adosser au mur et contempla sans les voir les hommes qui s'entraînaient encore dans le gymnase.

— Il est gentil, continua-t-elle après un temps de réflexion. Courtois, aussi. Mais ça ne veut rien dire. J'ai connu des garçons qui ne faisaient ça que pour obtenir mes faveurs.

— Les hommes sont tous les mêmes, commenta Stasia en riant. Mais... est-ce que tu l'as vu avec une autre femme, ces derniers temps ?

Jasmine réfléchit encore, et son visage s'illumina soudain.

— Non ! Il m'a même dit qu'il n'était pas fait pour le célibat et que je devrais avoir pitié de lui.

— S'il avait seulement besoin de coucher avec une femme, il le ferait, tu ne crois pas ?

— Ses groupies n'arrêtent pas de le coller et de lui faire des propositions, confirma-t-elle. Il flirte avec elles, mais je ne l'ai jamais vu leur manifester de réel intérêt.

— Pas depuis ton arrivée.

Jasmine eut un sourire radieux.

— Alors, tu vois ? conclut Stasia. Peut-être que Barber a envie de coucher avec toi *et* de te garder dans le groupe.

— Tu crois ?

— Ce n'est pas ce que je crois qui est important. C'est ce que tu crois, toi. Le jeu en vaut-il la chandelle ? Imagine que tu couches avec lui et qu'il te vire du groupe...

Jasmine fit une grimace si pitoyable que Stasia s'empressa de la rassurer.

— Non que je l'imagine. Depuis que vous vous produisez ensemble, tout le monde est ébloui. Votre duo est exceptionnel et Barber ne peut pas te laisser partir.

Jasmine redressa les épaules.

— Tu as raison. J'en ai assez de passer des nuits sans sommeil et d'être tendue en permanence.

— Réfléchis bien avant de faire quoi que ce soit, Jasmine, la mit-elle en garde. Barber est un célibataire endurci et il est attaché à son mode de vie. C'est quelqu'un d'extravagant qui a l'habitude de faire ce qu'il veut quand il veut. Si vous deviez vous séparer, la survie du duo que vous formez sur scène serait en péril. Si ça se trouve, ce serait peut-être toi qui aurais envie de quitter le groupe...

— Tu as raison.

Jasmine s'éloigna de quelques pas, puis revint précipitamment vers elle.

— Je vais parler à Barber et le sonder là-dessus.

— Me sonder ? s'enquit la voix de Barber derrière elles. Bonne idée… Mais sur quoi ?

Les deux femmes s'immobilisèrent, les yeux écarquillés. Finalement, Stasia s'éclaircit la gorge.

— Pour un homme de ta taille, tu es remarquablement silencieux, Barber, lui fit-elle remarquer.

Il lui décocha un clin d'œil, avant de concentrer son attention sur Jasmine.

— C'est peut-être parce que vous étiez trop occupées à comploter des stratagèmes diaboliques que vous n'avez pas entendu un type de plus de cent kilos s'approcher de vous.

— Peut-être, admit Jasmine.

Barber la caressa du regard de la tête aux pieds.

— Dieu m'en soit témoin, ma fille, j'adore ta façon de t'habiller.

Stasia sourit. Jasmine portait un jean moulant boot-cut noir et un polo à rayures noires et rouges qui lui collait comme une seconde peau. Elle avait attaché ses cheveux en queue-de-cheval au sommet de sa tête, et ils retombaient autour de son visage comme le jet d'eau d'une fontaine. Son maquillage chargé lui donnait un look très rock qui faisait saliver Barber.

— Je t'attends devant la porte, dit-elle à Jasmine, soucieuse de laisser les tourtereaux en tête à tête.

Une fois dehors, Stasia regardait les réverbères s'allumer un à un lorsque Satch la rejoignit.

— Vous avez une petite minute, Anastasia ?

Elle le serra dans ses bras.

— Satch ! Comment allez-vous ?

— C'est justement la question que je me pose, répondit-il en se frottant le menton. À dire vrai, je crois que je me porterais mieux si vous faisiez un peu plus votre travail.

— Mon travail ?

— Harley refuse plus de rendez-vous avec les médias qu'il n'en accepte.

Anastasia demeura un instant bouche bée et sentit l'irritation la gagner.

— Comment pouvez-vous dire cela ? Vous le faites courir d'une interview à l'autre. Voilà des semaines qu'il consacre tout son temps libre à satisfaire les caprices des médias pour vous faire plaisir.

Cette riposte le fit reculer d'un pas.

— Un ton en dessous, si cela ne vous fait rien.

Stasia regarda autour d'eux et aperçut plusieurs personnes qui les regardaient. Elle avait effectivement parlé un peu fort.

— Désolée. Mais je trouve que vous le poussez trop, reprit-elle plus bas, déterminée à faire valoir son point de vue. Harley est un grand garçon qui peut prendre des décisions tout seul. De *bonnes* décisions, si seulement vous lui en laissiez l'occasion.

Satch se pencha vers elle.

— Je croyais que vous étiez de mon côté.

— Je suis du côté d'Harley, corrigea-t-elle. J'étudie le SBC depuis plusieurs semaines, et Dakota est d'accord avec moi pour dire qu'Harley n'a pas besoin d'une telle promotion.

— Ah, les femmes ! s'exclama-t-il en levant les mains en l'air. Savez-vous seulement depuis combien de temps je me consacre au SBC ? Depuis les tout débuts d'Harley ! Ce qui fait un peu plus longtemps que ce que Dakota et vous y avez consacré, même mis bout à bout. Et vous pensez réellement que je ne sais pas ce qui est bon pour Harley ?

— Non, vous ne le savez pas, répliqua Stasia posément.

Satch devint subitement écarlate.

— Je pense que vous êtes plus ambitieux qu'Harley, enchaîna-t-elle. Lui, tout ce qu'il veut c'est décrocher le titre. Le reste, il s'en moque. C'est un défi personnel qu'il s'est posé. Quelque chose qu'il veut se prouver à lui-même et qui ne regarde personne d'autre. Quand il aura la ceinture, le reste viendra spontanément, et il apprécierait certainement que vous lui lâchiez un peu la grappe.

Du coin de l'œil, Stasia avisa une haute et puissante silhouette qui venait vers eux. Elle tourna la tête et découvrit Harley.

— Tu es prêt ? lui lança-t-elle afin de prévenir Satch de l'arrivée de son neveu.

Il s'arrêta devant eux, et ses yeux bleus se plissèrent avec suspicion.

— De quoi discutiez-vous, tous les deux ?

— Je demandais à Stasia si elle avait l'intention de t'accompagner à la soirée d'avant le championnat. On est en pleins préparatifs.

— Dis donc ! Tu arranges mes rendez-vous galants, maintenant ? plaisanta Harley.

— Il ne s'agit pas d'un rendez-vous galant. Je me suis dit que la présence de Stasia serait une bonne chose parce qu'il faut qu'on te voie avec une fille qui a de la classe, pas une de ces…

Il jeta un coup d'œil vers Stasia et préféra garder pour lui ses commentaires misogynes.

— … une fille qui ne soit pas uniquement décorative, quoi.

— Et vous trouvez que je remplis ces conditions ? fit-elle mine de s'extasier. Je vois de qui votre neveu tient son charme, Satch. Vous me flattez.

Harley lui sourit sans remarquer la mine sombre de son oncle.

— Je suis très sérieux, Stasia, insista celui-ci. Il n'y aura pas que des photographes, toute une équipe de télé couvrira l'événement. Ils ont l'intention d'intégrer les interviews qu'ils réaliseront à celles qu'ils prendront en direct depuis Vegas le soir du championnat.

— Où aura lieu cette soirée ?

— C'est justement le plus beau. Le gymnase de Dean est devenu tellement célèbre que Drew Black tient à ce qu'elle ait lieu ici même, à Harmony. Ils filmeront quelques plans de la ville, le gymnase et les combattants qui le fréquentent, après quoi la soirée se déroulera chez Roger, où toute la ville sera invitée.

— C'est génial, oncle Satch ! s'enthousiasma Harley. Alors ? ajouta-t-il en se tournant vers Stasia. Tu m'accompagneras ?

— Seulement si tu m'autorises à être *aussi* décorative.

— Ça marche !

Harley aperçut alors Jasmine et Barber. Leurs fronts se touchaient presque tandis qu'ils bavardaient. Il leva les yeux au ciel.

— Qu'est-ce que tu fous, Barber ? lança-t-il. Tu la ramènes chez elle ou tu veux que Stasia l'attende ?

Barber lui fit au revoir de la main.

— Et voilà ! déclara Harley en riant. Et toi, Satch, dit-il à son oncle en posant une main sur sa nuque, tu viens avec nous manger un morceau ?

— Je me ferai un hamburger sur le pouce, je te remercie.

— Tu es sûr ? Tu n'as pas encore mangé, n'est-ce pas ?

— Tenir la chandelle ne m'excite pas des masses. Et puis, j'ai d'autres choses à voir. Tu n'as pas oublié ton rendez-vous au bar à neuf heures ?

— J'y serai.

— Vous y serez aussi ? s'enquit Satch en se tournant vers Stasia.

— Oui. Sauf si ça pose problème.

— Non, bien sûr que non, assura-t-il en coulant vers elle un regard qu'elle fut seule à capter. Vous lui éviterez de se laisser distraire, conclut-il avant de se diriger vers Dean et Simon.

— Y aurait-il quelque chose entre vous deux que je devrais savoir ? demanda Harley à Stasia tandis qu'ils s'éloignaient.

Elle n'eut pas envie de lui mentir.

— On a eu une petite prise de bec, avoua-t-elle en serrant les pans de son manteau autour d'elle pour lutter contre le froid.

— À propos de quoi ?

— J'aime bien ton oncle, mais je t'ai dit ce que je pense de son comportement. Je trouve qu'il s'investit trop dans ta réussite. Il est encore assez jeune pour avoir une vie de son côté, au lieu de s'accrocher à toi comme ça.

— Je sais. Ça devient assommant. Mais tu n'as pas de souci à te faire. Satch est très doué dans sa partie, même s'il lui arrive de franchir les bornes. J'ai confiance en lui et c'est la seule chose qui compte.

— J'ai l'impression que tu as tout ça bien en main, se contenta de répondre Stasia.

Harley lui prit ses clefs et déverrouilla sa voiture.

— Si je pouvais t'avoir en main toi aussi, je crois que mon bonheur serait complet.

— Qu'entends-tu par là ? questionna-t-elle en levant les yeux vers lui.

— J'ai envie de toi, murmura-t-il en enveloppant sa nuque de sa grande main tiède. Je suis affamé de toi.

Ces mots prononcés d'une voix de velours affaiblirent ses résolutions.

— Je me demande si tous les combattants sont aussi tenaces que toi.

— À ton avis ?

— Je trouve que tu es le plus sexy de tous ceux que je connais.

Le souffle d'Harley formait des volutes blanches entre eux. Il plaça l'autre main sur sa joue et approcha son visage du sien.

— Je suis peut-être plus désespéré que les autres, dit-il avant de déposer un baiser complice sur l'arête de son nez et de reculer. Je resterai derrière toi, Stasia. Conduis prudemment, conclut-il avant de se diriger vers sa Charger.

Stasia se laissa aller contre sa voiture.

S'il continue avec ses agaceries, ce sera bientôt moi qui serai désespérée, songea-t-elle.

Comme si ce n'était pas déjà le cas, ajouta-t-elle par souci d'honnêteté vis-à-vis d'elle-même. Elle avait plus d'une fois eu envie de suivre le conseil qu'elle avait donné à Jasmine. C'était uniquement la peur qui la retenait.

Peur d'avoir le cœur brisé.

Peur de se mettre en travers des rêves d'Harley.

Peur de le perdre parce qu'elle n'aurait même pas essayé de l'avoir.

Elle se retrouvait dans une des très rares situations de sa vie où elle ne savait pas quoi faire. Le mieux était sans doute d'attendre que le championnat ait eu lieu.

Il n'y avait plus que trois semaines à patienter. Ce ne serait pas trop long.

Roger lui louait désormais une chambre à la semaine. Elle avait l'habitude des chambres d'hôtel et des situations temporaires. C'était son mode de vie.

Pourtant, plus le temps passait, plus elle se plaisait à Harmony et plus elle appréciait ses habitants.

Stasia se mit au volant, démarra le moteur et alluma le chauffage. Tant qu'elle n'aurait pas arrêté de décision, elle continuerait à rester près de lui, à l'encourager, à l'écouter… et à tomber de plus en plus sûrement amoureuse.

19

Serrant sa main très fort, Barber chargea à travers le hall de l'hôtel. Quelques personnes voulurent lui adresser la parole, mais il les ignora.

— Barber, tu me fais honte, haleta Jasmine qui avait du mal à suivre son rythme.

— C'est moi qui aurai honte si on ne s'isole pas. Crois-moi sur parole, si ça se passait dans le hall de l'hôtel, tu ne serais pas contente.

— D'accord. Dépêche-toi, répondit Jasmine.

Il atteignit la porte de sa chambre, s'y reprit à plusieurs fois pour insérer la carte magnétique dans la fente tant ses mains tremblaient, et quand la porte s'ouvrit enfin, ils se ruèrent à l'intérieur. En un clin d'œil, Barber l'avait allongée sur le lit pour l'embrasser à pleine bouche et se délecter de la saveur de ses lèvres et de sa langue.

— Manteaux, parvint-elle à articuler.

— Vêtements, opina-t-il en s'asseyant le temps de retirer sa veste et son polo. Qu'est-ce que tu attends ? enchaîna-t-il en se tournant vers Jasmine, toujours allongée, qui le dévorait de ses grands yeux verts.

— Tu es tellement beau.

— Ah, non ! Tu ne vas pas commencer. Je n'ai pas besoin d'encouragements, fais-moi confiance !

Il se leva et sautilla sur un pied pour enlever une botte, puis l'autre. Lorsque ses mains atteignirent la boucle de sa ceinture, son regard se riva à celui de Jasmine.

— Déshabille-toi. Vite.

— D'accord.

Elle se leva sans hâte et ôta son manteau. Après quoi, elle défit le bouton de son jean moulant et fit glisser la fermeture en lui souriant.

Un striptease ? Hmm... Bonne idée.

— Attends.

Barber retira jean et caleçon, et s'étendit sur le lit. Jasmine posa spontanément les yeux sur son entrejambe. Il n'avait effectivement pas besoin d'encouragements.

— Tu peux y aller. Je suis prêt à admirer le spectacle.

Le petit gloussement qu'elle laissa échapper accrut son excitation.

— C'est merveilleux, dit-elle en retirant ses boots, quand un musicien se montre aussi enthousiaste et sexy.

— Si ça peut t'attirer dans mon lit, tant mieux.

— Tu me rends folle, Barber, avoua-t-elle en faisant passer son top par-dessus sa tête, avant de le plier soigneusement et de le poser sur la commode.

— Tu es divine dans cette tenue. Jean moulant et soutien-gorge, hmm... Si tu te pointais sur scène comme ça, le public se déchaînerait.

— Je n'aime pas trop montrer mon corps.

— Rien que pour moi, alors. Je crois que cette idée me plaît encore plus.

Jasmine dut apprécier cette remarque, car elle retira son jean en souriant.

Barber apprécia d'un œil connaisseur ses courbes épanouies, mais sa petite culotte laissant apparaître par transparence sa toison l'hypnotisa carrément. Il n'arrivait pas à en détacher les yeux, et sa main se posa spontanément sur son sexe.

— Le soutien-gorge, exigea-t-il d'une voix rauque.

Jasmine regarda ses doigts se replier autour de son sexe et déglutit. Elle passa les mains dans son dos pour défaire l'agrafe. Le soutien-gorge tomba par terre. Barber émit un grognement appréciatif.

— Super carrosserie, poupée. Vraiment super.

Jasmine glissa ses pouces sous l'élastique de sa culotte, se baissa et la fit descendre sur ses chevilles.

Elle l'enjamba et lorsqu'elle se redressa, elle était entièrement nue.

— Tes cheveux, dit-il.

Il était dans un tel état d'excitation qu'il avait l'impression d'être en feu. Jasmine leva les bras et défit l'élastique qui maintenait ses cheveux au sommet de sa tête. Les longues boucles retombèrent en cascade sur ses épaules et serpentèrent sur ses seins.

Barber grogna plus fort encore.

Soudain timide, Jasmine le regarda par en dessous.

— Alors ?

— Je pourrais jouir rien qu'à te regarder, assura-t-il avec une franchise désarmante.

— Tu es tellement porté sur la chose, Barber, soufflat-elle.

— Pas du tout. Simplement sincère.

Il sortit une boîte de préservatifs de la table de nuit et en enfila un prestement.

— Viens ici, ma belle.

Jasmine s'approcha du lit, plaça la main sur la couverture et s'immobilisa, hésitante.

— J'en ai tellement rêvé que je n'arrive pas à croire que c'est réel.

Elle était tellement mignonne – si jeune, aussi. Barber se dit qu'à vingt-deux ans, elle n'avait sans doute pas autant d'expérience que lui. Il n'aurait pas dû précipiter les choses, mais sa patience avait atteint sa toute dernière limite.

— Viens par ici, Jasmine. Faisons connaissance, toi et moi.

Il prit sa main et l'attira sur le lit. Priant pour être capable de se retenir jusqu'à ce qu'elle soit prête, Barber s'allongea sur elle et se mit à l'embrasser comme un fou.

Sans en avoir conscience, il se noya dans la saveur, la douceur et la tiédeur de ses courbes. Jasmine était jeune et tendre, réceptive à la moindre de ses caresses, et quand il glissa un doigt en elle, il la découvrit moite et brûlante, prête à l'accueillir.

Tandis qu'il dévorait inlassablement son corps de baisers, Jasmine ne demeurait pas inactive.

— Arrête ces petits jeux, Barber, haleta-t-elle bientôt en le repoussant. Décide-toi à passer à l'action, je n'en peux plus !

— Exigeante, hmm ? J'adore !

Il se plaça entre ses cuisses et plongea son regard dans ses yeux brillants.

— Accroche-toi, ma belle. Quelque chose me dit que cette chevauchée sera historique !

— Prouve-le ! le défia-t-elle en passant les bras autour de son cou et en nouant ses chevilles au creux de ses reins.

Piqué au vif, Barber la pénétra et captura son hoquet d'un baiser brûlant.

Comme il l'avait pressenti, il perdit tout contrôle et la besogna farouchement.

Mais Jasmine adorait cela et accompagna chacune de ses poussées. Elle plantait ses ongles dans ses fesses et lui mordait l'épaule comme une furie. Barber crut qu'il n'allait pas pouvoir l'attendre plus longtemps et fut soulagé de l'entendre émettre un long cri de jouissance.

Lorsqu'il sentit ses muscles internes palpiter autour de son sexe et ses mamelons durcir contre son torse, il laissa exploser son plaisir.

Une ou deux minutes plus tard, il la sentit gigoter.

— Ça va ? demanda-t-il en souriant.

— Tu pèses une tonne et je n'arrive plus à respirer !

Il éclata de rire et roula sur le côté, mais laissa une main sur sa cuisse.

— Je savais que tu me rendrais fou, souffla-t-il.

Il aurait dû se lever, mais une petite voix lui murmurait que cela pouvait attendre et il sombra dans un demi-sommeil une dizaine de minutes.

Un reniflement le tira brutalement de sa somnolence. Ses yeux se rouvrirent d'un coup et il tourna la tête vers elle. Jasmine était toujours dans la même position, sa magnifique chevelure répandue sur l'oreiller, mais ses lèvres tremblaient.

— Jassy. Ne pleure pas, je t'en supplie…

Le son de sa voix parut la détourner de son chagrin.

— Je ne m'appelle pas Jassy ! gronda-t-elle.

Elle se leva d'un bond pour s'élancer nue à travers la chambre, possédée d'une telle fureur qu'elle semblait sur le point de l'étriper.

Barber se redressa et la regarda aller et venir dans la chambre, ses longs cheveux recouvrant ses épaules et son dos à la façon d'une cape flamboyante.

— Qu'est-ce qui t'arrive ? s'étonna-t-il.

Elle lui lança un regard si mauvais qu'il eut un mouvement de recul.

— Eh ! Je t'ai laissée sur ta faim, c'est ça ?

— Quoi ? Mais pas du tout !

Barber savait que ce n'était pas le cas, mais cet aveu spontané lui plut énormément.

— Qu'est-ce qui te prend de faire tout ce cirque, alors ?

— Ne t'avise jamais de me remplacer !

Ah.

— Dans mon lit ou dans le groupe ? s'enquit-il en réprimant un sourire.

— Les deux !

Barber la regarda remettre sa culotte en chancelant et batailler avec son soutien-gorge.

— Où est-ce que tu as l'intention d'aller comme ça ?

— Loin d'ici. J'ai besoin de réfléchir.

Certainement pas. Barber n'en avait pas fini avec elle. Loin de là. Il tapota le lit.

— Viens, je vais t'aider.

— À quoi ? demanda-t-elle en s'immobilisant.

Elle n'avait pas réussi à fermer son soutien-gorge.

— Je vais te faire un massage. Tu as l'air tendue.

— Barber…

Il vit qu'elle faiblissait déjà et apprécia de constater la réciprocité de leur attirance physique. Tout lui plaisait en elle. Son talent époustouflant. Ses manières ultraféminines. Et son corps.

Surtout son corps.

Il tapota encore le lit.

Jasmine essuya rageusement ses larmes, l'observa un instant, puis s'élança vers le lit. Au lieu de s'asseoir à côté de lui, elle s'adossa au pied du lit et étendit les jambes devant elle.

— J'ai atrocement mal aux pieds. Tu peux commencer par là.

Son tempérament lui plaisait aussi ; cette façon qu'elle avait de rivaliser avec lui en permanence.

— À vos ordres, madame.

Même ses pieds lui plaisaient. Ses adorables petits petons.

— J'aimerais te présenter Drew Black, déclara-t-il, sachant qu'elle allait adorer la proposition qu'il allait lui faire.

— Qui est-ce ? s'enquit-elle en haussant les sourcils.

— Le président du SBC. Un type génial, doublé d'un homme d'affaires exceptionnel. J'ai signé un contrat avec lui pour me produire en live avant certains combats et que ma musique soit diffusée pendant d'autres. Je pense que ce que tu apportes au groupe lui plaira.

Le doute assombrit aussitôt son regard.

— Et si ça ne lui plaît pas ? dit-elle d'un ton hésitant.

— Dans ce cas, il ira se faire voir, répondit-il en haussant les épaules.

— Barber ?

— Oui ?

— Je n'ai plus mal aux pieds.

— Bon, fit-il en ponctuant son massage d'une pression des pouces sur la voûte plantaire.

— Je crois que j'aimerais que tu t'intéresses à une autre partie de mon corps, ajouta-t-elle en rampant vers lui. Une partie de mon corps qui a douloureusement besoin d'attentions.

— Ah ouais ? répliqua-t-il en sentant son sexe retrouver une vigueur nouvelle.

Jasmine s'était assise à califourchon sur le haut de ses cuisses, et Barber se demanda ce que signifiait cette soudaine volte-face. Avait-elle envie de lui parce qu'il venait de dire qu'il la faisait passer avant le groupe ? Parce qu'elle voyait en lui un moyen de promouvoir sa carrière de chanteuse ? Cette idée lui déplut prodigieusement, et il posa les mains sur ses cuisses.

— Qu'est-ce qui t'a fait changer d'avis aussi vite, ma belle ? questionna-t-il en la regardant droit dans les yeux.

Elle prit son visage dans ses mains et l'embrassa.

— Ton tempérament. Tu fais toujours ce que tu veux et personne ne peut t'imposer quoi que ce soit, expliqua-t-elle en se tortillant pour s'installer plus confortablement, ce qui eut pour effet d'affermir instantanément son érection. Ça veut dire que tu as réellement envie de moi. Autrement, on ne serait pas là tous les deux.

Les femmes sont vraiment des créatures étranges.

— Pourquoi ? Tu en doutais.

— Oui.

— Ça me semblait évident, pourtant.

— Moi, je croyais que tu avais envie de toutes les femmes.

— Non, rétorqua-t-il en secouant la tête avant de réfléchir. La plupart, peut-être, mais pas toutes.

Elle chercha à le gifler, mais il arrêta son bras en riant.

— C'était vrai avant. Avant de te connaître, précisa-t-il d'un ton de profond sérieux.

— Tu le jures ? demanda-t-elle en plissant les yeux.

— Tu me rends dingue, Jasmine. J'ai complètement perdu la tête à cause de toi. Je ne suis sorti avec personne d'autre depuis que je te connais.

Jasmine inspira à fond et sourit de bonheur.

— Barber ?

— Oui, mon amour ?

Ses doigts jouaient avec les poils de son torse, et elle baissa les yeux.

— Si tu penses que c'est mieux, je suis d'accord pour quitter le groupe.

— Si tu quittes le groupe, je le quitte aussi, répliqua-t-il d'un ton farouche.

Elle leva les yeux vers lui et sentit ses poumons se vider d'un coup.

— Tu es sérieux ?

Barber l'attira vers lui et fit claquer un baiser sur ses lèvres.

— Je veux te garder près de moi tout le temps, Jasmine, dit-il en plaquant les mains sur ses fesses. Quel que soit le prix à payer.

Simon suivit le regard d'Harley. Dakota et Stasia venaient d'entrer.

— Elles s'entendent bien, on dirait, commenta-t-il.

— Ouais, répondit Harley qui sirotait un verre d'eau glacée aromatisée au citron vert.

— Dakota la trouve très sympa.

— Tu as un peu moins d'une minute avant qu'elles soient là, fit Harley qui sentait que Simon hésitait à lui dire quelque chose. À ta place, je me dépêcherais de parler.

— Le championnat approche, lâcha Simon.

— Je suis prêt.

— Je voudrais te donner un conseil que j'ai eu du mal à suivre, à l'époque où Dakota me faisait tourner chèvre.

Harley détacha son regard de la silhouette de Stasia. Son petit jean délavé et son pull noir à col en V lui allaient à ravir.

— J'ai l'impression que c'est toujours le cas, Sublime, fit-il remarquer.

— Ce n'est pas faux, admit Simon en souriant. Je crois même que ce sera toujours vrai. La différence entre avant et maintenant, c'est que je ne cherche plus à résister.

— Ce qui t'amène à me dire quoi ? s'impatienta Harley.

— Ton talent inné dépasse celui de tous les types avec qui j'ai travaillé, Harley. Contre Kincaid, je te donne gagnant à cent pour cent. Tu es plus rapide et plus fort que lui, et je te fais confiance pour le réduire en chair à pâté.

— Tu dis ça pour le plaisir de parler, ou bien toutes ces flatteries sont-elles censées déboucher sur une conclusion ? demanda Harley, de plus en plus agacé par ses ronds de jambe.

— D'après moi, ce championnat finira par K.-O. ou par forfait. Si j'étais joueur, je m'amuserais à parier qu'il ne dépassera pas le premier round.

Harley attendit vaillamment la suite.

— Mais il est également possible que tu commettes une faute, et que tu offres à Kincaid sur un plateau la faille qu'il guettera.

— Sûrement pas.

— Il suffit parfois de trois fois rien, insista Simon. Un coup de poing au bon moment, une mauvaise blessure… et le combat s'arrête.

— Ça n'arrivera pas.

Harley se battrait contre vents et marée et décrocherait le titre.

— Tu sais aussi bien que moi que cela peut arriver aux meilleurs d'entre nous, riposta Simon. Quand tu affronteras Kincaid, je veux que tu sois exclusivement concentré sur le combat.

— Je le serai.

Du coin de l'œil, il vit Stasia venir vers eux, derrière Simon, mais la conversation avait pris un tour si sérieux qu'il n'y fit pas vraiment attention.

— Tu sais mieux que moi que ce n'est pas vrai, gronda Simon. Quel que soit le petit jeu auquel tu joues avec Anastasia, il est temps que cela se termine.

— Ce qui veut dire ?

— Couche avec elle. Fais-la sortir de ta tête avant d'aller à Vegas.

Harley éclata de rire.

Stasia se tenait juste derrière Simon, choquée, horrifiée, les joues écarlates.

— Simon allait partir, lui dit-il. Tu peux prendre sa place.

— Désolée de vous interrompre, s'excusa-t-elle en faisant mine de reculer. Je voulais juste…

Simon se retourna et la regarda, les sourcils froncés.

— J'abandonne, déclara-t-il en se levant. Conclus maintenant. Ce soir, si possible, souffla-t-il à l'oreille d'Harley avant de s'éloigner.

Il rejoignit Dakota d'un pas nonchalant.

Stasia se laissa tomber sur le siège qu'il venait de libérer, sous le regard malicieux d'Harley qui arborait toujours un immense sourire.

— Tu peux te vanter d'arriver au bon moment.

— Est-ce qu'il t'a vraiment conseillé… murmura-t-elle en regardant Simon s'éloigner.

— … de coucher avec toi ? acheva Harley. Absolument.

— Un conseil digne du meilleur coach de vie ou je ne m'y connais pas, s'esclaffa-t-elle pour masquer son trouble.

Harley éclata de rire. Son sens de l'humour l'émerveillait toujours. Tout en elle l'émerveillait. Simon avait peut-être raison. Qu'est-ce que ça pouvait bien faire que l'un ou l'autre sorte victorieux de leur petit jeu ? L'essentiel, c'était que cela se termine au lit.

— Simon prétend que mon destin est entre tes mains. Qu'est-ce que tu en dis ?

— C'est vraiment un problème ? s'enquit-elle gravement.

— Tu as déjà entendu parler des couilles bleues ? répondit Harley qui s'amusait de plus en plus.

— Je n'ai plus douze ans, répliqua-t-elle d'un ton pincé. La dernière fois que j'ai entendu cette expression remonte au collège. C'est une légende colportée par des gamins tout juste pubères pour apitoyer leur petite amie. Je te croyais plus mature, Harley.

— D'accord. Considère cette question comme une bouffée délirante, dit-il en se penchant vers elle. Figure-toi que Simon estime que je souffre de frustration sexuelle. Or, il tient à ce que je me focalise exclusivement sur le championnat. D'après lui, le manque risque de m'en empêcher.

— Le manque ? Tu veux dire le manque sexuel ?

— C'est tellement difficile à comprendre ?

— Je croyais que les sportifs pratiquaient l'abstinence.

— Une légende. Exactement comme les couilles bleues.

— Oh.

Stasia croisa les bras et remua sur sa chaise, visiblement troublée par cette révélation.

— Depuis la nuit qu'on a passée ensemble dans cette station-service et qui n'a pas vraiment été concluante en ce qui me concerne, j'ai été aussi chaste qu'un moine.

— Je pensais que… dit-elle avant de se mordre la lèvre. En fait, je ne savais pas trop si…

— Je n'ai eu envie d'aucune autre femme, précisa-t-il en lui prenant la main. Maintenant, je tiens à être complètement honnête avec toi : je sais que cela n'affectera absolument pas l'issue de mon combat. Si je devais perdre, cela n'aurait strictement rien à voir avec toi.

— Tu es sûr ?

— Tu n'auras aucune culpabilité à avoir, Stasia. Je suis un grand garçon, ajouta-t-il en portant sa main à ses lèvres pour l'embrasser. Cela dit, si tu me disais un tout petit mot de trois lettres, celui qui commence par un O, on se retrouverait au lit en moins de cinq minutes.

Harley sentit sa main trembler dans la sienne.

— Tu en as autant envie que moi, Stasia, insista-t-il doucement. J'en ai la preuve chaque fois que tu me regardes.

— Ça se voit tant que ça ?

— Oui. Et tu sais aussi bien que moi que cela ne fera qu'empirer, dit-il alors que son cœur se mettait à battre plus vite.

— J'ai une idée, déclara-t-elle en hochant lentement la tête. Un truc qui nous fera du bien à tous les deux, précisa-t-elle en entrelaçant ses doigts aux siens. Au lieu de m'attacher, pourquoi ne te laisserais-tu pas attacher ?

— Tu veux bien répéter ? demanda-t-il, en ayant subitement l'impression que sa virilité était gravement menacée.

— Réfléchis, Harley. Tu adores les rapports de domination et je suis intimement convaincue que tu as besoin de baisser ta garde. L'idée de te soumettre à tous mes caprices ne te tente-t-elle pas ?

— Parle-moi un peu de ces caprices, murmura-t-il en se penchant vers elle.

Sa proposition l'avait tellement échauffé qu'il n'aurait pas été surpris si des flammes avaient jailli de sa bouche.

— Tu veux dire que tu serais d'accord ? s'enquit-elle en reculant de surprise.

Avant de rencontrer Stasia, il aurait répondu par la négative sans hésiter. Mais là… l'idée excitait vivement sa curiosité. De son point de vue, le problème était que depuis le début, Anastasia le menait par le bout du nez.

— J'aimerais t'entendre dire ce que tu as envie de faire avec moi, souffla-t-il. Dis-moi tout.

Stasia le dévisagea un instant, puis regarda autour d'eux pour s'assurer qu'aucune oreille indiscrète ne traînait.

— Si tu veux tout savoir, j'y ai tellement pensé que je sais exactement ce que j'ai envie de faire.

Ce fut au tour d'Harley d'être surpris.

— Je commencerai par te regarder, enchaîna-t-elle. Tu sais que tu es hyper sexy en caleçon moulant ? Tu ne peux pas savoir à quel point je te trouve beau. De partout. Et je n'arrête pas de me demander à quoi tu ressembles quand tu es entièrement nu.

Harley eut subitement l'impression que son caleçon rétrécissait de deux tailles.

— Je n'ai rien à cacher, ma belle. Je serais ravi de te montrer ça.

— Après, je te toucherai partout. J'adore tes muscles, mais il y a autre chose qui me rend folle chez toi.

— Quoi donc ? demanda-t-il, suspendu à ses lèvres.

Elle fit courir le bout des doigts sur son bras, et sa voix se réduisit à un langoureux murmure.

— La douceur de ta peau. Sous tes biceps et au creux des coudes. La fermeté de ton ventre et la façon dont ta peau se tend sur tes hanches.

Elle entrouvrit les lèvres et son regard chavira.

— Mais ce que je préfère, c'est cette ligne de duvet qui part de ton nombril pour plonger sous ton short…

Elle respirait plus fort.

Lui aussi.

Elle croisa son regard.

— J'aime aussi tes pieds, Harley. Et tes genoux. La puissance de tes cuisses…

Il saisit son bras.

— Viens !

— Tu veux vraiment le faire ?

— À ton avis ?

— Tu ne m'attacheras pas ?

Harley posa une main sur sa nuque et l'embrassa puissamment.

— Je te le jure. J'ai trop envie de toi pour prendre le temps de t'attacher.

— Bon, dit-elle en souriant. Dans ce cas, allons-y.

20

Cam donna un coup de coude à Roger.

— On dirait que quelqu'un va mordre la poussière...

Roger se détourna du barman avec qui il bavardait et avisa Harley et Anastasia. Étroitement enlacés, ils échangeaient un baiser brûlant. Une seconde plus tard, Anastasia prit Harley par la main et l'entraîna vers la porte.

— Ces deux-là sont presque aussi amusants que Simon et Dakota, commenta Roger avec un grand sourire.

— Je voudrais que tout le monde soit aussi heureux que nous.

— Impossible, trancha-t-il. Tu n'appartiens qu'à moi : par conséquent, personne ne sera jamais aussi heureux que moi.

— Tu deviens sentimental, Roger.

Il éclata de rire – jusqu'à ce qu'il aperçoive la blonde qui suivait Harley en le couvant d'un regard mauvais. Il l'avait entendue se vanter du bon temps qu'elle avait pris avec lui, n'hésitant pas à fournir une description détaillée de ce qu'il lui avait fait. Tellement détaillée qu'il en avait ressenti la nausée.

— C'est Gloria, l'informa Cam. Je ne l'aime pas. Elle parle trop.

Entendre Cam émettre un jugement aussi défavorable surprit Roger.

— Tu as eu des problèmes avec elle ?

— Non, mais elle est répugnante. Elle n'a aucun sens de ce qui doit rester privé. Je me demande ce qu'Harley a bien pu lui trouver.

Roger regarda la blonde aux formes sculpturales sortir du bar et haussa un sourcil.

— Il a dû s'attarder sur l'emballage et oublier de considérer le contenu...

— Une erreur typiquement masculine.

Roger l'attira contre lui.

— Ne sois pas injuste. Certaines femmes commettent aussi cette erreur.

— J'espère qu'Harley a réalisé qu'Anastasia n'appartient pas à la même catégorie.

— Harley n'est pas idiot. Et au cas où tu ne l'aurais pas remarqué, il n'a pas bougé d'une oreille depuis l'arrivée d'Anastasia.

— Si, j'ai remarqué. Ce qu'on peut être cancaniers ! ajouta-t-elle d'un ton coupable.

— Je préfère penser qu'on s'intéresse vraiment à nos amis, se défendit-il.

En tant qu'ami, il se ferait désormais un devoir de surveiller les faits et gestes de Gloria. Il allait même en toucher deux mots à l'oncle d'Harley. Satch avait le bras long, il pourrait facilement se renseigner sur cette fille. D'autant qu'avec le championnat qui se profilait, il devait tenir à ce que rien n'interfère dans la vie de son poulain.

— C'est chez toi ? demanda Stasia lorsque Harley fit entrer la Charger dans le garage.

— Oui, acquiesça-t-il en appuyant sur le bouton qui commandait la fermeture de la porte.

— Mais... et ton oncle ? s'enquit-elle en défaisant sa ceinture de sécurité.

— Il n'est pas là, répondit-il en se tournant vers elle, le regard brillant d'impatience. Il est parti faire une petite enquête sur Kincaid. Il est comme ça. Il aime se renseigner sur les gens.

— Je préfère ça, marmonna-t-elle. Tu me fais entrer ?

Il sourit.

— Après toi.

La porte de communication avec la maison était effectivement de son côté. Stasia descendit de voiture et poussa la porte, mais elle n'eut pas le temps de faire deux pas qu'Harley l'attrapait par-derrière.

— Ce n'est pas par là, dit-il.

Il l'entraîna sur la gauche, longea un couloir, gravit quelques marches et la fit pénétrer dans sa chambre.

Stasia n'eut pas le loisir de regarder autour d'elle. Harley les avait déjà dépouillés de leurs manteaux et l'avait plaquée contre le mur. Les mains sur ses fesses, il l'embrassait passionnément. Il l'attira contre lui et Stasia perçut son érection contre son ventre.

Son souffle se bloqua dans sa gorge et elle s'écarta de lui.

— Allume la lumière, murmura-t-elle.

Harley s'empara de sa bouche avec une telle voracité qu'elle sentit sa conscience voler en éclats. Tout en l'embrassant, il posa une main sur le mur, tâtonna, trouva l'interrupteur, et la lumière se répandit dans la pièce.

Stasia prit son visage entre ses mains et le maintint à distance.

— Déshabille-toi. Je veux te voir entièrement nu.

Harley la dévisagea d'un regard si intense qu'elle sentit sa peau devenir brûlante. Il recula et attrapa le bas de son sweat-shirt. D'un geste souple, il le fit passer par-dessus sa tête et le jeta par terre.

Stasia plaça les mains sur son torse avec un ronronnement de satisfaction.

— Je meurs d'envie de te toucher comme ça depuis le jour où je t'ai invité à prendre le café au chalet, avoua-t-elle.

— Ne te gêne surtout pas.

Entre deux baisers sur sa joue, son oreille et son cou, il se débarrassa de ses chaussures et baissa la fermeture de son jean.

Stasia le contempla, vacillante. Mon Dieu. Harley était aussi bien monté qu'elle l'avait imaginé. L'idée qu'il allait bientôt la pénétrer l'emplit d'une vague de chaleur.

— Harley ?

Elle était dans un tel état d'excitation qu'elle tremblait de partout.

— Le meilleur est encore à venir, souffla-t-il en lui saisissant fermement le poignet.

Ils échangèrent un long regard ardent.

Jouant de son impatience pour augmenter son désir, Stasia approcha sa main de son sexe avec une lenteur calculée. Quand ses doigts l'enveloppèrent, il ferma les yeux et ses narines frémirent.

Stasia constata avec émerveillement que ses doigts ne se rejoignaient pas autour de son sexe. Elle le sentait palpiter dans sa paume et il gémit lorsqu'elle fit lentement descendre et remonter sa main.

Il introduisit profondément sa langue dans sa bouche, mimant ce qu'il avait envie de lui faire avec son sexe, et sa main se resserra instinctivement. Elle s'amusa à serrer et à relâcher son sexe…

— Arrête, sinon je ne pourrai pas me retenir, dit-il en écartant sa main.

Le regard rivé au sien, il fit glisser son jean, puis l'enjamba, se débarrassant dans le même mouvement de son caleçon et de ses chaussettes. Après quoi, il recula sans manifester la moindre pudeur afin de lui permettre de l'admirer.

— Il n'y a pas d'urgence, mais ce serait sympa si tu te déshabillais, toi aussi.

Stasia n'avait jamais été complexée vis-à-vis de son corps, mais elle avait conscience de ne pas être aussi athlétique que lui. Loin de là.

— Je suis plus timide que toi, Harley.

— Alors je vais t'aider.

Il l'attira contre lui en enfouissant les mains dans ses cheveux et l'embrassa avec une telle fougue que ses jambes faiblirent. Ses mains parcouraient son corps nu, et la fermeté de ses muscles sous sa peau soyeuse la bouleversa. Elle les posa sur ses fesses et les pressa doucement. Elles étaient aussi dures et compactes que le marbre, sans en avoir la froideur.

Elle réalisa subitement qu'il avait défait la braguette de son jean. Il écarta sa bouche, le temps de lui retirer son sweater.

Seulement vêtue de son soutien-gorge, la braguette de son jean ouverte, elle se laissa aller contre le mur.

Harley la contempla. Quand il se rapprocha, elle crut qu'il allait l'embrasser, et ce fut effectivement ce qu'il fit... mais pas là où elle s'y attendait.

Plaçant une main dans son dos, il fit ployer son buste et referma la bouche sur son mamelon à travers la soie du soutien-gorge.

La sensation fut si ardente que ses mains agrippèrent ses cheveux pour plaquer sa tête sur sa poitrine. Son soutien-gorge cessa de la serrer, et elle réalisa qu'il l'avait habilement dégrafé. Il s'écarta à peine et fit glisser les bretelles pour libérer ses seins.

Stasia voulut l'enlever, mais il tira sur le soutien-gorge de façon à coincer ses bras derrière son dos.

Elle devina ses intentions, mais fut incapable de protester. Elle appréciait d'être sa captive. Elle aimait la succion avide de sa bouche sur son mamelon, la chaleur qui émanait de son corps et les gémissements de plaisir qu'il laissait échapper.

Soudain, il la souleva et elle se retrouva sur le lit. Son soutien-gorge avait glissé le long de ses bras. Il lui enleva ses boots et ses chaussettes avant d'attraper la ceinture de son jean à deux mains et de tirer dessus, entraînant sa petite culotte dans le mouvement.

Entièrement nue, Stasia leva les yeux vers lui. Il restait là, immobile, la contemplant de ce regard intense et fascinant qui intimidait les foules.

Ses mains s'agrippèrent au dessus-de-lit. Elle replia un genou et... écarta les jambes.

Étouffant un juron, Harley effleura l'intérieur de ses cuisses du bout des doigts.

— Lève les bras, Stasia, dit-il, le regard rivé à son entrejambe.

Le cœur de Stasia se mit à battre plus fort. Indécise, elle passa la langue sur ses lèvres. Elle n'avait absolument pas peur. Elle était seulement excitée. Tremblante, elle força ses doigts à lâcher le dessus-de-lit. Sans le quitter des yeux, elle leva les bras au-dessus de sa tête.

Les sourcils d'Harley se rapprochèrent tandis qu'il se concentrait sur le spectacle de son corps, totalement offert. Son regard s'attarda finalement sur ses seins, et il enfourcha ses cuisses pour les capturer dans ses mains. Ses pouces effleurèrent doucement ses mamelons et cette caresse tira un long frisson à Stasia.

— Tu es magnifique.

Stasia voulut parler de façon aussi détendue et tranquille que lui, mais n'y parvint pas. Elle tourna la tête sur le côté et ferma les paupières. Mais Harley se contentait d'agacer ses pointes de seins. N'y tenant plus, elle leva les yeux vers lui.

Harley n'attendait que cela.

— Tu es pressée ? demanda-t-il avec un petit sourire satisfait.

— Pas toi ? répondit-elle en fixant son sexe en érection.

— Si. Je suis tellement pressé que ça me fait peur. Pourtant, j'ai rarement peur, ajouta-t-il avec une pointe d'émotion qu'elle fut incapable de déchiffrer.

— Dans ce cas...

Il plaça une main entre ses cuisses.

— Chuuut...

Il la caressa et glissa deux doigts en elle.

Instinctivement, Stasia cambra le dos. Harley avait de très grandes mains et cette invasion la comblait. Elle savait cependant que ces deux doigts n'avaient aucune commune mesure avec ce qui suivrait.

Il fit glisser son pouce sur son clitoris et l'agaça expertement en posant sur elle un regard presque détaché.

— Harley... gémit-elle.

— Dis-moi ?

Les prémices de l'orgasme s'étaient déclenchés si brutalement qu'elle n'en revenait pas. Elle ne voulait pas précipiter les choses. Elle baissa les bras et immobilisa la main d'Harley.

— Attends, s'il te plaît.

— Tu vas jouir, Stasia. Je le sens.

Elle secoua la tête.

— S'il te plaît, Harley. C'est toi que je veux. Pas ces petits jeux de domination. *Toi.*

— Tu es trempée, dit-il. Tu en meurs d'envie. Avoue.

Elle pouvait difficilement le nier.

— Tu es merveilleux, Harley. Je rêve de faire l'amour avec toi depuis des années.

Il releva vivement les yeux vers elle.

— Je suis comme toutes les autres, Harley. Je te vois de la même façon que toutes celles qui t'admirent.

Il sourit et prit son sein dans sa main.

— Mais je n'ai pas envie de toi comme ça, s'empressa-t-elle d'ajouter.

Ses doigts s'immobilisèrent.

— Je veux... souffla-t-elle, la gorge nouée. Je veux... articula-t-elle douloureusement après avoir dégluti. Je veux ce que tu ne donnes jamais aux autres, voilà ce que je veux !

Elle réalisa subitement à quel point il était tendu. Sa mâchoire était crispée.

— C'est toi que je veux, Harley. Je veux que tu te lâches complètement, que tu arrêtes de te contrôler comme ça !

Elle tendit les bras vers lui.

— Tu n'as pas besoin de te contrôler avec moi, je te le promets.

Il hésita pendant ce qui parut à Stasia une éternité. Il la regardait, offerte, mais rétive. Il se mit soudain à respirer plus fort, détourna le regard et, d'un seul coup, abandonna son combat intérieur.

L'instant d'après, il était sur elle, ses mains partout sur son corps, sa bouche ardente et affamée. Il se plaça entre ses cuisses, mais ne la pénétra pas.

— Protection, murmura-t-elle en le serrant contre elle.

— Oui, répondit-il entre deux baisers. Je m'en occupe.

Il fit courir la pointe de sa langue sur sa gorge et sur son épaule, puis glissa sa bouche jusqu'à son sein pour en téter avidement la pointe érigée et sensible.

Stasia enroula les jambes autour de lui, sans plus se soucier, pour la première fois de sa vie, que son partenaire n'ait pas enfilé de préservatif.

Harley remit sa main entre ses cuisses, mais il le fit cette fois parce qu'il avait eu inconsciemment besoin de la toucher. Stasia sentit immédiatement la différence et l'apprécia. La caresse de ses doigts était si intense qu'elle cambra le dos et laissa échapper un cri.

Harley s'écarta, ouvrit le tiroir de sa table de nuit et en sortit un préservatif. Lorsqu'il l'enfila, ses joues étaient vivement colorées et ses mains tremblaient. Il retourna près d'elle.

— Regarde-moi, Stasia, dit-il.

Elle l'aperçut à travers la brume de désir qui voilait son regard.

— Tu es tendue.

Il avait placé l'extrémité de son sexe entre ses cuisses et cherchait à la pénétrer, mais il lui avait fait une telle impression qu'elle s'était instinctivement contractée.

— Détends-toi, chuchota-t-il en plaçant le creux d'un de ses coudes derrière son genou pour soulever sa jambe.

— Harley...

Il planta son regard dans le sien et se pressa contre elle.

— Du calme. Voilà, comme ça... C'est bien...

Il embrassa sa bouche entrouverte, puis enfouit son nez dans son cou.

— Je vais y aller doucement, lui murmura-t-il au creux de l'oreille. Et je te promets que tu vas adorer ça.

— Je... Je ne l'ai pas fait depuis longtemps.

— Chut.

Il bascula les hanches vers l'avant pour la pénétrer, et Stasia sentit ses ongles s'enfoncer malgré elle dans ses épaules.

— Voilà, c'est ça. Agrippe-toi à moi.

Il l'embrassa, plus tendrement cette fois, mais plus profondément aussi, et tandis que sa langue s'immisçait dans sa bouche, il plongea tout entier en elle.

Stasia se raidit, mais il ne lui permit pas de reculer. Il s'immergea complètement en elle, se retira et recommença.

La sensation fut si intense, tant physiquement qu'émotionnellement, qu'elle eut l'impression d'être retournée. Comme un gant. Elle voulut gémir, crier, mais la bouche d'Harley avalait tous les sons qui s'échappaient de sa gorge. Il la maintenait si étroitement enchaînée à lui qu'il ne lui laissait pas d'autre choix que de se laisser faire.

C'était tout simplement… extraordinaire.

À la troisième poussée, elle explosa. Des sursauts irrépressibles traversèrent son corps emperlé de sueur, et elle s'agrippa à lui désespérément.

Il gémissait en la chevauchant de plus en plus vite. Il souleva ses hanches. Stasia le sentit s'immerger en elle plus profondément encore. Des étincelles jaillirent de toutes ses terminaisons nerveuses et un nouvel orgasme l'emporta.

Elle détourna vivement la bouche pour respirer, mais Harley en reprit aussitôt possession et infusa en elle un plaisir intense. Si intense qu'au fur et à mesure de la décrue du plaisir, Stasia sentit progressivement la tête lui tourner, comme si elle allait s'évanouir.

Il se raidit au-dessus d'elle, libéra sa bouche pour presser son visage contre son épaule, et elle l'entendit émettre un cri rauque alors que son corps puissant frémissait et se contractait.

Des larmes picotèrent ses yeux. Elle le serra de toutes ses forces dans ses bras. Lorsqu'il se laissa aller contre elle, les membres subitement détendus, mais encore haletant, elle dut se mordre les lèvres pour retenir les mots qui se précipitaient dans sa gorge.

Elle l'aimait. Elle l'aimait depuis longtemps, et venait seulement de comprendre qu'elle ne pourrait jamais se passer de lui.

Harley roula sur le dos et regarda le plafond. Aucun mot ne lui venait. Son esprit baignait dans un état d'harmonie qu'il lui semblait n'avoir jamais connu.

Il était repu, comblé, pleinement satisfait.

Il sourit, tourna la tête et découvrit que Stasia le contemplait d'un air ensommeillé. Jamais encore il ne s'était trouvé auprès d'une femme aussi belle.

Il pivota vers elle sans la toucher.

— Ça va ?

Elle abaissa lentement, paresseusement les paupières, et laissa échapper un léger soupir.

— Je suis merveilleusement comblée.

Elle était surtout merveilleusement attirante.

— Ah oui ? Moi aussi.

Elle ferma les yeux et laissa passer un moment.

— Et maintenant ? demanda-t-elle finalement.

Il ne pouvait pas la blâmer de son inquiétude. C'était lui qui avait lourdement insisté sur certains points. Il posa une main sur le ventre doux et pâle de Stasia. Tellement adorable.

— Je reviens. Attends-moi.

Il passa dans la salle de bains, fit une toilette rapide et revint avec un gant de toilette humide. Un bras relevé et l'autre reposant sur son ventre, Stasia était étendue dans une posture inconsciemment provocante. Ses longs cheveux formaient un éventail soyeux sur le dessus-de-lit. Ses jambes étaient écartées, la gauche légèrement repliée.

Harley s'étendit et pressa le gant entre ses cuisses. Il se sentait parfaitement à l'aise auprès d'elle. Elle baissa le bras et rouvrit les yeux.

— Harley…

— Détends-toi.

Elle saisit son poignet des deux mains.

— Arrête ! Je peux…

— J'ai envie de le faire, l'interrompit-il en faisant remonter le gant sur son ventre. Ne m'oblige pas à t'attacher.

Elle roula sur le côté et le regarda.

— C'est ridicule. Je peux très bien…

— Quelle ronchon ! On ne peut même pas bavarder tranquillement après l'amour avec toi, déclara-t-il avec un grand sourire.

Il posa le gant sur la table de chevet, puis se retourna vers elle et l'immobilisa en plaçant sa cuisse en travers des siennes.

— Ronchon, moi ? riposta-t-elle en faisant mine de le frapper, mi-rieuse, mi-gênée.

Lutter contre elle était amusant, aussi Harley laissa-t-il le jeu se prolonger jusqu'à ce qu'elle ait complètement retrouvé le sourire. Il emprisonna alors ses poignets d'une main.

— Voilà.

— N'y pense même pas, Harley !

— À quoi ? À ça ?

Il fit passer ses bras au-dessus de sa tête et les étira. Elle frémit quand il lui caressa les côtes, se demandant visiblement quelles étaient ses intensions.

— Cesse de te débattre, femme !

— Non !

— Rends-toi ! ordonna-t-il avant de laper la pointe d'un sein. Laisse-toi faire, ajouta-t-il tendrement.

— Harley, je ne veux pas...

Il avait aspiré son mamelon entre ses lèvres.

Stasia s'immobilisa. Elle laissa échapper un gémissement. Son corps se ressentait encore du plaisir qui l'avait traversée. Harley encerclait son mamelon déjà durci de la pointe de sa langue, puis l'agaçait brièvement avant de le mordiller amoureusement.

Stasia se cambra vers lui. Elle remua les jambes, voulut les écarter, mais il les immobilisait toujours de sa cuisse.

— Pas si vite, ma belle...

— Harley...

— Je sais. Je t'avais promis.

Son arrogance la hérissa exactement comme il l'avait souhaité, et elle recommença à se débattre. Il leva les yeux pour l'observer sans cesser d'agacer ses mamelons.

— As-tu seulement idée de toutes les façons dont je peux te faire jouir, Stasia ?

— Non, avoua-t-elle, les paupières à demi baissées.

— Et si on cherchait à le découvrir ?

— Et si tu arrêtais de te comporter comme un imbécile ?

Il rit et plaça la main sur son cœur. Il battait vite et fort.

— Tu adores ça.

— J'ai envie de toi.

— De quelle partie de mon corps ? Dis-moi ce que tu préfères, enchaîna-t-il sans lui laisser le temps de répondre. Ma queue, mes doigts, ma bouche ?

Il vit sa peau rosir d'excitation et sa poitrine se soulever au rythme de sa respiration.

— Tu hésites ? la taquina-t-il. Je peux décider à ta place, si tu veux.

Elle se lécha les lèvres, puis hocha la tête.

Harley eut l'impression de percevoir déjà la saveur de sa chair moite sur ses lèvres et imagina les réactions que déclencheraient les caresses judicieusement placées de sa langue. Il libéra ses poignets, se pencha et déposa un baiser sur son ventre. Il huma le parfum de sa peau, et la fragrance plus épicée de son sexe lui parvint.

Stasia passa une main dans ses cheveux.

— Je te préviens, Harley Handleman. Tout ce que tu me feras, je te le rendrai.

Cette délicieuse promesse le bouleversa. Il se sentit subitement au bord de l'explosion.

— Dans ce cas…

Il lui écarta les jambes et se plaça entre elles.

— Plie les genoux, ordonna-t-il.

Voyant qu'elle hésitait, il lui fit ployer les genoux, puis plaqua les mains à l'intérieur de ses cuisses et les écarta afin qu'elle s'offre entièrement à son regard.

Il fit lentement glisser le bout de son doigt sur ses nymphes encore enflées et vérifia qu'elle était prête. Elle ondula des hanches pour l'inciter à poursuivre, et il introduisit un doigt en elle d'une poussée ferme.

Stasia renversa la tête en arrière, entrouvrit les lèvres et ferma les yeux.

Harley ajouta un doigt au premier et les fit aller et venir jusqu'à lui arracher un long gémissement d'extase. Il fut alors incapable de se retenir plus longtemps.

Il plongea la tête entre ses cuisses et la lécha tout autour de ses doigts enfouis en elle, lapant vigoureusement son clitoris érigé.

Stasia remonta les genoux et creusa les reins pour plaquer son sexe contre sa bouche, le suppliant par ses frottements et ses plaintes de continuer, encore et encore.

Il l'aspirait entre ses lèvres, la suçait tendrement, gratifiait son clitoris de savants coups de langue, faisant pivoter ses doigts pour les enfouir au creux de sa chair et la combler parfaitement.

Elle manifesta sa jouissance par des cris rauques et retentissants, dont la sincérité plut énormément à Harley. Son orgasme se prolongea, puis s'estompa, jusqu'à ce que finalement ses muscles se détendent et qu'elle laisse aller son corps inerte sur le lit.

Il avait envie d'elle, cela ne faisait aucun doute, mais d'autres émotions, plus douces, s'étaient emparées de lui. Enserrant son corps de ses bras puissants, Harley embrassa ses cuisses et goûta la saveur de sa peau emperlée de sueur et du suc plus relevé de son plaisir.

Il avait envie de se prélasser et de faire durer les choses, lui qui n'avait jamais cherché qu'un soulagement rapide et des adieux plus rapides encore.

Il rampa le long de son corps, déposa un baiser sur ses lèvres entrouvertes et dans sa paume, puis amena sa main sur son sexe. Il referma ses doigts autour de lui – et la vit sourire.

— Mon Dieu, Harley. Laisse-moi une minute.

— Prends tout le temps que tu voudras, murmura-t-il d'un ton suave.

Si cela n'avait tenu qu'à lui, elle aurait pu y consacrer sa vie entière. Il prit son sein dans sa main, non pour l'inciter à s'activer, mais parce que son corps lui était désormais extrêmement précieux.

— C'était trop fort, Harley. Attends.

Il enfouit son visage dans son cou.

— Dors, si tu veux.

En guise de réponse, ses doigts enserrèrent son sexe.

— Tu ne t'en tireras pas comme ça.

Elle roula vers lui et le caressa en souriant, sans cesser de scruter son visage.

— Tu es bouleversant.

— Je suis surtout en rut.

— Tant mieux, dit-elle avant de lui mordiller le lobe de l'oreille. Moi, j'ai envie de te manger.

— Je suis là pour ça.

Elle fit courir la pointe de sa langue le long de sa clavicule, lui mordilla les pectoraux et agaça son mamelon de ses lèvres.

— Tu sais exactement jusqu'où tu peux aller, pas vrai, Harley ?

— Comment ça ?

— Quand tu me mords, précisa-t-elle avant d'accentuer la pression de ses dents.

Harley s'immobilisa.

— Euh… Stasia ?

— Ne t'en fais pas, je ne te ferai pas mal, assura-t-elle après avoir converti la morsure en baiser.

— Je crois que je suis plus doué pour taquiner que pour subir les taquineries, dit-il en plongeant les mains dans sa chevelure.

Elle lui mordillait délicatement les côtes à présent.

— Comment fais-tu pour doser aussi précisément tes morsures ? demanda-t-elle contre sa peau. J'avais le cœur battant et j'appréhendais à chaque fois que tu te laisses emporter. En même temps, j'adorais ça.

— Un talent acquis par une pratique assidue.

— Je n'ai pas autant d'expérience que toi, dit-elle en resserrant la main autour de son sexe. J'espère que je ne te ferai pas mal, ajouta-t-elle après lui avoir mordillé la hanche.

Harley sentit son souffle sur son sexe.

— Stasia…

— Détends-toi, Harley, murmura-t-elle en faisant aller et venir sa main le long de son sexe. Laisse-moi apprendre.

— Je ne sais pas trop si ça me plaît, bredouilla-t-il.

Stasia sourit.

— Voyons voir ça…

Elle se passa la langue sur les lèvres, puis déposa un léger baiser à la base de sa verge. Le soubresaut qui l'agita l'incita à recommencer, puis elle fit remonter sa langue jusqu'en haut.

— Je n'en avais jamais vu d'aussi énorme.

Elle glissa la langue tout autour – sous son poing serré, au-dessus – avant de concentrer son attention sur l'extrémité sensible.

Harley bascula instinctivement les hanches en avant.

— Arrête, Stasia.

— Je ne crois pas, non.

Elle le lécha encore un peu, puis le prit en bouche et le suça sans jamais interrompre le va-et-vient de sa main.

Il sut qu'il ne pourrait pas résister longtemps. Il ferma les yeux et essaya de se retenir. Le contact de sa bouche brûlante était si agréable qu'il avait envie d'en profiter le plus longtemps possible.

Avec une autre femme, il y serait sans doute parvenu.

Mais là, cette bouche était celle de Stasia et il ne pouvait s'empêcher d'y penser, n'arrivait pas à se dissocier de la réalité de la chose, de qui elle était et de ce qu'elle représentait pour lui.

Les yeux brûlants, il baissa le regard sur elle. Allongée sur le ventre, elle soulevait légèrement ses adorables petites fesses. Il vit sa main qui l'enserrait, si menue, si délicate. Il sentit ses cheveux caresser son ventre. Ses joues se creusèrent…

— Stop ! J'abandonne.

Malgré ses protestations, Harley saisit ses épaules et la fit remonter jusqu'à lui.

— Prends un préservatif dans la table de nuit, grommela-t-il.

Avec un sourire de satisfaction, plus séduisante qu'aucune femme n'est autorisée à l'être, Stasia se retourna et en trouva un immédiatement. Elle s'agenouilla et déchira l'emballage avec les dents.

— Ne bouge pas.

Harley serra les poings et s'efforça de penser à autre chose qu'aux mains de Stasia qui le manipulaient.

— Viens sur moi, dit-il dès qu'elle eut enfilé le préservatif.

Elle le regarda d'un air intrigué et il l'attrapa par la taille.

— Viens là, insista-t-il en la faisant asseoir sur lui à califourchon. Vas-y, ma belle. Je veux te voir prendre ma queue bien à fond.

Lui parler de cette façon l'excitait violemment, et il avait un mal fou à se retenir, mais il y prenait un tel plaisir qu'il ne pouvait pas s'en empêcher.

— Baise-moi, Stasia.

— D'accord, murmura-t-elle d'une voix enrouée.

Elle immobilisa son sexe d'une main et s'empala lentement sur lui.

Harley regarda son membre disparaître en elle. Les yeux clos, la lèvre inférieure captive de ses dents, elle s'enfonça jusqu'à la moitié, puis s'arrêta.

— À fond, Stasia.

— Je ne sais pas…

— Assieds-toi.

Elle plissa les paupières.

— Elle est vraiment énorme, Harley…

— Je sais. Et toi, tu es tellement étroite et c'est tellement bon que ça ne me ferait rien de mourir maintenant.

Harley devait faire appel à toute sa volonté pour résister à l'envie de l'empaler d'un seul coup. Il déglutit.

— Assieds-toi, répéta-t-il.

Stasia plaça les mains en appui sur les cuisses d'Harley, puis leva les yeux vers lui.

— Vas-y.

Elle se laissa glisser sur lui en inspirant à fond. Ses paupières se firent lourdes. Elle entrouvrit la bouche, haletante.

Harley affermit la prise de ses mains sur ses hanches.

— Tu me tues, Stasia, souffla-t-il entre ses dents.

Elle ferma les yeux, réunit tout son courage – et s'empala à fond d'un seul coup.

Oh, mon Dieu.

Harley lutta contre lui-même, mais c'était tellement bon de la prendre à fond, de la sentir ainsi autour de son sexe…

Tant pis.

Stasia se lâcha complètement, renversa la tête en arrière et gémit. Harley guidait ses hanches pour la faire aller et venir sur lui, intensifiait le rythme de ses poussées, ne lui accordait aucun répit. Soudain, il redressa les genoux.

— Allonge-toi sur moi, ordonna-t-il d'un ton urgent.

Elle lui obéit et le changement de position souleva ses seins.

Harley rugit. La soumettre ainsi à son désir et assister au déploiement de son orgasme lui donna l'impression que sa tête explosait. Elle laissa échapper un long cri de jouissance, et cela suffit pour qu'il la rejoigne dans le plaisir. Elle se laissa aller contre lui et il la serra tendrement dans ses bras, éperdu d'amour.

21

Harley prit son temps pour retrouver ses esprits, cette fois. Il se glissa hors de Stasia, mais elle ne bougea pas. Elle reposait, inerte, auprès de lui, leur peau emperlée de sueur, le parfum lourd et capiteux du plaisir flottant dans l'air.

Il s'écarta d'elle et l'étendit doucement sur le côté. Elle marmonna quelque chose et se lova sur elle-même, comme si la perte de sa chaleur corporelle faisait passer un frisson sur sa peau.

Harley sentit une boule se former dans sa gorge. Il caressa ses cheveux et passa le pouce sur ses lèvres. Elle lui avait mené la vie dure au cours des derniers mois. Oui, l'amener dans son lit lui avait donné du fil à retordre, mais ce qu'ils venaient de partager était exceptionnel.

Elle avait tenu à lui faire ravaler son désir de domination et ce n'était peut-être pas une mauvaise idée, finalement. Stasia était une femme intelligente, très intuitive et honnête. Elle donnait l'impression de bien le connaître – mieux que la majorité des gens, en tout cas.

Harley lui devait de réfléchir à ses remarques.

Il se leva et la contempla. Elle se trouvait exactement au milieu du matelas. Il sourit.

Depuis que Sandy l'avait quitté pour un autre, il y avait de cela plusieurs années, il n'avait plus jamais passé la nuit en compagnie d'une femme. À l'exception de celle qu'ils avaient partagée à la station-service, bien sûr, mais Harley était resté éveillé pratiquement toute la nuit, l'oreille aux aguets, luttant contre son désir.

Il était si épuisé qu'il se sentit chanceler.

Il ne pouvait quand même pas lui demander de partir, et il ne pouvait pas non plus dormir sur le canapé.

Et puis, il y avait cet irrépressible besoin de la sentir tout près, de la tenir dans ses bras, de la protéger. Cela n'engageait à rien et ne signifiait rien. Rien du tout.

Il se contrôlait, il contrôlait sa vie. Il pouvait bien contrôler ça aussi. Même s'il ne savait pas bien ce que c'était.

Harley remonta la couverture sur Stasia et se dirigea vers la salle de bains. Après une toilette rapide, il sortit s'assurer que la maison était bien fermée. Tout était parfaitement silencieux et tranquille. Il ne s'était encore jamais rendu compte à quel point tout était calme la nuit.

Il retourna dans la chambre, la tête envahie par un tas d'idées. Stasia occupait toujours la moitié du lit.

Il éteignit les lumières, se glissa près d'elle et l'attira contre lui. Elle s'adapta spontanément à son corps, comme si elle dormait avec lui depuis des années, se cala confortablement et se rendormit dans un soupir.

Harley se demanda s'il parviendrait à se reposer.

Ce fut sa dernière pensée cohérente avant de sombrer dans le sommeil.

Stasia se réveilla, le nez contre un torse velu. Elle sut instantanément qu'il s'agissait d'Harley et sourit avant même d'ouvrir les yeux.

Avec ses cheveux blonds ébouriffés et sa barbe naissante, il était plus beau que jamais.

Plus apaisé aussi.

Elle n'eut pas le cœur de le réveiller. Et parce qu'elle ignorait comment il réagirait en la trouvant dans son lit, elle n'en eut pas le courage.

Elle se sentit lâche en s'écartant de lui et glissa au bord du lit. Harley s'étira, s'allongea sur le dos et se rendormit aussitôt.

Il avait travaillé si dur, repoussant sans cesse les limites de son corps, autorisant son oncle à l'épuiser.

Sa concentration se partageait entre l'entraînement, la promotion, le devoir familial et ses amis. Il avait de quoi être exténué.

Le drap qui recouvrait à peine ses hanches révélait son torse nu. Un de ses pieds dépassait. Il leva un bras et elle contempla la peau plus pâle de son muscle saillant, le duvet clair de son aisselle et la façon dont sa main reposait, alanguie, les doigts écartés.

Cette vision lui tira un soupir.

Même après cette nuit, le simple fait de poser les yeux sur lui la bouleversait. Elle était éperdument amoureuse de lui, mais Harley ne lui avait jamais fait de promesses et elle n'avait pas l'intention de l'embêter.

Mais… mon Dieu, comme cela faisait mal.

L'air frais la fit frissonner et elle ramassa le sweat-shirt qu'Harley avait laissé là la veille. Elle se faufila hors de la chambre et referma la porte sans bruit.

Les choses avaient-elles changé entre eux ? Stasia avait l'impression qu'une nouvelle dynamique régissait leurs rapports. Pour elle, coucher avec quelqu'un constituait un engagement.

Pour Harley, c'était… du sexe.

Ces réflexions aiguisèrent son besoin de caféine. Elle enfila le sweat-shirt qui lui arrivait au-dessus des genoux et se dirigea vers la cuisine.

La maison d'Harley était… très masculine. Des hommes s'étaient chargés de la décoration et elle n'était habitée que par des hommes. Les meubles étaient massifs, sombres et fonctionnels.

La cafetière électrique, les tasses et le sucre se trouvaient en évidence sur le plan de travail, et il suffit de quelques minutes pour que l'arôme du café emplisse l'atmosphère. Stasia croisa les bras et s'approcha de la fenêtre pour regarder le soleil rouge vif se lever sur le paysage enneigé.

Que se passerait-il aujourd'hui ? Comment Harley se comporterait-il avec elle ? Comment devait-elle se comporter avec lui ?

Elle ne savait absolument pas s'il serait heureux de la voir, ou s'il souhaiterait qu'elle fût déjà partie. Dans un cas comme dans l'autre, elle devait se tenir prête. Il la trouverait habillée quand il se lèverait ; cela épargnerait sa fierté, au cas où elle ressentirait le besoin d'effectuer une sortie rapide.

La machine à café émit un gargouillement final. Elle s'empressa de remplir une tasse.

Elle portait la tasse à ses lèvres quand elle perçut un grincement derrière elle. Elle se composa un sourire de façade pour affronter Harley.

— Bonjour.

En entendant sa voix, l'oncle d'Harley recula, l'inspecta des pieds à la tête et la fusilla du regard.

— Qu'est-ce que vous faites là ?

La tasse glissa de ses doigts. La porcelaine se fracassa sur le carrelage et une giclée de café brûlant atteignit ses jambes.

Tiré d'un profond sommeil par un bruit de vaisselle brisée, Harley se retourna et regarda à côté de lui.

Le lit était vide.

Le soleil illuminait la chambre. Il avait dormi toute la nuit.

Avec Stasia.

Où diable était-elle passée ? Il rabattit le drap et se leva.

— Regardez ce que vous avez fait, ma pauvre fille ! tonna la voix de son oncle en provenance de la cuisine.

Harley se figea sur place. Nom de Dieu.

Que faisait Satch à la maison ? Stasia était-elle descendue à la cuisine toute nue ? Il jeta un coup d'œil par terre et vit ses vêtements.

Harley se rua au rez-de-chaussée pour se précipiter dans la cuisine.

Il s'immobilisa sur le seuil.

Son oncle tenait Stasia dans ses bras. Elle ne portait que son sweat-shirt qui préservait tout juste sa pudeur. Les semelles de son oncle écrasaient des morceaux de tasse tandis qu'il s'efforçait de calmer Stasia qui s'agitait en tout sens pour se libérer de son étreinte.

— Écarte-toi, mon garçon, elle s'est brûlée !

Harley recula, bouche bée, pendant que son oncle emportait Stasia dans le salon et l'étendait sur le canapé. Elle s'empressa de tirer sur le bas du sweat-shirt.

— Harley !

Son oncle regagna précipitamment la cuisine.

— Mais qu'est-ce qui se passe ?

— J'ai fait tomber ma tasse, balbutia-t-elle, pâle comme un linge.

Satch était revenu auprès d'elle. Il s'agenouilla et tamponna une serviette humide sur ses jambes nues, tout en déchargeant sa colère sur elle.

— Vous avez couché avec lui !

Le regard de Stasia glissa de Satch à Harley, puis revint vers le premier.

— Satch...

— Ce n'est pas ce qui était convenu, gronda-t-il. Je ne vous ai pas embauchée pour ça !

— *Embauchée ?*

Tous deux tournèrent la tête vers Harley. Les yeux de Stasia étaient embués de larmes. Satch était furieux.

Harley contempla son oncle, puis Stasia.

— Chaque chose en son temps. Tu es gravement brûlée, Stasia ?

— Non, ce n'est rien.

— Tu parles ! intervint Satch. Elle s'est renversé une tasse de café bouillant sur les jambes.

Harley vint s'agenouiller devant elle, et son oncle s'écarta.

— Fais-moi voir ça.

— Harley, gémit-elle. Tu es tout nu !

Il souleva la serviette pour examiner sa peau. Elle était si rouge et enflée qu'il grimaça.

— Mon oncle m'a déjà vu nu.

— Peut-être, mais pas devant moi !

— Oh, pour l'amour de Dieu !

Satch quitta la pièce et revint un instant plus tard, le jean d'Harley à la main.

— Enfile ça, avant qu'elle nous fasse une attaque.

Harley s'exécuta, puis demeura là, les bras ballants. Il se sentait étrangement détaché de lui-même et de la situation.

— Tu veux aller à l'hôpital ? demanda-t-il à Stasia.

— Non. Je suis désolée, la tasse m'a glissé des mains. Il y en a partout...

— Je nettoierai, déclara Satch sans bouger d'un pouce. Mais d'abord, j'aimerais que tu m'expliques ce qu'elle fait ici.

— Je n'ai pas d'explications à te fournir, répondit Harley sans le regarder.

— Tu ne veux jamais donner d'explications, hein ? Ni à la presse, ni à ton oncle !

— Ma vie privée ne concerne personne, répliqua Harley, la mâchoire crispée.

— Ça me regarde quand je tombe sur une fille à moitié nue qui se croit chez elle dans notre cuisine !

— Tu n'étais pas censé être là, fit remarquer Harley en allant rafraîchir la serviette dans la cuisine.

— Ah, parce qu'il faut que je justifie ma présence chez moi, par-dessus le marché ! J'ai terminé plus tôt que prévu, figure-toi.

Harley revint auprès de Stasia, et Satch partit en quête d'une pelle et d'une balayette en grommelant.

— Tu auras sûrement des cloques, dit Harley en étendant le tissu glacé sur ses jambes.

— D'habitude, je prends du lait, mais tu n'en avais pas. Le café n'aurait pas été aussi chaud si j'en avais mis, déplora Stasia.

Harley avait l'impression que son visage était congelé et une giclée acide se répandit dans son estomac. Il gagna la cuisine et regarda son oncle ramasser le plus gros des dégâts.

— Il faudra passer un coup de serpillière.

— Je peux le faire, suggéra Stasia.

Harley remarqua qu'elle le regardait comme si elle s'attendait à ce qu'il explose.

— Alors comme ça, dit-il en s'adressant à son oncle, tu as embauché Stasia. Je peux te demander pourquoi ? ajouta-t-il en croisant les bras.

— Elle est coach de vie, non ? rétorqua Satch en versant les débris dans la poubelle d'un geste inutilement grandiose.

— Et alors ?

— Je voulais qu'elle travaille avec toi. Je pensais qu'elle pourrait te faire entendre raison. Je ne m'attendais pas à ce qu'elle soit comme les autres, conclut-il en toisant Stasia.

Celle-ci n'émit aucune objection, se contentant d'observer Harley en silence. Voyant qu'il ne disait rien, ses épaules s'affaissèrent, mais elle les redressa aussitôt.

— Je ne travaille pas pour Satch, déclara-t-elle.

— Quand tu es arrivée ici, tu m'as dit que tu voulais travailler avec moi et tu as consacré beaucoup de temps à te renseigner sur mon métier.

— C'est vrai.

Son calme apparent lui tapait sur les nerfs.

— Tu es trop professionnelle pour accepter un contrat avant de savoir à quoi tu t'exposes, j'imagine.

Stasia alla déposer la serviette mouillée dans l'évier en évitant de marcher dans le café. Après quoi, elle sortit de la cuisine et contourna Harley pour s'engager dans le couloir.

Il eut désespérément envie de la suivre. Si désespérément que résister à cette urgence le transperça comme une lame de couteau.

— Tu es allé trop loin, cette fois, Satch, dit-il en se tournant vers son oncle.

— Tu m'avais dit que ce n'était pas ton type de femme ! répliqua-t-il, furieux.

— Que ce soit mon type de femme ou pas ne te regarde pas !

— Je suis ton manager.

— C'est peut-être là que se situe l'erreur.

Satch fit un pas en arrière. Il était devenu tout pâle.

— Qu'est-ce que tu dis ?

Harley eut l'impression qu'il venait de lui arracher le cœur, mais il souffrait trop pour tempérer sa colère.

— Si tu veux rester mon manager, reprit-il d'un ton menaçant en marchant sur lui, ne t'avise plus jamais de te mêler de ma vie privée.

— Mais…

— *Jamais.* C'est clair ?

Réprimant sa fureur, Satch hocha la tête.

— Très bien. Comme tu voudras.

Harley se retourna et faillit heurter Stasia. Elle s'était rhabillée en un temps record et avait même enfilé son manteau. Son visage et ses lèvres étaient totalement dépourvus de couleur.

— J'ai appelé un taxi, annonça-t-elle en évitant son regard. Je vais l'attendre dehors.

Harley eut l'impression que sa tête allait exploser. Il voulut dire quelque chose, mais fut incapable de trouver les mots. Elle était là, devant lui, toute dépeignée avec cette expression... blessée.

— Putain de bordel de merde !

Elle battit des cils.

Harley avait envie de donner un coup de poing dans le mur. De l'emmener dans sa chambre et de faire comme si rien ne s'était produit.

— Combien t'a-t-il payée ? questionna-t-il.

— Rien, répondit-elle en secouant la tête.

— Quoi ?

Il força un rire qui résonna comme celui d'un dément, même à ses propres oreilles.

— Ça te plaît tellement de m'emmerder que tu as fait ça gratuitement ?

Elle plissa les yeux.

— Tu es en colère, Harley. Je comprends. Mais si tu réfléchissais cinq minutes...

— ... je me rendrais compte que tu as fait cela pour mon bien, c'est ça ? éructa-t-il.

Sa bouche se durcit.

— Je refuse de me lancer dans ce déballage alors que tu es à deux doigts de ton championnat, rétorqua-t-elle avant de pivoter pour se diriger vers la porte.

Harley n'en croyait pas ses oreilles. Il se tourna vers Satch, mais son oncle leva les mains.

— Je ne lui ai pas donné un dollar, confirma-t-il.

— Donc, tu lui dois de l'argent ?

Satch croisa les bras, visiblement confus.

— Je ne sais pas trop. Nous ne nous étions pas entendus sur un prix et elle ne m'en a jamais reparlé. En fait, elle m'avait dit qu'elle ne serait ton coach de vie que si tu l'acceptais, précisa-t-il en baissant les yeux.

— Comment ça, si je l'acceptais ? Si je couchais avec elle, c'est ça ?

— Non ! s'exclama Satch. Tu ne penses vraiment qu'à ça, mon pauvre garçon !

— Très bien, fit Harley en se passant la main sur la nuque. Alors explique-toi, s'il te plaît.

— Si tu l'acceptais en tant que coach de vie, explicita son oncle. Elle a été très claire sur ce point. Elle m'a dit que ça ne marcherait pas si tu n'étais pas d'accord.

— Et je n'étais pas d'accord.

— Alors, il est possible qu'elle n'ait jamais travaillé pour moi, conclut Satch en fronçant les sourcils.

Harley eut envie de hurler.

— Mais pourquoi diable t'es-tu imaginé que c'était le cas ?

— Parce qu'elle est venue, répliqua-t-il en haussant les épaules. Quand je lui ai dit que je voulais l'embaucher, à Echo Lake, elle m'a répondu qu'elle ne voulait pas t'importuner. Je lui ai demandé de réfléchir et elle m'a dit qu'au cas où tu la contacterais – ce qui prouverait que tu n'étais pas opposé à lui parler –, elle viendrait ici et s'efforcerait de te convaincre de travailler avec elle.

— Mon Dieu, souffla Harley.

— Je sais que tu l'as appelée. C'est pour ça que quand elle est venue, j'ai pensé... Qu'est-ce que tu voulais que je pense d'autre ? enchaîna Satch en redressant le menton. Tu m'avais dit que ce n'était pas ton type de femme.

— Ce n'est pas mon type de femme.

Dieu lui était témoin qu'Anastasia Bradley ne ressemblait à aucune femme qu'il eût connue.

— Si elle n'est pas venue ici pour ça, pourquoi estelle venue, alors ?

— Du diable si je le sais, grommela Harley.

Il s'élança vers la porte et l'ouvrit juste à temps pour voir Stasia s'engouffrer dans un taxi.

— Et merde.

Il resta planté sur le seuil, les bras ballants, mais elle ne se retourna pas une seule fois.

Harley l'appela à l'hôtel une demi-heure plus tard, mais n'obtint aucune réponse. Il se rendit sur place et tambourina à sa porte.

Pas de réponse.

Il redescendit dans le hall et marchait de long en large lorsque Barber émergea de sa chambre. Dès qu'il l'aperçut, celui-ci gambada d'un pas guilleret jusqu'à lui.

— J'ai passé une excellente nuit. Et toi ?

— Ne t'avise surtout pas de m'asticoter, je ne suis pas d'humeur.

— Qu'est-ce qui t'arrive ?

— Il m'arrive que j'en ai jusque-là que tout le monde fourre son nez dans mes affaires.

Barber le considéra un moment.

— Va te faire voir toi-même, marmonna-t-il finalement avant de se diriger vers la cafetière qui trônait à côté du comptoir d'accueil.

Harley se sentit très bête et le rejoignit.

— Désolé, frangin. C'est juste qu'Anastasia a disparu.

— Encore ? Tu devrais la surveiller un peu mieux.

— Barber…

— Relax, mec, coupa-t-il en souriant. Elle est en train de se garer devant l'hôtel, ajouta-t-il en désignant la fenêtre.

Harley la vit effectivement émerger de sa voiture et se traîner lamentablement jusqu'à la porte d'entrée.

— Qu'est-ce qu'elle a ? s'inquiéta Barber.

Harley s'éloigna sans répondre pour ouvrir la porte à la jeune femme. Dès qu'elle l'aperçut, elle blêmit, redressa le menton et passa devant lui.

— Où étais-tu ?

— Je suis allée récupérer ma voiture.

— Tu devrais consulter un médecin pour ces brûlures.

— Non, répliqua-t-elle en lui jetant un regard noir. Ce n'est pas la peine.

— Il faut qu'on parle, Stasia, dit-il en la suivant.

— Ton oncle ne m'a jamais embauchée.

— J'avais déjà compris. Ce que je voudrais comprendre, c'est pourquoi tu es venue ?

Une fois devant sa porte, elle la déverrouilla et pénétra dans sa chambre.

— Je te jure que mes brûlures sont sans gravité, mais j'ai vraiment besoin de retirer mon jean.

— Excellente idée, répliqua-t-il en entrant derrière elle malgré ses protestations et en refermant la porte sur eux. Un bain froid te ferait peut-être du bien ? suggéra-t-il.

— Harley, il est hors de question que je me déshabille devant toi.

— Pourquoi ? Je connais ton corps par cœur. Je ne te toucherai pas, si c'est ce qui te tracasse, précisa-t-il en posant les mains sur ses hanches. Enfin, presque pas.

— J'aimerais vraiment que tu sortes.

— Et moi, j'aimerais vraiment te parler, rétorqua-t-il en se détestant, mais en s'asseyant quand même sur son lit. Tu ne crois pas que tu me dois au moins ça ?

Elle se raidit.

— D'accord, dit-elle avant de lui tourner le dos pour prendre un T-shirt dans la commode. Mais avant, je vais me changer dans la salle de bains.

— Tu as besoin d'aide ?

— Non.

Elle gagna la salle de bains et Harley s'allongea à demi sur le lit. Il aurait aimé voir ses jambes pour s'assurer qu'elle avait dit vrai, mais il devait respecter son intimité.

Quand elle revint un quart d'heure plus tard, elle avait passé son visage sous l'eau et s'était fait une queue-de-cheval. Ses jambes étaient nues.

Elle s'assit à côté de lui. Harley se tourna vers elle, en appui sur la hanche.

— Comment vont tes brûlures ?

— Elles sont superficielles. Ça tire un peu, mais je suis sûre que ça ne fera pas de cloques.

— Tu ne monteras pas sur tes grands chevaux si je te demande l'autorisation de voir ça de mes propres yeux ? avança-t-il d'un ton exagérément prudent.

— Je n'ai plus rien à te cacher, de toute façon, répondit-elle en haussant les épaules.

Harley eut l'impression qu'elle ne parlait pas uniquement de son corps. Il se redressa et souleva le bas de son T-shirt. Le spectacle de ses cuisses brûlées lui fit mal.

— C'est encore très rouge.

— J'ai appliqué une pommade apaisante.

— J'espère qu'elle fera effet.

Ses cuisses étaïent luisantes de pommade, mais il eut envie de les embrasser.

— Ton oncle m'a fait une de ces peurs, soupira-t-elle. J'ai cru que c'était toi. J'avais rassemblé mon courage avant de me retourner…

— Ton courage ?

— Je ne savais pas si tu avais envie de me voir. Je ne savais pas comment tu réagirais en me trouvant encore chez toi, mais j'avais décidé de m'en tenir à ce que je lirais sur ton visage.

— Parce que tu sais lire sur mon visage, toi ?

— Si tu n'avais pas eu envie de me voir au petit déjeuner, je l'aurais su tout de suite, répliqua-t-elle avec un petit rire. Au lieu de quoi, je suis tombée nez à nez avec ton oncle ! Il était furieux et j'ai eu l'impression de me retrouver en enfer.

— Et tu t'es brûlée, conclut-il.

Stasia se leva, fit quelques pas, puis se retourna vers lui.

— Tu as vraiment cru que je travaillais pour lui, lança-t-elle d'un ton accusateur.

— Tu viens de le dire toi-même : on s'est retrouvés dans une situation infernale. Je n'ai pas vraiment eu le temps de réfléchir à la question. En tout cas, il t'a bel et bien proposé de le faire, ajouta-t-il au bout d'un moment.

Stasia s'approcha de la commode et redressa les objets qui se trouvaient là.

— Il voulait que je t'encourage à faire ces trucs qui étaient censés améliorer ton image au sein de l'organisation.

— Tu veux parler des photos, du reportage et tout ça ?

— Oui.

— C'est pour ça que tu m'as dit que tu trouvais qu'il se mêlait un peu trop de mes affaires ?

— Oui.

— Mais finalement, tu m'as accompagné partout et tu n'as jamais cherché à m'inciter à faire ce qu'il voulait, fit-il remarquer.

— Tu avais dit toi-même que tu ne voulais pas fréquenter de femmes, se justifia-t-elle.

— J'ai dit cela parce que je voulais t'avoir sous les yeux tant que la police n'aurait pas mis la main sur ton persécuteur.

— C'est très noble de ta part, riposta-t-elle d'un ton sarcastique. Alors tu ne m'as pas demandé de rester parce que tu avais envie de coucher avec moi ?

— Si. Pour ça aussi, avoua-t-il en haussant les épaules.

— Eh bien, j'ai trouvé cela très agréable, Harley, mais moi, je suis venue ici pour t'aider. Il ne m'a pas fallu longtemps pour comprendre que ton oncle empiétait beaucoup trop sur ta vie personnelle.

— C'était clair comme de l'eau de roche, il me semble. Pas besoin d'être médium ni coach de vie pour s'en rendre compte. On tolère bien plus de choses venant de quelqu'un de sa famille que des autres.

— Je comprends, marmonna-t-elle d'un ton pincé.

— Vraiment ?

— Évidemment. J'espérais t'aider à te libérer de lui tout en épargnant sa fierté. Je sais qu'il est pétri de bonnes intentions, mais il t'a rendu tellement distant de tes émotions qu'il ne t'a pas aidé.

Elle parlait de lui comme de quelqu'un de dépendant. De pathétique, même. Distant de ses émotions ? Pensait-elle vraiment ça de lui ?

— Tu as tout abandonné, y compris des contrats *payés,* rien que pour tenter de me sauver ? se moqua-t-il.

— Harley…

Il éclata de rire.

— Tu es bien mal récompensée de tes sacrifices, ma pauvre Stasia.

Elle se planta devant lui.

— Il faut croire que nous nous sommes tous les deux fourvoyés.

— Parle pour toi. Moi, j'ai toujours su ce que je faisais.

— Non. Tu as laissé ton histoire avec Sandy fausser ta vie. Tu dis que c'est à cause d'incidents extérieurs que tu as laissé passer trois championnats, mais si tu étais vraiment honnête avec toi-même, tu te rendrais compte que ce n'est pas vrai.

— Je pense que tu vois les choses comme tu as envie de les voir.

Gagnée par la tristesse, Stasia laissa retomber ses épaules.

— Personne n'a cherché à me nuire ces derniers temps, donc je peux m'en aller sans que cela te tracasse outre mesure, déclara-t-elle. Puisque tu pars pour Vegas, je peux aussi bien m'en aller aujourd'hui.

Elle se dirigea vers l'armoire et en sortit une valise, les lèvres tremblantes d'émotion.

Harley n'avait pas l'intention de la laisser partir.

— Tu as accepté de m'accompagner à la soirée et elle a lieu demain soir.

— Je ne viendrai pas, Harley, répondit-elle sans se retourner.

— Tu veux me faire passer pour un imbécile ? dit-il en lui prenant la valise des mains. C'est ça ton plan ?

— Qu'est-ce que tu racontes ? demanda-t-elle en levant les yeux vers lui.

— Chaque fois que je suis apparu en public ces derniers jours, tu étais avec moi. Tout le monde en a conclu que nous formions un couple. Et au moment crucial, alors qu'on n'est plus qu'à quelques jours du championnat, tu me lâches ? Que vont penser les gens, à ton avis ?

— Tu te fiches complètement de ce que pensent les gens !

Harley la regarda droit dans les yeux et proféra un énorme mensonge.

— Je n'ai pas envie pour autant qu'on s'imagine que tu m'as plaqué. Tu viens justement de dire que j'ai été très affecté par le départ de Sandy, et tu t'imagines que j'ai envie de revivre la même chose ?

— Mais… fit-elle en portant la main à son front. Maintenant, la situation va être épouvantablement gênante.

— Pas pour moi.

— Tant mieux pour toi, mais il se trouve que j'ai un cœur, *moi*.

— Qu'est-ce que tu entends par là, exactement ? s'enquit-il.

L'aimait-elle ? Harley retint son souffle et attendit.

— Que je me sens insultée, répliqua-t-elle en redressant fièrement le menton.

— Parce que j'ai douté de toi pendant deux secondes ? Je crois que tu t'en remettras, non ?

— Tu n'as jamais voulu que je vienne ici, pour commencer. Tu avais été très clair sur ce point. Tu viens de tourner en ridicule mes tentatives pour t'aider. Et pardessus le marché, ton oncle me déteste.

— C'est faux !

— Je ne sais pas trop, Harley… dit-elle en secouant la tête. Je ne suis pas vraiment d'humeur à envisager une soirée.

Harley la contempla un moment. Stasia s'imaginait peut-être qu'elle le connaissait bien, mais ce n'était pas à sens unique.

— Très bien. Fais comme tu le sens.

— Merci.

Il se dirigea vers la porte, mais se retourna.

— Si jamais tu changes d'avis, sache que de mon côté, j'irai à cette soirée. On me harcèlera sans doute de questions embarrassantes et les langues de vipère s'en donneront à cœur joie, mais tu n'as aucun souci à te faire, ajouta-t-il, histoire d'attiser sa culpabilité. Quoi que les journalistes racontent sur notre relation, cela n'affectera absolument pas ma performance au championnat.

Harley sortit dans le couloir. Tremblante de rage, Stasia claqua la porte derrière lui dans un mouvement de colère qui ne lui ressemblait pas.

Dans le couloir, Harley sourit.

Stasia viendrait.

Qu'elle le veuille ou non, c'était lui qui menait la barque.

22

Stasia aperçut Harley au milieu d'un cercle composé d'hommes et de femmes. Deux des hommes étaient le photographe et le journaliste qui lui étaient devenus familiers ces derniers temps. La femme qui posait à côté d'Harley était la brune avec qui elle l'avait surpris en train de danser, le jour de son arrivée à Harmony. À sa gauche, suspendue à ses lèvres, se tenait la blonde, Gloria Machinchose.

Un vague malaise la saisit. Il ne semblait pas avoir particulièrement besoin de son aide…

Jasmine lui tapota l'épaule.

— Tu es sûre que ça va ?

Stasia parvint à lui adresser un sourire malgré sa jalousie ridicule.

— Tout va bien. Ne t'inquiète pas pour moi. Va t'amuser, lui conseilla-t-elle.

Barber la dévisagea d'un air soucieux.

— Tu veux qu'on aille te chercher un verre avant de monter sur scène ? Ça te détendrait…

Avait-elle l'air si tendue que cela ?

— Je vous ai assez dérangés comme ça, Barber. Déjà que vous avez eu la gentillesse d'interrompre le concert pour passer me chercher, je m'en voudrais d'abuser davantage.

Barber glissa un bras autour des épaules de Jasmine.

— Harley se serait fait un plaisir de t'escorter, tu sais.

Ils avaient l'air si heureux, tous les deux, songea Stasia. Pourquoi Harley était-il incapable d'accepter ses émotions ainsi ?

— Je sais, oui. Mais je n'ai pas voulu le lui demander.

Sa voiture avait stupidement refusé de démarrer. Dieu merci, elle avait conservé le numéro de portable de Barber.

Celui-ci fit mine de lui donner un coup de poing au menton.

— Tu devrais arrêter de lui faire la tête. Le pauvre ne cesse de tourner en rond. Il aura le tournis quand il montera sur le ring et ce sera de ta faute, plaisanta-t-il.

Stasia ressentit aussitôt une pointe de culpabilité.

— L'empêcher de se concentrer est bien la dernière chose que je souhaite.

— Alors approche-toi de lui et sauve-le de ces barracudas. Il t'en sera infiniment reconnaissant.

— Tu es sûre qu'il a envie qu'on lui vienne en aide ? s'enquit-elle d'un ton dubitatif en regardant Harley qui souriait de toutes ses dents.

— Sûr et certain. Fais-moi confiance, ma belle. Je connais l'oiseau.

— Bon, alors d'accord, décida-t-elle avec un hochement de tête avant de se diriger vers le petit groupe.

La jupe ample et soyeuse qu'elle portait ce soir-là était si longue qu'avec ses boots, on ne voyait pas un seul centimètre de ses jambes. Cela lui permettait de se passer de collants, qui auraient été très inconfortables sur ses brûlures. Elle l'avait agrémentée d'une ceinture en cuir qui mettait en valeur sa taille fine et d'un sweater crème à l'encolure garnie de dentelle.

Ce n'était pas vraiment une tenue de soirée, mais elle s'était dit qu'avec ses cheveux relevés en chignon et de longues boucles d'oreilles, elle serait suffisamment élégante.

Harley la repéra bien avant qu'elle n'arrive à sa hauteur. Ses yeux bleus étincelèrent et il s'écarta des femmes qui l'entouraient pour l'accueillir.

Stasia accepta la main qu'il lui tendit avec un sourire.

— Te voilà enfin, dit-il en passant un bras autour de sa taille, laissant familièrement reposer sa main sur sa hanche. Tout le monde se demandait où tu étais passée.

Le journaliste eut l'air embarrassé et assura à Stasia que personne n'avait remarqué qu'elle était en retard.

— Ma voiture a refusé de démarrer. J'ai dû demander à quelqu'un de passer me chercher.

— Tu aurais dû m'appeler, lui reprocha Harley.

— Et priver tes fans de ta présence ?

— Qui t'a accompagnée ? lança une des deux femmes d'un ton narquois.

— Barber.

— Le musicien ? Hmm. Tu n'as pas dû t'ennuyer pendant le trajet !

L'insinuation était si grossière que Stasia eut du mal à conserver le sourire.

— Jasmine était avec nous, rétorqua-t-elle en levant les yeux vers la femme. Ils sont ensemble, maintenant.

— Vraiment ? demanda Harley.

Gloria se pencha vers elle en souriant.

— Heureusement que tu as réussi à nous rejoindre, dit-elle.

— Merci, répondit Stasia.

Mais Gloria s'éloignait déjà. Apparemment, la concurrence qu'elle représentait l'avait fait fuir. Toutes les femmes ne paraissaient malheureusement pas disposées à l'imiter. Le groupe qu'elles formaient autour d'Harley était particulièrement fourni ce soir, et il ne faisait rien pour les décourager. Il posait avec elles, riait à leurs plaisanteries stupides et acceptait les verres qu'elles lui apportaient.

Le photographe était aux anges.

Stasia se sentit fulminer. Jamais encore, depuis qu'ils se faisaient passer pour un couple aux yeux du public, il ne s'était comporté de façon aussi distante à son égard.

Elle était sur le point de partir pour éviter de laisser éclater sa colère, lorsque Harley s'excusa auprès de ses admiratrices.

— Nous allons faire une partie de billard. Je vous retrouverai tout à l'heure.

Les femmes firent la moue, les hommes sourirent, et Stasia l'autorisa à l'entraîner dans une salle plus tranquille où n'étaient réunies qu'une vingtaine de personnes. Barber, qui s'accordait une pause, étalait aux yeux de tous son nouveau bonheur. Serrant Jasmine contre lui, il ne cessait de lui mordiller le lobe des oreilles, l'épaule ou les doigts.

— Je crois que tu as raison, Anastasia, Barber est complètement mordu, dit Harley en secouant la tête d'un air de pitié.

Stasia préféra changer de sujet.

— Tu pars tôt, demain ?

— Oui, répondit-il en prenant une bière sur un plateau qu'on lui présentait. Tu en veux une ?

— Non, merci.

Elle le regarda avaler d'un trait la moitié du contenu de la bouteille.

— Ce n'est pas contre-indiqué ?

— De boire une bière ? Non, pourquoi ?

— Eh bien... je ne sais pas. Tu es sûr que ça va, Harley ? questionna-t-elle en croisant les bras.

— Super, répliqua-t-il en posant la bouteille vide sur une table. Pourquoi tu ne m'as pas appelé, au lieu de demander à Barber de t'accompagner ? Et ne me ressers pas ces sornettes à propos de mes fans.

Il était étrangement hostile.

— D'accord. Je ne t'ai pas appelé parce que je ne voulais pas être dépendante de toi pour le retour.

— Dépendante ?

Sa paupière gauche tressauta.

— Tu vas probablement rentrer tard, expliqua-t-elle en haussant les épaules. J'avais prévu de partir tôt, moi aussi, demain matin. Mais je vais devoir m'occuper de faire réparer ma voiture. C'est sûrement la batterie qui est à plat, marmonna-t-elle.

— C'est la dernière soirée qu'on passe ensemble, déclara-t-il en la regardant dans les yeux.

Stasia sentit son cœur se serrer, mais n'en laissa rien paraître.

— Je sais. Je suis désolée d'être arrivée en retard. J'ai essayé d'appeler un taxi, mais ils étaient débordés et je me voyais mal changer ma batterie avec le temps qu'il fait dehors. Le reportage est terminé ? s'enquit-elle après s'être éclairci la gorge.

— Oui, ce n'est pas trop tôt. Ils vont me laisser tranquille jusqu'à Vegas. Tu es en beauté, ce soir, ajouta-t-il en la caressant lentement du regard.

— Merci.

— Tes brûlures ne te font pas trop mal ?

Son regard était si intense qu'elle ne sentait pratiquement plus ses jambes.

— Non. À peine un picotement.

— Voyons cela, dit-il en empoignant sa jupe.

Stasia lui saisit le poignet et se pencha vers lui.

— Je te préviens, Harley, si tu as le malheur de faire ça, je te tue.

Harley sourit, très content d'avoir réussi à la faire sortir de ses gonds, lâcha sa jupe et se hissa nonchalamment sur la table qui se trouvait derrière lui.

— Alors comme ça, Barber a quitté la scène en plein concert pour venir te chercher ?

Stasia commençait à trouver sa mauvaise humeur de plus en plus pesante.

— Il m'a assuré que cela ne lui posait aucun problème.

— Tu veux savoir ce que je pense ? demanda-t-il en se frottant le menton.

— Pas vraiment, non, rétorqua-t-elle, craignant qu'il ne s'apprête à lui faire une scène.

— Qu'est-ce que c'est que cette attitude ? Tu me gaves de tes opinions alors que je ne t'ai rien demandé, mais si j'ai le malheur de vouloir partager une réflexion avec toi, ça ne t'intéresse pas, c'est ça ?

Il descendit de la table et s'approcha d'elle à pas lents.

— Je te mets mal à l'aise, Anastasia ?

— Je n'ai pas peur de toi, Harley, si c'est ce que tu veux savoir.

— Menteuse. Je te connais bien, tu sais.

C'était justement là le problème.

— Je crois que tu ne me connais pas si bien que ça.

— Parce que je n'ai pas ta perspicacité, c'est ça ? Parce que je n'ai pas ton niveau d'empathie ? De quoi m'as-tu traité, déjà ? Ah oui. De salaud sans cœur.

Horrifiée par l'accusation, Stasia protesta :

— Je ne t'ai jamais traité de salaud.

— Je sais, j'en ai rajouté pour te faire réagir, répondit-il avec un grand sourire. Mais tu sais quoi ? Je pense que tu n'es pas l'ange désintéressé pour lequel tu cherches à te faire passer.

— Je n'ai jamais prétendu être un ange ! explosa-t-elle.

— Non, tu es juste une coach de vie bénévole qui met sa vie entre parenthèses pour réparer la mienne.

— Harley…

Elle regarda autour d'elle et remarqua qu'ils commençaient à attirer l'attention. Barber les observait en fronçant les sourcils, tandis que Simon, Dean et leurs femmes les dévisageaient avec curiosité. Ils étaient trop loin pour entendre ce qu'ils disaient, mais l'attitude agressive d'Harley était éloquente.

— Je n'ai jamais dit que ta vie avait besoin d'être réparée.

— Ajustée, alors. Ou corrigée. Peu importe le terme que tu as employé, ajouta-t-il en moulinant l'air du bras. L'essentiel, c'est que tu es persuadée que j'ai besoin de ton aide. C'est bien pour cette raison que tu es venue, n'est-ce pas ? s'enquit-il en se penchant vers elle.

C'était en partie vrai, et elle hocha la tête.

— J'espérais t'apporter un éclairage différent.

Il éclata de rire.

— Moi, je pense que tu es venue parce que tu avais envie de te faire sauter.

Stasia sentit ses lèvres se crisper sous l'insulte.

— Tu ne te prends pas pour une merde, Harley.

Sa grossièreté était apparemment contagieuse.

— C'est ton point de vue, Anastasia. Enfin quoi, tu n'as pas arrêté de reconnaître que tu avais autant que moi envie de terminer ce qu'on avait commencé à la station-service. La nuit qu'on a passée ensemble a prouvé que nous sommes sexuellement compatibles, conclut-il dans un murmure en approchant les lèvres de son oreille.

Stasia sentit son cœur devenir douloureux.

— Tu étais dans un tel état de manque que tu aurais été sexuellement compatible avec une chèvre, riposta-t-elle sèchement.

Les yeux d'Harley lancèrent des éclairs.

— Évite de répandre des rumeurs sans fondement, tu veux bien ? Je ne couche qu'avec des femmes, ma belle. Avec des femmes consentantes.

— Avec *n'importe quelle* femme consentante, Harley. Nuance.

— Qu'est-ce qui t'arrive, Stasia ? dit-il en lui prenant le menton. Tu voudrais peut-être que je ne m'intéresse qu'à toi, c'est ça ?

Stasia savait que ce n'était pas le cas. Elle secoua la tête.

— Non !

Il recula.

— Tu es sûre ? Tu rêves peut-être de me voir baisser ma garde pour pouvoir t'immiscer dans mon cœur ? Tu te figures que si tu répares ce qui est cassé, je tomberai amoureux de toi. Avoue-le.

Le temps se figea.

— Pour l'instant, dit Stasia d'une voix si tremblante qu'elle arrivait à peine à parler, tu me fais horreur, Harley. Alors je vois mal comment je pourrais désirer un engagement durable.

Harley eut un mouvement de recul, mais se ressaisit aussitôt. Il éclata de rire et prit une autre bière.

Stasia avait envie de pleurer. Elle avait envie d'être toute seule, de se recroqueviller en position fœtale et de pleurer toutes les larmes de son corps.

Mais ce n'était pas le moment.

— Tu as gagné, Harley, lança-t-elle.

— Ah ouais ? répondit-il en reposant sa bière. Et qu'est-ce que j'ai gagné exactement ?

Elle soutint son regard.

— Tu n'as ni envie ni besoin de mon aide. Je reconnais ma défaite. Je reconnais même que c'était idiot de ma part de venir ici.

— Personne n'oserait te traiter d'idiote.

Son sourire forcé tremblota.

— Tu as en partie raison. Je me soucie vraiment de toi. Beaucoup trop. C'est une mauvaise combinaison. Moi, je me soucie de toi, alors que toi… pas du tout.

Je vais donc sortir de ta vie et te laisser continuer ton chemin comme bon te semble.

Elle se retourna, disposée à s'enfuir.

— Je te rappelle que tu n'as pas de voiture, Stasia.

— Je me débrouillerai.

À cet instant précis, Satch s'approcha d'Harley.

— Il faut absolument que je te parle de Gloria, déclara-t-il.

Stasia leva les yeux au ciel.

— Je ne suis plus là ! jeta-t-elle.

Harley la rappela, mais elle fonçait droit vers la porte. Satch cria son nom, lui aussi, mais elle ne s'arrêta pas plus pour l'oncle que pour le neveu.

Barber se plaça en travers de son chemin.

— Tu nous quittes déjà, beauté ?

— Oui, répliqua-t-elle en le contournant. Plus tôt je serai sortie d'ici, mieux je me porterai.

Elle venait d'atteindre la porte quand Harley et Satch la rattrapèrent.

— Je la ramène chez elle en vitesse et je reviens, proposa Barber à Harley.

— Toi, dégage !

Stasia tordit la bouche. Tout le monde avait entendu le ton mauvais sur lequel Harley s'était adressé à son meilleur ami. Elle en fut si secouée qu'elle eut du mal à faire entrer l'air dans ses poumons.

Satch leva les mains en l'air.

— Si vous voulez bien cesser ces gamineries, tous les deux, j'arriverai peut-être à parler !

— De *Gloria* ? s'enquit Stasia en pivotant sur elle-même.

— Mais oui !

— Il est hors de question que tu la raccompagnes, Barber, dit Harley.

Stasia ignora Satch pour se tourner vers Harley.

— Qu'est-ce que ça peut bien te faire qu'il me raccompagne ? lui demanda-t-elle le plus calmement du monde.

Une étrange bouffée d'émotion rendit brûlant le regard d'Harley.

— La tempête fait rage dehors. C'est dangereux de rouler par ce temps. Et nous savons aussi bien l'un que l'autre comment tu réagis quand tu te retrouves piégée en compagnie d'un homme, ajouta-t-il en approchant son visage tout près du sien.

Stasia se pétrifia de rage.

Barber laissa échapper un long sifflement, puis attira la jeune femme près de lui.

— Filons d'ici avant que quelqu'un ne commette un meurtre, lui dit-il. Pauvre plouc ! cracha-t-il à l'intention d'Harley.

Stasia demeura prudemment collée à Barber tandis qu'il se frayait un chemin vers la sortie. Elle regrettait amèrement d'être venue.

Comment avait-elle pu être assez stupide pour tomber amoureuse d'Harley ? Son travail exigeait pourtant qu'elle garde ses distances avec les personnes qu'elle aidait. D'un autre côté, elle ne pouvait pas se vanter de l'avoir aidé…

Elle était forcée de reconnaître son échec ; elle n'avait eu absolument aucune influence sur lui.

Quand ils s'arrêtèrent au vestiaire pour récupérer leurs manteaux, Stasia jeta un coup d'œil par-dessus son épaule et aperçut Harley, bras croisés, qui la couvait d'un regard brillant d'animosité. À côté de lui, Satch lui tenait un discours véhément et faisait de grands gestes.

— Tout va bien ? s'enquit Barber en l'aidant à enfiler son manteau.

— Je me sens complètement idiote, mais à part ça, tout va bien.

— Tu n'es pas idiote. Harley est un peu trop… surveillé, c'est tout.

— Non, ce n'est pas tout, répliqua-t-elle en relevant le col de son manteau. Il n'a pas tort.

— À quel propos ?

— À propos de moi. Des raisons pour lesquelles j'ai voulu l'aider, répondit-elle en secouant la tête. Si tu le lui répètes, je reviendrai me venger, Barber, mais… je suis bel et bien amoureuse de lui. Je ne m'en étais pas rendu compte, ou plutôt, j'ai refusé de l'admettre jusque très récemment. Et à ce moment-là, il était trop tard pour que j'y puisse quoi que ce soit.

Barber passa un bras autour de ses épaules pour la conduire jusqu'à la porte, puis tourna la tête vers Harley.

— Tu ne crois pas que tu devrais le lui dire ?

— Surtout pas. C'est la dernière chose au monde qu'il ait envie d'entendre.

— Tu te trompes, c'est justement ce qu'il rêve d'entendre.

— *Non.*

Barber émit un long soupir.

— Allez, Stasia, avoue que c'est parce que tu as les chocottes que tu ne veux pas lui dire.

Ils s'engagèrent sur le parking et Barber ouvrit la bouche pour ajouter quelque chose, mais les phares d'un camion les aveuglèrent.

Instantanément, Stasia comprit ce qui allait se passer. Elle ne se souvenait que trop bien de l'accident dont elle avait été victime.

— Qu'est-ce que c'est que ça ? grommela Barber lorsque le rugissement d'un moteur s'éleva.

Il s'empressa de faire reculer Stasia, mais le camion accéléra et fonça sur eux, ses pneus projetant des plaques de glace.

Un cri étranglé franchit les lèvres de Stasia et, une seconde plus tard, un corps les percuta, les projetant violemment hors de la trajectoire du camion.

Harley !

Le camion passa devant eux dans un rugissement, s'engagea dans un virage et termina sa course contre un réverbère.

Harley releva la tête pour la regarder tandis que Barber débitait un chapelet de jurons bien sentis. Stasia ne lui avait jamais vu une expression aussi furieuse.

— Tout va bien ?

— Oui.

Barber se redressa et regarda le camion dont les pneus patinaient dans le vide.

— Ils voulaient nous écraser !

— Je sais, répondit Harley en souriant et en plissant les yeux. Mais cette fois, ils ne recommenceront pas.

Deux hommes descendirent du camion pour prendre la fuite à pied.

— Ne fais pas de connerie, Harley ! cria Barber avant qu'il ne se lance à leur poursuite.

Mais il ne l'écouta pas.

Mon Dieu. Le cœur de Stasia tambourinait contre ses côtes. S'il se blessait et ratait son championnat, elle ne se le pardonnerait jamais.

— Rentre, lui ordonna Barber. Appelle la police et dis aux autres de venir. Vite !

Mais Stasia n'eut pas besoin d'appeler qui que ce soit. Le temps qu'elle retrouve ses esprits, un groupe de combattants sortait déjà. Ils s'élancèrent sur le parking alors que des sirènes retentissaient au loin. Quelqu'un s'était chargé d'appeler la police.

Quand Barber le rejoignit, Harley pointa le doigt vers l'un des hommes en fuite. Ses amis l'avaient repéré. Faisant preuve de plus de bon sens que Stasia ne lui en avait accordé, il retourna vers le camion en compagnie de Barber et coupa le moteur. Lorsqu'il descendit de la cabine, il tenait un portefeuille à la main.

Stasia plaqua une main sur sa gorge. Elle ne s'était pas rendu compte qu'elle pleurait jusqu'à ce qu'elle entende Jasmine renifler derrière elle.

— Excuse-moi, lui dit celle-ci. Quand je vois quelqu'un pleurer, je ne peux pas m'empêcher d'en faire autant.

Stasia se passa la main sur les joues et y découvrit des larmes glacées. Elle s'empressa de les essuyer et respira à fond pour se calmer. Harley ne devait surtout pas la voir dans cet état.

Les voitures de police s'arrêtèrent.

Harley échangea rapidement quelques mots avec les officiers, puis retourna près de Barber. Il fit trois pas en direction de Stasia. Elle était si bouleversée qu'elle n'arrivait plus à déglutir. Il s'était passé trop de choses ce soir. Beaucoup trop de choses.

— Stasia, dit-il en tendant la main vers elle.

— Vas-y, lui souffla Jasmine. Il en a certainement autant besoin que toi.

Stasia acquiesça avec un rire plein de larmes. Elle souleva le bas de sa jupe et s'élança vers lui. Harley la serra contre lui, une main derrière sa tête, l'autre enserrant sa taille.

— Tu es sûre que tu n'as rien ?

— Oui.

— Pas de bleus ? J'espère que je ne t'ai pas fait mal quand je vous ai poussés.

Elle renversa la tête en arrière et planta son regard dans le sien.

— Tu m'as brisé le cœur tout à l'heure, mais mon corps est intact.

Il ne sourit pas.

— Ton corps est parfait, assura-t-il en lui caressant les cheveux. Mais je ne savais pas que ton cœur était mêlé à notre histoire…

Elle lui donna un coup de poing dans l'épaule.

— Je suis amoureuse de toi, Harley.

— Ah ouais ?

Il avait l'air tellement sceptique qu'elle éclata de rire. Barber avait peut-être raison, finalement. Elle s'était tellement impliquée émotionnellement qu'elle ne voyait même plus ce qu'Harley éprouvait. Mais elle n'avait pas eu les chocottes de lui avouer son amour, contrairement à ce qu'il prétendait.

Elle prit son visage entre ses mains.

— Je te l'ai déjà dit plusieurs fois, Harley. Tu es l'homme le plus merveilleux que j'aie jamais rencontré. Comment pourrais-je faire autrement que de t'aimer ?

Il regarda par-dessus l'épaule de Stasia, puis reporta les yeux sur son visage.

— Tu crois que tu arriveras à supporter aussi mon oncle ? Parce qu'on est inséparables, lui et moi. Je sais qu'il a tendance à s'ingérer dans ma vie, mais il le fait avec les meilleures intentions du monde. Je ne suis pas toujours d'accord avec ses projets, mais j'ai éprouvé tellement de regrets lorsque j'ai perdu ma mère… J'ai pensé à tout ce que je n'avais pas fait et à tout ce que je n'avais pas eu le temps de lui dire. Satch est la seule famille qui me reste.

— Et lui n'a que toi.

— Voilà.

Derrière elle, Satch respirait difficilement et fronçait les sourcils.

— Qu'est-ce que tu racontes ? lança-t-il avant de poser les mains sur ses genoux pour inspirer à fond. Tu n'es pas toujours d'accord avec mes projets ? gronda-t-il en se redressant finalement.

Harley secoua la tête.

— Non, Satch. Mais je t'aime, alors ça compense.

Cette déclaration ne déstabilisa Satch qu'un court instant.

— Ce n'est pas à sens unique, mon garçon, bougonna-t-il. Je ne veux que ton bonheur. Mais tu es malin. Sacrément malin, même. Tu sais ce qui mérite d'être fait et ce qui n'en vaut pas la peine. Tu peux tout me dire. J'encaisserai.

Harley lui tendit la main.

— Marché conclu.

Satch laissa échapper un rire rocailleux.

— Tu sais quoi, garçon ? La petite coach de vie avait peut-être vu juste depuis le début…

— Je reconnais qu'elle est douée, fit Harley en déposant un baiser sur le front de la jeune femme. Mais dis-moi, Satch, pourquoi as-tu couru comme ça pour nous rejoindre ?

— Vous avez presque réussi à me faire oublier ce que j'étais venu vous annoncer, avec tout ça ! s'exclama-t-il avant de faire passer son regard de l'un à l'autre pour ménager son effet. Ils l'ont attrapée !

— Qui ça ? demanda Stasia.

— Gloria, répondit-il en hochant gravement la tête. C'est ce que j'essayais de vous dire pendant que vous étiez occupés à vous bouffer le nez. Roger avait des doutes sur elle et j'ai fait ma petite enquête.

— Tes talents n'ont pas de limites, oncle Satch.

— C'est vrai, mon garçon. Bref, c'est une fille d'un excellent milieu, mais elle est connue pour faire des fixations sur certaines personnes. Un type lui a déjà fait un procès parce qu'elle le harcelait. Je l'avais donc à l'œil et j'avais demandé à Roger de veiller au grain, de son côté.

— Je ne suis pas certaine de bien comprendre, intervint Stasia.

— C'était Gloria qui était derrière tous ces incidents, ma belle, expliqua Harley. Pas pour te nuire personnellement, mais pour m'atteindre, moi.

— Elle voulait donner une leçon à Harley, selon ses propres termes, acquiesça Satch.

— Je l'avais rencontrée à Echo Lake, précisa Harley.

— Mais... dit Stasia qui avait du mal à assimiler toutes ces informations. Alors ce serait elle qui aurait saboté mes freins ?

— Oui. Pour nuire à Harley. C'est ce qu'elle a dit à la police.

— Elle a reconnu les faits ?

— Roger a surpris le coup de fil qu'elle a passé au conducteur du camion.

Un hurlement strident s'éleva sur le parking. Deux officiers de police venaient de sortir du bar, encadrant Gloria, menottée. Elle se tortillait comme une furie.

— C'est de sa faute ! hurla-t-elle, le visage tendu vers Stasia. Harley ! C'est pour toi que je l'ai fait, mon amour ! Je te le jure !

— Mon Dieu, souffla Stasia, bouleversée par cette manifestation de démence. Mais alors... Larry n'avait rien à voir avec tout ça ?

— Non, répondit Harley en la berçant tendrement dans ses bras.

Stasia réfléchit un moment.

— Satch ? Vous voulez bien nous excuser un moment, s'il vous plaît ?

— Comment ? Oh, rougit-il en comprenant. Bien sûr. Pas de bêtises, Harley, hein ? ajouta-t-il. N'oublie pas que le championnat est dans quelques jours.

— Je sais.

— J'ai pris un billet supplémentaire, annonça Satch à Stasia avant de s'éloigner en direction de Jasmine et Barber.

— Un billet supplémentaire ? répéta-t-elle, intriguée.

— Mon oncle est vraiment incroyable ! s'esclaffa Harley. Il devine les choses avant même qu'elles se produisent.

— Je ne comprends pas.

— Il a pris un billet pour toi. Pour Vegas. Tu viens avec nous ! s'exclama-t-il en cueillant son visage dans ses mains.

— Ton oncle pèche peut-être par optimisme, mais c'est un espion redoutable.

— Tu as tout compris.

— Tu m'aimes, Harley ? demanda-t-elle d'une petite voix.

— Oui.

Stasia ressentit une joie immense, mais la garda pour elle.

— Tu es sûr ? Je veux bien te laisser le temps de réfléchir à la question. Avec le championnat, je comprendrais...

Harley l'embrassa sans lui laisser le temps de terminer sa phrase.

Stasia s'était attendue à un baiser rapide, mais il n'en fut rien. Il la serra très fort dans ses bras et prolongea leur baiser, même quand elle chercha à se libérer de son étreinte.

Derrière eux, Barber toussota.

— Du calme, Harley. Les flics commencent à te zyeuter bizarrement.

Harley laissa enfin Stasia respirer.

— Je t'aime.

Elle sentit ses jambes devenir toutes molles.

— Seulement moi ?

— Bon sang, Stasia ! Je sais que je suis costaud, mais tu penses vraiment que j'arriverais à en supporter une autre en plus de toi ?

Barber gloussa.

— Si je t'accompagne à Vegas, déclara Stasia avec un sourire radieux, il faut que je repasse à l'hôtel pour boucler ma valise.

L'agitation étant retombée, Barber regarda autour de lui pour localiser Jasmine. Il la découvrit en grande conversation avec Roger. Un pli barra son front, jusqu'à ce qu'il aperçoive Cam, qui participait à la conversation. Il s'approcha d'eux d'un air détaché.

— Qu'est-ce qui se passe ? s'enquit-il.

— Roger m'a proposé du travail, lui annonça Jasmine avec un grand sourire.

— Quel genre de travail ?

— Chanter, évidemment.

— Tu veux bien m'expliquer ça ? demanda Barber en se tournant vers Roger.

— Jasmine et moi avons passé un accord. Six prestations annuelles, aux dates de son choix.

Il entendit Jasmine glousser et vit Cam sourire, mais ça n'allait pas se passer comme ça. Roger essayait de lui souffler Jasmine ! Et sous son nez, encore !

— Je n'ai jamais eu confiance en toi ! dit-il en pointant le doigt vers Roger. Tu n'es qu'une espèce de… de…

— Il espérait que m'engager t'inciterait à signer un contrat avec lui, s'empressa d'expliquer Jasmine.

— C'est vrai ? grommela Barber.

— J'aimerais bien, oui, répondit Roger. J'ai dit à Jasmine que j'étais prêt à l'engager seule, mais que si elle arrivait à te convaincre de signer aussi, ce serait encore mieux.

— Tu aurais dû me le demander directement ! Tu sais très bien que j'adore ton bar, répliqua-t-il en attirant Jasmine contre lui. Maintenant qu'on est ensemble, tu es d'accord pour m'épouser, pas vrai ?

Jasmine ouvrit la bouche. Ses yeux s'emplirent de larmes. Puis elle poussa un hurlement à faire exploser les tympans.

— Ça veut dire oui, d'après toi ? lança Barber à Roger.

— Je crois bien, répondit-il en souriant.

— À partir de maintenant, donc, Jasmine et moi, on ne se quitte plus. Si ta proposition lui convient, je ne discute pas.

Jasmine s'était mise à bondir dans tous les sens et il avait du mal à garder l'équilibre.

— Je crois qu'il est temps que tu rentres, Barber, s'amusa Cam.

— C'est marrant, j'étais en train de me dire la même chose, rétorqua-t-il avant d'embrasser Jasmine pour la calmer. Voilà, c'est mieux. Maintenant, Jassy, on va aller dans un coin tranquille où je t'autoriserai à manifester l'adoration que tu me portes autant que tu voudras.

Épilogue

Harley n'accordait aucune attention au public. Les acclamations de la foule n'atteignaient pas son esprit. Il ne sentait ni la sueur qui coulait sur son corps, ni la chaleur des projecteurs.

Pieds nus, ne portant que son short et ses mitaines, il observait Kincaid à l'autre extrémité du ring en repensant à toutes les occasions qu'il avait laissées passer.

Il n'en laisserait pas passer une autre.

L'arbitre demanda à Kincaid s'il était prêt. Tremblant d'impatience mal contenue et bouillonnant de rage, celui-ci hocha la tête.

L'arbitre se tourna vers Harley, qui se contenta d'un léger signe de tête.

La cloche retentit.

Kincaid se rua sur Harley comme un taureau furieux. Il accompagna sa charge d'un rugissement, les yeux vitreux, son torse se soulevant comme un soufflet de forge.

Harley évita l'assaut frontal, se retourna, para un coup de pied vicieux et lui envoya un direct bien senti au menton.

Kincaid tituba en arrière, s'emmêla les pinceaux et tomba sur les fesses.

Sans perdre une seconde, Harley fonça sur lui et lui flanqua un deuxième coup de poing. Suivi d'un troisième.

Il reculait le poing pour continuer, mais, devant le visage ensanglanté de Kincaid, il hésita, le temps de permettre à l'arbitre d'intervenir, et le combat fut arrêté.

Harley se redressa.

Perdu, aveuglé par le sang, Kincaid essaya de se redresser sur les genoux. Il n'y parvint qu'à moitié. Son soigneur et le médecin accoururent.

Une seconde plus tard, Simon et Satch étaient sur le ring et soulevaient Harley sur leurs épaules avec des cris de triomphe. Dean les rejoignit, le félicitant en riant, couvrit ses épaules d'une chemise au logo d'un prestigieux sponsor et lui tapa dans le dos.

Harley comprit alors ce qui venait de se passer et leva le poing en l'air, avant de se baisser vers son oncle pour le serrer dans ses bras.

Debout, le public hurlait de joie.

Drew Black bondit soudain sur le ring avec un grand sourire, que lui rendit Harley.

Il leva les bras et Drew lui passa la ceinture autour de la taille. C'était bon. Dieu, que c'était bon !

Un micro surgit devant lui. Au cours des minutes qui suivirent, on lui demanda de décrire le combat, sa stratégie, les erreurs de Kincaid, et d'évaluer l'animosité qui demeurait entre eux à l'issue de ce championnat.

Mais Harley se moquait bien de tout cela.

Lorsque les caméras et les appareils photo s'écartèrent enfin et qu'on s'apprêta à clôturer le spectacle, il quitta le tapis central, descendit d'un bond au niveau inférieur et fendit la foule des spectateurs.

Tandis qu'il se dirigeait vers elle, il vit Stasia écarquiller les yeux de surprise. L'équipe télé lui avait emboîté le pas et Harley savait qu'il passait en direct à la télé. Les fans le félicitaient, lui donnaient des tapes dans le dos et le mitraillaient de photos.

Stasia s'était levée. Elle l'attendait.

Harley se planta devant elle, ses mains gantées sur les hanches.

— J'ai eu ma ceinture !

Elle éclata de rire.

— J'avais remarqué.

— Maintenant que le championnat est fini, veux-tu m'épouser ?

Ses yeux s'arrondirent. Sa bouche aussi. Et elle battit vivement des cils.

— Harley !

Le public faisait un tel vacarme qu'il l'entendit à peine.

— Anastasia Bradley, hurla-t-il, veux-tu m'épouser ?

La foule se déchaîna de plus belle. La caméra fit un gros plan d'Anastasia. Riant à travers ses larmes, elle hocha la tête.

— *Oui.*

Découvrez les prochaines nouveautés de nos différentes collections J'ai lu pour elle

AVENTURES & PASSIONS

Le 7 juillet :

Julianna et le fou du roi ☙ **Anne Stuart**

Par une belle journée d'automne, Julianna Moncrieff apprend qu'elle est enfin veuve. Après dix ans de mariage, la voilà délivrée d'un époux qu'elle n'a jamais aimé. Cependant, elle est désormais sans toit car le fief des Moncrieff revient aux héritiers du défunt. Julianna doit se soumettre aux ordres du roi et s'en retourner auprès de sa mère sur le point de se remarier. Lors de la cérémonie, un bouffon se charge de distraire la compagnie.

Libre à tout prix ☙ **Lisa Kleypas**

Qui soupçonnerait qu'à vingt-quatre ans, Nick Gentry est toujours puceau? En tant qu'inspecteur de la brigade des affaires criminelles de Bow Street, il a fréquenté les bas-fonds de Londres et connu les pires criminels. Mais une jeunesse douloureuse le tient à l'écart des femmes.
C'est dans une maison close qu'une femme l'initie à l'art d'aimer. Quand sa maîtresse lui rend sa liberté, Nick se lance dans une nouvelle enquête qui le met sur la piste d'une jeune fugueuse, Charlotte Howard.

Le club des débutantes -3. L'imposture ☙
Julia London

INÉDIT

Ce roman clôt la série *Le club des débutantes*.
Couturière aux doigts de fée, Lady Phoebe Fairchild travaille dans le plus grand secret afin de ne pas nuire à la réputation de sa famille. Son employeur profite de sa détresse financière pour la contraindre à aller travailler pour les sœurs du vicomte Summerfield dont la garde-robe doit être renouvelée. Aussi se présente-t-elle dans le Bedfordshire sous l'identité d'une veuve, Madame Dupree.
Malgré elle, elle tombe peu à peu sous le charme du vicomte, qui ignore qu'elle est une lady

L'étrange seigneur du château ☙ **Eve Silver**

INÉDIT

Emma Parrish, fille illégitime d'un aristocrate, vit avec ses tantes jusqu'au jour où elles tentent de vendre ses services à un homme. Après s'être échappée, elle en vient à accepter d'être la gouvernante de l'enfant d'une cousine défunte.
Au terme d'un voyage pénible, elle découvre sa nouvelle demeure, Manorbrier, ainsi que le propriétaire des lieux, le beau et ténébreux lord Craven, qui est soupçonné d'avoir tué sa femme.

La famille Huxtable -1. Le temps du mariage ☙ **Mary Balogh**

INÉDIT

La famille Huxtable mène une vie humble dans la campagne anglaise jusqu'au jour où un certain vicomte Lynsgate vient leur annoncer que leur fils, Stephen, hérite d'un comté suite au décès d'un cousin.
Une tout autre vie commence alors pour les Huxtable qui s'installent dans la propriété du défunt. Tandis que Lynsgate songe à épouser la benjamine, Margaret, Vanessa, la cadette, se sacrifie pour épargner à sa sœur un mariage de convenance. Elle ne porte pourtant pas le vicomte dans son cœur…

Ne me tente pas ☙ **Loretta Chase**

INÉDIT

De retour en Angleterre après douze années en Orient, Zoé Lexham n'a rien d'une jeune fille de bonne famille.
Partout où elle va, elle cause un scandale. Son avenir au sein de la haute société semble fort compromis… à moins que quelqu'un ne puisse la dompter, quelqu'un de la trempe du cynique duc de Marchmont, le célibataire le plus en vue du moment…

2 rendez-vous mensuels
aux alentours du 1er et du 15 de chaque mois.

Passion intense

Quand l'amour vous plonge dans un monde de sensualité

Le 16 juin :

Les SBC Fighters — 3. Le dernier combat ☙ **Lori Foster**

INÉDIT

Après avoir été blessé sur le ring, Hardley Handleman, lutteur de la SBC de renommée nationale, se remet peu à peu au combat. Afin de l'aider, son oncle loue en secret les services d'Anastasia Kelley, une entraîneuse sexy, qui connaît bien Hardley.

Voyage au jardin des sens ☙ **Robin Schone**

INÉDIT

Mariée à un homme froid par la volonté de son père, Elizabeth a pourtant toutes les qualités de l'épouse idéale. Après quinze ans de mariage, déterminée à respecter ses vœux maritaux, Elizabeth aimerait éveiller l'intérêt de son époux indifférent. Afin de le séduire, elle a recours aux services d'un homme expert en la matière, Ramiel, qui va lui enseigner les secrets de la séduction.

2 romans tous les 2 mois
aux alentours du 15 de chaque mois.

9286

Composition
CHESTEROC LTD

Achevé d'imprimer en France
par MAURY IMPRIMEUR
le 16 mai 2010.

Dépôt légal mai 2010.
EAN 9782290021835

ÉDITIONS J'AI LU
87, quai Panhard-et-Levassor, 75013 Paris

Diffusion France et étranger : Flammarion